HEINZ G. KONSALIK

DER VERHÄNGNISVOLLE URLAUB

FRAUEN VERSTEHEN MEHR VON LIEBE

2 Romane in einem Band

WILHELM HEYNE VERLAG
MÜNCHEN

HEYNE ALLGEMEINE REIHE
Nr. 01/6054

14. Auflage

Copyright © 1982 by Autor und
AVA GmbH, München-Breitbrunn
Printed in Germany 1993
Umschlagillustration: Mauritius/Nägele, Mittenwald
Umschlaggestaltung: Atelier Heinrichs & Schütz, München
Satz: IBV Lichtsatz KG, Berlin
Druck und Bindung: Elsnerdruck, Berlin

ISBN 3-453-01556-8

Inhalt

Der verhängnisvolle Urlaub
Seite 5

Frauen verstehen mehr von Liebe
Seite 191

Der verhängnisvolle Urlaub

Paul Fabrici, 54 Jahre alt, ein Düsseldorfer, wie er im Buche stand, hatte sich von unten hochgearbeitet. Angefangen hatte er in einem kleinen Eckladen, wo schon von seinen Eltern einer Kundschaft, die in den zwei, drei umliegenden Straßen wohnte, Milch, Butter, Eier und Käse verkauft wurde. Die Eltern hatten über Jahrzehnte hinweg ihr Auskommen gehabt und keinen besonderen Ehrgeiz entwickelt, sich geschäftlich zu vergrößern. Anders Paul, ihr Sohn. Als ganz plötzlich und eigentlich zu früh der sogenannte Erbfall für ihn eintrat, weil die Eltern einem Schiffsunglück auf dem Rhein zum Opfer fielen, war er schon von diesem Tage an entschlossen, aus der ›Bude‹, wie er den mit viel Tradition und wenig Umsatz gesegneten Eckladen insgeheim nannte, etwas zu machen. Fleißig gearbeitet hatten auch die Eltern, aber Paul, der Sohn, erkannte, daß damit allein auf keinen grünen Zweig zu kommen war. Schon zu Lebzeiten seines Vaters vertrat der Junge den Standpunkt, daß ›das Ganze auch organisatorisch in die Hand genommen werden muß‹. Jupp Fabrici, der Alte, war aber auf diesem Ohr immer schwerhörig geblieben. Er wollte sich nicht mehr aufladen als immer nur so viel, daß er ›noch drüber weggucken konnte‹.

Die Zusammenarbeit mit einer Bank war etwas, das ihn auch nicht interessierte. Und als ihm sein Sohn eines Tages vorgeschlagen hatte, das Käse-Sortiment mit französischen und italienischen Spezialitäten zu erweitern, hatte sich, vom Niederrheinischen ins Hochdeutsche übersetzt, folgender Dialog entwickelt:

»*Was* sagst du da, Junge? Französischen und italienischen? Wir führen doch schon holländischen!«

»Einzig und allein Edamer, ja.«

»Und zuweilen auch Gouda, Junge, vergiß den nicht.«
»Was ist das schon!«
»Was das ist, fragst du? Mehr als genug ist das, mein lieber Junge. Siehst du denn nicht, wie ihn uns die Leute aus der Hand reißen?«
»Weil sie nichts anderes kriegen.«
»Nein, weil sie nichts anderes *wollen* – abgesehen vom deutschen. Aber wenn die den mal satthaben, greifen sie zum holländischen. Das war bei uns hier am Niederrhein schon vor hundert Jahren so und wird auch immer so bleiben. Wenn du was anderes denkst, dann verstehst du vom Geschäft nichts, dann hast zu zuwenig Erfahrung.«
»Und ich sage dir, die würden sich sehr rasch um einen echten Gorgonzola, zum Beispiel, reißen.«
»So, denkst du? Hast du schon einen echten Gorgonzola gegessen?«
»Nein.«
»Aber ich, als Soldat, beim Ringen um Sizilien mit den Amerikanern. Deshalb kann ich dir sagen, daß das nichts ist für den deutschen Geschmack. Zu scharf. Übrigens haben wir damals den Amis einen Kampf geliefert, von dem sie heute noch mit Hochachtung sprechen, wenn sie darauf kommen, weil –«
»Vater, ich bitte dich, fang nicht schon wieder mit deinem Krieg an...«
»Doch, das muß ich, weil euch diese Erfahrung fehlt. Du beweist es ja schon wieder mit deinem Gorgonzola. Siehst du, wir schreiben jetzt das Jahr 1950. Der Krieg ist erst wenige Jahre vorbei, und die Leute sind vollauf zufrieden mit unserem Edamer und Gouda. Warum auch nicht? Denkst du, die haben sich 1945 träumen lassen, wie gut es ihnen fünf Jahre später schon wieder geht. Fünf lächerliche Jährchen später! Die sind dankbar und denken nicht an italienischen Gorgonzola oder französischen Roquefort. Hast du Roquefort schon gegessen?«
»Nein, ich war ja nicht im Krieg.«
»Aber ich!«

»Vater, ich sehe –«

»Beim Kampf um den Atlantikwall –«

»Ich sehe eine Zeit kommen, Vater, in der kein Mensch mehr von deinem Atlantikwall redet – aber von französischem und italienischem Käse. Deshalb solltest du ihn den Leuten jetzt schon anbieten, um der Konkurrenz voraus zu sein.«

»Konkurrenz? Welcher Konkurrenz?«

»Na, schon dem Milch- und Käseladen drei Ecken weiter.«

»Dem Karl Felchens? Bist du nicht gescheit, Junge? Dem mache ich doch keine Konkurrenz – und er nicht mir! Das kommt doch überhaupt nicht in Frage. Was sollte denn der von mir denken?«

»Vater –«

»Manchmal verstehe ich dich wirklich nicht, das muß ich dir schon sagen, Junge. Weißt du, daß ich mit dem Karl Felchens zur Schule ging?«

»Ja, aber –«

»Und daß wir auch schon mal das gleiche Mädchen zusammen pussiert haben? Nicht deine Mutter, wohlgemerkt!«

»Aber das –«

»Und daß wir fast am selben Tag eingerückt sind, er zur Artillerie und ich zur Infanterie?«

»Ja, Vater, das hast du mir schon hundertmal erzählt.«

»Aber begriffen hast du das anscheinend immer noch nicht, was das heißt – daß nämlich der ein Mann ist, mit dem man das nicht machen kann, was dir vorschwebt. Der einzige Fehler, den der hat, ist, daß er kein Anhänger von Fortuna, sondern von Schalke 04 ist. Als Düsseldorfer müßte ihm natürlich die Fortuna höher stehen.«

»Ist gut, Vater, ich sage ja schon nichts mehr«, seufzte Fabrici junior und beendete das Gespräch.

Damals hatte er gerade das siebzehnte Lebensjahr vollendet und ahnen lassen, daß in geschäftlicher Hinsicht einiges in ihm steckte. Knapp sieben Jahre später passierte das erwähnte Schiffsunglück und machte den Jungen zum Vollwaisen und Erben der bescheidenen Fabricischen Hinterlassenschaft. Geschwister, mit denen zu teilen gewesen wäre, hatte er keine.

Was tat der Vierundzwanzigjährige, der er nun war, als erstes? Er heiratete. Das Mädchen, dem dieses Glück widerfuhr, mochte er zwar gern, aber mindestens ebenso wichtig war dabei für ihn, daß er seiner Ehefrau für die ganze Arbeit, die sie von früh bis spät im Geschäft zu leisten hatte, kein Gehalt zahlen mußte. Sie war eine geborene Beckes und wurde von Kindesbeinen an nur ›Mimmi‹ gerufen. Nach zwei Jahren gebar sie ihrem Mann ein Töchterchen namens Karin. Paul Fabrici liebte die Kleine, doch er sah ein Problem darin, daß sich seine Frau nicht nur um das Geschäft, sondern auch um das Kind kümmern mußte.

Mit 36 Jahren besaß Paul Fabrici einen mittleren Supermarkt, der das ganze Viertel versorgte. Der alte Karl Felchens war auf der Strecke geblieben. Der Supermarktinhaber Fabrici spielte die maßgebliche Rolle im Schützenverein. Zudem saß er im Vorstand von Fortuna Düsseldorf, dem ruhmreichen Fußballverein. Als Geschäftsmann war er sozusagen ein großer Hai, der kleinere Fische gefressen hatte und noch fraß. Aber nun ließ er es langsamer angehen, was freilich nicht hieß, daß ihn etwa sein Betrieb nicht mehr interessiert hätte. Doch, doch, in demselben hielt er immer noch das Heft in der Hand, nur ließ er sich nicht mehr von ganztägiger Expansionshektik auffressen, sondern schaltete zwischendurch ab. Das hatte erstaunlicherweise zur Folge, daß er dafür bekannt wurde, ein gemütlicher Mensch zu sein. Ein neuer Paul Fabrici entwickelte sich, der alte geriet in Vergessenheit. Lediglich Leute wie Karl Felchens behielten ihn bis an ihr Grab so in Erinnerung, wie er ursprünglich gewesen war.

Immer gleich blieb sich Paul Fabrici in seinem Banausentum. Mit den Künsten hatte er auch als saturierter Mann nichts im Sinn. Ein Teil der Menschen, die reich werden, lassen sich malen, machen Museen finanzielle Zuwendungen oder rufen irgendeine Stiftung ins Leben. Paul Fabrici richtete sein Augenmerk nach wie vor uneingeschränkt auf Ein- und Verkaufspreise, Devisenkurse, Rentenmärkte usw. Das Unangenehme daran war, daß sich daraus mit den Jahren ein familiärer Dauerkonflikt ergab.

Mimmi Fabrici nämlich, Pauls Gattin, entwickelte sich im Gegensatz zu ihm mit wachsendem Wohlstand zu einer Dame, die ›höher hinaus wollte‹. Sie sprach nur noch hochdeutsch, hielt dazu auch ihren Mann an und litt darunter, wenn dieser, was leider allzu oft vorkam, die peinigendsten Rückfälle in seinen niederrheinischen Dialekt erlitt. Ihrer Tochter Karin gestattete sie so etwas grundsätzlich nicht. Aus dem Geschäft hatte sie sich zurückgezogen, nachdem der Supermarkt begonnen hatte, reibungslos zu laufen. Im Anschluß daran setzte ein anderer Kampf für sie ein – der gegen ihr Gewicht. Sie aß zu gerne Schlagsahne, ruhte sich vom ungewohnten Nichtstun aus und las ihr als literarisch wertvoll empfohlene Romane, die ermüdeten. Sie schlief deshalb immer lange, und das ist nun mal bei Damen nicht gut für die Figur.

Klein-Karin wuchs zu einer Karin und schließlich zu einem außergewöhnlich hübschen jungen Mädchen heran, dessen Position gewissermaßen zwischen der ihrer Mutter und der ihres Vaters lag. Paul Fabrici war, wie gesagt, ein Banause, Mimmi Fabrici das Gegenteil (oder glaubte es zumindest zu sein). Karin Fabrici, die Tochter, schätzte sowohl Kommerz als auch Bildung, übertrieb aber weder in der einen, noch in der anderen Richtung. Sie war ein begehrtes, intelligentes, frisches, natürliches Mädchen, das von ihrem Vater als ganz persönlicher Schatz angesehen wurde. Gerade deshalb störte ihn ein gewisser Punkt an ihr ganz erheblich – sie schrieb ein Wort groß: EMANZIPATION.

Schon mit sechzehn ging das bei ihr los. Sie rauchte, obwohl ihr dabei übel wurde, weil ›ein Mädchen dasselbe

Recht hat wie ein Junge‹. Mit siebzehn ließ sie sich vom Arzt die Pille verschreiben, obwohl sie ein Leben führte, in dem Verhütungsmittel so überflüssig waren und weiterhin auch noch blieben wie mit sieben. Mit neunzehn entschloß sie sich, den nächsten Urlaub, der unmittelbar vor der Tür stand, nicht mehr zusammen mit den Eltern zu verbringen, sondern allein auf eine Nordseeinsel zu fahren. Vater fiel fast vom Stuhl, als sie dies am Frühstückstisch bekanntgab, indem sie sagte: »Ich habe es mir überlegt, ich fahre nächste Woche nicht mit euch nach Kärnten.«

Paul Fabrici ließ die Zeitung, in der sein Kopf steckte, bis zur Nase sinken und antwortete: »Du willst zu Hause bleiben?«

»Nein.«

»Was dann? Zur Oma fahren?«

»Um Gottes willen!«

»Wenn du nicht zu Hause bleiben und nicht zur Oma fahren willst, dann weiß ich nicht, was dir vorschwebt.«

»Ich möchte mal an die Nordsee.«

Paul Fabricis Zeitung sank ganz herunter auf den Tisch.

»Kind«, sagte er väterlich, »was soll denn der Unsinn? Du weißt doch ganz genau, daß wir in Millstadt schon Zimmer gebucht haben. Erwartest du etwa, daß wir das rückgängig machen?«

»Nein.«

»Was heißt nein? Wenn du dabei bleibst, an die Nordsee zu wollen, *müssen* wir Kärnten sausen lassen.«

Paul Fabrici blickte immer noch nicht durch. Das geschah aber nun, als Karin erwiderte: »Keineswegs. Ihr beide fahrt nach Millstadt und ich auf eine Nordseeinsel.«

»Allein?« Mehr konnte Vater Fabrici in seiner Fassungslosigkeit nicht hervorstoßen.

»Ja, allein.«

Fabrici sah seine Tochter absolut ungläubig an, dann wanderte sein Blick zu Mimmi Fabrici, Karins Mutter.

»Hast du das gehört?« fragte er sie.

»Was?«

Mimmi las in jenen Tagen ›Die Dämonen‹ von Dostojewski. Das ging über ihre Kräfte. Außerordentlich ermüdet sank sie abends ins Bett, fand nur unruhigen Schlaf und erhob sich morgens in einem entsprechenden Zustand aus ihren Federn. Ein Psychiater hätte sie ›als sehr gestört in ihrer Konzentrationsfähigkeit‹ bezeichnen müssen. Zur Teilnahme an Gesprächen am Frühstückstisch benötigte sie einen Anlauf.

Paul Fabrici mußte sich wiederholen.

»Ob du das gehört hast, frage ich dich.«

»Ob ich was gehört habe?«

»Was Karin sagte.«

»Was hat sie denn gesagt?«

Paul Fabrici lief rot an.

»Himmel Herrgott!« begann er. »Wo bist du denn wieder mit deinen Gedanken?«

»Bei Dostojewski«, entgegnete Mimmi würdevoll. Das Mitleid, das sie dabei für ihren Gatten empfand, war weder zu überhören noch in ihrer Miene zu übersehen.

Paul winkte wegwerfend mit der Hand und wandte sich seiner Tochter zu.

»Karin, teile auch deiner Mutter mit, was du mir eröffnet hast.«

Karin leistete dieser Aufforderung Folge. Sie erzielte damit eine vorübergehende Herabminderung des Interesses ihrer Mutter an Weltliteratur und eine Hinwendung zu familiären Angelegenheiten.

Mimmi sagte zu ihrer Tochter: »Das darfst du nicht, Karin.«

»Doch, Mutti.«

Daraufhin sagte Mimmi zu ihrem Mann: »Das mußt du ihr verbieten, Paul.«

»Hörst du«, wurde Karin von ihrem Vater gefragt, »was deine Mutter von mir verlangt?«

»Ja.«

»Du weißt also, daß du nicht an die Nordsee fährst, sondern nach Kärnten.«

»Einverstanden«, nickte Karin zur Überraschung ihrer Eltern.

Die beiden lächelten erlöst, doch sie taten das zu früh. Das Lächeln verschwand wieder aus ihren Zügen, als Karin hinzusetzte: »Wir tauschen. Ich fahre nach Kärnten und ihr an die Nordsee.«

Damit war endgültig klar, worauf es ihr ankam. Wichtig war ihr nicht Salz- oder Süßwasser, das Meer oder die Alpen – wichtig war die Abnabelung von den Eltern.

Wie dieses Ringen am Frühstückstisch endete, wird jedem Leser klar sein – mit dem Sieg Karins. Wer die heutige Jugend kennt, weiß, daß Paul und Mimmi Fabrici auf verlorenem Posten standen. Die Kapitulation der Eltern wurde deutlich, als Paul sagte: »Weißt du, was zu meiner Zeit passiert wäre, Karin, wenn ich als Sohn meinem Vater mit einer solchen Idee gekommen wäre? Und erst als Tochter! Weißt du, was da passiert wäre?«

»Woher soll ich das wissen, Vati? Opa hatte ja gar keine Tochter.«

»Das spielt keine Rolle. Du weißt genau, was ich sagen will.«

»Ja – daß bei euch alles ganz anders war.«

»War es auch!«

»Und daß wir schon noch sehen werden, wo wir hinkommen.«

»Werdet ihr auch!«

»Laß nur mal die Zeiten schlechter werden...«

»Ja, dann –«

Paul Fabrici brach ab. Der Spott in den Worten seiner Tochter war zu deutlich. Sein Blick wechselte von ihr zu seiner Frau, als sei von dieser Beistand zu erwarten. Doch das war ein Irrtum, Mimmi Fabrici schwieg, sie wußte, daß die Entscheidung schon gefallen war. Außerdem benötigte sie derzeit ihr inneres Kräftepotential nicht für solche Konflikte, sondern für ihre Auseinandersetzung mit den großen russischen Schriftstellern. Wie so oft mußte also Paul Fabrici erkennen, daß er alleinstand.

»Hat ja keinen Zweck«, sagte er, winkte mit der Hand, faltete seine Zeitung zusammen, erhob sich, obwohl er erst halb gefrühstückt hatte, steckte die Zeitung in die Jakkettasche und ging zur Tür. Dort drehte er sich noch einmal um und verkündete: »Ich jeh ins Jeschäft. Macht ihr, wat ihr wollt.«

Mimmi Fabrici seufzte, als er verschwunden war, und rührte in der Kaffeetasse herum. Immer dasselbe, dachte sie. Er weiß, wie mich das nervt, wenn er in seinen Dialekt der Gosse zurückfällt, trotzdem verschont er mich damit immer wieder nicht. Er ist und bleibt ein ungehobelter Klotz, der kein Gefühl für gehobene Lebensart hat. Zwar verdient er viel Geld, doch das tun andere auch und gehören dabei zur Gesellschaft. Aber Paul? Nie werde ich mit ihm in bessere Kreise eindringen, nie wird man mich bei Freifrau v. Sarrow oder bei Generaldirektor Dr. Borne einladen. Paul kann keinen Smoking tragen – er sieht darin aus wie eine Karikatur. Und wenn er den Mund aufmacht und ›enä‹ sagt, ist die Gesellschaft geplatzt.

Das war es, was an der Seele Mimmi Fabricis nagte. Sie waren wohlhabend, konnten sich fast alles leisten, was das Herz begehrte, aber sie spielten trotzdem keine Rolle. Die Leute, zu denen Mimmi aufblickte, ignorierten sie und ihren Mann. Für diese war und blieb Paul Fabrici ein Emporkömmling, nichts weiter; ein Parvenue, sagten die ganz feinen Herrschaften und rümpften die Nase; angefangen hat er mit Milch und Edamer.

Mimmi dachte an ihr unzugängliche Bridgepartien, an ebensolche Cocktail-Partys und Tanztees, und ihr Mutterherz krampfte sich zusammen, wenn sie sich sagen mußte, daß sich ihrer Karin nie die Gelegenheit bieten würde, einen Mann der großen Gesellschaft kennenzulernen, um von ihm zum Traualtar geführt zu werden.

Vielleicht war der schockierende Einfall Karins, allein in Urlaub zu fahren, gar nicht so verkehrt. Vielleicht begegnet ihr auf einer Nordseeinsel, sagte sich Mimmi, ein solcher Mann. Sollte das passieren, konnte es nur gut sein, wenn Paul Fabrici, Karins Erzeuger, weit vom Schuß war. Wäre er nämlich das nicht, drohte doch nur die Gefahr, daß sich alles gleich wieder zerschlüge, weil er die Ablehnung jedes Zugehörigen der besseren Kreise wachrufen würde. O nein, nur das nicht!

Je länger Mimmi Fabrici über Karins neuesten Schritt der von ihr praktizierten Emanzipation nachdachte, desto mehr gewann sie demselben Geschmack ab. Natürlich wird es notwendig sein, sagte sich die Mutter, daß dem Kind die notwendigen Anleitungen mit auf den Weg gegeben werden; am besten sofort.

»Karin, du –«

Wo war sie denn? Mimmi Fabrici sah auf und blickte herum. Das Zimmer war leer, Karin hatte es unbemerkt verlassen. Das tat sie häufig, wenn sie bemerkte, daß Mutter in Nachdenken versunken war, weil man in den allermeisten Fällen annehmen mußte, daß dieses Nachdenken ein mit der Literatur zusammenhängendes war, aus dem sich Mimmi Fabrici ungern aufschrecken ließ.

Karin konnte aber nur auf ihr Zimmer gegangen sein, weil sie noch ihre Hausschuhe angehabt hatte.

Seufzend stand Mimmi Fabrici auf und schellte dem Dienstmädchen zum Abräumen. Dann stieg sie die breiten, mit Seidenteppichen belegten Treppen empor zur Kemenate ihrer Tochter und trat nach einem kurzen Anklopfen ein.

Karin saß auf ihrer breiten Schlafcouch und starrte in den weit geöffneten Kleiderschrank, aus dem die Kleider herausquollen. Sie sah reichlich hilflos aus und hob beim Eintritt der Mutter wie flehend die Arme.

»Mutti«, begann sie mit kläglicher Stimme, »ich habe nichts anzuziehen, ü-ber-haupt nichts. Alle meine Sachen sind völlig aus der Mode. Da, das Lavabelkleid, sieh dir das an – das kann ich doch nicht mehr tragen! Und das Musseline? Schrecklich! Ebenso das rotweiß gestreifte Seidene. Nicht einmal mehr unsere Erna könnte man damit auf die Straße schicken. Ich muß mich für die See ganz neu ausstatten, das ist absolut notwendig. Sag das Vati, bitte.«

Erna war das Dienstmädchen der Fabricis.

»Kind«, antwortete Mutter Mimmi verständnisvoll, »das mache ich schon.«

Wenn Frauen sich über Kleider unterhalten, sind sie sich immer in einem Punkt einig: Man hat zuwenig davon. Es verschwinden dann sogar die Gegensätze zwischen Mutter und Tochter, und man ist ein Herz und eine Seele in dem Bewußtsein, daß Kleider überhaupt das Wichtigste im Leben einer Frau sind.

»Natürlich brauchst du einiges«, sagte Mimmi und wühlte in dem Kleiderschrank. »In diesen Fähnchen kannst du dort nicht herumlaufen. Deinem Vater werden wir schon heute beim Mittagessen gemeinsam das Messer an die Brust setzen. Erst wird er sich sträuben, du kennst ihn ja, aber schlimmstenfalls vergießt du ein paar Tränen, dann werde ich ihn fragen, wie lange er das mitansehen will. Wozu er eine Tochter in die Welt gesetzt hat, wenn er sie nackt herumlaufen läßt? Und das ist ihm noch immer an die Nieren gegangen. Allerdings wirst du dir dafür wieder ein paar Worte von ihm anhören müssen, wie das früher war, und mich wird er mit seinem unausstehlichen Jargon quälen. Aber das müssen wir beide eben ertragen. Das Ende vom Lied wird der gewünschte Scheck sein, mit dem du gleich morgen zur Königsallee gehen und dir aussuchen kannst, was dir gefällt. Wenn du nichts dagegen hast, komme ich mit.«

Karin küßte ihre Mutter dankbar auf die Wange und beugte sich dann mit ihr über eine Liste, auf der sie schon alles verzeichnet hatte, was sie nötig zu haben glaubte. Nachdem die einzelnen Posten Mimmis Billigung gefunden hatten, räusperte sie sich und sagte: »Karin, ich möchte aber auch noch über ein paar andere Dinge mit dir reden. Schau, es ist nun das erstemal, daß du ohne unseren Schutz in die Welt hinausfährst, und ich hoffe, du bist dir im klaren, was da auf dich zukommen kann.«

»Was denn?«

»Männer, die gefährlich sind.«

»Hoffentlich.«

Mimmi hob den Zeigefinger.

»Karin, ich spreche von Kerlen, die nichts anderes im Sinn haben, als dich zu verführen.«

»Auch das muß einmal sein, Mutti.«

»Karin!« Mimmi schüttelte den Zeigefinger in der Luft. »Du sollst dich nicht immer über mich lustig machen. Du mußt mich richtig verstehen. An sich bist du in einem Alter, in dem auch das, wie du dich ausdrückst, einmal sein muß, sicher. Aber *nicht* mit dem Falschen! *Nicht* mit einem, der nur gut aussieht! Diese Gefahr ist bei euch jungen Mädchen immer riesengroß. Oder mit einem, der nur Geld hat. Was hättest du denn davon? Sieh mich an. Was habe ich von unserem ganzen Besitz? Nichts. Du verstehst, was ich meine?«

»Wann gehen wir morgen zum Einkaufen, Mutti?«

»Wann du willst – aber weiche jetzt bitte nicht vom Thema ab. Ich erwarte von dir, daß du dir den Mann, mit dem du... na, du weißt schon, ich will das nicht noch einmal in den Mund nehmen... daß du dir also diesen Mann vorher genau ansiehst. Ist er gebildet? Hat er Lebensart, Stil, verstehst du? Ein Beispiel: Frägt er, wenn er in Florenz ankommt, nicht nach dem nächsten Käseladen, um sich Anregungen zu holen, sondern nach den Uffizien? *So* meine ich das!«

»Ja, Mutti.«

»Versprichst du mir das?«

»Was? Daß ich mit jedem erst nach Florenz fahre, um ihn zu prüfen, ehe ich mit ihm –«

»Karin!«

»Ja?«

»Was hättest du jetzt um ein Haar wieder gesagt! Du bist kein feines Mädchen, obwohl ich mir mit dir die größte Mühe gebe. Wie oft muß ich dir ins Wort fallen, um zu verhindern, daß du mich an deinen Vater erinnerst?«

»Entschuldige, Mutti.«

»Es geht doch darum, daß du dir nicht selbst alle Chancen verdirbst, wenn du den Richtigen kennenlernst und ich nicht dabei bin.«

»Ich werde schon aufpassen«, sagte Karin. Sie kannte diese Debatte und hatte keine Lust, sie noch länger fortzuführen.

»Wo sind eigentlich meine Badesachen?« fragte sie.

Von der Suche danach, die sogleich einsetzte, wurde sie so sehr in Anspruch genommen, daß kein Gespräch mit Mutter mehr zustande kam. Dies einsehend, räumte Mimmi das Feld.

Wenn einer eine Reise tut, dann kann er was erzählen – sagt man hernach. Vorher ist es meistens so, daß der Tag der Abfahrt nicht schnell genug heranrücken kann. Hat man ein Jahr lang auf den Urlaub gewartet, will man möglichst rasch dem verhaßt gewordenen Alltag entfliehen. Aber so schnell geht das nun auch wieder nicht.

Hat man schon ein Zimmer? Nein. Also los, zum Reisebüro! Oder man setzt sich selbst telefonisch mit einem Hotel bzw. einer Pension in Verbindung. Das erfordert aber oft vier, fünf und noch mehr Versuche, gerade in der Hauptsaison.

Dann muß, wie von Karin geplant, eingekauft werden. Auf ihrer Liste standen: drei neue Tageskleider; ein Abendkleid; Schuhe; Shorts; Strandkleidung; eine moderne Sonnenbrille; Parfüm; Filme für den Fotoapparat; zwei Frottiertücher, extra groß; Sonnenöl; Badetasche; Bademantel; Badehaube.

Die Badesachen mußten neu gekauft werden, weil sich die alten entweder nicht mehr fanden oder unmodern geworden waren. Letzteres traf ganz besonders auf die Badehaube zu, die neuerdings nicht mehr glatt sein durfte, sondern einen aus Gummiteilen angefertigten Blumenschmuck aufweisen mußte.

Nagellack mußte auch besorgt werden, und zwar einer, der zum frisch erworbenen Bademantel paßte.

Das Wichtigste war ein neuer Badeanzug. Karin suchte lange nach einem und kaufte dann zur Vorsicht gleich zwei. Sie wählte mit großer Sorgfalt aus – einen Bikini für besondere Fälle und einen normalen, altertümlichen, falls auch der Pastor der Insel zum Strand kommen sollte, um Kühlung im Wasser zu suchen. Mimmi Fabrici stand daneben, hielt den Bikini in der Hand, versuchte vergeblich, sich vorzustellen, was damit bedeckt werden sollte, und gab es dann auf, sich über die moderne Jugend zu wundern. Auf jeden Fall sah sie, daß Karin den Zweck der Reise begriffen hatte und alle Dinge kaufte, die dazu dienlich sein mochten, nicht nur ungebildete, ungehobelte Männer in Aufregung zu versetzen, sondern auch Akademiker und – noch besser – Herren von Adel, falls solche vorhanden sein sollten.

Eine halbe Woche später war der ersehnte Tag da, an dem Karin reisefertig im Wohnzimmer stand. Sie trug eine hauteng grüne Hose, in der ihr leckerer Hintern geradezu atemberaubend zur Geltung kam, außerdem ein gelbes T-Shirt, gegen das sich auch ihr nicht weniger leckerer Busen durchzusetzen wußte. Ein ebenso gelber Georgetteschal war kühn durch die blonden Locken geschlungen. Die Sandalen waren ein Geflecht aus dünnsten Lederstreifen. Das ganze Mädchen sah rundherum entzückend aus. Vater Fabrici war innerlich voller Stolz darauf, daß er imstande gewesen war, so etwas in die Welt zu setzen, ließ sich aber äußerlich nichts davon anmerken, sondern brummte griesgrämig:

»Dat kann ja heiter werden.«

»Was kann heiter werden, Vati?« fragte Karin.

»De Betrief, den du do auslösen wirst.«

Mutter Mimmi konnte das nicht mitanhören.

»Paul!« rief sie. »Sprich ordentlich, wenigstens vor dem

Kind! Was heißt, der Betrieb, den sie dort auslösen wird? Was soll sie denn für einen Betrieb auslösen?«

»Einen wilden.«

»Im Hotel?«

»Nicht nur im Hotel. *Überall* unter den Männern.«

»Paul«, sagte Mimmi mit Nachdruck, »dieses Kapitel bedarf keiner Erläuterung mehr. Darüber habe ich mit Karin schon gesprochen. Sie weiß, worauf's ankommt.«

»So? Worauf denn?«

»Mutti, Vati«, fiel Karin den beiden ins Wort, »darüber könnt ihr streiten, wenn ich weg bin. Sagt mir lieber eure Adresse in Millstadt, damit ich euch erreichen kann, wenn etwas wäre.«

»Nicht mehr notwendig«, brummte Paul Fabrici zur Überraschung Karins.

»Wieso nicht?«

»Wir fahren nicht, wir bleiben hier.«

»Und euer Urlaub?« rief Karin.

»Man kann auch zu Hause Urlaub machen.«

Karin verstummte, sie blickte ihre Mutter fragend an.

»Ja, mein Kind«, sagte Mimmi daraufhin achselzuckend, »so ist das: Dein Vater hat diesen Beschluß gefaßt und mich heute morgen davon in Kenntnis gesetzt.«

»Aber warum denn?«

»Keine Lust mehr, sagt er.«

»Wegen mir?«

»Nein«, ließ sich Paul Fabrici vernehmen, und als ihn die beiden Frauen anblickten, fuhr er fort zu lügen, »wegen der Österreicher. Ich habe mir das noch einmal überlegt. Seit die uns bei der Fußballweltmeisterschaft in Argentinien besiegt haben, sind sie ja nicht mehr auszuhalten. Ihr kennt den Terporten. Den traf ich gestern, und er hat mir erzählt, daß sein Schwager gerade aus Innsbruck gekommen ist, wo er drei Wochen Urlaub machte. Und drei Wochen lang hatte er von den Österreichern nichts anderes gehört als dieses verdammte 3:2. Nie wieder, sagt er. Und dann soll *ich* mir das antun? Ich bin doch nicht verrückt!«

Mutter und Tochter sahen einander an.

»Da hörst du es«, sagte erstere seufzend.

Die Zeit wurde knapp.

»Habt ihr Franz Bescheid gesagt?« fragte Karin.

Ihr Vater warf einen Blick aus dem Fenster.

»Er wartet schon vor dem Haus«, sagte er.

Franz war einer der Angestellten der Firma, der Karin mit dem Wagen zur Bahn bringen sollte.

»Aber eines, Karin«, fuhr Paul fort, »will ich dir in puncto Männer noch sagen, trotz des Widerspruchs deiner Mutter: Bring mir, wenn's zum Äußersten kommt, nicht einen Kerl ins Haus, der nur auf mein Geld aus ist. Hast du verstanden? Wenn's nach mir ginge, wärst du schon mit dem Peter Krahn verheiratet. Einen besseren gäbe es gar nicht für dich.«

»Es geht aber nicht nach dir«, mischte sich Mimmi ein. »Wer ist denn dieser Mensch? Ein gelernter Metzger –«

»Der Erbe einer ganzen Ladenkette!« fiel Paul ein.

»Einer Ladenkette, die keinerlei Reiz auf unsere Tochter ausübt. Das hat sie dir selbst auch schon gesagt.«

Damit wandte sich Mimmi von ihrem Mann ab und befaßte sich nur noch mit Karin. Der Abschied mußte in die Wege geleitet werden. Die zwei Frauen umarmten sich. Mimmi tätschelte ihrer Tochter liebevoll die Wange, wobei sie sagte: »Mach's gut, mein Kind, paß schön auf dich auf. Beherzige meine Worte. Wenn du etwas brauchst – ein Anruf oder Telegramm genügt. Ganz lieb wärst du, wenn du uns ein paarmal schreiben würdest.«

Mutter und Tochter küßten sich, erstere quetschte einige Tränen aus den Augen.

Auch Vater bekam einen Schmatz auf die Wange. Tränen traten dabei bei ihm nicht in Erscheinung.

Als Karin draußen in den Wagen kletterte, standen Mimmi und Paul Fabrici am Fenster und blickten ihr nach.

»Hoffentlich sehen wir sie gesund wieder«, sagte Mimmi mit banger Stimme.

»Und nicht als werdende Mutter«, ergänzte Paul trokken.

Das verschlug Mimmi sekundenlang die Sprache.

»Bist du verrückt?« stieß sie dann hervor.

»Wieso?« antwortete er. »Das ist doch die altbekannte Methode von solchen Männern, die ich vorhin meinte: einem Mädchen, das eine gute Partie ist, ein Kind anhängen und sie sich so unter den Nagel reißen. Du tust ja gerade so, als ob du vom Mond kämst.«

»Vom Mond kommst *du*!« konterte Mimmi. »Das *war* einmal! Heute sind die Mädchen dagegen geschützt!«

»Großer Gott! Doch nicht dadurch, daß sie keinen ranlassen.«

»Nein, dadurch nicht.«

»Sondern?«

»Durch die Pille, du Dämlack.«

»Die gibt's doch nur auf Rezept«, erklärte Paul nach kurzer Pause, in der er überlegt hatte, ob er gegen den ›Dämlack‹ Protest einlegen sollte.

»Natürlich gibt's die nur auf Rezept«, sagte Mimmi.

»Und ein solches kann sich unsere Karin selbst nicht ausstellen.«

»Sie nicht, aber Dr. Bachem kann ihr eines ausstellen.«

Paul schluckte.

»Unser... Dr. Bachem?«

»Ja, der. Wozu hätten wir ihn denn als Hausarzt?«

Pauls Erstaunen wuchs.

»Soll das heißen, daß der... unserer Karin... nein, das glaube ich nicht.«

»Warum nicht?«

Paul und Mimmi blickten einander eine Weile stumm an. Offenbar genügte das auch, in Paul eine neue Überzeugung ins Leben zu rufen.

»Seit wann?« fragte er.

»Schon seit Jahren.«

»Aber das hätte er uns doch sagen müssen?«
»Nein, das konnte er nicht.«
»Warum nicht?«
»Weil es ihm verboten war.«
»Von wem?«
»Von Karin.«
»Und woher weißt dann du Bescheid?«

Mimmi zeigte ein Lächeln, in dem Triumph lag, als sie erwiderte: »Von Karin. Sie selbst hat es mir schon vor etwa einem halben Jahr gesagt.«

Für Paul war das ein ziemlicher Hammer. Als Familienvorstand hätte er erwartet, daß ihm solche Geheimnisse nicht vorenthalten würden. Er begann zu schimpfen.

»Der einzige, der keine Ahnung hatte, war also ich. So ist's recht, den Alten immer schön an der Nase herumführen, sich über ihn hinter vorgehaltener Hand lustig machen, der Trottel verdient's ja nicht anders, Hauptsache, er zahlt, er schafft das Geld herbei, das gebraucht wird. Aber wartet nur, einmal wird mir das zu bunt, dann könnt ihr was erleben.«

Sein Ärger war echt, und in diesem Zustand empfahl es sich für Mimmi, ihn mit Vorsicht zu genießen.

»Aber Paul«, sagte sie deshalb beruhigend zu ihm, »so ist das doch nicht. In der Pille sehen die Frauen etwas Intimes, über das sie mit Männern nicht so gern sprechen, auch nicht – und schon gar nicht! – Töchter mit ihren Vätern. Da muß es sich schon eine Mutter hoch anrechnen, wenn sie ins Vertrauen gezogen wird. Und von mir wäre es wiederum ein Fehler gewesen, wenn ich nichts Eiligeres zu tun gehabt hätte, als dich einzuweihen. Das hätte mir Karin ganz sicher sehr verübelt, und ich weiß noch nicht einmal, wie sie reagieren würde, wenn sie jetzt, in diesem Moment, hören könnte, daß ich dir ihr Geheimnis preisgegeben habe.«

»Und wie lange steckt sie mit Dr. Bachem schon unter einer Decke?«

»Paul, ich bitte dich, wie sprichst du denn! Wie lange

steckt sie mit Dr. Bachem schon unter einer Decke? Das klingt ja geradezu nach Verbrechen.«

»Wie lange?«

»Seit Jahren.«

Das war wieder ein Hammer.

»Waaas? Seit...«

Das Wort erstarb Paul auf der Zunge. Ausdrücke sammelten sich in ihm an, ganz schlimme. Mimmi erkannte, daß sie rasch reagieren mußte.

»Was regst du dich auf?« sagte sie. »Das heißt doch nicht, daß sie die regelmäßig auch hätte nehmen müssen. Das war nicht der Fall.«

»Soso?« meinte er ironisch.

»Karin ist heute noch Jungfrau.«

Das konnte Paul nach dem, was er gehört hatte, nicht glauben. Drohend blickte er seine Frau an.

»Mimmi, ich warne dich, dieses Spiel mit mir noch länger fortzusetzen. Ihr habt mich lange genug als Trottel angesehen. Schluß jetzt damit!«

»Karin ist heute noch Jungfrau«, wiederholte Mimmi.

»Dann verstehe ich nicht...« Paul unterbrach sich selbst: »Ich versehe mich doch in der Sahara nicht mit Schlittschuhen. Oder in Grönland mit Badehosen?«

Mimmi mußte kurz lachen, dann erwiderte sie: »Du kennst deine Tochter nicht, Paul. Du hast überhaupt von den heutigen jungen Mädchen keine Ahnung. Die wollen sich... wie soll ich sagen?... die wollen sich auf diesem Gebiet aufspielen. Wenn die glauben, es sei soweit, daß sie die Pille brauchen – und das glauben sie viel früher als zu unserer Zeit –, dann besorgen sie sie sich. Weil das ihr gutes Recht ist, sagen sie. Weil wir ohnehin viel zu rückständig sind, um das zu verstehen. Und dazu kommt auch noch, daß keines der Mädchen bei ihren Freundinnen in den Verdacht geraten will, selbst rückständig zu sein. Da muß nur eine mit der Pille anfangen, dann setzt sich das wie eine Kettenreaktion fort. In Karins Schulklasse war das so –«

»Schulklasse!« rief Paul explosiv dazwischen.

»– und schließlich und endlich darfst du auch Dr. Bachem nicht vergessen.«

»Warum darf ich den nicht vergessen? Weil der dran verdienen wollte?«

Mimmi machte eine wegwerfende Geste.

»Ach was! Karin selbst sagte mir, als ich mich genauso wunderte wie du dich, daß es ihr, nachdem sie sich bei Dr. Bachem das erstemal ein Rezept geholt hatte, doch nicht mehr möglich war, damit wieder aufzuhören...«

»Warum nicht?«

»Weil das ihr Ansehen bei ihm geschädigt hätte.«

Restlos entgeistert blickte Paul Fabrici seine Frau an, wobei er sagte: »Das mußt du mir schon näher erklären...«

»Dr. Bachem hätte doch dann gesehen, daß sie keine Pille mehr braucht.«

»Na klar! Und?«

Mimmi seufzte.

»Paul«, sagte sie, »sei um Himmels willen nicht so begriffsstutzig; das liegt doch auf der Hand.«

»Was liegt auf der Hand?«

»Welche Perspektive sich dadurch dem Dr. Bachem automatisch eröffnet hätte.«

Paul guckte noch immer dumm. Mimmi hatte recht, Paul Fabrici kannte sich zwar in Ein- und Verkaufspreisen aus, aber nicht in der Psyche moderner junger Mädchen.

Nach einem zweiten Seufzer erklärte Mimmi: »Karin konnte es auf keinen Fall darauf ankommen lassen, daß bei Dr. Bachem der Eindruck entstanden wäre, sie sei nach einem ersten Versuch bei keinem Mann mehr gefragt. Verstehst du das?«

Zwar fiel endlich der Groschen bei Paul, aber daß er das, was Mimmi gesagt hatte, auch ›verstanden‹ hätte, konnte man nicht behaupten.

»Das darf doch nicht wahr sein«, stieß er hervor.

»Doch«, nickte Mimmi, ihn bei der Hand nehmend, »so ist das heute.«
»Wenn die früher jevöjelt han –«
»Paul!«
»Wenn die früher gevögelt haben«, besann er sich wenigstens aufs Hochdeutsche, »hatten sie vor nichts *mehr* Angst, als davor, daß das bekannt würde. Aber heute« – er holte Atem – »heute ist offensichtlich das Gegenteil der Fall.«
Mimmi hatte Pauls Hand wieder losgelassen, sie geradezu von sich gestoßen.
»Ich will solche Ausdrücke nicht mehr hören!«
»Ist doch wahr.«
»Sei wenigstens froh, daß bei Karin Theorie und Praxis so weit auseinanderklaffen. Das vergißt du wohl?«
»Was vergesse ich?«
»Daß sie nur den Anschein erweckt, als ob sie es ganz toll mit Männern treiben würde; das ist die Theorie. In Wahrheit ist sie noch Jungfrau; das ist die Praxis. Wäre es dir umgekehrt lieber?«
»Wer sagt dir denn das?«
»Was?«
»Daß sie noch Jungfrau ist.«
»Karin sagt mir das!«
Paul schnaubte verächtlich durch die Nase.
»Und du glaubst das?«
»Ja.«
»Ich nicht!«
»Weil du keine Ahnung hast. Es gibt keinen Grund, warum mir Karin nicht die Wahrheit gesagt haben sollte.«
»Warum nicht?«
»Erstens tat sie es unaufgefordert. Und zweitens sieht sie in ihrer Jungfräulichkeit nichts Rühmliches, sondern eher – in ihrem Alter – einen Makel.«
»Sind denn die alle verrückt?!« schrie Paul Fabrici.
Mimmi raubte ihm die letzten Illusionen, indem sie er-

widerte: »Wenn du's genau wissen willst – Karin freut sich auf den Tag, an dem sie mir mitteilen kann, daß es passiert ist.«

Paul blickte um sich wie ein Irrer.

»Und dazu fährt sie ans Meer«, ächzte er. »Allein! Ohne uns!«

Die Wogen glättend, sagte Mimmi: »Sie hat ja die Pille bei sich, Paul. Davon verspreche ich mir mehr, als ich es von unserer Aufsicht tun würde. Diese würde sich nämlich im entscheidenden Moment genauso wirkungslos erweisen wie jedesmal seit Adam und Eva.«

Mimmi Fabrici schien – jedenfalls auf dem zur Debatte stehenden Gebiet – eine große Realistin zu sein. Paul kam da nicht mit. Er blickte sie an, schüttelte den Kopf, schaute zur Tür, schüttelte noch einmal den Kopf und verkündete seine alte Parole:

»Ich jeh ins Jeschäft.«

Nickeroog liegt vor der Nordseeküste. Es ist eine Insel mit einem Bad, das vornehmlich von Leuten besucht wird, die Spaß daran haben, aus einem langweiligen sandigen Strand ein kleines Paradies zu zaubern. Anscheinend gefällt das sehr vielen Menschen, denn wie die Pilze waren die weißen Hotels, die Strandpromenaden, die Pensionen, die ›Original Fischerhäuser‹ und die eleganten Nachtbars emporgeschossen, und der flache Strand vor den Dünen, die Reihen der bunten Strandkörbe und die vielen Wimpel über den Sandburgen erweckten in den Gästen, die ankamen, das Gefühl, in eine ungewohnte, völlig unbeschwerte Welt einzutreten.

Wie überall an der See lagen auch hier die braunen Gestalten in der Sonne und ließen sich braten, wie überall spielten Kinder mit dicken Bällen, saßen ältere Herren in großen Burgen und kloppten Skat, flirteten junge Mädchen mit athletischen Typen, die sich, wenn sie Zeitung lasen, nicht für den Kulturteil, sondern für die Seite mit dem Sport interessierten, machten Eisverkäufer gute Geschäfte und hatten Mütter mit Kindern alle Hände und Augen voll zu tun, um zu verhindern, daß ihnen ihre Kleinen zu Verlust gingen.

Als Karin auf Nickeroog eintraf und im Palast-Hotel das von ihr bestellte Zimmer bezog, begegnete sie gleich in der Halle einem Mann, der sich nicht scheute, sie auffällig zu mustern und ihr sogar anerkennend zuzunicken. Karin war verwirrt. Wie kommt mir denn der vor? dachte sie. Wenn er ein Ami wäre, würde er mir sicher auch noch nachpfeifen. Und das in einem solchen Haus!

Der Mann war aber kein Amerikaner, das verriet schon seine Kleidung. In dieser Beziehung übertreffen ja bekanntlich die Leute aus der Neuen Welt einander bis zur Unmöglichkeit.

Karins Zimmer hatte zwei große Fenster zum Meer hinaus. Ein Balkon nahm die ganze Front des Hotels ein und war durch dünne Wände abgeteilt in einzelne Reservate für die Zimmer.

Karin trat noch vor dem Auspacken hinaus auf den Balkon. Ein herrlicher Blick tat sich ihr auf. Unter ihr lag der weite Strand mit der bunten Pracht der Körbe und Fahnen und erstreckte sich das leicht bewegte Meer, das am Horizont mit dem blauen Himmel zusammenstieß. Kleine Federwölkchen schmückten das weitgespannte flimmernde Himmelstuch und wirkten wie Flocken auf schillernder Seide. Warm wehte die Seeluft in das Zimmer.

Karins Brust weitete sich. Sie breitete die Arme aus, als wollte sie diese ganze schöne Welt an sich ziehen, sie umschließen. Sie sog mit tiefen Zügen das wunderbare Geruchsgemisch von Wasser, Sand, Wärme und Freiheit ein. Vier Wochen Nordsee, dachte sie glücklich. Vier Wochen keinerlei Pflichten und Rücksichten, keine Großstadt, kein Verkehrslärm, keine elterlichen Ermahnungen, keine Supermarktbelange aus Vaters Mund schon am Frühstückstisch, und keine aus Mutters Brust aufsteigende Seufzer darüber. Vier Wochen frei sein von all dem – ein glücklicher Mensch sein unter anderen frohen Menschen, unbeschwert, lustig und – sie mußte lächeln – vielleicht auch bald verliebt.

Der Mann in der Hotelhalle fiel ihr ein. Wie aufdringlich er sie angesehen hatte. Oder war das gar nicht so schlimm gewesen? Ergab sich das eben so, wenn ein junges Mädchen allein, ohne Geleitschutz sozusagen, in Meeresnähe dahergesegelt kam? Löste da das eine das andere aus? Karin Fabrici spürte, daß ein Haufen Erfahrungen darauf wartete, von ihr gesammelt zu werden.

Sie trat vom Balkon zurück in ihr Zimmer. Ihr Blick fiel auf die zwei Koffer, die ihr von zwei Pagen in hellroter Livree nachgeschleppt worden waren. Um der Zeit des Knitterns für ihre Kleider ein Ende zu machen, zögerte Karin nicht länger, die Koffer zu entleeren und mit ihren Sachen den Schrank im Zimmer zu füllen. Anschließend zog sie sich aus, duschte sich und legte sich nackt aufs Bett, um sich auszuruhen; um Kräfte zu sammeln, hätte man auch sagen können. Nach einem Stündchen fühlte sie sich frisch genug, die Welt zu erobern.

Sie schlüpfte in ein Strandkleid aus weißem Leinen, das verziert war mit roten Ornamenten, und in flache Strandschuhe. Dann stieg sie die Treppen hinab und lief durch die Halle hinaus zum fast vor der Tür liegenden Strand. Beim Strandkorbvermieter, einem kahlköpfigen Alten, der seinen linken Arm bei Stalingrad gelassen hatte, mietete sie einen Liegekorb mit der Nummer 45 und schlenderte dann durch den mehligen Sand, um diesen Korb zu suchen. Als sie ihn schließlich in der Nähe einer vorgeschobenen flachen Düne entdeckte, stellte sie erstaunt fest, daß der Korb und eine dazu gehörende halb verfallene Burg bereits belegt waren. Ein braungebrannter Mann lag da im Sand auf einem ziemlich alten Bademantel, hatte sein Gesicht dick eingefettet und schien in der Sonne zu schlafen. Neben ihm lag aufgeschlagen ein Buch.

Karin warf einen Blick auf ihr Ticket. Nein, sie hatte sich nicht geirrt, Korb und Ticket stimmten überein, beide trugen die Nummer 45.

Also lag da ein unverschämter Mensch, der sich fremde Rechte angeeignet hatte. Ein Freibeuter. Ein Nassauer, der auf Kosten anderer Leute –

Karin brach ihre Gedankenkette ab und fragte sich statt dessen, was zu tun sei. Der Kerl schlief. Ihn wecken, war das Nächstliegende. Ihn zum Teufel jagen. Sich höchstens noch seine Entschuldigung anhören.

Wie sieht er denn eigentlich aus? Karin setzte sich neben den Mann und betrachtete ihn. Schwer zu sagen, wie er aussah. Die fettglänzende Haut im Gesicht des Mannes und eine große Sonnenbrille erschwerten es Karin, sich einen zuverlässigen Eindruck zu verschaffen. An den Schläfen waren schon einige graue Fäden zu entdecken, aber das ließ keinen Schluß auf das Alter zu, denn der Körper machte einen absolut sportlichen, durchtrainierten Eindruck. Lang und schlank lag der Mann da, ein guter Anblick – nur der alte, an den Nähten ausgefranste Bademantel störte.

Wer heute in Nickeroog Ferien macht, müßte das Geld haben, sich einen anständigen Bademantel zu kaufen, dachte Karin. Oder er bleibt eben zu Hause. Ich jedenfalls würde das tun.

Und ich, setzte sie in Gedanken hinzu, würde auch zu Hause bleiben, wenn ich nicht gut genug bei Kasse wäre, um mir einen Strandkorb zu mieten.

Sie räusperte sich. Nichts geschah.

Sie räusperte sich noch einmal, unterstützt von einer Möwe, die in diesem Augenblick über sie hinwegschoß und ihr den Gefallen erwies, dabei besonders laut und mißtönig zu kreischen. Den vereinten Kräften Karins und des Vogels gelang es, den gewünschten Erfolg zu erzielen.

Der Mann rührte sich, öffnete die Augen, blickte empor zum Himmel, drehte das Gesicht herüber zu Karin, nahm die Sonnenbrille ab und unterzog Karin einer längeren Betrachtung – das gleiche, was Karin vorher mit ihm getan hatte.

»Mistvieh!« sagte er dann laut und deutlich.

Karin zuckte ein wenig zurück.

»Wie bitte?!«

Der Mann grinste kurz.

»Ich meinte nicht Sie.«

»Sondern?«

»Emma.«

Karin blickte hinter sich, ob außer ihr noch jemand da sei. Nein, das war nicht der Fall.

»Welche Emma?« fragte sie.

»Die Möwe.« Er setzte die Sonnenbrille wieder auf. »Sie hat mich geweckt.«

»Ich auch«, sagte Karin und bekräftigte mit erhobener Stimme: »Wir beide haben Sie geweckt.«

»So?«

»Ja.«

»Aber gehört habe ich nur Emma.«

Karin blickte ihn stumm an. Die Frage, die ihr ins Gesicht geschrieben stand, lautete, ob er wohl nicht ganz bei Trost sei.

Er grinste wieder.

»Sie kennen Morgenstern nicht?« stellte er sie vor ein Rätsel.

»Welchen Morgenstern?«

»Den Dichter.«

Nun, Dichter waren nicht Karins Stärke. Doch auf welches junge Mädchen trifft das nicht zu? Sie haben schon mal von Goethe und Schiller gehört, aber dann...

»Morgenstern? Ein Dichter?« wunderte sich Karin.

Der Mann lachte.

»Sogar ein guter.«

»Das glaube ich nicht«, widersprach Karin.

»Doch, doch.«

»Jedenfalls kann er nicht sehr bekannt sein, sonst hätte ihn meine Mutter schon mal erwähnt.«

Dies schien dem braungebrannten Sonnenanbeter eine Frage wert zu sein.

»Ihre Mutter?«
»Sie liest jede freie Minute«, erklärte Karin stolz.
»Respekt!«
»Aber Morgenstern...? Nein, von dem noch nichts, da bin ich ganz sicher.«
»Vielleicht bevorzugt sie nur Prosa?«
»Was?«
»Romane.«
»Ja, natürlich, was denn sonst?«
»Es gibt auch noch Lyrik.«
»Was?« stieß Karin wieder hervor.
»Gedichte.«
Karin spürte natürlich, daß sie nicht gerade gut abschnitt bei diesem Frage- und Antwortspiel, aber das machte ihr nichts aus. Wenn man ein so hübsches Mädchen war wie sie, wurde einem mangelnder Bildungsglanz nachgesehen. Was sie zu bieten hatte, waren zuerst einmal äußere Werte; auf innere mochte man vielleicht später Wert legen.

Die äußeren waren es auch, die den Sonnenanbeter nun veranlaßten, sich aufzusetzen, sich mit einer Hand im Sand aufzustützen (in der anderen hielt er noch immer seine Sonnenbrille) und Karin ähnlich ungehemmt in Augenschein zu nehmen wie der Mann in der Hotelhalle. Karin konnte es nicht verhindern, unter seinem Blick zu erröten. Sie ärgerte sich.

»Sie sind heute erst angekommen«, sagte er.
Karin schwieg.
»Sie wären mir sonst schon eher aufgefallen«, fuhr er fort. »Wo wohnen Sie?«
Karins Antwort bestand darin, ihm stumm ihr Ticket zu zeigen. Sie erwartete sich davon die einzig mögliche Reaktion des Mannes. Es geschah aber nichts. Ihre Rechte blieben ihr vorenthalten.

»Sie werfen zwar mit unbekannten Dichtern um sich«, sagte Karin daraufhin, »aber lesen können Sie anscheinend nicht.«

Sie hielt ihm dabei ihr Ticket noch näher vor Augen und zeigte auf die Nummer des Liegekorbes.

»Fünfundvierzig«, sagte er.

»Von mir gemietet, mein Herr.«

»Gratuliere.«

»Danke, aber...« Sie machte eine Handbewegung, der nur der Sinn innewohnen konnte, daß er sich verflüchtigen möge.

»Wissen Sie, warum ich Ihnen gratuliere?« antwortete er jedoch ungerührt.

»Warum?«

»Weil Sie mich mit gemietet haben.«

»Weil ich was habe?«

»Mich mit gemietet. Ich liege seit einer Woche in dieser Burg und vor diesem Korb und finde die Positon hier am Rand der Düne herrlich. Daß Sie mich zwingen wollen, das aufzugeben, kann ich mir gar nicht vorstellen.«

»Es wäre aber angebracht von Ihnen, sich das ganz rasch vorzustellen.«

»Und wenn ich mich dazu nicht in der Lage fühle?«

Die Hartnäckigkeit, ja die Frechheit des Mannes trieb Karin mehr und mehr auf die Palme.

»Dann werde ich«, drohte sie ihm an, »die Kurverwaltung ersuchen, Sie aus meinem Korb zu entfernen.«

»Schade.« Der Fremde grinste breit. »Ich wäre bei Ihnen so gern der Hahn im Korb.«

»Ich will Ihnen etwas sagen«, erklärte Karin, wobei sie sich aus dem Sand erhob. »Es liegt mir nicht, Streit zu suchen. Ich gebe Ihnen deshalb Gelegenheit, die Sache friedlich beizulegen, während ich mich hier ein bißchen umsehe. In einer halben Stunde werde ich aber zurück sein, und ich hoffe, daß Sie dann das Feld geräumt haben. Wenn nicht, werde ich Sie dazu eben zwingen müssen. Ersparen Sie mir das, bitte.«

Sie wandte sich ab und ging davon.

»Hallo!« rief er ihr nach. »Hallo!«

Sie setzte ihren Weg fort, ohne sich umzudrehen. Er

verstummte. Karin ging durch die Dünen zum Hauptstrand zurück. Die Musik der Strandkapelle, die in einer großen Zementmuschel am Meer saß, tönte ihr entgegen. Auf der festgewalzten Strandpromenade vor den Glasterrassen der Hotels und vor den Eispavillons, den Cafés und Andenkenbuden stolzierten die Damen, angetan mit den neuesten Modeschöpfungen des Sommers. Lachen und Rufe, Kinderweinen und Wortfetzen angeregter Unterhaltung schwirrten durcheinander, während nahe der Musikmuschel Handwerker ein großes Holzpodium und einen langen Laufsteg bis zu einem anderen Podium aufbauten, wo in vornehmem Schwarz ein großer Konzertflügel unter einem blendend weißen Sonnenschirm stand.

Karin sah den Arbeitern eine Weile zu, ohne zu wissen, was da von ihnen errichtet wurde. Dann schlenderte sie zu einem Eispavillon und setzte sich auf einen der Hocker, die vor der wie eine Bar gestalteten Theke aufgereiht waren. Der Eismixer schüttelte ihr in einem Becher eine Portion zusammen, die er poetisch ›Südseeträume‹ nannte und die vornehmlich aus Erdbeereis und kleinen Ananasstückchen bestand. Dann schaute Karin weiter dem Treiben am Strand zu und dachte ein wenig an den Mann in ihrem Strandkorb.

Ein unverschämter Kerl. Ein Flegel. Vorgestellt hatte er sich auch nicht. Ein Parasit, dessen Dreistigkeit ihresgleichen suchte. Ein Angeber dazu. Erzählte etwas von Dichtern, die nur er kannte.

Aber kein Dummkopf. Nein, kein Esel. Hatte intelligente Augen. Hübsche Augen. War schlagfertig. Das mit dem Hahn im Korb z. B., das war gut. Beinahe hätte ich mir, dachte Karin, das Lachen nicht verbeißen können.

Sie seufzte. Der Eismixer wurde aufmerksam. »Haben Sie noch einen Wunsch?« fragte er.

»Nein, danke.«

Karin schickte sich an, von ihrem Hocker herunterzurutschen, sah auf ihre Armbanduhr und stellte fest, daß die halbe Stunde noch nicht um war.

»Oder doch«, korrigierte sie sich und ließ sich vom Eismixer ihren Becher noch einmal füllen.

Ein Rudel junger Männer, anscheinend Studenten, kam in den Pavillon und sorgte für Betrieb und Lärm. Jeder wollte sein Eis als erster haben, und keiner wollte davon Abstand nehmen, mit Karin zu flirten.

Karin taxierte innerlich einen nach dem anderen ab, und ihr Pauschalurteil über alle lautete schließlich: zu jung, zu unreif.

Der ›Hahn in ihrem Korb‹ war zwar auch frech gewesen, draufgängerisch wie die hier – aber nicht unreif.

Das Eis in Karins Becher begann zu schmelzen. Nachdenklich schlürfte sie es durch einen langen Strohhalm und kaute die Ananasstückchen, ohne eigentlich deren Geschmack bewußt wahrzunehmen.

Von den Studenten, die spürten, daß sie hier keine besondere Wertschätzung fanden, blies ihr einer die Papierhülle seines Strohhalms in den Schoß. Die Aktion wurde allgemein bejubelt.

Kindsköpfe! dachte Karin, zahlte und verließ den Pavillon. Die Hände in den Taschen ihres Strandkleides, die modische Sonnenbrille vor den Augen, schlenderte sie von Andenkenstand zu Andenkenstand, betrachtete die Angebote, sagte sich, daß sie noch vier Wochen lang Zeit haben werde, sich für dies oder jenes zu entscheiden, blickte wieder auf die Uhr, schwenkte dann ab und ging zurück zu ihrem Strandkorb.

Eigentlich war es ja blöd von mir, dachte sie unterwegs, dem Menschen eine Gnadenfrist zu geben. Los, verschwinden Sie, hätte ich sagen sollen, und zwar sofort! Aber was habe ich statt dessen gemacht? Nachgegeben habe ich ihm. Davongelaufen bin ich praktisch. Ich dumme Gans.

War das mein Korb, oder *war* er es nicht? Natürlich war er es, und deshalb hätte ich meine Rechte auf ihn auch unverzüglich geltend machen sollen. Unverzüglich!

Karin Fabrici zürnte sich selbst.

Aber das Problem, dachte sie dann etwas milder gestimmt, ist ja jetzt gelöst; den Menschen bin ich jedenfalls los. Und die Kurverwaltung mußte ich auch nicht in Anspruch nehmen. Außerdem kam ich noch in den Genuß der ›Südseeträume‹, das war sogar ein Vorteil.

Wo mag er sich denn inzwischen eingenistet haben? fragte sie sich. Wer wird denn nun das Glück mit ihm haben?

Nirgends hatte er sich inzwischen eingenistet, niemand hatte das Glück mit ihm – außer nach wie vor Karin selbst.

Als sie nämlich um die Düne bei ihrem Korb herumschwenkte, war zu sehen, daß der unmögliche Mensch immer noch an seinem alten Platz lag und in dem Buch las, das Karin schon anfangs auch bemerkt hatte.

»Das ist ja die Höhe!« stieß sie hervor.

Der Mann klappte das Buch zu.

»Was glauben Sie eigentlich?« fauchte Karin.

Er hätte gern wieder einmal gegrinst, doch ihr Zorn war echt, und da das nicht zu verkennen war, sagte er, um sie etwas zu besänftigen: »Ich wollte ja verschwinden...«

»Und warum sind Sie nicht verschwunden?«

»Weil ich Ihnen sozusagen noch eine Aufklärung schuldig bin. Ich rief Ihnen auch deshalb nach, aber Sie haben nicht mehr reagiert.«

»Welche Aufklärung?«

»Über Emma.«

»Ach...« Mit einer wegwerfenden Handbewegung. »Das interessiert mich nicht. Sicherlich wollten Sie sich irgendwie interessant machen.« Dieselbe Handbewegung noch einmal.

»Nein«, sagte er, »das war eine Erinnerung an den Dichter Morgenstern.«

»Soso.«

»Ein ganz berühmtes Gedicht von ihm beginnt mit der Zeile: ›Die Möwen sehen alle aus, als ob sie Emma hießen...‹.« Damit erhob er sich. »Ja, hiermit wissen Sie's nun. Ich wollte Ihnen das sagen. Sie hätten mich ja sonst für blödsinnig halten müssen, mit meinem ›Emma‹-Gefasel.« Er bückte sich und hob seinen alten Bademantel auf. »Und jetzt erweise ich Ihnen den Gefallen und räume das Feld. Schönen Urlaub wünsche ich Ihnen.«

Als er sich abwandte, um zu gehen, sagte Karin: »Und damit soll ein gutes Gedicht beginnen?«

Er verhielt noch einmal den Schritt.

»Ein *sehr* gutes!«

»Das glaube ich nicht.«

»Warum nicht?« Er blickte sie an, und plötzlich grinste er nun in der Tat wieder.

»Weil das doch wirklich Blödsinn ist«, sagte Karin. »›Die Möwen sehen alle aus, als ob sie Emma hießen....‹.« Sie schüttelte den Kopf. »Nee, nee, das können Sie mir nicht erzählen, daß das gut sein soll.«

Sein Blick wurde etwas herablassend.

»Mein liebes Fräulein«, sagte er dann, »es gibt in der Literatur eine Art von Blödsinn, eine gewisse Form, verstehen Sie, die ist unübertrefflich geistreich, die hat etwas an sich, das den ihr innewohnenden Witz konkurrenzlos macht. Man muß natürlich eine Antenne dafür haben.«

»Und die habe ich nicht, wollen Sie sagen?«

Wenn er mir jetzt nicht sofort widerspricht, dachte sie, dann kann er aber was erleben! Dann mache ich ihm wirklich die Hölle heiß!

»Es scheint so«, meinte er.

Und prompt wurden Karins Lippen, die normalerweise so hübsch und voll waren, schmal.

»Wissen Sie, was Sie sind?«

»Was?«

»Ein Snob. Sie bilden sich eine Menge auf etwas ein, das Sie anscheinend nicht in die Lage versetzt, sich einen anständigen Bademantel zu kaufen.«

Der Hieb saß.

Karins Kontrahent blickte auf das edle Stück in seiner Hand, das er so sehr liebte, von dem er sich einfach noch nicht hatte trennen können, obwohl er wußte, daß es dazu längst Zeit gewesen wäre. Meistens wachsen solche Beziehungen zwischen Männern und alten, verschwitzten Hüten, aber es gibt eben auch andere Fälle.

»Und wissen Sie, was Sie sind?« fragte der Unbekannte Karin.

Das war nicht schwer zu erraten.

»Eine dumme Gans, denken Sie, nicht?« ereiferte sie sich. »Aber hüten Sie sich, mir das ins Gesicht zu sagen. Ich lasse mich von Ihnen nicht beleidigen. Mir genügt das, was Sie sich bis jetzt schon mir gegenüber geleistet haben. Ich werde mich über Sie beschweren, verstehen Sie?«

»So, werden Sie das?«

»Ja, darauf können Sie sich verlassen.«

»Dazu brauchen Sie aber meinen Namen.«

Karin stutzte.

»Richtig«, erkannte sie. »Und daß Sie mir den verraten werden, erhoffe ich wohl vergebens?«

»Nein«, entgegnete er zu ihrer Überraschung. »Ich heiße Walter Torgau. – Torgau... wie die Stadt in Sachsen.«

Das hatte Karin wirklich nicht erwartet. Sie wußte deshalb nicht gleich, was sie sagen sollte.

Karin Fabrici war ein sehr temperamentvolles Mädchen, ja vielleicht sogar eine kleine Cholerikerin. Das hatte sie von ihrem Vater geerbt. Doch so jäh ihr Zorn aufflammen konnte, so rasch fiel er meistens auch wieder in sich zusammen. Außerdem schien dieser Mensch hier ja auch eine oder zwei gute Seiten zu haben – die Art, wie er sich z. B. da soeben vorgestellt hatte, ohne daß er dem geringsten Zwang dazu unterworfen gewesen wäre, verdiente doch eine gewisse Anerkennung.

»Wenn Sie jetzt gehen«, sagte Karin, »ist der Fall für mich erledigt, Herr Torgau. Ich will unseren Zusammenstoß vergessen.« Sie zwang sich sogar zu einem kleinen Lächeln. »Ich wüßte ja auch gar nicht, wo ich mich beschweren sollte. Bei wem? Ich will gar nicht danach suchen.«

Statt sich dankbar zu zeigen, erwiderte Torgau mit deutlicher Ironie: »Bei wem Sie sich beschweren sollten? Am besten gleich beim Kurdirektor persönlich.«

Kein Wunder, daß es in Karin schon wieder zu gären begann.

»Ist das Ihr Ernst?« fragte sie.

»Mein voller! Und bestellen Sie dem guten Onkel Eberhard schöne Grüße von Schlupp.«

Karin starrte ihn mit leicht geöffnetem Mund an und war einen Moment lang sprachlos. Als sie sich wieder gefaßt hatte, sagte sie erkennend: »Daher Ihr Benehmen...«

»Onkel Eberhard wird mich trotz meiner Verwandtschaft mit ihm zum Rapport bestellen.«

Weibliche Neugierde verhakt sich oft an Nebensächlichem.

»Wieso Schlupp?« fragte Karin. »Was heißt das?«

»Schlupp ist ein Überbleibsel aus meiner seligen Kindheit. Als man es noch wagen durfte, mich nackt auf einem Eisbärfell zu fotografieren, nannte man mich Schlupp. Warum – das weiß heute keiner mehr.«

»Genau wie bei mir«, entfuhr es Karin.

»Ja?«

»Mir blieb in der ganzen Verwandtschaft lange die Bezeichnung ›Wepse‹. Niemand konnte sagen wieso.«

»Vielleicht war damit ›Wespe‹ gemeint.«

»Wespe? Das Stacheltier?«

»Könnte doch sein«, grinste er.

»Nicht sehr schmeichelhaft für mich.«

Aber zutreffend, dachte er und fragte sie: »Verstehen Sie Bayrisch?«

»Nein, wieso?«

»Die Altbayern sagen ›Weps‹ zur Wespe. Sie drehen also die zwei Konsonanten in der Mitte des Wortes um. Außerdem verändern sie auch das Geschlecht. Sie sagen ›Der Weps‹ und nicht ›Die Wespe‹.«

Karin staunte. Sie dachte auch wieder an Morgenstern

und fragte: »Woher wissen Sie das alles? Sind Sie Philologe?«

»Nein.«

»Bibliothekar?«

»Auch nicht.«

»Oder etwas Ähnliches?«

Er schüttelte noch einmal verneinend den Kopf, entschloß sich plötzlich, in seinen alten Bademantel zu schlüpfen, und sah dann, angetan mit dem zerfransten Stück, an sich herunter, wobei er sagte: »Und nun möchte ich Ihnen diesen Anblick nicht mehr länger zumuten. Schönen Dank für die Zeit, die Sie mir hier Quartier gewährt haben.«

Karin blickte ihm nach. Das wäre aber jetzt auch nicht notwendig gewesen, dachte sie. Wir hätten uns doch irgendwie einigen können. Er mit der Nase in seinem Buch, ich mit dem Gesicht in der Sonne, die Augen geschlossen, beide einander keine Beachtung schenkend – warum hätte das nicht gehen sollen?

Karin betrachtete ihren Korb, trat näher an diesen heran. Er wirkte so leer. Dem wäre aber abzuhelfen gewesen dadurch, daß sie sich in ihn hineingesetzt hätte. Indes, dazu verspürte sie plötzlich nicht mehr die richtige Lust.

Erstens brauche ich etwas, sagte sie sich, zum Lesen. Und zweitens will ich braun werden; das kann ich aber nur im Badeanzug und nicht im Strandkleid. Wozu habe ich denn meinen neuen Bikini? Du liebe Zeit, fiel ihr ein, der liegt ja noch im Hotel.

So kam es, daß Karin Fabrici verhältnismäßig bald wieder am Hauptstrand auftauchte, wo die Arbeiten, die dort verrichtet wurden, rasch ihren Fortschritt genommen hatten und noch nahmen. Karin hatte es nicht eilig; ihr Bikini, den sie holen wollte, lief ihr nicht davon. Sie blieb stehen, um ein bißchen zuzugucken. Gerade wurde über den breiten Laufsteg, der die beiden Podien verband, ein blutroter Teppich gelegt, und an den Podien selbst stellten Arbeiter große, in grünen Holzkisten gepflanzte Palmen im Halbkreis herum. Ein Mann in einem weißen Fresko-Anzug dirigierte die Schar der Tätigen und reagierte sofort, als er Karins Interesse bemerkte, indem er sich galant vor ihr verneigte und lächelnd fragte: »Gnädigste werden sich heute abend auch zur Wahl stellen?«

»Zur Wahl?« Karin schüttelte den Kopf. »Welche Wahl denn?«

»Das wissen Sie nicht? Sie sind wohl heute erst angekommen?«

»Ja.«

»Daher also. Die Insel wählt heute abend unter Beteiligung aller Gäste seine Königin. Die schönsten der jungen Damen werden sich um den Titel der ›Miß Nickeroog‹ des laufenden Jahres bewerben. Der Preis: ›24 Stunden lang Leben eines Filmstars‹. Die NNDF – Neue Norddeutsche Film AG – hat sich dazu zur Verfügung gestellt. Für die Gewinnerin der Wahl wird das eine einmalige Chance sein. Versteht sie es, die Gelegenheit beim Schopf zu pakken, und hat sie das nötige Talent, kann sie für immer beim Film landen. Ist das nichts, meine Gnädigste?«

»Doch, doch«, lachte Karin.

»Ich bin der Veranstalter dieser Schönheitskonkurrenz.« Abermalige Verneigung. »Wenn Sie gestatten: Johannes M. Markwart.«

»Freut mich«, sagte Karin, unterließ es aber, sich selbst auch vorzustellen.

Johannes M. Markwart war es gewohnt, seinen Job oft mit Privatem zu verbinden.

»Gnädigste«, meinte er mit gedämpfter Stimme, »ich hätte Sie zur Teilnahme an der Wahl gar nicht animieren dürfen.«

»Warum nicht?«

»Weil ich selbst den Ruin meiner Veranstaltung damit sichergestellt habe. Sie wird keine Konkurrenz mehr sein.«

Was er damit meinte, war nicht schwer zu begreifen.

»Wenn das so ist«, erklärte Karin vergnügt, »werde ich an der Veranstaltung natürlich nicht teilnehmen, um Sie vor Schaden zu bewahren.«

»Aber nein!« rief Johannes M. Markwart. »Lassen Sie sich um Himmels willen nicht davon beeinflussen. Was kümmert mich geschäftlicher Mißerfolg gegen das Geschenk, mit Ihnen bekannt zu werden, mit Ihnen Kontakt zu bekommen, diesen auszubauen, ihn zu intensivieren bis hin zu einer Verbindung, die gekennzeichnet wäre durch die Rosen, die ich Ihnen auf den Weg streuen möchte.«

Solche Sprüche schüttelte ein Johannes M. Markwart sozusagen aus dem Ärmel. Das gehörte zu seinem Beruf. Damit soll aber nicht gesagt sein, daß er dies gegenüber Karin Fabrici ohne jede innere Beteiligung getan hätte. O nein, dieses Mädchen sah so toll aus, daß er in der Tat auf Anhieb dazu neigte, ihr allererste Priorität zuzugestehen und alles andere zurückzustellen. Um es anders zu sagen, allgemeinverständlicher: Er hätte sie nur allzu gerne vernascht und war spontan entschlossen, dies anzustreben.

»Ich darf also mit Ihnen rechnen, Gnädigste?« fragte er.

»Wir werden sehen«, antwortete Karin, um der Sache ein Ende zu machen, nickte ihm lächelnd zu und entfernte sich.

Sie hatte von weitem einen gewissen Bademantel erkannt, dessen Träger die Promenade entlangkam, munter mit einer wohlproportionierten rothaarigen Dame plaudernd, mit der er bestens bekannt zu sein schien. Wenn er allein gewesen wäre, hätte es Karin vielleicht so eingerichtet, daß sie mit ihm noch einmal zusammengetroffen wäre. Da er sich aber in Begleitung dieser Rothaarigen befand, störte sie das. Warum eigentlich? Karin wußte es nicht. Sie ging weiter. Das Gespräch mit dem Veranstalter Markwart hatte sie ganz spontan abgebrochen. Frauen oder Mädchen haben oft irgendwelche Empfindungen, über die sie sich selbst keine Rechenschaft abzulegen vermögen.

Wenn sich Markwart darauf verließ, daß das tolle Mädchen, nach dem er da soeben seinen Köder ausgeworfen hatte, heute abend in die Haut einer ›Miß‹ schlüpfen würde, um an der Wahl der Schönsten teilzunehmen, war er auf dem Holzweg. Wer nahm denn an so etwas schon teil? Billige Mädchen, verrückte Dinger, die Filmflausen im Kopf hatten. Aber keine Karin Fabrici!

Ansehen wollte sie sich die Veranstaltung aber schon.

Walter Torgau hatte Karin auch entdeckt, als sie mit Markwart gesprochen und dieser es vor aller Augen auf sie angelegt hatte.

»Lola«, hatte er zur Rothaarigen an seiner Seite gesagt, »siehst du das?«

»Was?«

»Wie der Hannes die aufs Korn nimmt?«

Lola blieb stehen, zwang dadurch auch Torgau zum Anhalten und beobachtete mit verengten Augen das Geschäkere des Mannes im weißen Fresko-Anzug mit einem verdammt hübschen Mädchen.

»Was ist denn das für eine?« fragte sie.

»Keine Ahnung«, antwortete Walter Torgau.

Lola schaute wieder. Ein Weilchen blieb es stumm zwischen ihr und Walter. Lolas Miene wurde böse. Daraus ließ sich schließen, daß Lola auf den Mann im weißen Fresko gewisse Rechte zu haben glaubte, die ihr gefährdet erschienen.

»Komm«, sagte sie und wollte Walter am Arm mit fortziehen.

Er rührte sich aber nicht vom Fleck.

»Wohin?« fragte er.

»Zu denen hin. Ich kratze der die Augen aus.«

»Wieso ihr? Siehst du nicht, wer dort die treibende Kraft ist?«

Noch einmal wurde Lola zur schweigenden Beobachterin. Nicht lange jedoch, und sie bekannte sich zur Ansicht

Walters. Zähneknirschend sagte sie: »Wenn der glaubt, das mit mir machen zu können, täuscht er sich. Eher bringe ich ihn um.«

»Es ist dir wohl klar, worum's ihm geht«, goß Walter Torgau Öl ins Feuer.

»Sicher! Ins Bett will er mit der, was denn sonst?«

»Und als Einleitung schwebt ihm für heute abend die Wahl dieses Mädchens zur ›Miß Nickeroog‹ vor. Das ist doch seine Tour. Genau so hat er's ja auch mit dir gemacht, erinnere dich doch.«

»Dieser Schuft!«

»Du mußt aufpassen, Lola.«

»Das werde ich auch, darauf kannst du dich verlassen!«

»Wie ich dich kenne, wird es dir gelingen, ihm das Konzept zu verderben.«

»Du kennst mich sehr gut.«

»Allerdings sagtest du, daß du ihn notfalls umbringst«, witzelte Walter Torgau, bestrebt, die hauptsächlich von ihm vergiftete Atmosphäre wieder ein bißchen aufzulockern. »Das ginge natürlich zu weit.«

»Ich bringe ihn aber eher um!« entgegnete Lola in vollem Ernst.

»Red keinen Quatsch. Auf so was steht lebenslänglich, Lola.«

»Laß mich mit deinen Paragraphen in Ruh'. Ihr Juristen habt kein Blut in den Adern, sondern Tinte. Außerdem wäre das kein Mord, wie du zu glauben scheinst, sondern Totschlag. Ein bißchen kenne ich mich auch aus.«

»Auch das dir aus dem Kopf zu schlagen, kann ich dir nur raten.«

Lola, die ihren Hannes und das viel zu hübsche Mädchen nicht aus den Augen gelassen hatte, sagte plötzlich ein bißchen erleichtert: »Jetzt geht sie.«

Man konnte sehen, wie Karin sich entfernte. Sie überließ einen passionierten Schürzenjäger seinen Träumen, die diesmal nur als Illusionen zu bezeichnen waren.

Torgau hob die Hand zu einem legeren Gruß.

»Wir müssen uns hier trennen, Lola«, sagte er.
»Wohin willst du?«
»Zur Kurdirektion. Ich habe da noch etwas zu erledigen.«
»Bei deinem Onkel?«
»Oder seiner Frau.«
»Tschüß!«
»Tschüß!«
Lola setzte sich in den nächsten Eispavillon, um ihrem aufgewühlten Inneren Zeit zu geben, sich wieder etwas zu beruhigen. Erst wenn das erreicht sein würde, wollte sie sich ihren Hannes vorknöpfen.

Über dem Haupte Torgaus hing die Drohung, daß bei der Kurdirektion eine Beschwerde über ihn einging. Wenn ja, sollte dies die Direktion nicht ganz unvorbereitet treffen. Walter eilte deshalb mit langen Schritten um das Kurhaus herum und betrat durch einen Nebeneingang das große Gebäude. An einer Tür im zweiten Stockwerk hing ein Schildchen mit der Aufschrift ›Kurdirektor. Privat.‹ Torgau zögerte davor kurz, grinste, klopfte an und trat mit den Bewegungen eines Mannes, der so etwas gewöhnt ist, in das weite, helle Zimmer, wo ihn eine elegante Vierzigerin empfing. Als die Dame seiner ansichtig wurde, lächelte sie erfreut.

Der hereinbrechende Abend sah das weite Rund um die Konzertmuschel und die beiden Podien bereits mit Publikum gefüllt. Auf weißen Stühlen saßen an kleinen, runden Korbtischen die Kurgäste, die in ihren besten Garderoben erschienen waren, in Abendkleidern aus bekannten Modeateliers, in Smokings aus den Werkstätten hochbezahlter Schneider. Pretiosen blitzten, Ringe, Broschen, Ketten. Perlen schimmerten. Die Fülle der Frisuren, der modischen Neuheiten und eleganten Extravaganzen regte zu leisen Gesprächen, zu eifersüchtigen Blicken und getuschelten Debatten des Neides, der Kritik, nur selten des Lobes oder der Bewunderung an. Joviale Herren fortgeschrittenen Alters wandelten durch die Stuhl- und Tischreihen, begleitet von auffallend jungen Damen, die alle ihre Töchter hätten sein können, es aber nicht waren.

Überall hingen an langen, bunten Kordeln Hunderte von Lampions, die ein weiches, mildes Licht über den Ort des Geschehens gossen, auf diese Weise ein farbenfrohes Bild schufen und zusammen mit dem Rauschen des Meeres, den Klängen der Kapelle und dem Stimmengemurmel des Publikums eine Atmosphäre erzeugten, die enthusiastische Besucher feenhaft nannten.

In der Konzertmuschel stand vor seiner Kapelle ein Bandleader, den man genausogut für fünfzig wie für dreißig hätte halten können. Kohlschwarz glänzte sein Haar, kohlschwarz glühten seine Augen. Der typische Südländer. Die Augen waren ein Werk der Natur, die Haare eines der zahlreichen Friseure, die schon damit beschäftigt gewesen waren, sie zu färben.

Benito Romana, der bekannte Tangospezialist...

Magnetisch zog er die Blicke angejahrter, frustrierter Ehefrauen, aber auch verträumter Teenager auf sich. Wenn er sich untertags am Strand sehen ließ, um Badefreuden zu genießen, klopften viele Damenherzen schneller. Nur vereinzelt gab es allerdings auch Augen, die schärfer hinsahen und an seinem kastanienbraungebrannten Körper Spuren des Verfalls entdeckten, Spuren, die darauf schließen ließen, daß ihn die Massagen der zwei Sängerinnen seiner Kapelle mehr in Mitleidenschaft zogen, als sie ihn in Form halten konnten.

Benito Romana stammte nicht aus südlichen Gefilden, sondern aus Berlin-Moabit und hieß schlicht Karl Puschke. Das wußte aber niemand, nicht einmal die Kurdirektion ahnte dies, die den erfolgreichen Orchesterleiter mit seiner ausgezeichneten Kapelle nach längeren Bemühungen aus einer rheinischen Großstadt nach Nickeroog hatte locken können.

Sein Trick war es, ein gebrochenes Deutsch mit italienischen Brocken zu durchsetzen. Dafür wurde er von jung und alt, soweit es sich um Vertreterinnen des schwachen Geschlechts handelte, angehimmelt. Sein musikalisches Repertoire war groß; persönlich favorisierte er allerdings, wie schon erwähnt, den Tango; insofern wurde er von der Jugend, besonders der männlichen, manchmal doch auch schon als etwas antiquiert empfunden.

Am größeren Podium standen:

Johannes M. Markwart, ein wenig bedrückt nach einer sehr lauten Aussprache mit seiner Lola; Maitre Sandrou, ein bekannter Pariser Modellschneider, der zum Preisrichterkollegium gehörte; Kurdirektor Eberhard v. Vondel; Manfred Barke, ein noch unbekannter, aber sehr ehrgeiziger junger Filmregisseur; der Geschäftsführer des Kurhauses, der auf den seltsamen Namen Cölestin Höllriegelskreuther hörte, obwohl er kein Bayer oder Tiroler, sondern ein waschechter Friese war; und schließlich und endlich ein älterer, kerzengerade dastehender Herr, der zur ersten Garnitur des Bades gehörte.

Dieser ältere Herr war Baron v. Walden. Als ehemaliger Turnierreiter behielt er auch im täglichen Leben das steife Kreuz eines guten Sitzes auf dem Pferd bei und stolzierte mit seinem Hohlkreuz durch die Landschaft. Man nannte ihn deshalb auch nur den ›Baron v. Senkrecht‹.

Die Gruppe dieser Persönlichkeiten war also um das Podium versammelt, das sich in der Nachbarschaft eines runden Pavillons befand, in dem sich die Bewerberinnen um den Preis der ›Miß Nickeroog‹ zusammengefunden hatten und einander nun, sparsam in Superbikinis gehüllt, mit kritischen Blicken musterten und sich gegenseitig am liebsten schon mit Fingernägeln bearbeitet hätten. Der Bademeister, der diese gefährliche Schar zu bändigen hatte, saß, von Resignation übermannt, in einer Ecke; er hatte alle Bemühungen aufgegeben, den streitsüchtigen Damen ihre niederen Instinkte auszureden und den hin und her fliegenden spitzen Bemerkungen Ermahnungen, sich zu mäßigen, entgegenzusetzen.

Die Giftigste von allen war Lola. Notdürftigst angetan

mit einem aus winzigen Teilen bestehenden goldenen Seidenbikini, stellte sie ihre langen schlanken Beine, den biegsamen Leib und fast gänzlich unverhüllt auch die kleine, jedoch wohlgeformte Brust zur Schau. Sie tänzelte von einem Fuß auf den anderen und suchte jene Dame, mit der Johannes M. Markwart auf Abwege zu geraten sich angeschickt hatte.

Diese Dame, Karin Fabrici, stand im Hintergrund, an einen Sonnenschirm gelehnt, den man bei Einbruch der Dunkelheit zu schließen vergessen hatte, und überblickte das ganze herrliche Bild von Wohlstand, guter und giftiger Laune, offenen und verborgenen Wünschen, von echter Eleganz und von falscher. Sie hatte ihr neues, tief ausgeschnittenes Abendkleid aus großgeblümtem Organdy an, unter dem sie einen in Prinzeßform geschnittenen, ebenfalls weiten seidenen Unterrock in stahlblauer Farbe trug. Ein schlichtes Kollier aus zwei Topasen und einem Turmalin schmückte den schlanken Hals. Da der Abend kühl zu werden versprach, trug Karin um die Schulter einen breiten Schal aus Madeiraspitzen, dessen blendendes Weiß einen sehr, sehr hübschen Gegensatz zu dem durch den Organdy schimmernden Stahlblau des Unterrocks bildete. Im Haar steckte eine kleine mit Brillantsplittern besetzte Rose aus Rotgold.

Karin fühlte sich bald einsam, und sie konnte dem Treiben, das sie beobachtete, keinen besonderen Reiz mehr abgewinnen. Allerdings hatte es noch gar nicht richtig angefangen. Sie kam sich aber jetzt schon irgendwie ausgeschlossen aus dem ganzen Betrieb vor. Das kam daher, daß sie ohne Begleitung war. Sie hatte noch keine Bekannten in Nickeroog, war heute erst angekommen, war also fremd in diesem Kreis und hatte Hemmungen, sich einfach an irgendeinen Tisch zu setzen. So verblieb sie denn weiter unter der Obhut ihres Sonnenschirms, beobachtete den Pulk der Herren um den Veranstalter Markwart, auf den sich alles konzentrierte, und rang mit dem Entschluß, fortzugehen und sich allein in ihren Strandkorb zu setzen und die Stille der Nacht, das Rauschen des Meeres und die Einsamkeit unter den glitzernden Sternen zu genießen. Ein Hindernis war da nur ihre Garderobe. Ein Abendkleid und ein Strandkorb – das paßte nicht gut zusammen.

Trotzdem wollte sich Karin gerade abwenden und das weite Rund der schaukelnden Lampions verlassen, als sie Bewegung in ihrer Nähe spürte. Leicht erschrocken wandte sie sich um und sah, daß sie Gesellschaft bekommen hatte. Walter Torgau stand hinter ihr.

»Guten Abend«, sagte er mit unterdrückter Stimme.

Fast hätte ihn Karin nicht erkannt. Angezogen wirkte er ganz anders als in der Badehose – nämlich irgendwie so, daß er ›wer‹ war.

»Guten Abend«, grüßte auch Karin.

»Ich habe Sie gesucht.«

»Wozu?«

»Um mich für meine Beschlagnahme Ihres Strandkorbes zu entschuldigen.«

Das war natürlich nicht der Grund, trotzdem fuhr er fort: »Wissen Sie, ich habe mir das Ganze noch einmal überlegt und bin zu der Ansicht gekommen, daß das, was ich gemacht habe, wirklich unmöglich war. Man tut so etwas nicht. Bitte, verzeihen Sie mir.«

»Sie bereuen also Ihr Verbrechen?« antwortete Karin lächelnd.

»Zutiefst.«

»Dann geht es nur noch darum, die Buße festzusetzen.«

»Welche denn?«

»Das muß ich mir noch überlegen.« Sie schien darüber nachzudenken, sagte aber dann: »Übrigens war ich gerade dabei, zu meinem Strandkorb zu gehen und mich in ihn zu setzen.«

»Jetzt?« fragte er ungläubig.

Sie lachte.

»Jetzt wäre ich wenigstens sicher, daß ihn mir niemand streitig machen würde.«

»Darf ich Sie hinbringen?« sagte er bereitwillig. Klar, daß er sich davon etwas versprach.

»Nein«, erwiderte Karin, die seine Absicht erkannte und sie damit durchkreuzte.

»Warum nicht?«

»Weil wir dann ja wieder soweit wären.«

»Wie weit?«

»Daß mir jemand meinen Strandkorb streitig machen würde.«

»Sie irren sich.«

»Das glaube ich nicht.«

»Doch, doch, wir würden ihn uns brüderlich teilen.«

»Und was ist mit schwesterlich?«

»Das wäre Ihre Aufgabe.«

Beide lachten. Karin war dem Flirt, der begonnen hatte, weiß Gott nicht abgeneigt, doch eine innere Stimme ermahnte sie, ein bißchen die Bremse anzuziehen. Sie sagte deshalb: »Bleiben wir lieber hier.«

»Sie sind wankelmütig«, entgegnete er. »Einmal so, einmal so...«

»Warten wir auf das, was uns hier geboten wird.«

»Gefällt Ihnen denn dieser Käse?«

»Käse?«

»Was ist es denn sonst?«

»Das sagen *Sie* – als *Mann*?«

»Ja, das sage *ich*!«

Das klang sehr arrogant. Karin fing an, sich über ihn zu ärgern.

»Solche Veranstaltungen finden doch nur statt, weil die Männer sie verlangen«, erklärte sie.

»Nicht alle Männer.«

»Sie nicht, wollen Sie damit sagen?«

»Ganz recht.«

»Sie halten sich wohl für eine Ausnahme?«

»Vielleicht.«

»Aber eingebildet sind Sie trotzdem nicht, wie?«

»Geschmack hat nichts mit Einbildung zu tun.«

»Geschmack, aha.«

Das Gespräch spitzte sich zu.

»Und Sie haben Geschmack?« fuhr Karin fort.

»Ich denke schon.«

»Einen Geschmack, der sich nicht mit Schönheitskonkurrenzen verträgt?«

»Gegen eine Schönheitskonkurrenz von Pudeln oder Möpsen habe ich nichts einzuwenden«, meinte Walter Torgau wegwerfend.

»Aber gegen eine von attraktiven Mädchen?« sagte Karin.

»Attraktiven Mädchen?« Er nickte geringschätzig hin zu dem Pavillon mit den Bikini-Mädchen. »Sehen Sie sich doch die an. Billigste Ware.«

»Ich sehe, daß ein Teil dieser Ware, wie Sie sich ausdrücken, sehr hübsch ist.«

»Äußerlich vielleicht – aber das allein genügt nicht.«

»Soso.«

»Sie wissen genau, was ich meine. Ein wirkliches Klassemädchen suchen Sie dort vergebens – wie übrigens bei jeder dieser Veranstaltungen.«

Damit hatte Torgau zwar die Auffassung zum Ausdruck gebracht, die Karin selbst insgeheim auch vertrat, aber nun war sie, von ihm gereizt, soweit, daß sie zu ihrer eigenen Überraschung hervorstieß: »Und wenn ich daran teilnehmen würde?«

»Sie?«

»Ja.«

»Lächerlich! Sie doch nicht!«

»Warum nicht?«

»Aus verschiedenen Gründen. Einer davon mag Sie ganz besonders überraschen.«

»Welcher?«

»Daß ich suchen würde, Sie daran zu hindern.«

Es blieb ein, zwei Sekunden lang still. Ein gefährlicher Funke tauchte in Karins Auge auf. Dann entgegnete sie gedehnt: »*Was* würden Sie?«

»Suchen, Sie daran zu hindern«, wiederholte Torgau. Es war der größte Fehler, den er der durch und durch emanzipierten Karin Fabrici gegenüber machen konnte.

Nun überstürzte sich das Weitere.

»Erstens«, sagte Karin kampfeslustig, »sind Sie nicht mein Vater, der mir Vorschriften zu machen hätte –«

»Das nicht, aber –«

»Oder mein Mann –«

»Auch nicht, leider, aber –«

»Und zweitens würde ich mir auch dann, wenn Sie mein Vater wären –«

»Oder Ihr Mann –«

»– keine Vorschriften von Ihnen machen lassen, merken Sie sich das! Ich lasse mir überhaupt von niemandem mehr Vorschriften machen! Diese Zeiten sind für mich vorbei! Ich bin ein modernes junges Mädchen und weiß selbst, was ich zu tun habe!«

»Aha.«

Dieses ironische ›Aha‹ trieb Karin erst richtig auf die Palme.

»Davon werden Sie sich sehr rasch überzeugen können«, erklärte sie.

»Fräulein Fabrici, Sie –«

Karin war überrascht.

»Woher wissen Sie meinen Namen?« unterbrach sie ihn.

»Ich habe mich erkundigt, das war nicht schwierig. Die Neuanmeldungen –«

»Sie haben die Hotels abgeklappert?«

»Nein, nur die Kurdirektion.«

»Aha«, meinte nun Karin, sagte dies jedoch nicht ironisch, sondern wütend.

»Sie wollten sich doch dort über mich beschweren, Fräulein Fabrici?«

»Ich bedaure, daß ich das noch nicht getan habe.«

»Meine Tante hat mir trotzdem schon den Kopf gewaschen.«

»Ihre Tante?«

»Die Gattin des Kurdirektors.«

»Woher wußte sie Bescheid?«

»Ich habe mich selbst bei ihr angezeigt«, feixte Torgau. »Mein Onkel war gerade nicht da.«

Das Grinsen verging ihm aber rasch wieder. Karin zeigte sich davon unbeeindruckt. Sie war immer noch wütend.

»Sie nehmen das Ganze wohl nicht ernst genug, sehe ich«, sagte sie. »Sie schlagen Kapital daraus, daß Ihre Verwandtschaft Sie vor Unannehmlichkeiten schützt. So gesehen, ist man Ihnen gewissermaßen ausgeliefert, und das nährt Ihren Größenwahn.«

»Größenwahn?«

»Größenwahn, ja. Sie wollten mir vorschreiben, nicht an dieser Schönheitskonkurrenz teilzunehmen. Aber Sie haben sich dazu die Falsche ausgesucht, Herr Torgau!«

Karins Augen flammten im Schein der Lampions.

»Warten Sie nur ein paar Minuten!« setzte sie hinzu und wandte sich von ihm ab.

Schon hatte sie sich einige Schritte entfernt, als ihr Torgau nachrief: »Wohin wollen Sie?«

Über ihre Schulter rief sie zurück: »Zu meinem Hotel.«

»Wozu?«

»Um den Bikini zu holen!«

Torgau stieß einen leisen Fluch aus und rief laut: »Karin!«

Umsonst. Karin Fabrici aus Düsseldorf zeigte sich taub. Rasch entschwand sie und ließ einen Mann zurück, der sich an die Hoffnung klammerte, daß der Weg zum Hotel sie abkühlen und zur Vernunft bringen werde.

In der gleichen Minute gab Johannes M. Markwart, der Veranstalter, dem Kapellmeister ein Zeichen, woraufhin das Orchester einen Tusch spielte. Still wurde es am Strand, und Markwarts weißer Frack leuchtete in einem grellen Scheinwerferkegel auf dem Laufsteg. Es ging los.

»Meine hochverehrten Damen und Herren«, sagte

Markwart mit heller Stimme, »die Kurdirektion gibt sich die Ehre, Sie alle heute aufzunehmen in ein großes Preisrichterkollegium. Zur Wahl steht wieder einmal die ›Miß Nickeroog‹ des laufenden Jahres. Eine erfreulich große Anzahl attraktiver junger Damen hat sich zur Verfügung gestellt, um der Konkurrenz den nötigen Glanz zu verleihen. Danken wir jeder von ihnen. Siegen kann nur eine, aber schon die Teilnahme allein bedeutet eine Auszeichnung. Wir alle kennen dieses berühmte Wort, das der elegante Baron de Coubertin in ähnlicher Form prägte, als er die Neugründung der Olympischen Spiele ins Leben rief. Eine Olympiade der Schönheit veranstalten wir heute auf Nickeroog. Mögen Sie, meine Damen und Herren, Gefallen daran finden, einen Gefallen, der groß genug ist, um jeden von Ihnen auch in den kommenden Jahren immer wieder hierher auf die Insel, dieses Juwel der Nordsee, zu locken. Dies wünscht Ihnen – und sich – die Kurdirektion aus ganzem Herzen.«

Baron v. Senkrecht stand am Fuß des Podiums und hatte zu jedem Satz Markwarts sein Einverständnis genickt, vor allem, als der Name seines Kollegen Coubertin gefallen war.

Markwart hatte noch nicht alles gesagt. Er legte nur eine kurze Pause ein. Nach den Ausführungen allgemeiner Natur, die er bisher zum besten gegeben hatte, wurde er nun konkret. Er fuhr fort: »›Ob blond, ob braun, ich liebe alle Frau'n‹, heißt es in der Operette. So leicht ist jedoch heute Ihre Aufgabe, meine Herren im Publikum, nicht. Sie müssen sich schon entscheiden – ob blond *oder* braun, rot *oder* schwarz. Ob *grüne* Augen oder *blaue*, *großer* Busen oder *kleiner*, *betonte* Hüften oder *knabenhafte* . . . das sind alles Ausstattungen der Damen, zwischen denen Sie zu wählen haben. Nicht ganz so schwierig ist die Aufgabe für Sie, meine Damen im Publikum. Lassen Sie sich einen Rat geben von mir: Gucken Sie in den Spiegel, und richten Sie danach Ihre Wahl aus. Jeweils die Teilnehmerin an der Konkurrenz, die Ihnen am ähnlichsten sieht, bekommt

Ihre Stimme – ich hoffe, auch die Ihres Gatten, falls Sie verheiratet sind. Ich...«

Markwart mußte infolge des großen Gelächters, das sich erhob, erneut eine Pause einlegen.

»Ich habe die Erfahrung gemacht«, fuhr er dann wieder fort, »daß auf diese Weise der eheliche Frieden am gesichertsten ist. Im übrigen –«

»Anfangen!« rief eine ungeduldige Männerstimme laut.

Baron v. Senkrecht blickte indigniert in die Richtung derselben.

»Im übrigen...«, sagte Markwart noch einmal.

»Fangt schon an, ja!« ertönte ein zweites männliches Organ.

Johannes M. Markwart beugte sich dem Druck. Er hätte zwar noch einiges zu sagen gehabt – schon in der Antike habe z. B. eine Schönheitskonkurrenz stattgefunden, als der Apfel des Paris der schönen Helena zugefallen sei –, unterließ dies aber, seufzte, murmelte statt dessen: »Also gut, ihr Kanaken«, zwang sich zu einem Lächeln, verbeugte sich vor dem Publikum, das zögernd zu applaudieren begann, und gab dem Kapellmeister wieder ein Zeichen, worauf der noch anhaltende Applaus der Leute von einem beginnenden schmelzenden Tango untermalt wurde.

Benito Romana dirigierte mit geschlossenen Augen, was ihm ein entrücktes Aussehen gab. In Wirklichkeit hatte er Magendrücken von einem übergroßen Eisbein, das er zum Abendessen verschlungen hatte. Während die Töne des Tangos ›Küß mich unter Rosenblättern‹, der eines ehrwürdigen Alters war, durch die lampionerleuchtete Nacht schwebte, trat das erste Mädchen aus dem Pavillon heraus, bestieg das Podium und schritt lächelnd, ein Täfelchen mit der Nummer 1 in der Hand, über den mit roten Teppichen belegten Laufsteg.

An den Tischen begann ein Tuscheln und Flüstern. Stimmzettel knisterten. Brillen wurden geputzt. Männer beugten sich nach vorn. Das Wasser lief ihnen im Mund zusammen. Wütende Blicke ihrer Gattinnen trafen sie. Besonders die dickeren der Damen im Publikum erblaßten vor Neid. Das Mädchen, an dem sich ihre Mißgunst entzündete, war gertenschlank, graziös, kaum 18 Jahre alt. Mit langen Beinen tänzelte sie über den Laufsteg. Frau Berta Bauer, eine Notarsgattin aus Kleve, die auch einmal nur 55 Kilo gewogen hatte, zischte ihrem Mann ins Ohr: »Paß auf, daß dir die Augen nicht aus den Höhlen fallen.«

»Was?«

»Du sollst nicht solche Stielaugen machen!«

»Berta«, sagte daraufhin der Notar, »wozu sind wir denn hier?«

»Laß die ebenfalls vier Kinder kriegen, dann hat sich's bei der auch ausgetänzelt.«

»Drei.«

»Was?«

»Drei Kinder. Du sprichst doch von denen, die du gekriegt hast – oder nicht? Wie kommst du auf vier?«

»Du vergißt wohl die Abtreibung, zu der du mich gezwungen hast, als wir noch nicht verheiratet waren? Auf die stand damals noch Zuchthaus. Zählt die für dich nicht?«

»Psst! Bist du verrückt?«

»Ob ich was bin?«

»Nicht so laut, ich bitte dich!«

Frau Bauer verstummte. Ihr Ziel hatte sie erreicht. Den Stielaugen ihres Gatten waren für den weiteren Abend Schranken gesetzt.

Das zweite Mädchen auf dem Laufsteg löste zwischen einem Paar aus München Konflikt aus. Die Urlaubsreise an die See hatte, schon ehe sie angetreten worden war, der Eintracht der beiden Schaden zugefügt gehabt. Und nun setzte sich das fort.

»Franz Joseph«, sagte sie, »gib mir eine Zigarette, bitte.«

Er reagierte nicht. Sein Blick war wie gebannt auf das Mädchen Nr. 2 gerichtet.

»Gib mir eine Zigarette, Franz Joseph.«
Wieder nichts.
»Franz Joseph!!«
»Ja?«
Nun hatte sie sich also bemerkbar machen können. Kurz blickte Franz Joseph zu ihr hin, schaute aber gleich wieder vor zum Laufsteg.
»Ich möchte eine Zigarette.«
Er zeigte auf den Tisch, ohne den Blick vom Laufsteg abzuwenden.
»Nimm dir eine, da liegt doch die Packung. Oder hast du keine Augen im Kopf, Maria?«
Maria preßte die Lippen zusammen, grub eine Zigarette aus der Packung heraus und klemmte sie sich zwischen Zeige- und Mittelfinger. Der Auftritt des Mädchens Nr. 2 war zu Ende, der des Mädchens Nr. 3 folgte. Franz Joseph war nicht minder gebannt als vorher.
»Spitze!« sagte er halblaut zu sich selbst.
Maria räusperte sich.
Als sie damit nicht den gewünschten Erfolg erzielte, sagte sie wieder: »Feuer, bitte.«
Franz Joseph war wieder taub.
»Franz Joseph!«
»Was ist denn schon wieder?«
»Feuer!«
Er warf ihr das Feuerzeug in den Schoß. Wortlos.
Maria sagte, nachdem sie sich gezwungenermaßen selbst bedient und einen erbitterten, tiefen Zug genommen hatte: »Danke.«
»Bitte.«
Das war kein Wechsel von Höflichkeitsfloskeln, sondern schon eher ein Schlagabtausch.
Es blieb nicht lange still zwischen den beiden, und Maria war wieder zu vernehmen.
»Mir wird es kühl.«
»Habe ich dir nicht gesagt, daß du dir eine Strickjacke mitnehmen sollst? Habe ich dir das nicht gesagt?«

»Eine Strickjacke zum Abendkleid – dieser Vorschlag konnte auch nur von dir kommen!«

»Dann mußt du dich eben jetzt mit deinem Schal begnügen.« Sein Mund verzog sich spöttisch. »Lang genug ist er ja.«

Das zitierte Stück wies in der Tat beträchtliche Ausmaße auf. Seine Enden reichten von den Schultern, um die sich Maria ihn gelegt hatte, bis hinunter auf den Sandboden. Trotzdem schien er den Anforderungen, die momentan an ihn gestellt wurden, nicht gerecht zu werden, denn Maria sagte: »Der Schal ist zuwenig.«

Franz Joseph zuckte die Achseln. Dann kann ich dir auch nicht helfen, hieß das.

Dem Laufsteg wurde inzwischen das Mädchen Nr. 4 zur Zierde, dann die Konkurrentin Nr. 5.

Die Brise, die vom Meer her wehte, ließ neben der Münchnerin auch noch einige andere dünngewandete Damen erschauern. Sie gaben das durch entsprechende Bemerkungen zu erkennen. Das Gegenmittel, auf das ein Kavalier aus Nürnberg verfiel, war nicht neu. »Bestell dir einen Schnaps«, sagte er zu seiner Gattin.

Maria machte ihren Franz Joseph auf ihre Leidensgenossinnen aufmerksam, indem sie ihm mitteilte: »Ich bin nicht die einzige, die friert.«

»Geteiltes Leid ist halbes Leid«, tröstete er sie. Das war blanker Zynismus, an dem auch noch festzuhalten er sich sogar nicht scheute, indem er fortfuhr: »Das verdankst du deiner Meeresbrise, von der du mir zu Hause in München vorgeschwärmt hast. Die ewigen Berge, in die ich wieder fahren wollte, hingen dir zum Hals heraus, sagtest du. Oder sagtest du das nicht?«

»Deine ewigen Berge hängen mir auch jetzt noch zum Hals heraus.«

»Dann beschwer dich nicht über die Meeresbrise, nach der du dich gesehnt hast. Genieße sie, statt dich über sie zu beklagen.«

Maria saß in der Falle, sie hatte keine andere Wahl, als

hier auszuharren. Franz Joseph wandte seine Aufmerksamkeit wieder ungeteilt dem Laufsteg zu.

Größere Bewegung kam in das Publikum, als sich die Konkurrentin Nr. 8 präsentierte – eine üppige Blondine. Animierte Herren schlugen die Beine übereinander und zwinkerten sich gegenseitig zu, als die Kapelle zufällig gerade auch noch den Schlager ›Süße Früchte soll man naschen‹ spielte. Dieser Tango war zwar auch wieder uralt, aber darauf mußte man bei Benito Romana immer vorbereitet sein.

Anders als die Männer reagierten natürlich wieder die Frauen, als die Blondine frech und aufreizend über den Laufsteg wippte und kokett in die Männeraugen blickte, die sie von unten her anstarrten. Unter den Gattinnen aller Schattierungen wurde der Neid sichtbar, der sie gelangweilte Mienen zeigen oder sie uninteressiert an ihren Gläsern nippen ließ.

Die Kellner vergaßen zu servieren. Die Blondine traf den Nerv vieler. Sogar der Baron v. Senkrecht fühlte sich von ihr angesprochen, obwohl sie eine eindeutig ordinäre Person war – oder gerade deshalb.

»Wissen Sie, an wen die mich erinnert?« sagte er zu Manfred Barke, dem Filmregisseur. »An eine Sizilianerin im Krieg.«

»Sind Sizilianerinnen nicht alle schwarz wie die Sünde?« antwortete Barke grinsend.

»Doch.« Der Baron nickte zum Laufsteg hinauf. »Aber erstens wissen Sie nicht, ob die dort oben das nicht auch ist. Und zweitens sprach ich im Moment nicht das Haar derselben an.«

»Sondern?«

»Den Hintern.«

Der Baron war ganz außer sich. Er sandte der Üppigen, als sie den Laufsteg verließ, feurige Blicke nach und fuhr fort: »Toll! Wirklich toll, mein lieber Barke! So etwas an der Kandare – Herrgott, da heißt es, geraden Sitz bewahren und nicht –«

Er brach ab, winkte mit der Hand.

»Na, Sie wissen schon«, schloß er. Und als Barke grinsend nickte, setzte er noch einmal hinzu: »Im Frieden gilt es allerdings in solchen Gegenden vorsichtig zu sein. Die Weiber dort haben männliche Anverwandte – Väter, Brüder –, die mit dem Messer schnell zur Hand sind, wenn sie die Ehre ihrer Tochter oder Schwester angetastet wähnen. Im Krieg kannten wir freilich diese Probleme nicht. Schließlich hatten wir ja die überlegenen Waffen in Händen.«

Manfred Barke hatte einen Einfall.

»Das Ganze«, sagte er, »wäre eigentlich ein prima Thema für einen Film.«

»Allerdings«, pflichtete der Baron bei. »Freilich wäre dabei strikte darauf zu achten, daß die Rolle der Wehrmacht nicht wieder im falschen Licht erscheint, so wie wir das jetzt seit Jahrzehnten bis zum Überdruß vorgeführt bekommen. Ich hoffe, Sie verstehen mich?«

»Sie spielen«, nickte der Filmmensch, »auf die soldatische Ehre an?«

»Ganz richtig.«

Das Gespräch der beiden, das noch sehr interessant hätte werden können, erfuhr leider eine Unterbrechung. Johannes M. Markwart trat hinzu und sagte zum Regisseur: »Na, kommen Sie auf Ihre Rechnung?«

Barke blickte hinauf zum Laufsteg, den gerade eine übernervöse Brünette erkletterte.

»Bis jetzt nicht«, erwiderte er.

Die Brünette stolperte über ihre eigenen Beine und erntete demoralisierendes Gelächter, das ihr den Rest gab, sie zu Tränen rührte und einen mitleidigen, hilfsbereiten Geist zwang, sie am Ende des Steges mit einem Becher Eissoda in Empfang zu nehmen und dadurch vor einer Ohnmacht zu schützen.

Barkes Kommentar war vernichtend.

»Mann!« stieß er verächtlich hervor.

»Und was sagen Sie zu der?« fragte ihn Markwart, dessen Lola nun der Brünetten folgte. Lolas Auftritt war eingebettet in Markwarts pflichtbewußtes Lächeln, das ihn, wenn er es versäumt hätte, möglicherweise sein Augenlicht gekostet hätte. Johannes M. Markwart hatte Lolas Fingernägel schon fürchten gelernt, Barke nicht.

»Was soll ich zu der schon sagen«, lautete Barkes Antwort, begleitet von einem Achselzucken.

Etwas Schlimmeres als Reaktion wäre gar nicht mehr denkbar gewesen. Dem Regisseur war das Verhältnis Markwarts mit Lola unbekannt, sonst hätte er vielleicht ein bißchen mehr Takt geübt.

Die ganze Schönheitskonkurrenz entwickelte sich zu einem mittleren Fiasko, wie alle diese Veranstaltungen, die man unter dem Motto ›Unterhaltung um jeden Preis‹ einem von Langeweile bedrohten Publikum schuldig zu sein glaubt.

Kurdirektor v. Vondel litt.

»Das geht nicht mehr so weiter«, sagte er leise zu Cölestin Höllriegelskreuther, dem Geschäftsführer des Kurhauses. »Wir müssen uns für nächstes Jahr endlich etwas anderes einfallen lassen. Ich erwarte von Ihnen möglichst bald entsprechende Vorschläge.«

Immer ich, dachte Höllriegelskreuther. Soll er sich doch seinen Kopf selber zerbrechen, der Idiot.

»Dasselbe sagte ich mir soeben auch, Herr Direktor«, erklärte er. »Geben Sie mir eine Woche Zeit...«

»Très bien«, lächelte Maître Sandrou, der danebenstand. Er verstand von allem, was um ihn herum gesprochen wurde, fast kein Wort, lächelte trotzdem unentwegt und sagte immer wieder nur: »Très bien« – sehr gut.

Er hatte auch Lola und die stolpernde Brünette ›très bien‹ gefunden.

»Es gäbe wohl nur ein Mittel, dem sein ›très bien‹ auf den Lippen ersterben zu lassen«, raunte der zum Sarkasmus neigende Filmregisseur Barke dem Veranstalter Markwart ins Ohr.

»Und das wäre?«

»Seine Frau über den Laufsteg zu treiben.«

Eleganz war an Madame Sandrou alles, Schönheit nichts. Das Modehaus in Paris gehörte ihr. Albert war ein armer Junge aus der Provinz gewesen. Sie hatte ihn sich, er hatte sie sich geangelt. Auf diese Weise können durchaus funktionierende Ehen entstehen, deren Basis das Geld der Gattin auf der einen Seite, sowie das Aussehen plus die Virilität des Gatten auf der anderen Seite bilden.

Danielle Sandrou wußte allerdings – und das hat in sämtlichen Fällen, die so gelagert sind, ausnahmslos stets Gültigkeit –, daß sie ihren Albert keine Stunde aus den Augen lassen durfte. Deshalb war sie auch mit nach Nickeroog gekommen. Sie saß an einem der vordersten Tische, damit ihr nichts entging.

Anzeichen mehrten sich, daß das Interesse des Publikums an der Veranstaltung zu erlahmen begann. Die Leute fingen an, sich zu unterhalten und einander nach den Plänen des kommenden Tages zu fragen.

»Ein Mädchen hätte ich ja gehabt«, sagte Johannes M. Markwart zum Regisseur Barke, »das auch Sie vom Stuhl gerissen hätte, das garantiere ich Ihnen...«

Er zuckte die Achseln.

»...leider ist sie nicht erschienen«, schloß er.

»Weshalb nicht?« fragte Barke. »Bekam sie kalte Füße?«

»Anscheinend.«

»Hatte sie denn zugesagt?«

»Nein, direkt zugesagt nicht, aber –«

Markwart blickte plötzlich mit starren Augen über Barkes Schultern hinweg zum Pavillon.

»Moment mal«, unterbrach er sich. »Da ist sie ja...«

Barke drehte sich um und stieß nach zwei, drei Sekunden einen Pfiff durch die Zähne aus. Das war eine Reaktion, die mehr aussagte, als ein Wust bombastischer Worte hätte tun können.

Sehr rasch mußte Markwart erkennen, daß seine sofortige Anwesenheit im Pavillon erforderlich war. Er setzte sich in Bewegung. Noch während er unterwegs war, rief er scharf: »Lola!«

Ein Skandal mußte verhindert werden. Lola hatte schon die ganze Zeit auf der Lauer gelegen. Karin Fabricis Auftauchen im Pavillon hatte ihr also nicht entgehen können. Rascher als Markwart entdeckte sie Karin und stürmte in den Pavillon, den sie zehn Minuten vorher zu ihrem Auftritt verlassen hatte. Wer sie kannte, wußte, was nun ganz rasch zu passieren drohte.

»Lola!« rief Markwart ein zweites Mal.

Lola achtete nicht darauf. Sie hatte nur Augen für Karin, auf die sie eindrang. Karin wußte nicht, wie ihr geschah, erkannte jedoch das Furienhafte an der Feindin, die ihr rätselhafterweise urplötzlich erstanden war, und dachte nur noch an Flucht. Zurück konnte sie nicht mehr, dieser Ausgang des Pavillons war ihr durch Lola verstellt. Sie entwich also nach vorn, sah das Treppchen vor sich, das schon sechzehn Mädchen im Bikini erstiegen hatten, und rettete sich auf den Laufsteg. Dort oben war sie in Sicherheit.

Das ging alles so schnell, daß auch Walter Torgau, wäre er in der Nähe gewesen, Karin nicht mehr am Betreten des Laufstegs hätte hindern können.

Markwart packte Lola am Arm, riß sie von der Treppe zurück und stieß sie in den Pavillon hinein.

»Laß mich!« fauchte sie, sich wehrend. »Laß mich, du Schwein!«

Er hatte keine andere Wahl als die, ihr den Arm auf den Rücken zu drehen.

»Willst du mich ruinieren?« keuchte er.

»Jajaja!«

»Und warum?«

»Um dir dein abgekartetes Spiel mit der zu versalzen!«

»Das ist kein abgekartetes Spiel. Ich bin selbst so überrascht wie du, daß sie auftaucht.«

Lola hörte auf, sich losreißen zu wollen, und blickte ihn an.

»Das glaube ich dir nicht.«
»Frag sie selbst. Frag, wen du willst.«
Der Zweifel in Lolas Gesicht wollte nicht weichen.
»Sieh sie dir doch an«, fuhr er fort. »Sie hat ja nicht einmal eine Nummer für ihren Auftritt zur Verfügung.«
Das stimmte. Verblüfft mußte Lola sich das widerstrebend selbst eingestehen.

Auf dem Laufsteg tat sich Seltsames. Karin mußte anhalten, als sie die Stufen emporgesaust war und dann oben geblendet im grellen Licht des Scheinwerfers stand. Unten herrschte für sie momentan nur Dunkelheit. Karin konnte nichts und niemanden erkennen. Bin ich verrückt, fragte sie sich, was mache ich da überhaupt? Wenn mich Vater sehen würde – großer Gott!

Aber zu jenem Gedanken an eine Korrektur des Geschehenen war es jetzt zu spät. Als Karin oben stand und der Kegel des Scheinwerfers sie erfaßte, gab es kein Zurück mehr.

Die Ereignisse im Pavillon fanden ihren Abschluß darin, daß Lola, um sich selbst nicht ins Unrecht zu setzen, ihrem Johannes eine klatschende Ohrfeige verabreichte und sich laut heulend ins Innere des Pavillons flüchtete.

Baron v. Senkrecht hatte die Situation noch nicht erfaßt. Er starrte auf das Mädchen auf dem Laufsteg und hätte, wenn man ihn nach seinem sizilianischen Abenteuer gefragt hätte, nur noch eine Miene der Geringschätzigkeit zeigen können. Das Ringen zwischen Markwart und Lola am Fuße des Treppchens entging ihm zwar nicht, er konnte es aber geistig nicht verarbeiten. Seine Wahrnehmungen wurden fast ausschließlich von Karin in Anspruch genommen.

»Kolossal«, staunte er. »Sehen Sie sich das an, verehrter junger Freund – ein deutsches Mädchen von der besten Sorte.«

Auch Manfred Barke gab zu: »In der Tat erstklassig.«

Sogar Albert Sandrou zwang sich zu einem neuen Urteil, indem er sagte: »Très – très – très bien.«

Gerne hätte er auch noch mit der Zunge geschnalzt oder sich in französischer Weise die eigenen Fingerspitzen geküßt, doch zu beidem befand sich der Tisch, an dem seine Gattin saß, in zu gefährlicher Nähe.

Benito Romana vergaß sein Magendrücken, als er Karin auf dem Laufsteg erblickte. Zum Zeichen dafür, daß eine neue Situation für ihn entstanden war, flüsterte er nach allen Seiten, stimmte die Kapelle auf einen anderen Takt ein und hob sein Stöckchen zu dem Walzer ›Dunkelrote Rosen‹.

Durch die Menge der Zuschauer ging ein Raunen. Mit einem Schlag besannen sich die Leute wieder darauf, weswegen sie hier waren. Witze blieben nur halb erzählt. Was man morgen machen wollte, interessierte plötzlich niemanden mehr. Einige Männer – jüngere – scheuten sich sogar nicht, sich von ihren Plätzen zu erheben und an den Laufsteg zu drängen, um das stumme Mädchen im Scheinwerferlicht besser sehen zu können.

Karin stand sekundenlang mit geschlossenen Augen im grellen Lichtkegel, um sich an ihn zu gewöhnen. Dann hörte sie die Musik, blinzelte nach allen Seiten, zwang sich zu einem Lächeln, holte tief Atem und schritt über den Laufsteg, schritt die Bahn ab, die sie vielleicht, wie ihr urplötzlich einfiel, Meter um Meter bis in die Unendlichkeit hinein von Walter Torgau entfernte. Hoffentlich nicht, durchzuckte es sie.

Dunkelrote Rosen...

Wie oft hatte sie dieses Lied schon im Radio gehört – und nun ging sie bei dem Walzer selbst über eine Brücke unter den Augen Hunderter... und nur aus Trotz, nur aus dem Willen heraus, ihm Widerstand zu leisten, ihm, den sie... den sie...

Nein, sagte sie sich in Gedanken hart selbst, den ich keineswegs liebe!

Wer ist er denn überhaupt?

Ich kenne ihn doch gar nicht.

Ein Mann, der sich in fremde Strandkörbe setzt.

Einer, der mir Vorschriften machen wollte.

Der sich nicht schämt, in einem absolut indiskutablen Bademantel herumzulaufen.

Der mit seinem Onkel angibt.

Wahrscheinlich stimmt das gar nicht, daß er mit dem Kurdirektor verwandt ist.

Und wenn's stimmt, was bedeutet das schon? Von seinem Onkel kann er nicht herunterbeißen, wenn er...

Wenn er was?

Wenn er eine Frau ernähren will.

»Welche Nummer?« übertönte eine Männerstimme die Musik. Karin schreckte auf, nachdem ihr während der wenigen Schritte über den Laufsteg so vieles durch den Kopf gegangen war. Noch hatte sie das Ende des Steges gar nicht erreicht. Sie blieb stehen, lächelte ins Publikum, zeigte ihre leeren Hände vor, zuckte mit den Schultern. Was wollt ihr? hieß das. Ihr sollt mich ja gar nicht wählen. Eine Nummer ist deshalb nicht nötig. Warum ich hier rübergerannt bin, hat ganz andere Gründe.

Inzwischen war es ganz still geworden am Strand. Man hörte keine Stimmen mehr, kein Gemurmel, nicht einmal das Rascheln der Wahlzettel. Nur die Musik Benito Romanas brauchte noch ein Weilchen, bis auch sie verklang.

Dunkelrote Rosen schenk' ich, schöne Frau.

Und was das bedeutet, wissen Sie genau...

Als Karin Fabrici den Laufsteg verlassen hatte und auf dem anderen Podium angekommen war, stand da schon Johannes M. Markwart und nahm sie in Empfang. Obwohl sie ihm einiges eingebrockt hatte, wagte er nicht, ihr Vorwürfe zu machen oder sich vor den Augen des Publikums eine Blöße zu geben, indem er sie vom Podest gewiesen hätte – nein, mit einem Blick, der nichts Gutes verhieß, bat er sie nur, auf einem der weißen Stühle Platz zu nehmen, und entfernte sich dann mit einem gebrummten »Wir sprechen uns noch« vom Podium.

Alle spürten es, das Blatt hatte sich gewendet, die Veranstaltung hatte ein neues Gesicht bekommen. Eine Sensation hatte sich angebahnt. Die Sensation war Karin Fabrici.

Obwohl Johannes M. Markwart noch fünf oder sechs Mädchen in petto hatte, stand die Entscheidung schon unverrückbar fest. Die einzigen, die das anscheinend noch nicht wahrhaben wollten, waren diese fünf oder sechs jungen Damen, von denen es am vernünftigsten gewesen wäre, auf ihre Auftritte zu verzichten, die dies aber nicht einsehen wollten und dennoch – eine nach der anderen – über den Laufsteg tänzelten. Das Publikum war unhöflich oder grausam genug, ihnen keine Beachtung mehr zu schenken. Noch hatte die letzte ihre Hoffnungen nicht begraben und schwenkte ihre Hüften bei jedem Schritt mit einem Dreh, vom dem sich, wie sie glaubte, Marilyn Monroe noch eine Scheibe hätte herunterschneiden können, als sich die Leute schon über ihre Stimmzettel beugten, um ihr Votum abzugeben. Dazu bedurfte es aber vorher doch noch einiger Worte des Veranstalters, der sich aufs Podium schwang und sagte: »Meine sehr verehrten Damen und Herren, nun sind Sie an der Reihe, fällen Sie Ihre Entscheidung. Die Prozedur ist für Sie aufgrund der Nummern, mit denen die Bewerberinnen ausgestattet waren, einfach. Durch eine nicht vorherzusehende kleine Panne in der Organisation, die ich als Leiter der Veranstaltung gerne auf mich nehme, obwohl ich nicht für sie verantwortlich bin, geschah es allerdings, daß eine der jungen Damen sich Ihnen ohne Nummer präsentierte. Sollte jemand unter Ihnen, verehrtes Publikum, das Bedürfnis haben, seine Wahl auf diese junge Dame fallen zu lassen, schlage ich hiermit vor, daß er dann auf seinen Stimmzettel die Zahl x schreibt. Wird dagegen irgendein Einwand erhoben?«

Die Frage war überflüssig. Markwart ließ seinen Blick umherschweifen, es blieb aber still.

Dann wurden die Stimmzettel eingesammelt, doch

noch während Johannes M. Markwart unter Aufsicht der ganzen Jury seiner Aufgabe des Auszählers gerecht wurde und Benito Romana der Spannung, die in der Luft lag, mit einem scharfen Foxtrott ein Ventil zu öffnen suchte, wußte man schon, wer heute ›Miß Nickeroog‹ geworden war.

Ein heller Tusch durchschnitt die Stille der Nacht. Markwart stand wieder auf dem Podium und hob die Hand. Obwohl fast allen klar war, was er verkünden würde, steigerte sich die Spannung nun doch noch einmal. Ein Teil der Leute drängte sich wieder an die Rampe und schielte zu dem anderen Podium hinüber, auf dem die Bewerberinnen saßen. Nur Lola fehlte. Sie hatte sich in die Dunkelheit außerhalb des Bereichs der Lampions zurückgezogen und vergiftete sich selbst ihr Herz mit Haß und Wut. Vom Kurhaus her tauchte plötzlich ein Wagen auf, auf dessen Dach eine Filmkamera stand. Junge Männer, unter denen sich auch drei Fotoreporter befanden, umschwirrten das Podium der Mädchen und knipsten unter einem Gewitter grell aufflammender Vakublitze die Gruppe der Schönen.

»Die Wahl«, ertönte Markwarts Stimme, »die Sie, meine Damen und Herren trafen, fiel mit eindeutiger Mehrheit auf die Nummer x. Wir –«

Er mußte aussetzen. Heftiges Händeklatschen unterbrach ihn, laute Bravo-Rufe erschollen. Der Lärm hielt lange an, er schien sich überhaupt nicht mehr legen zu wollen, so daß Markwart nach einigen vergeblichen Anläufen dazu, seine Rede fortzusetzen, die Waffen streckte und wieder der Kapelle den Vortritt ließ. Ein von Benito Romana selbst komponierter ›Krönungsmarsch‹ erklang, als Karin Fabrici langsam auf Johannes M. Markwart zutrat und sich über und über errötend die kleine goldene Krone auf die Locken setzen ließ. Dann konnte sie nichts dagegen tun, von ihm auch auf beide Wangen geküßt zu werden. Sie mußte viele Hände schütteln, wurde gefilmt, von den Reportern und auch von Amateuren geknipst und von Baron v. Senkrecht mit Komplimenten, denen es nicht an einer nationalen Tönung mangelte, überschüttet. Der Kurdirektor sprach zu ihr davon, daß ihr Auftritt einer alten Nickerooger Einführung neue Perspektiven eröffnet habe; seine Worte gingen aber im allgemeinen Tohuwabohu unter. Das gleiche Schicksal erlitt Maître Sandrou, aus dessen Mund sich über Karin ein französischer Schwall ergoß, des Inhalts, daß ihre ›göttliche‹ Figur danach ›rufe‹, von ihm mit einigen Modellroben ›bedichtet‹ zu werden. Cölestin Höllriegelskreuther legte ihr das ganze Kurhaus zu Füßen. Manfred Barke kommandierte die Filmkamera.

Karin stand inmitten dieses Trubels ziemlich verlegen da und blickte über die Köpfe hinweg zu dem Sonnenschirm, an dem Walter Torgau gestanden hatte, als sie ihn zornig verlassen hatte und zum Hotel um ihren Bikini gerannt war.

Der Platz war leer. Karins Blick irrte über besetzte Tische und verlassene, über leere Stühle und umgestürzte, er wanderte über die Menge der klatschenden, lachenden, rufenden Zuschauer, die das Podium umstanden, suchte und fand noch einmal den einzigen Sonnenschirm, den zu schließen man vergessen hatte, und kehrte traurig zu Johannes M. Markwart zurück.

Er ist gegangen, dachte sie. Ich habe zuviel aufs Spiel gesetzt. Weshalb eigentlich? Ich wollte wieder einmal mir selbst etwas beweisen. War es das wert? Er ist fort. Sehe ich ihn je wieder? Warum frage ich mich das? Oben auf dem Laufsteg redete ich mir noch ein, daß er mich nicht interessiert. Was hatte ich gegen ihn?

Daß er sich in fremde Strandkörbe setzt.

Na und? Tun das nicht andere auch? Muß ein solcher Korb leer herumstehen?

Daß er mir Vorschriften machen wollte.

Na und? Vielleicht hat er das gar nicht so ernst gemeint.

Daß er sich nicht schämt, in einem solchen Bademantel herumzulaufen.

Bin ich verrückt? Ist der Bademantel wichtig – oder jener, der drinsteckt?

Daß er mit seinem Onkel angibt.

Hat er doch gar nicht. Er hat gesagt, daß er mit dem Kurdirektor verwandt ist, nachdem ich ihm angedroht hatte, mich über ihn zu beschweren. Das war sogar seine Pflicht. Wenn er mir das nicht gesagt hätte, wäre ich nämlich ganz bestimmt zum Kurdirektor gelaufen, um meine Beschwerde loszuwerden, und hätte nur eine – bestenfalls höfliche – Abfuhr erlebt. Ich wäre blamiert gewesen. Davor wollte er mich bewahren. Statt ihm also dankbar zu sein, stieß ich ihn vor den Kopf.

Ich Schaf.

Ich –

»Gnädiges Fräulein!«

Die Stimme Markwarts. Karin schreckte auf.

»Ja?«

»Sie hören mir ja gar nicht zu. Wir wissen noch nicht einmal, wer Sie sind.«

»Entschuldigen Sie.«

»Würden Sie mir Ihren Namen verraten?«

»Karin Fabrici.«

»Woher kommen Sie?«

»Aus Düsseldorf.«

»Wunderbar! Eine Rheinländerin! Ich könnte mir vorstellen, daß Sie auch schon im Karneval eine ähnliche Rolle gespielt haben wie hier.«

»Nein.«

»Eigentlich hätte ich ja noch ein Hühnchen mit Ihnen zu rupfen – Sie wissen schon, warum.« Er lächelte verzeihend. »Aber...«

Er verstummte, winkte nachsichtig mit der Hand. Karin nickte dankbar.

»Ich bin müde«, sagte sie.

Das konnte Johannes M. Markwart nicht ernst nehmen. Eine Tasse Kaffee werde das rasch ins Lot bringen, meinte er.

Karin schüttelte den Kopf. Nein, hieß das.

»Doch, doch«, blieb Markwart hartnäckig, faßte sie unter und bat sie, die Herrschaft über ihr ›Königreich‹, wie er sich pathetisch ausdrückte, anzutreten.

Unwille zeigte sich in Karins Miene.

»Nein«, wiederholte sie, »ich bin wirklich müde. Lassen Sie mich in mein Hotel gehen. Morgen können Sie über mich verfügen. Jetzt aber möchte ich schlafen.«

»Aber Gnädigste, das geht doch nicht!« Markwart hob entsetzt die Arme. »Der Film, die Reporter, das Publikum, alle wollen Sie sehen und –«

»Morgen, alles morgen«, unterbrach ihn Karin Fabrici, ließ ihn stehen, stieg mit raschen Schritten die Stufen des Podiums hinunter, ging vorbei an erstaunten Männern, die sich genähert und gehofft hatten, ihre Bekanntschaft zu machen, und schlug die Richtung zu ihrem Hotel ein, in dessen Eingang sie bald verschwand, gefolgt von den Blicken all der Sprachlosen, denen sie entwichen war. Auch der Portier im Hotelinneren, an dem sie im Bikini – und deshalb etwas geniert – vorübereilte, fand keine Worte. Er stand mit offenem Mund da und war sich im klaren darüber, daß er das größte Wunder seit Jahren erlebte – eine frisch gewählte ›Miß Nickeroog‹, die ihre Ruhe haben wollte.

In ihrem Zimmer legte sich Karin so, wie sie war, auf das Bett und starrte empor zur Decke. Sie fragte sich, was mit ihr los war. Gefühle, die sie bisher nicht gekannt hatte, machten ihr zu schaffen. Sie spürte ihr Herz und verstand das nicht. Natürlich war sie realistisch genug, ihre Unsicherheit und Ungewißheit mit jenem Mann in Zusammenhang zu bringen, den sie doch kaum kennengelernt hatte, den sie sich abwechselnd selbst abzulehnen befahl und dann wieder in wachsendem Maße innerlich an sich zog. Aber daß ihr ganzer Zustand etwas völlig Unerwartetes war, etwas Verrücktes, daran zweifelte sie jedenfalls nicht.

Am besten wäre es, sagte sie sich, ihn nicht wiederzusehen. Dann würde es keine Probleme geben. Probleme wünschte sie sich nämlich keine.

Karin Fabrici hatte nichts dagegen, mit einem Mann zu schlafen. Dazu sei für sie die Zeit einfach reif, hatte sie schon in Düsseldorf geglaubt. Das müsse jetzt – oder bald – über die Bühne gehen. Ein modernes junges Mädchen könne sich solchen Entwicklungen nicht verschließen.

Aber Liebe? Im Zusammenhang mit Defloration? Gleich beim erstenmal?

Nein – nur das nicht!

Genau das verstand nämlich Karin unter ›Problemen‹.

Sie wollte sich doch nicht selbst mit ihrer Großmutter in einen Topf werfen, die vor urdenklichen Zeiten...

Was denn?

Nun, die vor urdenklichen Zeiten, so ging das Gerücht in der Familie Fabrici, den ersten Mann, mit dem sie schlief, geheiratet hatte, und zwar vorher schon, weil sie ihn liebte. Heiliger Strohsack! Die arme Frau!

Karin Fabrici, die vielversprechende Enkelin jener Unglücklichen, führte wieder ein lautloses Selbstgespräch.

Wozu bin ich denn hierhergekommen nach Nickeroog? Warum fuhr ich nicht mit den Eltern nach Kärnten?

Klare Sache, wozu. Dazu braucht es aber einen Mann. Die Eltern wären dabei nur im Wege gewesen. Das habe ich doch schon oft genug erlebt.

Einen Mann, ja, den braucht es dazu.

Einen richtigen.

Keinen falschen; nicht den nächstbesten; keinen, der einen Buckel hat, schielt oder sich nicht wäscht.

Aber auch keinen allzu richtigen.

Keinen, der ›Probleme‹ mit sich bringt.

Keinen Walter Torgau.

Also ist es wirklich am besten, ihn nicht wiederzusehen. Doch wie soll das gehen? Nickeroog ist zu klein, als daß man sich nicht unvermeidlich immer wieder über den Weg laufen würde. Es sei denn –

Karin empfand einen bösen Stich.

Es sei denn, er ist abgereist.
Nein!
Doch!
Weiß ich denn, ob sein Urlaub nicht schon zu Ende ist?
Oder ob er ihn nicht vorzeitig abbricht, weil ich ihn vor den Kopf gestoßen habe?
Aber dann müßte er mich...
Was denn?
Lieben?
Lieben.
Karin saß plötzlich aufrecht im Bett, wußte nicht, wie das vor sich gegangen war, schlang die Arme um die angezogenen Knie und setzte ihren inneren Monolog fort.
Ich bin verrückt.
Wie käme er dazu, mich zu lieben?
Mich Kratzbürste.
Und überhaupt, er kennt mich so wenig wie ich ihn. Er weiß nicht, woher ich komme und was ich mache.
Was mache ich denn überhaupt? Ich liege meinem Vater auf der Tasche, habe zwar das Abitur, aber seitdem tat sich eigentlich nichts mehr. Zwei Semester Betriebswirtschaft. Abgebrochen. Vater hatte ans Geschäft gedacht. Spätere Übergabe an mich und so. War aber nichts. Mutter erhofft heute noch ein Studium der Literaturwissenschaft von mir. Dies wäre der Traum ihres Lebens, sagte sie, nachdem ihr ein solches Studium versagt geblieben sei. Vater meint aber, für mich komme nun nur noch eine ordentliche Heirat in Frage; ein brauchbarer Schwiegersohn für ihn, ein Juniorchef für die Firma – der Peter Krahn.
Ist ja ein guter Kerl, der Peter.
Aber...
Vor das Bild des guten Kerls, an den Karin dachte, schob sich das des Mannes, der fremde Strandkörbe annektierte. Peter Krahn, dem die Düsseldorfer Mädchen nachliefen, der im Geld schwamm, der keinen Buckel hatte und nicht schielte, der es niemals gewagt hätte,

Karin eine Vorschrift zu machen, verlor auf der Bühne in ihrem Inneren die Partie gegen Walter Torgau, einen Mann mit einem unerträglichen Wesen für ein emanzipiertes Mädchen. War denn das überhaupt die Möglichkeit?

Nein! sagte sich Karin Fabrici.

Sie stieg vom Bett, ging ins Bad und stellte sich vor den Spiegel. Sie sah sich an, musterte sich kritisch, war im großen und ganzen mit dem, was sie sah, zufrieden und dachte: Aber gefallen hast du ihm, er nahm an dir Interesse. Gefallen hast du allen heute abend, dafür wurde ein überzeugender Beweis geliefert, ein Beweis freilich, für den er sich nicht begeistern konnte. Wäre es besser gewesen, auf diesen Nachweis zu verzichten?

»Sicher wäre es das gewesen«, hörte und sah Karin das Mädchen, das ihr aus dem Spiegel entgegenblickte, sagen. Sie war erstaunt, erschrocken, begriff dann erst, daß sie selbst diejenige war, die laut gesprochen hatte.

In Karins Innerem herrschte ein ziemliches Durcheinander. Ihre Gefühle fielen nicht gerade von einem Extrem ins andere, doch sie sprangen von einer Seite auf die andere. Sie wußte nicht mehr recht, wohin mit sich.

Mit einem Seufzer wandte sie sich vom Spiegel ab, entkleidete sich völlig – soweit man überhaupt noch von einer ›Entkleidung‹ sprechen kann, wenn es ein Bikini ist, dessen man sich entledigt – und nahm ein Bad. Danach bürstete sie kurz ihr prachtvolles Haar. Und das war auch schon alles an Abendkosmetik, was bei Karin stattfand. Das Gesicht einzufetten, hatte sie noch nicht nötig. Überflüssig zu erwähnen, daß natürlich auch die Zähne geputzt wurden.

Ehe sie sich ins Bett legte, um zu schlafen, trat sie an das breite Fenster. Draußen im Freien war es still geworden. Leblos lag der Strand mit seinen erloschenen Lampions im Mondlicht da. Das Meer flimmerte und warf silberne Wellen an den blaß schimmernden weißen Strand. Wie Liebespaare, die versunken in ihr Glück eng umschlungen zusammensitzen, sahen die aneinandergerückten Strandkörbe aus. Einige Wimpel über den Sandburgen flatterten schwach im leichten Nachtwind. An einem Dünenhang saßen zwei Menschen und küßten sich. Nur ihre Umrisse waren zu erkennen, als sie sich zueinander beugten und sich umschlangen. Gleich einem riesigen bestickten dunklen Tuch spannte sich der nächtliche Himmel mit seinen Sternen über dem Ozean.

»Mutti«, sagte Karin leise und lehnte sich an den Rahmen der Balkontür, »ich denke an dich, Mutti. Nun hätte ich doch nichts dagegen, wenn du hier wärst. Ich hätte ein paar Fragen an dich. Sicher könntest du sie mir nicht beantworten – jedenfalls nicht richtig –, aber allein deine warme Stimme würde mir guttun. Ich bin unglücklich, Mutti, nein, das wäre zuviel gesagt. Es wäre aber auch zuviel gesagt, wenn ich behaupten würde, daß ich nicht unglücklich bin. Es ist ein Zustand dazwischen, weißt du. Ich habe einen Fehler gemacht, der mich vorläufig daran hindert, festzustellen, was ich bin: unglücklich... nicht unglücklich... oder gar glücklich? Vielleicht kann ich das noch klären. Schluß jetzt. Gute Nacht, Mutti. Und auch gute Nacht, Vati.«

Paul Fabrici liebte es von jeher, am Frühstückstisch neben den Fachblättern für Groß- und Einzelhandel und selbstverständlich der Tageszeitung auch die jeden Donnerstag neuerscheinende größte bundesdeutsche Illustrierte vorzufinden. Es hatte sich so eingebürgert, daß Fabrici das Frühstück erst beendete, wenn er alles durchgeblättert hatte, um dann in der Firma mit den soeben gesammelten Informationen, Kenntnissen und Weisheiten glänzen zu können. Jedem seiner Angestellten sollte dadurch ständig klar werden, daß er, Paul Fabrici, nicht nur der Chef mit dem meisten Geld, sondern auch mit dem größten Verstand war. Die Angestellten selbst, deren Dienst spätestens um acht Uhr morgens begann, hatten vorher keine Zeit, am Frühstückstisch groß zu lesen.

Mimmi Fabrici war gegen diese Unsitte des Lesens beim Essen jahrelang vergeblich Sturm gelaufen, hatte unentwegt darauf hingewiesen, daß Lesen beim Essen ungehörig sei, eine Beleidigung der Ehefrau, eine Nichtachtung der Tafel, eine Verletzung des primitivsten Anstands... und so weiter und so fort. Alles umsonst. Ehemann Paul hatte die Angriffe damit beantwortet, daß er seiner Gattin die ›Welt der Frau‹ abonniert und ihr diese Zeitschrift als Gegengewicht neben ihre Tasse gelegt hatte. Von diesem Tage an hatte Mimmi Fabrici es aufgegeben, Paul in der Ehe zu erziehen, und sie tat nun das, was Gattinnen aller Art nur herzlich ungern tun: ihren Mann in Ruhe zu lassen.

Heute nun saß Paul Fabrici wieder am Kaffeetisch und blätterte in der soeben erschienenen Illustrierten. Er hatte gut geschlafen. Im Geschäft kündigte sich in diesem Monat ein Rekordumsatz an. Paul befand sich dadurch in bester Stimmung. Dies war schon zum Ausdruck gekommen, ehe er Platz nahm, indem er Mimmi in den Hintern gekniffen hatte. Mimmi pflegte solches Tun ihres Gatten mit eisigem Schweigen zu quittieren, da sie es als das Ordinärste schlechthin betrachtete. Dazu kam auch noch das laute Schlürfen Pauls am Kaffeetisch, und daß er, wenn er den Brötchen zu Leibe rückte, mit vollem Mund sprach. Mimmi Fabrici hatte es wirklich nicht leicht.

»Das Pandabärenpaar im Londoner Zoo«, sagte Paul, mit dem Kopf in der Illustrierten, »spannt die Engländer immer noch auf die Folter.«

Mimmi schwieg, sie konnte den Gedanken an ihr beleidigtes Gesäß noch nicht verdrängen.

»Fachleute glauben, er habe keine Lust«, fuhr Paul fort. »Andere meinen, sie könne ihn nicht genug reizen.«

Mimmi blieb still.

»Was denkst du davon?« fragte Paul sie direkt.

Als ihm keine Antwort zuteil wurde, kam sein Kopf zum Vorschein, da er die Illustrierte herunterklappte.

»Ich habe Sie etwas gefragt, Frau Fabrici.«
Mimmi seufzte.
»Was?«
»Sie haben mir wieder einmal nicht zugehört, Frau Fabrici.«
Wenn Paul ihr so kam, fühlte sich Mimmi ganz besonders strapaziert. Diese Form seiner Ironie betrachtete sie als Gipfelpunkt der Blödheit, aber gerade deshalb bediente sich Paul dieser nicht ungern, weil er wußte, daß Mimmi darunter litt. Die beiden führten also eine recht normale Ehe.
»Ich war in Gedanken, Paul. Du wirst nichts dagegen haben.«
»Das bist du immer. Und ich *habe* etwas dagegen.«
»Ich dachte an unsere Tochter.«
»An Karin?«
Diese Gelegenheit, ihm seine Ironie ein bißchen heimzuzahlen, ließ sie sich nicht entgehen.
»Ja«, antwortete sie. »Oder wüßtest du noch von weiteren Töchtern unseres Blutes?«
Paul biß in ein Brötchen, kaute, sagte dabei: »Mit dem Wetter scheint sie Glück zu haben.«
»Woher willst du das wissen?«
»Vom amtlichen Wetterbericht. Den läßt du dir wohl auch entgehen?«
Mit skeptischer Miene entgegnete Mimmi: »Ein Brief von Karin erschiene mir zuverlässiger, aber sie schreibt ja nicht.«
»Sie ist doch noch kaum weg.«
Obwohl Paul Fabrici dies sagte, war er trotzdem insgeheim auch der Meinung, daß Karin schon etwas von sich hätte hören lassen können.
Er kehrte zu seiner Illustrierten und den Pandabären zurück. Mimmi konnte dem Thema nicht länger ausweichen. Dumpf drang hinter dem papierenen Vorhang zwischen ihr und Paul dessen Stimme hervor. Die Engländer seien, erfuhr Mimmi, ein verrücktes Volk. Eine Zeitung

habe schon von der ›Hochzeit des Jahres‹ im Londoner Zoo geschrieben. Die Geduld der Nation werde aber auf eine harte Probe gestellt.

»Warum?« fragte Mimmi endlich.

»Das ist eben das Problem«, erwiderte Paul. »Liegt's an ihm oder an ihr? Entweder hat er keine Lust, oder sie kann ihn nicht reizen.«

»Ich tippe auf ihn«, sagte Mimmi.

»Und ich auf sie«, meinte Paul.

Das klang nach einem Spiegelbild der Vorgänge im ehelichen Schlafzimmer der beiden.

Paul blätterte um, dabei sagte er: »Die Englän«

Jäh brach er ab, als sei ihm das Wort im Hals steckengeblieben. Stille herrschte. Dann ächzte Paul schwer.

»Was ist?« fragte Mimmi ihn.

Keine Antwort. Wieder Stille.

»Ist deine Bank pleite, Paul?«

Der Scherz mißlang.

»Mimmi«, sagte Paul mit heiserer Stimme, »hast du deine Herztropfen bei der Hand?«

Mimmi Fabrici nahm, wenn sie sich aufregte, ein Herzstärkungsmittel, um dieses Feld nicht den Damen der Gesellschaft allein zu überlassen. Ihr Herz war zwar durchaus gesund, aber das zu glauben, lehnte sie ab, und sie hatte deshalb Dr. Bachem, den Hausarzt, entsprechend unter Druck gesetzt. Nach anfänglichem Widerstand hatte er ihr schließlich ein leichtes Mittel verschrieben, das ihr nicht schaden konnte.

»Meine Tropfen?« antwortete sie. »Warum? Ich wüßte nicht, wozu ich sie im Moment brauchen sollte. Ich fühle mich gut.«

»Nicht mehr lange«, sagte Paul, wobei er die Illustrierte sinken ließ.

Mimmi erschrak nun doch unwillkürlich. Pauls ganzer Kopf war hochrot zum Vorschein gekommen.

Urplötzlich erfolgte die Explosion. Paul haute mit der Faust auf den Tisch, daß die Tassen, die Butterschale, das

Marmeladenglas, daß einfach alles, was sich auf dem Tisch befand, hochsprang.

»Sieh dir dat an!« schrie er, die Illustrierte seiner Frau vor die Nase haltend. »Sieh dir dat an, wat se jeworde is!«

»Wer?« fragte Mimmi.

»Deine Tochter!«

Mimmi warf verwirrte Blicke auf die Illustriertenseite, betrachtete die Fotos, auf die Pauls Zeigefinger wies. Ihre Augen wurden groß wie Wagenräder.

»Miß Nickeroog is se jeworde!« fuhr Paul schreiend fort. »Da, da steit se! Jroß im Bild, splitternackt! Ich fahre nach Nickeroog und haue ihr die ›Miß Nickeroog‹ us de Locke!«

Er sprang auf und rannte wütend im Zimmer auf und ab. Mimmi Fabrici nahm geschockt die Illustrierte zur Hand und betrachtete die Bildreportage über die Wahl der neuen Schönheitskönigin auf Nickeroog. Da war Karin abgelichtet, über eine Seite hinweg, wie sie über einen Laufsteg schritt, wie sie die Krone aufgedrückt bekam, wie sie lächelte und mit dem Veranstalter sprach, wie ihr ein alter Lebemann die Hand küßte und sie sich von einem Filmregisseur eine Karriere in Aussicht stellen ließ.

Mimmi Fabrici hatte Tränen in den Augen, als sie zu Ende gelesen hatte, und legte die Zeitschrift beiseite. Mit vor Rührung zitternder Stimme sagte sie leise: »Wundervoll.«

»Wundervoll?!« brüllte Paul Fabrici, vor ihr stehenbleibend. »Ich werde dem Balg dat ustrieve! Himmel, Arsch und Wolkenbruch! Da hört sich doch de Welt op! Du nennst dat wundervoll, wenn ding Kind sich splitternackt vor alle Männer hinstellt, von denen einer der Bock jeiler is als der andere!«

»Paul, ich bitte dich, mäßige dich«, sagte Mimmi erregt. »Ich kann dich nicht mehr hören. Was ist denn passiert? Unsere Tochter ist über Nacht eine Berühmtheit geworden. Ihre Fotos sind in der größten Illustrierten. Sie wurde gefilmt – hier steht es – man sagt ihr eine Zukunft voraus. *Unserer* Tochter, verstehst du? Andere würden sich die

Finger ablecken. Aber was machst du? Du brüllst hier herum und startest einen Amoklauf, siehst mich an mit Augen, als ob du mich fressen wolltest.«

Großen Erfolg erzielte Mimmi damit nicht, lediglich den, daß Paul vom Dialekt abließ. Seine Lautstärke minderte er jedoch keinesfalls.

»*Wer* würde sich die Finger ablecken?« schrie er. »Deine sogenannte ›feine Gesellschaft‹, das glaube ich, *die* ja!« Er tippte sich mit dem Zeigefinger auf die Brust. »Aber nicht ich!«

Er rannte wieder auf und ab, fuhr fort: »Ich hole Karin sofort nach Hause zurück!«

»Du bist und bleibst ein Prolet«, sagte Mimmi giftig.

»So?!« brüllte Paul außer sich vor Wut. »Dann verstehe ich nicht, warum du dich an meinem Schweinstrog immer noch so gern satt frißt. Wohl weil dein Schweinskopp nach wie vor gut dazupaßt.«

»Paul!!!«

Mimmi Fabrici wankte im Sitzen und hielt sich an der Tischkante fest.

»Das ist zuviel«, stöhnte sie. »Womit habe ich das verdient? Mein Herz! Meine Tropfen!«

»Such sie dir, ja!« tobte Paul und riß die Illustrierte wieder an sich. »Da – deine Flausen sind das! Deine Flöhe, die du ihr ins Ohr gesetzt hast! Handkuß! ›Königin der Insel‹ steht hier! Filmkarriere!« Er holte Atem. »Schluß jetzt damit! Aus! Sie kommt sofort zurück! Ich rufe sie an, und wenn sie nicht funktioniert, erscheine ich, wie gesagt, persönlich auf dieser Scheißinsel und sorge für Ordnung! Die ersten, aus denen ich Hackfleisch mache, sind dieser Veranstalter und dieser schleimscheißerische Kurdirektor!«

Mimmi Fabrici saß auf ihrem Stuhl und zitterte am ganzen Körper. Daß Paul wütend werden konnte, das kannte sie, aber was er sich jetzt geleistet hatte, übertraf jedes erträgliche Maß. Was war denn geschehen? Karin war ins Rampenlicht getreten, hatte sich zur Wahl gestellt und hatte gewonnen, weil sie hübsch war, hübscher als ihre Konkurrentinnen. Das ließ Mimmis Mutterstolz anschwellen, und sie war bereit, sich schützend vor ihre Tochter zu stellen, gleich einer Tigerin, die ihr Junges verteidigte, auch wenn der böse Feind, von dem Gefahr drohte, der Tigervater selbst war.

Paul Fabrici verließ das Zimmer. Er wollte rauchen, um sich wieder etwas zu beruhigen, und wußte, daß sich die Zigarrenkiste in einem anderen Raum befand.

Mimmi atmete auf, als der Wüterich verschwunden war. Sie begann zu träumen. Karins Leben wird sich ändern. Karin hatte zum Sprung angesetzt. Alle Chancen winkten ihr. Umschwärmt von Männern – nein, von Herren! –, konnte sie sich den Richtigen aussuchen. Karins Erfolg, ihr Ruhm, dachte Mimmi, wird schließlich auch ihren Vater mit dem, was geschehen ist und noch geschehen wird, wieder aussöhnen.

Draußen schellte es. Mimmi schreckte auf und wurde noch blasser, als an der Seite ihres Gatten ein großer junger Mann ins Zimmer trat, mit einem Exemplar der neuerschienenen Illustrierten in der Hand. Er wirkte etwas verlegen, kaute auf seiner Unterlippe.

»Guten Morgen, Frau Fabrici«, grüßte er.

»Guten Morgen, Herr Krahn«, erwiderte Mimmi nervös.

»Setz dich, Peter«, forderte Paul Fabrici den jungen Mann auf, mit der brennenden Zigarre auf einen leeren Stuhl zeigend. »Möchtest du eine Tasse Kaffee?«

»Ja, gerne«, antwortete der junge Mann, obwohl ihm viel eher nach einem Schnaps zumute gewesen wäre.

Mimmi rührte sich nicht.

»Mimmi«, sagte Paul ganz ruhig, aber mit einem gefährlichen Ausdruck in den Augen.

»Ja?«

»Hast du nicht gehört, was unser Gast möchte?«

»Nein.«

»Kaffee«, sagte Paul noch leiser, aber mit einem noch gefährlicheren Ausdruck in den Augen.

Mimmi Fabrici spürte, daß sie auf einem Pulverfaß saß; daß es nur noch des kleinsten Funkens bedurfte, um sie in die Luft fliegen zu lassen; daß dann nichts mehr sie dazu in die Lage versetzen würde, ihrer Tochter irgendwie förderlich zu sein.

Mimmi Fabrici erhob sich rasch, brachte Geschirr herbei und füllte ihrem unerwünschten Gast eine Tasse mit Kaffee. Sie konnte dabei ein leises Zittern ihrer Hand nicht unterdrücken.

»Danke, Frau Fabrici«, sagte der junge Mann.

»Bitte.«

»Möchtest du einen Schuß Cognak reinhaben, Peter?« fragte Paul Fabrici.

»Ja, gerne.«

Mimmi fühlte sich davon nicht angesprochen, eigentlich mit Recht nicht, und reagierte deshalb auch nicht.

»Mimmi«, sagte Paul.

»Ja?«

»Hörst du nicht?«

»Was denn?«

»Du sollst Cognak bringen.«

»Ich? – Ich dachte, du.«

»Nein, du, verdammt noch mal!« sagte Paul mit anschwellender Stimme.

Nachdem Mimmi auch diese Kreuzwegstation hinter sich hatte, faltete sie die Hände in ihrem Schoß und wartete auf ihre Geißelung. Daß ihr etwas Ähnliches drohte, wußte sie, seit der junge Mann das Zimmer betreten und sie die Illustrierte in seiner Hand wahrgenommen hatte. Sie wollte aber das Ganze nicht ohne weiteres seinen Lauf nehmen lassen, dazu fühlte sie sich Karin gegenüber verpflichtet. Sie sah darin eine erste Probe.

»Ist der Kaffee noch warm genug, Peter?« fragte Paul Fabrici.

»Doch, ja.«

»Ihr habt in der Graf Adolf Straße eine neue Filiale eröffnet, höre ich.«

»Seit ein paar Tagen, ja.«

»Läuft's?«

»Das kann man noch nicht sagen, aber wir haben keine Sorge, daß es das nicht tun wird.«

»Der Meinung bin ich auch.« Paul wandte sich seiner Frau zu. »Und du, was denkst du?«

»Worüber?«

»Über diese Filiale.«

Mimmi zuckte die Achseln.

»Was soll ich darüber denken?«

Das klang so gleichgültig, daß sie gleich hätte sagen können, daß ihr diese Filiale nicht minder schnuppe wäre als die Erstellung einer Straßenampel in Brazzaville.

Gatte Paul lächelte grimmig.

»Siehst du«, sagte er, »wortwörtlich die gleiche Frage stellt sich auch Peter, allerdings in einem anderen Zusammenhang, Mimmi. Stimmt doch, Peter, nicht?«

Krahn räusperte sich.

»Ich wollte nur wissen...«

Dann verstummte er. Mit einem Mann, mit Paul Fabrici, hätte es sich draußen im Flur leichter geredet, als in Anwesenheit seiner Frau hier.

»Du wolltest wissen«, sprang ihm Paul bei, »was du über diese Veröffentlichung in der Illustrierten, die dir heute morgen in die Hände fiel, denken sollst.«

Krahn nickte und blickte Mimmi Fabrici an.

»Eine Karriere beim Film ist natürlich etwas sehr Verlockendes, Frau Fabrici«, meinte er dann, nachdem er sich noch einmal geräuspert hatte, und es war ganz offensichtlich, daß er von ihr Widerspruch erwartete, als er dies sagte. Doch ein solcher kam nicht.

»Ich könnte es von einem Mädchen verstehen, wenn es dem gegenüber alles andere zurückstellen würde«, unternahm er einen zweiten Anlauf, der jedoch auch zum Scheitern verurteilt war.

»Sprechen Sie von meiner Tochter?« antwortete Mimmi kühl.

»Natürlich, Frau Fabrici, von Karin.«

»Dann ist es ja gut.«

»Was ist gut?«

»Das sie das von ihr verstehen werden.«

Geschlagen verstummte Peter Krahn, der tüchtige junge Metzger, der eine Schweineschulter von einem Schlegel zu unterscheiden wußte, aber Tolstoi nicht von Dostojewski, und dadurch nicht den Ansprüchen Mimmis genügte. Sein Blick wanderte hilfesuchend zu Paul Fabrici, dessen Zigarre dicke, drohende Wolken aussandte, wenn er an ihr zog.

In diesem Augenblick schellte das Telefon im Arbeitszimmer. Man hörte es durch zwei Türen. Automatisch erhob sich Paul Fabrici, der immer dazu neigte, auf einen geschäftlichen Anruf zu schließen, den er nicht versäumen wollte. Auch Peter Krahn wollte aufstehen, um mit Fabrici das Zimmer zu verlassen, wurde jedoch von diesem daran gehindert.

»Du bleibst sitzen«, sagte Paul zu ihm. »Ich bin gleich wieder da.«

Die Gelegenheit schien Mimmi günstig, dem jungen Mann die Illusionen, die er immer noch hegen mochte, zu zerstören.

»Herr Krahn«, sagte sie frei heraus, »Karin ist keine Frau für Sie. Es ist wirklich das beste, wenn Sie das möglichst rasch einsehen.«

Stumm blickte er sie an.

»Sie können so viele Mädchen haben«, fuhr sie fort. »Sie sind jung, gesund, tüchtig, sehen gut aus, haben Geld, ihnen steht die Welt offen, Sie gehören zu den begehrtesten Junggesellen Düsseldorfs – also greifen Sie doch zu, wählen Sie!«

»Das will ich ja, Frau Fabrici«, sagte Peter errötend.

»So?« Mimmi freute sich, weiterer Bemühungen enthoben zu sein. »Wen denn?«

»Karin.«

Mimmis Miene verschattete sich wieder.

»Aber ich sage Ihnen doch, daß das nicht in Frage kommt.«

»Warum nicht? Ihren eigenen Worten nach bin ich doch eine Partie, die –«

»Herr Krahn«, unterbrach ihn Mimmi, »zwingen Sie mich nicht zu einer Deutlichkeit, die ich gerne vermieden hätte.«

Langsam schwoll auch ihm der Kamm. Er hatte es nicht nötig, sich hier so behandeln zu lassen.

»Nur raus mit der Sprache, Frau Fabrici!« stieß er hervor.

»Lieber nicht.«

»Doch, doch, ich kann mir ja denken, was Ihnen auf der Zunge schwebt.«

Mimmi zögerte nur kurz, ehe sie erwiderte: »Also gut, ich habe Ihnen gesagt, daß Karin keine Frau für Sie ist. Ich hätte aber besser sagen sollen, daß Sie kein Mann für Karin sind. Der Maßstab, den meine Tochter anlegen kann, ist einfach... für den sind Sie einfach... sind Sie einfach...«

Das Wort wollte ihr nun doch nicht über die Lippen, aber er half ihr, indem er einfiel: »...zu primitiv, nicht?«

Getreu dem Sprichwort, daß keine Antwort auch eine Antwort sei, blickte sie ihn schweigend an.

»Aber Ihrem Mann, Frau Fabrici«, sagte er nach einer Weile, »bin ich das nicht.«

»Was sind Sie dem nicht?«

»Zu primitiv.«

»Bei meinem Mann«, scheute sich Mimmi nicht zu sagen, »ist das kein Wunder. Wenn er nicht ständig zwischen Ihnen und Karin sozusagen am Einfädeln wäre, säßen Sie ja gar nicht hier. Dann wären Sie überhaupt noch nie auf die Idee gekommen, sich meine Tochter in den Kopf zu setzen...«

Ein Wasserfall löste sich in Mimmi. Sie sprudelte los: »Sind Sie sich denn im klaren, was das heißt? Die größte deutsche Illustrierte bringt eine solche Veröffentlichung. Millionen sehen die Fotos von Karin, lesen, was sich ereignet hat. Sie sind entzückt. Der Nachweis ist geliefert, daß Karin eines der schönsten Mädchen ist, die's überhaupt gibt. Daß sie daneben auch ein intelligentes, gebildetes Mädchen mit Abitur ist, erfährt die Öffentlichkeit ebenfalls. Jederzeit, wenn sie will, kann sie ihr Studium fortsetzen. Ich bin so stolz auf sie, und ich weiß, daß es jetzt darauf ankommt, aufzupassen, daß sie ihren Weg macht, einen anderen, als es der meine war. Erst stand ich jahrelang hinter dem Ladentisch, dann verlangte mein Mann sogar auch noch, daß ich Buchhaltung nachlernte, damit eine Kraft eingespart werden kann. Dasselbe Schicksal würde Karin bei Ihnen blühen, Herr Krahn –«

»Wer sagt denn das?« unterbrach er sie.

»*Ich* sage das, Herr Krahn, *ich*! Sie haben doch die gleiche Mentalität wie mein Mann, deshalb sind Sie ihm ja auch so sympathisch, darum ersehnt er Sie als Schwiegersohn. Aber schlagen Sie sich das aus dem Kopf. Soll ich Ihnen die einzige Möglichkeit, wie das zustande kommen könnte, verraten? Soll ich das?«

»Ja.«

»Nur über meine Leiche!«

Erschöpft schwieg nun Mimmi. Sie hatte sich völlig verausgabt. Dieser ganze Morgen war eine außerordentliche Strapaze für sie; er hatte ihr zugesetzt, wie schon lange keiner mehr.

»Über Ihre Leiche«, sagte Peter Krahn erbittert, »nein, das möchte ich nicht...«

Er erhob sich, um zur Tür zu gehen.

»Nachdem das so ist«, fuhr er dabei fort, »habe ich hier nichts mehr verloren.«

Er streckte die Hand nach der Klinke aus, da wurde die Tür von der anderen Seite her geöffnet. Paul Fabrici kam zurück und fragte: »Wohin, Peter?«

»Ich habe hier nichts mehr verloren«, wiederholte der junge Mann.

Ein rascher Blick Pauls, der nichts Gutes verhieß, streifte Mimmi und kehrte zu Krahn zurück.

»Setz dich!«

»Wozu das? Nicht mehr nötig.«

»Setz dich, Peter.«

Widerstrebend kam Krahn der Aufforderung nach und nahm wieder seinen alten Platz ein.

Paul Fabrici selbst blieb stehen. Die Frage, die er dann an den jungen Mann richtete, konnte dieser natürlich nicht beantworten.

»Weißt du, wer am Apparat war, Peter?«

»Nein.«

»Dein Vater.«

Überrascht stieß Peter hervor: »Wieso? Was wollte er?«

»Mich fragen, ob du schon hier seist. Wenn ja, sollte ich dich umgehend zurückschicken. Er habe es sich anders überlegt und gebe dir den Rat, daß du dir hier jedes Wort sparen solltest.«

»Das wäre auch das Gescheiteste gewesen«, erklärte Peter Krahn mit gepreßter Stimme.

»Er hat sich, offen gestanden, etwas anders ausgedrückt, etwas derber, weißt du – nicht so, daß du dir hier jedes Wort sparen sollst, sondern...«

Paul Fabrici stockte, wandte sich seiner Frau zu, flocht ein: »...und das galt einwandfrei dir...«

Daraufhin setzte er, wieder mit Peter sprechend, den unterbrochenen Satz fort: »...sondern daß du dich hier am Arsch lecken lassen sollst.«

Ein erstickter Laut drang aus dem Mund Mimmis. Paul, dessen Zigarre nur noch ein kurzer Stummel war, zog zweimal kräftig an ihr.

»Und daran, Peter, habe ich deinen Vater erkannt, deshalb war ich sicher, daß kein anderer am Apparat war, als der alte Jupp Krahn. So, hat er dann gesagt, und jetzt kannst du mich anzeigen wegen Beleidigung, diese Strafe zahle ich gerne. Bist du verrückt? war meine Antwort. Ich dich dafür anzeigen? Beglückwünschen tu' ich dich dafür, beglückwünschen, hörst du! Was glaubst du denn, was *ich* an deiner Stelle gesagt hätte? Kein Vergleich mit dem von dir, dessen darfst du sicher sein.«

Neuerlich entrang sich Mimmis Innerem ein ähnlicher Laut wie soeben, und wieder streifte sie ein Blick ihres Gatten, der Unheil ankündigte.

»Ich möchte jetzt doch gehen«, sagte Peter Krahn, seinen Stuhl zurückrückend.

Paul Fabrici hob die Hand.

»Du weißt ja noch gar nicht, was dein Vater und ich vereinbart haben.«

»Was denn?«

»Du fährst nach Nickeroog.«

»Ich?!« stieß Peter Krahn perplex hervor.

»Ja, du.«

»Was soll ich denn dort?«

»Die Karin holen.«

»Aber...«

Mimmi Fabrici wurde lebendig, ohne Rücksicht auf die Gefahr, in die sie sich dadurch brachte.

»Das wird er nicht tun, Paul!« sagte sie mit dem Löwenmut einer Mutter.

Ihr Gatte schien überrascht. Erstaunt drehte er sein Gesicht zu ihr herum, als habe er ihre Anwesenheit völlig vergessen gehabt und nehme sie jetzt erst wieder wahr. Er musterte sie und fragte: »Wer wird was nicht tun?«

»Er« – sie zeigte auf Peter Krahn – »wird nicht nach Nickeroog fahren.«

»Und wer will ihm das verbieten?«

»Ich.«

»So, du?« Pauls Stimme wurde etwas härter. »Als erwachsener Mensch kann er fahren, wohin immer er will...«

»Aber nicht, um Karin zu holen.«

»Doch, gerade dazu.«

»Dann werde ich vor ihm dort sein, um das zu verhindern.«

Die Explosion, die schon längst wieder in der Luft hing, war zum zweitenmal heute fällig.

»*Was* wirst du?!« brüllte Paul auf, wobei ihm die geschwollenen Adern am Hals zu platzen drohten. »In Nickeroog wirst du sein?!« Er näherte sich ihr drohend. »Ich werde dir sagen, wo du sein wirst!« Er hob die Hand. »Im Krankenhaus wirst du sein, hörst du, wenn du glaubst, dich hier aufspielen zu können!«

Viel hätte nicht gefehlt, und er hätte in der Tat zugeschlagen. Peter Krahn glaubte schon, dazwischengehen zu müssen, aber das wurde dann doch nicht notwendig. Schweratmend ließ Paul Fabrici die Faust, auf die seine Frau mit entsetzt aufgerissenen Augen gestarrt hatte, sinken. So etwas hatte Mimmi von ihm noch nie erlebt. In einem Trivialroman hatte sie einmal von einem ›menschlichen Vulkanausbruch‹ gelesen und sich nicht das Richtige darunter vorstellen können. Nun war ihr einer vorgeführt worden.

Paul Fabrici wischte sich über die Stirn.

»Komm«, sagte er kurz zu Peter Krahn, nahm ihn am Oberarm und zog ihn mit sich aus dem Zimmer, ging hinüber in seinen Arbeitsraum und steckte sich dort erst einmal wieder eine gute Zigarre an.

Peter war Nichtraucher.

Dann tranken beide einen Schnaps. So glättete vor allem Paul Fabrici die Wogen in seinem Inneren, aber auch das seelische Gleichgewicht Krahns verlangte und fand dadurch die nötige Wiederherstellung.

Schließlich sagte Fabrici: »Du fährst also?«

Zögernd antwortete Krahn: »Ich weiß nicht...«

»Du fährst, basta.«

»Und wann?«

»Das liegt bei dir. Möglichst rasch, würde ich sagen. Was ist dir lieber – Eisenbahn oder Auto?«

»Ich fahre eigentlich ganz gern mit der Bahn.«

»Recht hast du, ich auch. Da ist man am Ziel viel besser ausgeruht. Dann laß uns gleich mal nachsehen...«

Paul Fabrici war ein Mann, der Nägel mit Köpfen machte. Rasch nahm er einen Fahrplan aus der Schreibtischschublade und suchte mit seinen dicken Fingern den besten Zug heraus.

»Dat is er, Peter«, sagte er. »Sieh her. Zwölf Uhr ab Hauptbahnhof. Biste um sechzehn Uhr in Norddeich. Mit dem Schiff um zwanzig Uhr auf Nickeroog. Dat schaffste janz jemütlich.«

Der Dialekt bewies, daß Fabricis Zorn schon wieder ziemlich verraucht war.

»Und was mache ich, wenn Karin mich zum Teufel jagt?« fragte Peter Krahn.

»Wat sääste?«

»Wenn Karin mich zum Teufel jagt, was mache ich dann?«

»Biste jeck? Bloß nichts jefallen lassen! Wer nur einmal einer nachgibt, die er heiraten will, der bleibt sein Leben lang ein Sklave. Von Anfang an Zunder geben, dat et knallt! Dat sind die besten Ehen, in denen die Schränke rappeln. Hast du mich vorhin nit jehört? Hast du nit jesehen, wie sie zitterte?«

»Ich möchte nicht, daß Karin zittert.«

»Dat wirst du ja sehen.« Paul legte dem jungen Mann den Arm um die Schulter. »Du sollst nur wissen, daß ich op ding Linie steh'. Mer müsse zosammehalte. Wenn uns de Frauen wat wollen, immer kontra! Peter, ich habe bald drei Jahrzehnte Ehe auf'm Buckel – mich erschüttert kein Kriech mehr. Mein Fell is hart jeworden wie Nilpferdhaut. Dat lernste ooch noch. Mer Männer müssen uns alle einig sein. Sobald die Frau kütt und uns erziehen will – sofort Zunder jeben, wiederhole ich. Merk dir dat.«

Peter Krahn nickte. Er kam sich in seiner Haut aber überhaupt nicht kriegerisch vor, wenn er an Karin dachte, und wünschte sich, gar nicht hierhergekommen zu sein, wo ihn die Entwicklung überrollt hatte. Doch nun gab es kein Zurück mehr, jetzt mußte er fahren. Unsicher schaute er Paul Fabrici an.

»Nimm den Fahrplan mit, steck ihn ein«, sagte Paul Fabrici und schob ihm selbst das Kursbuch in die Jackettasche.

Peter ließ auch das mit sich geschehen. Das Buch war gar nicht besonders dick und schwer und schien dennoch einen Zentner in Peters Tasche zu wiegen. Er zog seinen Körper nach vorn. Wie ein gebrochener Mann schlich er aus dem Arbeitszimmer Fabricis und holte draußen auf der sonnigen Straße tief Luft.

Heiß brannte die Sommersonne schon am Morgen vom Himmel herunter. An einigen Stellen war der Asphalt noch vom Vortag in großen Placken geschmolzen und aufgetreten.

Nickeroog, dachte Peter Krahn. Karin! Ich habe mich doch ihr gegenüber noch gar nicht ausgesprochen. Ich habe ihr immer nur gesagt: ›Du bist ein nettes Mädchen.‹ Und jetzt soll ich sie einfach wegholen und ihr erklären: ›Los, komm mit, keinen Widerspruch, ab nach Düsseldorf, du sprichst mit deinem zukünftigen Mann, der bin ich, ich brauche eine Frau fürs Geschäft und keine Schönheitskönigin oder eine Filmdiva, verstanden!‹

Die tritt mir ja in den Hintern, dachte Peter Krahn.

In seinem Auto fing er an zu schwitzen. Bis er die Firmenzentrale, wo er von seinem Vater schon erwartet wurde, erreicht hatte, war er ganz naß.

Jupp Krahn, der Alte, blickte düster.

»Na?« fragte er.

»Ich soll die holen, Vater«, antwortete der Junge deprimierten Tones.

»Das weiß ich. Der Fabrici hat mich inzwischen schon angerufen. Was mich interessiert, ist, ob es stimmt, daß du darauf eingegangen bist.«

»In gewisser Weise schon, Vater.«

»In gewisser Weise?«

Peter nickte.

»Mensch«, regte sich der Alte auf, »was heißt das? Ich will's klipp und klar wissen – ja oder nein?«

»Ja.«

»Na also.«

»Aber das bedeutet nichts, Vater«, sagte der Junge rasch. »Warum bedeutet das nichts?«

»Ich habe ja noch nicht einmal die Adresse von der. Der Fabrici hat vergessen, sie mir zu geben, und ich werde ihn nicht mehr danach fragen.«

»Das rettet dich nicht, Junge.«

»Wieso nicht?«

»Die Adresse hast du schon. Er hat sie mir am Telefon durchgegeben, eben weil er vergessen hatte, sie dir zu nennen.«

Es stimmte also das, was Jupp Krahn gesagt hatte – ›Das rettet dich nicht, Junge.‹

Der Kelch ›Nickeroog‹ würde an seinem Sohn nicht vorübergehen, das stand fest.

Karin Fabrici lag in ihrem Bett und hatte die erste Prozedur ihres vierundzwanzigstündigen Filmstarlebens schon hinter sich. Nach dem Bad hatte sich eine Masseuse ihrer angenommen, von der sie unter Zuhilfenahme wohlriechender Öle richtig durchgewalkt worden war, und vor kurzem erst waren zwei eifrige junge Mädchen – eine Maniküre und eine Pediküre, angesetzt auf Karins Finger- und Zehennägel – aus dem Zimmer gegangen, um einer Diplomkosmetikerin das Feld freizugeben. Letztere hatte noch etwas auf sich warten lassen. Karin hatte die Gelegenheit dazu benutzt, ihren Morgenrock, unter dem sie nur Slip und BH trug, abzustreifen und für ein paar Minuten noch einmal ins Bett zu schlüpfen, um sich ein bißchen von ihrer durch die ungewohnte Massage hervorgerufenen Erschöpfung zu erholen. Rasch war sie eingeschlafen und hatte einen Traum. Der Traum knüpfte an tatsächlich Erlebtes am Abend zuvor an.

Karin stand auf ihrem Balkon im Mondschein und sah

hinab auf das leuchtende Meer, auf das sich küssende Liebespaar in den Dünen, auf die Körbe und Burgen, Wimpel und die erloschenen Lampions. Soweit die Wirklichkeit, mit welcher Karins nunmehriger Traum übereinstimmte. Dann aber trennte sich letzterer von der Realität und versetzte die schlafende Karin in eine Wunschwelt.

Ein leichter Geruch nach einer Zigarette wehte um die Ecke der Trennwand des Balkonabschnitts Karins. Und bevor Karin noch wußte, ob sie wieder ins Zimmer zurückgehen oder weiter den Abend in seiner Stille genießen sollte, sagte eine ach so bekannte Stimme hinter der Trennwand: ›Die Welt ist herrlich.‹

›Ja‹, antwortete Karin mit verstellter Stimme, um nicht erkannt zu werden. In Gedanken setzte sie hinzu: Ja, das ist sie, Walter.

›Sie kann aber auch sehr grausam sein‹, fuhr er fort.

›Ja.‹

›Der Mond ist schön.‹

›Wunderbar.‹

›Aber nur von ferne.‹

›Man muß sich ihm nicht nähern.‹

›Seine Ähnlichkeit mit mancher Frau ist groß.‹

›Das verstehe ich nicht‹, erwiderte Karin.

›Dann will ich es Ihnen erklären. Gewisse Frauen sind schön, aber kalt – wie der Mond; kalt, wenn man ihnen näherkommt.‹

›Sprechen Sie aus Erfahrung?‹

›Ja.‹

Er sagte dies sehr traurig. Die träumende Karin hatte sich das so gewünscht; ihr Wunsch war also in Erfüllung gegangen.

›Sie scheinen darunter zu leiden‹, fuhr sie fort. Nach wie vor verstellte sie dabei ihre Stimme.

Er seufzte schwer. Das sagte mehr als Worte.

›Weiß denn die Dame das?‹ fragte Karin.

›Nein.‹

›Warum nicht?‹

›Weil ich es ihr nicht verraten habe.‹
›Dann müssen Sie das tun. Daraus gewänne die Dame nämlich die entscheidende Einsicht.‹
›Welche entscheidende Einsicht?‹
›Daß Sie sie lieben.‹
Er antwortete nicht. Karin erschrak.
›Oder lieben Sie sie nicht?‹ fragte sie bang.
›Doch.‹
Karin lachte glücklich und unvorsichtig.
›Sie kommen mir bekannt vor‹, sagte er prompt. ›Wer sind Sie?‹
Karin schlüpfte in ihre Rolle zurück, sie erwiderte mit fremder Stimme: ›Sie irren sich, wir haben uns noch nie gesehen.‹
›Ich weiß nicht, ich...‹
›Sie können sicher sein, wir sind uns noch nie begegnet‹, untermauerte Karin ihre Lüge, die auch ihr Gewissen im Traum nicht im geringsten belastete.
›Und wenn ich Ihnen vorschlage, das zu ändern?‹ fragte er.
›Was zu ändern?‹ erwiderte sie.
›Daß wir uns noch nie begegnet sind.‹
›Sie bitten mich um ein Rendezvous?‹
›Ja.‹
›Wann?‹
›Möglichst bald.‹
›Sie haben's eilig.‹
›Ja, ich spüre etwas zwischen uns...‹
Karin lachte tonlos in sich hinein; das war ungefährlich.
›Und was sollte Ihre Freundin dazu sagen?‹
›Welche Freundin?‹
›Die Dame, die Sie lieben. Oder weilt die gar nicht hier auf Nickeroog?‹
›Doch.‹
›Na also. Sie würde uns sehen. Die Insel ist klein. Was würde sie sagen?‹
›Nichts.‹

›Nichts?‹

›Es wäre ihr egal. Ich bin ihr gleichgültig.‹

›Sind Sie dessen sicher?‹

›Absolut. Die haßt mich sogar.‹

›Haßt Sie?‹

›Ich hatte mit ihr, seit wir uns kannten, eigentlich nur Streit. Ich bin ein Riesenidiot, wissen Sie.‹

›Nein, das sind Sie nicht. Ich glaube das nicht.‹

›Doch, doch.‹

›Nein.‹

›Wenn ich Ihnen erzählen würde, wie ich mich aufgeführt habe...‹

›Wie denn?‹

›Wie ein Tyrann, ein Despot, ein Pascha, der ein Verfügungsrecht über sie hat. Das hat sie sich natürlich nicht gefallen lassen.‹

›Was tat sie denn daraufhin?‹

›Sie setzte ihren Kopf durch.‹

›Vielleicht war das falsch von ihr. Vielleicht wären doch Sie im Recht gewesen.‹

›Ich?‹

›Ja.‹

›Nein, auf keinen Fall. Das Ganze quält mich seitdem; und ich weiß genau, daß ich derjenige war, der sich selbst disqualifiziert hat.‹

›Sie sind ja voller Reue, wenn ich Sie richtig verstehe.‹

›Ja, bin ich.‹

›Haben Sie noch nicht daran gedacht, der Dame das zu sagen?‹

›Ich möchte nicht nachträglich noch geohrfeigt werden.‹

›Ach was.‹

›Doch, doch, die ist kein sanftes Lämmchen, eher schon eine fauchende Katze.‹

›Nein.‹ Karin mußte auf ihre Stimme achten. ›Dann haben Sie einen ganz falschen Eindruck von ihr gehabt.‹

›Woher wollen Sie das wissen?‹

›Weil ich...‹ Sie unterbrach sich. ›Weil ich auch eine Frau bin, auf deren Urteil hier deshalb mehr Verlaß ist als auf das Ihre.‹

Um ein Haar wäre ihr etwas viel Verräterisches herausgerutscht.

›Von Ihnen kann man offenbar lernen‹, sagte er.

›Dann befolgen Sie meinen Rat und reinigen Sie die Atmosphäre zwischen Ihnen und der Dame.‹

›Mal sehen‹, seufzte er. ›Um ein Haar wäre ich ja nach unserem Streit schon abgereist.‹

›Nur das nicht!‹ stieß Karin erschrocken hervor. ›Sie würden ihr damit sicher sehr weh tun.‹

›Meinen Sie?‹

›Ganz bestimmt.‹

›Und was ist mit dem Rendezvous von uns beiden? Ich würde Sie trotzdem gern kennenlernen. Ich spüre, daß das von Gewinn wäre. Vielleicht würde das meine Probleme mit der anderen Dame lösen.‹

›Durch Vergessen?‹

›Ja.‹

Karin kicherte.

›Das glaube ich nicht.‹

›Wir könnten es ja darauf ankommen lassen.‹

›Wissen Sie, was Sie von mir erwarten?‹

›Was?‹

›Daß ich einer anderen ins Gehege komme. Ich mache das nicht gerne.‹

›Es wäre sehr gut möglich, daß die Betreffende gar nichts dagegen hätte.‹

Karins Kichern verstärkte sich.

›Das könnte zutreffen, ja.‹

›Nicht wahr? Je länger ich mit Ihnen sprech--‹

Soweit die Schilderung des jäh abreißenden Traumes von Karin, der aus einem langen Dialog allein bestand. Sein abruptes Ende fand der Traum dadurch, daß die Diplomkosmetikerin ins Zimmer trat und Karin wach wurde. Die Kosmetikerin hatte, nachdem die Maniküre und die Pediküre abgetreten waren, nur ein paar Minuten auf sich warten lassen, eine Tatsache, die angesichts des umfangreichen Traumes Karins kaum glaubhaft erscheinen mag. Die Skepsis löst sich aber in Luft auf, wenn man weiß, in welch unwahrscheinlich kurzer Zeit die umfangreichsten Träume ablaufen können.

Karin gähnte, lächelte vor sich hin und mußte von der Kosmetikerin dazu ermuntert werden, das Bett, in dem sie so Schönes geträumt hatte, zu verlassen.

Die Kosmetikerin war schon dabei, in einem Tiegel aus verschiedenen Flacons und Töpfen einen Brei zusammenzurühren, aus dem schließlich Karin eine Gesichtsmaske gemacht werden sollte. Die Kosmetikerin war stolz auf ihr ›Diplom‹ und glaubte, diesem Titel einiges schuldig zu sein. Sie war sehr darauf bedacht, die Zusammensetzung ihrer speziellen Gesichtsmaske als ihr absolutes Geheimnis zu bewahren.

Wimpernzupfer, Augenbrauenstifte und Augenbrauenbürstchen, Lidschatten und eine Hormonsalbe gegen Krähenfüße lagen auf einem weißen Frottiertuch, während dreierlei Lippenstifte – rosé für den Morgen, karmin für den Tag und cyclam für den Abend – eine schmale Elfenbeinschale füllten und zusammen mit verschiedenen Pudersorten und der teuersten Make-up Creme ein Stilleben bildeten.

Vorhanden war auch schon ein künstliches Haarteil mit genau der gleichen Haarfarbe Karins, das dazu dienen sollte, ihre Lockenpracht beim Ball am Abend noch reicher zu gestalten.

Ein Kampf entbrannte, als die Kosmetikerin ans Werk gehen wollte und ihr von Karin entschiedener Widerstand entgegengesetzt wurde.

»Wir beginnen mit der Gesichtsmaske, Fräulein Fabrici.«

»Mit was?«

»Mit der Gesichtsmaske.«

»Für wen?«

Die Kosmetikerin blickte ein bißchen befremdet.

»Für Sie natürlich, Fräulein Fabrici.«

»Wer hatte denn *diese* Schnapsidee?«

Dieser Ausdruck gefiel der Kosmetikerin gar nicht. Sie empfand ihn schmerzlich. Indigniert sagte sie: »Die Maske gehört zu meinem Gesamtauftrag.«

»Soso. Schade, daß meine Mutter nicht da ist. Die würde sich über die Maske freuen.«

Die Kosmetikerin seufzte.

»Das alte Lied«, sagte sie. »Die Jugend glaubt, darüber erhaben zu sein. Aber täuschen Sie sich nicht, Fräulein Fabrici, es gibt auch das, was ich in unserer Branche die ›unsichtbaren Versäumnisse‹ getauft habe. Verstehen Sie, was ich meine?«

»Ja«, nickte Karin. »Trotzdem möchte ich auf die Maske verzichten.«

Die Kosmetikerin zuckte die Achseln, zum Zeichen ihrer Einsicht, daß weitere Bemühungen zwecklos seien. Nach einer gewissen Pause, in der Karin zur Vernunft kommen sollte, fragte die Schönheitskünstlerin: »Und worauf wollen Sie nicht verzichten, Fräulein Fabrici?«

Karin überlegte kurz, dann deutete sie auf das weiße Frottierhandtuch mit den Augenbrauenutensilien und Lidschatten.

Die Kosmetikerin atmete erleichtert auf. Sie hatte schon befürchtet, überhaupt nicht gebraucht zu werden.

Ein feenhaftes, tief ausgeschnittenes Abendkleid aus golddurchwirktem Taft – eine Schöpfung aus dem Pariser Haus Sandrou – und ein mehrere tausend Mark kostendes Weißfuchscape lagen über den Stuhllehnen, dazu hauchdünne Nylonstrümpfe mit Diamentsplitternähten. Unter einem Stuhl stand ein Paar Schuhe mit echtem Blattgold.

Unten im Panzerschrank der Kurdirektion lagen für Karin ein Diadem und ein Diamantkollier bereit. Ein großer weißer Mercedes mit livriertem Chauffeur wartete vor dem Hoteleingang auf sie.

Die Kosmetikerin verdiente größeres Vertrauen, als in

den ersten Minuten zu vermuten gewesen war. Karin merkte rasch, daß sie sich in geschickte Hände gegeben hatte. Wichtig war ihr, daß in jeder Hinsicht dezent an ihr gearbeitet wurde, zurückhaltend. Hätte die Kosmetikerin sich daran nicht gehalten, wäre ihr Karin sofort sozusagen in den Arm gefallen. Es bot sich jedoch kein Anlaß dazu. Und dennoch wollte Karin zum Schluß, als die Kosmetikerin erklärte, alles getan zu haben und fertig zu sein, mit dem, was ihr, Karin, aus dem Spiegel entgegenblickte, nicht zufrieden sein. Da stimmte etwas nicht. Aber was? Entweder fehlte irgend etwas – oder es war irgend etwas zuviel. Wohl letzteres.

Das bin ich nicht, dachte Karin, ihr Spiegelbild in Augenschein nehmend. Mitten in diese Musterung hinein klopfte es. Fragend schaute die Kosmetikerin Karin an, und diese nickte zustimmend. Durch die von der Kosmetikerin geöffnete Tür stürmten zwei aufgeregte junge Männer – ein Reporterteam. Der eine von ihnen ließ sich gleich an der Schwelle auf ein Knie nieder und machte mit Blitzlicht und riesenhafter Kamera zwei, drei Aufnahmen von der neuen ›Miß Nickeroog‹, deren Filmstartag begonnen hatte. Der andere des Zweigespanns war der Texter. Beide kamen von der Redaktion der kleinen, sich aber sehr wichtig nehmenden Insel-Zeitung. Der Texter fragte nicht lange, trat näher, zog einen Stuhl heran und setzte sich ohne Aufforderung Karin gegenüber.

»Sie lassen uns auch leben, das ist nett von Ihnen«, sagte er und zog einen Notizblock nebst Kugelschreiber aus seiner Tasche. »Ich danke Ihnen, Sie werfen uns nicht hinaus, vielen Dank.«

So wird man von der Presse überfahren.

»Wer sind Sie denn?« fragte Karin.

Der Reporter sagte es ihr. Erbitterten Tones fügte er hinzu: »Die Großen in Hamburg haben uns ja schon wieder die Butter vom Brot gestohlen. Weiß der Teufel, wie die das in dieser Geschwindigkeit immer machen. Große Hexerei, muß ich schon sagen. Deshalb wären wir Ihnen dankbar, wenn wir von Ihnen ein bißchen was kriegen würden, was die noch nicht haben.«

»Ich verstehe Sie nicht«, sagte Karin, und es dauerte eine Weile, bis ihr der Reporter beigebracht hatte, daß ihre Fotos bereits eine Seite der größten deutschen Illustrierten füllten.

Ein leichter Schauer lief Karin über den Rücken.

»Gibt's die auch schon in Düsseldorf zu kaufen?« wollte sie wissen.

»Was? Die Illustrierte? Selbstverständlich. In ganz Deutschland. Warum fragen Sie?«

»Nur so.«

»Sind Sie Düsseldorferin?«

»Ja.«

»Aha.«

Das eigentliche Interview hatte begonnen. Die Kosmetikerin sah, daß sie überflüssig geworden war, und packte ihren Kram zusammen.

Karin hatte es sich als Backfisch schon ganz toll vorgestellt, einmal selbst interviewt zu werden, und sie fand vorerst die ganze Art der Befragung höchst lustig und unterhaltsam.

»Hat Ihre Heimatstadt mit Ihrem Aussehen etwas zu tun, Fräulein Fabrici?«

»Wie bitte?«

»Sind Düsseldorferinnen von Haus aus hübscher als meinetwegen Kölnerinnen?«

Karin hob abwehrend beide Hände.

»Ich werde mich hüten, diese Frage zu beantworten.«

»Warum?«

»Um nicht ganz Köln gegen mich aufzubringen. Die Konkurrenz zwischen den beiden Städten ist schon erbittert genug.«

»Erbittert?«

»Ja.«

»Wenn Sie das sagen, wollen Sie dabei unsere Leser etwa an die alljährlichen Karnevalsumzüge erinnern?«

»Nicht nur daran.«

Karin lachte, zusammen mit dem Reporter, der sich eine Notiz machte und dann fortfuhr: »Bleiben wir ein bißchen bei dieser Konkurrenz: Wer hat da die Nase vorn – Düsseldorf oder Köln?«

Die helle Karin mußte nicht im geringsten überlegen, um zu antworten: »Weder Düsseldorf noch Köln. Das ist ein ständiges Brust-an-Brust-Rennen.«

»Bravo!« rief der Reporter, hätte jedoch trotzdem Karin noch gerne aufs Eis gelockt, weshalb er weitermachte: »Es wird aber doch wohl irgendein Gebiet geben, auf dem Köln von Ihrer Heimatstadt distanziert wird?«

»Sicher.«

»So?« freute sich der Zeitungsmensch. »Auf welchem denn?«

»Auf dem der Radschläger.«

»Richtig«, stimmte der Reporter amüsiert zu. »Das wird auch der letzte Kölner neidlos anerkennen.«

Karin war noch nicht fertig.

»Umgekehrt«, sagte sie, »haben die Düsseldorfer gegen eine Spezialität der Kölner nichts zu bieten.«

»Und die wäre?«

»Tünnes und Schäl.«

»Sie sind eine Expertin darin«, erklärte der Reporter beeindruckt, »kein böses Blut – nicht das kleinste Tröpfchen – zu erregen.«

Er gab es auf, Fangstricke auszulegen, und begnügte sich damit, die üblichen Fragen zu stellen, die nicht den Anschein erweckten, besonders intelligent, interessant oder taktvoll zu sein.

»Haben Sie Geschwister?«

»Nein.«

»Leben Ihre Eltern noch?«

»Ja, Gott sei Dank.«

»Was macht Ihr Vater?«

»Er ist Geschäftsmann.«

»Erfolgreicher?«

Das war eine jener besonders taktvollen Fragen, die in solchen Interviews gestellt werden.

»Erfolgreicher«, antwortete Karin wahrheitsgemäß. Was aber hätte sie gesagt, wenn sie sich dem Zwang gegenüber gesehen hätte, entweder ihren Vater zu blamieren oder zu lügen?

»Nähen Sie Ihre Kleider selbst?«

»Nein.«

»Das heißt also, daß Ihr Vater Sie finanziell entsprechend ausstattet?«

»Er – und meine Mutter.«

»Verfügt sie über ein eigenes Budget?«

»Ja.«

»Sind Sie verlobt?«

»Nein.«

»Aber Sie waren sicher schon verliebt?«

Karin lachte.

»Ja.«

»Mehrmals?«

»Ja.«

»In wen am heftigsten?«

»In unseren Geographielehrer in der Sexta.«

Nun grinste der Reporter.

»Sah er gut aus?«

»Phantastisch! Sehr melancholisch, wissen Sie.«

»Melancholisch?«

»Er hatte viel Ärger.«

»Mit Ihnen?«

»Nein.«

»Mit wem dann?«

»Mit seinen drei Söhnen. Keine guten Schüler, wissen Sie.«

»Ach, er war verheiratet?«

»Schon etliche Jahre und ganz, ganz fest.«

Den größten Teil all dieser Fragen und Antworten schien der junge Zeitungsmensch im Kopf zu behalten, denn er benützte seinen Kugelschreiber nur selten.

Stach allerdings eine Antwort Karins hervor, schrieb er eifrig.

»Wie oft im Jahr fahren Sie in Urlaub?«

»Einmal.«

»Wo hat's Ihnen bisher am besten gefallen?«

Die Antwort, die der Reporter darauf erwartete, war sonnenklar. Karin versagte sie ihm nicht.

»Auf Nickeroog.«

»Was halten Sie von den Männern hier?«

»Sie sind alle reizend.«

»Ist einer unter ihnen, dem es schon gelang, besonders reizend zu sein?«

Einen ganz kleinen Augenblick zögerte Karin, dann erwiderte sie: »Nein.«

Und das ist die reine Wahrheit, dachte sie trotzig. Besonders reizend war der nicht, nicht einmal normal reizend. Reizend nenne ich etwas anderes, aber...

Karin konnte diesen Gedankengang nicht vollenden, da der Zeitungsmensch sie mit seinen Fragen schon wieder unter Beschuß nahm.

»Haben Sie ein besonderes Hobby?«

»Ja.«

»Welches?«

»Wenn ich Ihnen das sage, lachen Sie.«

»Ich lache gerne.«

»Ich sammle Briefmarken.«

Der Reporter verzog keine Miene.

»Und wieso soll ich darüber lachen?«

»Weil nur Männer Briefmarken sammeln. Mädchen nicht. Oder haben Sie schon jemals etwas anderes gelesen?«

Der Reporter schaute verdutzt, grinste dann, schrieb ein paar Worte in sein Notizbuch.

»Stimmt«, sagte er dabei. »Ich könnte mir vorstellen, daß das für unsere Leser ein eigenes Thema wäre. Vielleicht äußern sich ein paar dazu.«

»Ich spiele aber auch gern Tennis und reite«, gab sich

Karin den normalen Anstrich eines jungen Mädchens, das heutzutage interviewt wird.

»Sind Sie schon gestürzt?«
»Vom Pferd?«
»Ja.«
»Zweimal, aber glimpflich.«
»Reiten Sie auf einem eigenen Pferd?«
»Nein.«
»Warum nicht? Wenn Ihr Vater ein erfolgreicher Geschäftsmann ist, hätte er Ihnen das doch schon ermöglichen können?«
»Sicher, aber so dumm ist er nicht.«
»Dumm?«
»Er ist dafür, sagt er, daß seine Tochter auf dem Teppich bleibt.«

Für diese und die nächste Antwort erntete Karin, als das Interview veröffentlicht wurde, die meisten Sympathien bei den Lesern.

»Und was halten davon Sie, die Tochter?«
»Daß er hundertprozentig recht hat.«

Das war natürlich einen neuen Eintrag ins Notizbuch wert. Die ganze Ernte des Journalisten, die er sich nun schon gesichert hatte, ging bereits weit über jeden Bedarf hinaus, und er hätte längst Schluß machen können, aber gerade jungen Reportern wird in der Redaktion, ehe sie hinausgeschickt werden, eingehämmert, daß das Material, mit dem sie zurückzukommen haben, eigentlich nie umfangreich genug sein kann. Gesiebt, ausgesondert wird dann von den vorgesetzten Redakteuren, den alten Füchsen, deren Aufgabe um so leichter ist, je reicher ihnen Material zur Selektion zur Verfügung gestellt wird. Sehr oft bleibt davon am Ende ohnehin wenig genug übrig.

Langsam hatte aber Karin nun doch genug. Ihre Antworten verloren an Liebenswürdigkeit.

»Waren Sie, als Tennisspielerin, schon einmal in Wimbledon?«

»Nein.«

»Würden Sie gerne hinfahren?«

»Nein.«

»Nein?« Der Reporter schüttelte ungläubig den Kopf. »Warum nicht?«

»Was sollte ich dort? Ich würde schon im ersten Spiel ausscheiden.«

Der Reporter wußte nicht, ob er lachen sollte; er entschied sich für ein flüchtiges Lächeln.

»Ich dachte als Zuschauerin«, sagte er überflüssigerweise.

»Zuschauen kann ich auch in Düsseldorf. Am Fernseher.«

»Hm.«

Die Luft war raus, das spürte nun auch der dickfellige Zeitungsmensch und kam zum Schluß.

»Eine letzte Frage, die wir auch Ihren Vorgängerinnen der letzten drei Jahre gestellt haben: Welches ist Ihr Lieblingsgericht?«

»Gar keines.«

»Aber ich bitte Sie, es gibt für jeden ein Lieblingsgericht, also wird es auch für Sie eines geben.«

»Nein.«

»Und warum nicht?«

»Weil ich nicht gern mit der Justiz zu tun habe.«

Der Reporter sagte gar nichts mehr, sondern stand auf und sah sich nach seinem Kollegen, dem Fotografen, um, ohne ihn zu entdecken. Dieser hatte nämlich das Zimmer längst unbemerkt verlassen, um sich unten in der Hotelbar zu stärken. Dort suchte und fand ihn der Texter, der die Gewohnheiten seines Kollegen kannte, für die der Mann eigentlich – oder ganz sicher – noch viel zu jung war.

Ein Blick in die Augen des Fotografen genügte dem Texter, um hervorzustoßen: »Komm, du Trunkenbold, pack deine Sachen zusammen.«

Der Bildreporter hätte sich noch gerne ein bißchen mehr

Zeit gelassen und schlug deshalb dem Texter vor, auch ein Glas zu trinken; doch er drang damit nicht durch. Im Auto fragte er: »Was war denn noch bei der?«
    »Zuletzt wurde sie schwierig.«
    »Inwiefern?«
    »Anscheinend hatte sie die Nase voll.«
    »Wirst wohl in ihre Intimsphäre eingedrungen sein.«
    »Diesbezüglich haben wir uns ja immer sozusagen auf die Theorie zu beschränken. Die Praxis bleibt uns verschlossen.«
    Der Fotoreporter schnalzte mit der Zunge und sagte: »Für die Praxis mit der würde ich allerdings meinen guten Ruf hingeben.«
    »Junge«, seufzte daraufhin der Texter, »an so eine kommt unsereiner nicht ran; kein Arbeitnehmer, meine ich. Solche Weiber ziehen sich andere Kontoinhaber an Land.«
    Karin Fabrici, von der in dieser Weise gesprochen wurde, hatte sich inzwischen auf ihrem Zimmer noch einmal vor den Spiegel gestellt und kaum mehr ihren Augen getraut. Ihr Eindruck war noch enttäuschender als in der Minute, in der die Diplomkosmetikerin von ihr abgelassen hatte. Ein völlig fremder Mensch schaute ihr entgegen, ein Puppengesicht, wie man es so oft in Zeitschriften und Filmprospekten sieht, ein Lärvchen, aufgemacht, seelenlos, mit Löckchen und Kußmündchen, verführerischem Augenaufschlag und erstarrtem Lächeln.
    Die ersten Stunden ihres Filmdaseins waren vorbei. Der Uhrzeiger rückte auf halb elf zu. Unten vor dem Portal wartete der schwere Mercedes auf sie.
    Sie warf einen Blick in das Programm, das man ihr zu Verfügung gestellt hatte. 10.45 Uhr: Abfahrt zu Probeaufnahmen in einem provisorischen Filmstudio. 12 Uhr: Empfang durch den Produktionsleiter. 13 Uhr: Mittagessen im Kasino. 14.30 Uhr: Siesta. 16.00 Uhr: Tanzteebeginn mit Modenschau des Pariser Salons Sandrou im Kurhaus...

Karin warf das Programm auf den Tisch und wischte sich über die Stirn. Ihr wurde fast schwindlig vor all diesen Verpflichtungen und Ehrungen, und sie wünschte sich spontan weit weg, wollte allein am Strand in ihrem Korb Nr. 45 bei der kleinen, halb verfallenen Sandburg liegen, um zu träumen. Zu träumem von ...

Wieder klopfte es an die Tür.

Das wird der Chauffeur sein, dachte Karin und nahm den Seidenmantel vom Haken. Ich versäume mich hier.

»Ja?« rief sie. »Kommen Sie nur herein!«

Sie schlüpfte in ihren Mantel, fand das Ärmelloch nicht und ward so davon abgehalten, zur Tür zu blicken. Jemand betrat den Raum.

»Guten Morgen, gnädiges Fräulein«, sagte eine Stimme, und ein freudiger Schreck durchzuckte Karin Fabrici.

Er!

Er stand in ihrem Zimmer. *Er* war gekommen, um mit ihr zu sprechen. Ihr Traum bewahrheitete sich.

Vergib dir aber jetzt nichts mehr, ermahnte sie sich selbst. Wirf dich ihm nicht an den Hals. Er soll schon merken, zu Beginn wenigstens, daß hier er derjenige ist, der Buße zu tun hat, und nicht ich.

»Guten Morgen«, sagte sie nicht zu warm und nicht zu kalt; so in der Mitte.

Das Ärmelloch verweigerte sich ihr immer noch. Die Verrenkungen, zu denen sie sich dadurch gezwungen sah, um es zu finden, wirkten komisch. Rasch trat er hinzu und leistete ihr den benötigten Kavaliersdienst. Sie bedankte sich, als sie den Mantel endlich anhatte.

Die Blicke, mit denen er sie musterte, gefielen ihr nicht ganz. Sie hatten einen zweifelnden Charakter.

»Wollen Sie sich nicht setzen?« fragte sie ihn.

»O nein«, erwiderte er. »Ich sehe doch, Sie sind auf dem Sprung. Ich will Sie nicht aufhalten.«

»Aber Ihr Besuch hat doch irgendeinen Zweck?«

Das klang nicht besonders gut. Karin wußte dies auch

im selben Augenblick, in dem sie es gesagt hatte, und sie hätte es deshalb gerne gelöscht, wie auf einem Tonband. Leider ging das nicht.

»Ich wollte Sie beglückwünschen«, erwiderte er, doch sein Gesicht strafte ihn dabei Lügen.

»Zu was?«

»Zu Ihrer gestrigen Wahl.«

»Danke.«

Eine Pause trat ein, in der jeder spürte, daß dieses Gespräch nicht gut lief, und das machte Karin nervös.

»Was sehen Sie mich so an?« fragte sie.

»Verzeihen Sie. Sind Ihnen meine Blicke unangenehm?«

»Nein, das nicht, aber...«

»Ich versuche Sie so anzusehen wie immer.«

»Sie versuchen es?«

»Ja.«

»Aber es gelingt Ihnen nicht?«

Er zögerte, erwiderte jedoch dann: »Offengestanden nein.«

»Warum nicht?«

»Weil Sie sich ziemlich verändert haben. Damit muß ich erst fertig werden.«

»Fertig werden? Das klingt nicht gerade danach, daß Sie begeistert wären?«

Er schwieg.

»Keine Antwort ist auch eine Antwort«, sagte sie daraufhin und setzte hinzu: »Meine ›Veränderung‹, wie Sie es nennen, gefällt Ihnen also nicht?«

»Ganz und gar nicht«, zögerte er nun nicht mehr zu antworten.

»Aber mir«, behauptete Karin, in der sich der alte Widerspruchsgeist regte.

»So?« Er zog die Mundwinkel nach unten. »Und ich hoffte, Sie seien für diese Kleckserei nicht verantwortlich.«

»Kleckserei?«

»Man habe Sie dazu vergewaltigt, dachte ich.«
»Kleckserei?« wiederholte sie.
»Sehen Sie sich doch an im Spiegel.«
»Das habe ich schon getan.«
»Und? Hatten Sie nicht den Eindruck, daß Sie mit dem Gesicht in einen Farbenkübel gefallen sind?«

Die Funken sprühten wieder zwischen den beiden. So etwas wollte sich Karin nicht sagen lassen, jedenfalls nicht von einem Menschen, der, wie sie dachte, allen Grund hatte, ihr gegenüber bescheidener aufzutreten.

»Sie haben ja keine Ahnung von solchen Dingen«, giftete sie ihn an. »Was verstehen Sie von Kosmetik? Ich nehme an, daß sich dort, wo Sie herkommen, die Mädchen einmal am Tag das Gesicht mit kaltem Brunnenwasser waschen, und damit hat sich's. Erzählen Sie mir deshalb lieber etwas vom Landleben, wenn Sie mit mir sprechen; davon mögen Sie etwas verstehen.«

»Es würde Ihnen nicht schaden, den Kopf in sauberes, kaltes Brunnenwasser zu stecken. Erstens bekämen Sie davon ein reines Gesicht, und zweitens verschwänden die Flausen, die man Ihnen in den Kopf gesetzt hat.«

Karin verlor die Beherrschung.

»Hinaus!« rief sie, zur Tür zeigend. »Verlassen Sie mein Zimmer, ich will Sie nicht mehr sehen!«

Wortlos ging er. Die Tür klappte zu, und Karin Fabrici stand zitternd vor Erregung und allein in ihrem Zimmer, so wie sie es verlangt hatte.

Auf der kleinen Kommode schlug diskret eine Tischuhr.

11.30 Uhr. Unten vor dem Eingang des Hotels stand der weiße Mercedes. ›Miss Nickeroog‹ war überfällig, sie wurde längst erwartet, aber oben saß eine arme, unglückliche Karin Fabrici im Sessel und weinte in ihr Taschentuch hinein.

Johannes M. Markwart, der Kurdirektor und Baron v. Senkrecht, die alle drei kurz darauf ins Zimmer traten, um Karin aufzustöbern, standen ratlos vor ihr und wußten nicht, was sie sagen und machen sollten. Aber fest stand, daß kein längerer Aufschub mehr möglich war.

»Gnädiges Fräulein«, ergriff der Kurdirektor die Initiative, »wir haben keine Zeit mehr; aus dem Studio wurde schon zweimal angerufen, wo Sie bleiben. Tut mir leid, daß Sie –«

»Weinen können Sie später«, fiel Markwart ein.

»Nehmen Sie sich bitte zusammen, gnädiges Fräulein«, sagte der Baron. »Die Zeit drängt wirklich.«

»Was ist hier geschehen?« fragte der Kurdirektor. »Haben Sie über den Service zu klagen? Ist Ihnen jemand zu nahe getreten, ein Kerl vom Personal etwa?«

Karin schüttelte den Kopf, wischte sich mit dem Taschentuch über die Augen.

»Das kann alles noch geklärt werden – morgen oder übermorgen«, ließ sich Markwart vernehmen. »Höchstwahrscheinlich besteht aber dann gar kein Anlaß mehr dazu, ich kenne das.«

»Die sind doch alle hysterisch«, flüsterte er dem Kurdirektor zu.

»Sie müssen sich jetzt am Riemen reißen, gnädiges Fräulein, gestatten Sie mir dieses soldatische Wort«, sagte der Baron. »Ein deutsches Mädchen darf sich nicht einfach so gehen lassen, wenn es die Pflicht hat...«

Er wußte anscheinend nicht mehr weiter, räusperte sich.

»Sie wissen schon, was ich meine«, schloß er.

»Also los!« befahl Johannes M. Markwart, der Hauptverantwortliche für die ganze Veranstaltung, die nicht mitten im Ablauf steckenbleiben durfte, und griff nach Karins Oberarm, um sie zur Tür zu führen.

Erst mußte sich Karin jedoch noch einmal vor den Spiegel stellen, da die Tränen in ihrem Gesicht Zerstörungen hervorgerufen hatten, mit denen sie sich nicht der Öffentlichkeit präsentieren konnte. Dann wurde sie von den drei Herren hinunter zu dem weißen Mercedes geleitet. Der livrierte Chauffeur riß bei ihrem Erscheinen den Wagenschlag auf und salutierte militärisch. Im Nu sammelte sich eine kleine Menschenmenge an, die der Abfahrt rufend und winkend beiwohnte.

Karin blickte, als sich der Wagen in Bewegung setzte, in den Rückspiegel und sah in der Menge den Mann, der ihren Tränensturz ausgelöst hatte, stehen, still, braungebrannt, beobachtend. Sie sah auch noch, wie er sich abwandte und die Richtung zum Strand einschlug, als wolle er noch einmal den Korb und die kleine Sandburg an der niedrigen Düne aufsuchen, ehe er vielleicht Nickeroog zu verlassen gedachte.

Da lehnte sich Karin Fabrici weit in ihren Sitz zurück und schloß die Augen.

Nicht denken, sagte sie sich immer wieder vor, nicht denken. Morgen ist alles vorbei, der ganze Rummel, und du wirst ihn vergessen.

Wen ›ihn‹?

Den Rummel?

Oder *ihn*?

Werde ich den Rummel vergessen können? Ja, den ohne weiteres.

Werde ich aber auch *ihn* vergessen können...?

Peter Krahn fühlte sich gar nicht wohl, als er an der Mole von Nickeroog den Bäderdampfer verließ und zusammen mit einem Schwarm von Sommergästen den weißen Strand betrat, der, geschmückt mit Fahnen und Girlanden, die Neuankommenden empfing. Kleine Pferdekutschen standen bereit, welche die Gäste zu dem zwei Kilometer entfernten Hotelort bringen sollten. Ein Schwarm von Eisverkäufern fiel mit Rufen und Anpreisungen über die neue Kundschaft her. Da auf diesem Dampfer eine Reisegellschaft, die angekündigt worden war, eintraf und mit einem großen Transparent über ihren Häuptern (›Immer fröhlich, immer froh – mit Reisedienst Franz Ommerloh‹) von Schiff marschierte, hatte sich am Ufer auch eine Blaskapelle eingefunden und spielte einen flotten Marsch aus guter alter Preußenzeit. Bekannte schüttelten sich die Hände, Verwandte lagen sich in den Armen, eine Gruppe von Studenten empfing einige Komilitonen mit einem dröhnenden »Gaudeamus igitur«, und zwei Frauen mittleren Alters sahen so aus, als landeten sie auf der Insel, um ihre Ehemänner aus einem Sündenbabel herauszuholen.

Peter Krahn stand am Strand, fühlte, wie der feine weiße Sand in seine offenen Schuhe drang, und sah sich ratlos um. An einem Mast entdecke er ein Spruchband, dessen Text ihn zusammenzucken ließ: ›Miss Nickeroog heißt auch Sie willkommen‹. Und an einer Kioskwand hieß es: ›Wollen Sie Miß Nickeroog sehen, kommen Sie abends ins Kurhotel‹.

Peter Krahn erlitt dadurch einen kleinen Schock, der ihn plötzlich erkennen ließ, daß er sich in Düsseldorf vom alten Fabrici eine Aufgabe hatte aufbürden lassen, der er hier – das wußte er jetzt – nie und nimmer gewachsen war.

In einem Anfall von Reue über sein wahnwitziges Unternehmen ging er zu dem Häuschen der Schiffahrtsgesellschaft und studierte den Fahrplan der Rückfahrten. Aber er hatte ausgesprochenes Pech, denn dieses Schiff war das letzte, blieb in Nickeroog liegen und nahm erst am nächsten Morgen um 7.30 Uhr wieder Kurs auf Norddeich.

Unschlüssig sah sich Peter Krahn um. Dann zuckte er, in sein Schicksal ergeben, die Achseln und bestieg mit einigen anderen Nachzüglern eine der kleinen Pferdekutschen. Gemächlich rollte das Gefährt den Strand entlang, an den die langen Wellen der Flut klatschten, die kurz zuvor eingesetzt hatte. Überall sah man lustige Menschen, die den Kutschen zuwinkten, ›Neger‹, welche die ›Weißen‹ mit spöttischen Zurufen bedachten, junge Pärchen, die zwischen den Dünen nicht ihr Heil, aber ihr Glück suchten. Sogar auch einige flotte Reiter, die ihren Abendritt machten, ließen sich bewundern.

Die ›Neger‹, das waren die Braungebrannten, die schon länger auf der Insel weilten und ihre Luxuskörper der Sonne ausgesetzt hatten; die ›Weißen‹, das waren jene, deren Urlaub erst begann.

Peter Krahn fuhr sich mit dem Finger zwischen Hals und Kragen. Er fühlte sich unbehaglich. Die ›Miß Nickeroog-Transparente‹ hatten ihn sozusagen aus der Bahn geworfen.

»Gestatten«, sagte er zu dem Mann, der neben ihm saß, »Peter Krahn.«

Damit hatte der andere, der einen Stumpen paffte, wohl nicht gerechnet. Er schien überrascht.

»Angenehm«, erwiderte er notgedrungen. »Franz Joseph Biechler.«

Aus Potsdam stammt der nicht, erkannte Krahn sehr wohl und sagte: »Ich habe gesehen, daß Sie nicht mit unserem Schiff ankamen.«

»Nein.«

»Sie haben jemanden erwartet?«

»Ja.«

»Aber der kam nicht?«

»Nein.«

Kein gesprächiger Typ, dachte Peter Krahn und wollte auch wieder in Schweigen versinken, um den anderen in Ruhe zu lassen. Doch nun sagte dieser: »Sie sind Rheinländer?«

»Ja. Hört man das?«

»Sehr gut. Ich bin Bayer.«

»Mit einem Berliner hätte ich Sie auch nicht verwechselt.«

Das Eis war gebrochen. Beide grinsten.

»Wie war Ihr Name?« fragte der Münchner.

»Peter Krahn.«

»Der meine Biechler. Franz Joseph Biechler.«

»Den Vornamen hätten Sie nicht wiederholen müssen. Der prägt sich einem schon beim erstenmal ein, so markant ist er.«

»Denken Sie jetzt an den österreichischen Kaiser oder an unseren bayerischen?«

»An den bayerischen – aber ich höre von Ihnen zum erstenmal, daß der schon zum Kaiser ausgerufen worden ist.«

»Wer?«

»Euer Franz Joseph.«

»Der nicht, nein, aber von dem rede ich ja auch gar nicht.«

»Von wem dann?«

»Vom Franz«, fuhr Biechler fort zu blödeln.

Krahn guckte dumm.

»Vom Kaiser Franz«, half ihm Biechler auf die Sprünge.

»Ach«, leuchtete es im Gesicht Krahns auf, »vom Beckenbauer. Ja, der sticht jedes gekrönte Haupt aus, für den schlägt jedes bayerische Herz, das glaube ich. Oder hat es ihm geschadet, daß er München verlassen hat?«

»Nach Amerika?«

»Und anschließend sogar nach Hamburg.«

»Überhaupt nicht«, sagte Biechler mit der Hand winkend. »Von gekrönten Häuptern – um auf Ihren Ausdruck zurückzukommen – ist man es heutzutage ja gewöhnt, daß sie ins Exil gehen. Nur war es früher so, daß sie von ihren Völkern vertrieben wurden...«

»Und heute?«

»Vom Finanzamt.«

»War es das allein, daß bei Beckenbauer der Fall zutraf?«

»Nein, nicht ganz, aber das andere, was noch hinzukam, hätte er verkraften können, ohne zu emigrieren.«

Die großen, weißen Hotels tauchten vor ihnen auf. Die Kutsche fuhr unter einem Transparent hindurch, auf dem die Gäste noch einmal willkommen geheißen wurden. Peter Krahn fühlte sich wieder an Karin erinnert, und das alte Unbehagen stellte sich ein.

»Ihnen ist aufgefallen«, sagte Biechler, »daß ich am Strand quasi versetzt wurde.«

»Ja. Auf wen haben Sie denn gewartet?«

»Auf meinen Freund mit seiner Frau. Gott sei Dank kamen sie nicht«, erwiderte Biechler. »Dazu kann ich die beiden nur beglückwünschen.«

»Beglückwünschen? Wieso?«

»Ich kenne den, wissen Sie. Den hätte hier sehr rasch keiner mehr aushalten können. Der lebt nämlich in der Ramsau bei Berchtesgaden. Einen größeren Unterschied können Sie sich gar nicht vorstellen. Daher bin ich für ihn froh, daß er es sich anscheinend im letzten Moment wieder anders überlegt hat.«

»Ist es denn hier so schlimm?«

»Na ja«, seufzte Franz Joseph Biechler, zwei gewaltige Wolken aus seinem Stumpen holend.

»Haben Sie Langeweile?«

»Wenn wenigstens das Bier besser wäre«, lautete Biechlers Antwort, »dann ließe sich alles andere ertragen, das Salzwasser, der ewige Wind, das Geschrei der Möwen, der Sand zwischen den Zehen, die Sprache der Fischer, die kein Mensch versteht... und so weiter und so fort. Sie werden das alles selbst erleben.«

»Ich frage mich nur, warum Sie dann hierhergefahren sind.«

»Man hat mich dazu gezwungen.«

»Wer?«

»Meine Frau«, sagte Biechler düster, Krahn seinen Ringfinger mit dem Ehereif vor Augen haltend. Und er fuhr, nachdem der Düsseldorfer gelacht hatte, fort: »Warten Sie nur, bis Sie selbst auch soweit sind, dann werden Sie erfahren, was mit einem Mann alles geschehen kann, wenn er sich einer Frau ausliefert. Sie sind noch jung, und trotzdem hat es keinen Zweck, Ihnen zu raten, sich vor solchem Wahnsinn zu bewahren. Den Fehler, zu heiraten, macht fast jeder; diesbezüglich scheint es sich um eine Besessenheit unter den Männern zu handeln.«

Als die Strandpromenade unter der Kutsche wegrollte und ihnen die eleganten Damen und Herren zulächelten, als die vornehmen Lokale und Bars mit den Neonreklamen und den Spiegelwänden in Marmoreinfassungen vor ihnen auftauchten, wäre Peter Krahn am liebsten ausgestiegen und zu Fuß zum Anlegeplatz des Schiffes zurückgegangen. In Düsseldorf war er ein selbstbewußter junger Mann mit einem vermögenden Elternhaus im Rücken, hier fühlte er sich unsicher, völlig fehl am Platze und schon von vornherein blamiert.

Hier kann doch jeden Augenblick Karin auftauchen, sagte er sich. Was mache ich dann? Was sage ich ihr?

»Herr Krahn«, faßte der erfahrene, doppelt so alte Franz Joseph Biechler aus München das, was er gesagt hatte, zusammen, »ich empfehle Ihnen nur eines: Lassen Sie sich im Urlaub hier von keiner einfangen; fahren Sie so in Ihre Heimat zurück, wie Sie hierhergekommen sind – allein.«

Vor dem Kurhaus hielt man an und überließ es den Gästen, sich zu ihren Hotels und Pensionen zu begeben. Bedienstete aller Häuser mit Schildern oder beschrifteten Mützen holten ihre Schutzbefohlenen ab, und bald stand Peter Krahn allein und verlassen vor dem Kurhaus, eine Reisetasche neben sich und ein Gefühl der Beklemmung in der Brust.

Franz Joseph Biechler hatte ihm die Hand geschüttelt und sich mit einem »Alles Gute, vielleicht sehen wir uns noch einmal.« Verabschiedet und rasch entfernt.

Ein freundlicher älterer Mann trat auf ihn zu und grüßte.

»Kann ich Ihnen irgendwie behilflich sein? Suchen Sie etwas? Ein Zimmer?«

»Ja.«

»Mit oder ohne Dusche und WC?«

»Mit.«

»Der Preis?«

»Spielt keine Rolle.«

Das hört man gerne, dachte der ältere Herr und wurde noch freundlicher.

»Dann wüßte ich das Richtige für Sie.«

»Wo?«

»Bei mir.«

Es stellte sich heraus, daß Peter Krahn mit einem ehemaligen Hotelportier namens Karl Feddersen sprach, der sich nach einem arbeitsreichen, sparsamen Leben eine eigene kleine, aber elegante Pension zugelegt hatte. Sie sollte ihm erstens seinen Ruhestand sichern und ihm zweitens die Möglichkeit bieten, die Hände nicht völlig in den Schoß legen zu müssen. Feddersen vertrat nämlich den Standpunkt vieler, daß der Mensch etwas zu tun haben müsse, solange er sich noch außerhalb des Grabes bewegen könne. Und was hätte sich dazu für einen ehemaligen Hotelportier besser geeignet als eine eigene Pension, die in Betrieb zu halten war? Stützen konnte sich Feddersen dabei auf eine wesentlich jüngere Gattin und eine noch viel, viel jüngere Tochter, die er erst als guter Vierziger gezeugt hatte. Zuvor in seinem Leben hatte er zu solchen Dingen – wie Heirat und Vaterschaft – keine Zeit gehabt.

»Wohin müssen wir?« fragte Krahn.

Feddersen zeigte ihm die Richtung, dabei sagte er: »Fahren wir oder gehen wir zu Fuß?«

»Wie weit ist es denn?«

»Sieben Minuten.«

»Dann gehen wir. Vom Sitzen tut mir heute schon der Hintern weh.«

»Woher kommen Sie denn?«

»Aus Düsseldorf.«

»In Düsseldorf«, sagte Feddersen erfreut, »habe ich auch ein paar berufliche Jahre verbracht. War eine schöne Zeit. Leckere Mädchen.«

»Sind die nicht überall lecker?«

»Doch«, lachte Feddersen.

Er war noch sehr rüstig. Wie zum Beweis dafür sagte er schon nach wenigen Schritten: »Geben Sie mir Ihre Reisetasche.«

»Was?« antwortete Peter Krahn. »Ich Ihnen? Soll das ein Witz sein?«

»Sie sind der Gast und haben Anspruch darauf, Ihr Gepäck nicht selbst schleppen zu müssen.«

»Nee, nee«, grinste Peter. »Keine Sorge, dazu reichen meine Kräfte schon noch aus.«

Feddersen warf von der Seite her einen prüfenden Blick auf die ganze Gestalt Krahns.

»Gut bei Kräften scheinen Sie ja zu sein.«

Mit verstärktem Grinsen entgegnete der junge Düsseldorfer: »Das macht mein Beruf.«

»Was sind Sie denn?«

»Gelernter Metzger.«

»Im Angestelltenverhältnis?«

Anscheinend war Karl Feddersen ein Mann, der den Dingen gern auf den Grund ging.

»Nein«, erwiderte Peter Krahn. »Bei meinem Vater.«

Die Pension, der sich die beiden bald näherten, war erst vor zwei Jahren erbaut worden und zeigte in der Abendsonne ihr bestes Gesicht. Alles an ihr war neu und solide und ließ ahnen, daß keineswegs schon alle Bindungen an eine Bank gekappt waren. Am Eingang standen zwei Damen – Mutter und Tochter, wie eine große Ähnlichkeit der beiden vermuten ließ – und blickten verschreckt. Sie hatten die zwei Männer kommen sehen.

»Margot«, sagte Karl Feddersen zur Älteren, die seine Frau war, »ich bringe dir einen neuen Gast.«

Margots Reaktion war kein Jubelruf.

»Du liebe Zeit! Das dachte ich mir!«

»Aber...«

Er verstummte, er schien Böses zu ahnen.

»Wir sind voll, Karl.«

Seine Befürchtung hatte sich also bestätigt.

»Aber als ich wegging, Margot...«

»...hatten wir noch ein Zimmer frei, ja. Inzwischen rief jedoch Frau Seeler aus Bremen an, und ich habe es an die vergeben.«

»Wann kommt sie?«

»Morgen.«

Die Panne war sowohl Herrn als auch Frau Feddersen sichtlich unangenehm.

»Ich kann Sie nur um Entschuldigung bitten«, sagte der Pensionsbesitzer zu Krahn. »Mir ist das sehr peinlich.«

»Aber ich bitte Sie«, antwortete Peter Krahn, »Sie haben es doch nur gut gemeint.«

Dann fiel sein Blick wieder auf die jüngere der Feddersen-Damen, die ihn überhaupt mehr zu interessieren schien als jede andere Person hier.

»Ich hätte Sie nicht herlocken dürfen«, meinte der Pensionsinhaber.

Zu ihm sagte seine Frau: »Du mußt dem Herrn morgen ein Zimmer besorgen. Heute nacht kann er ja noch bei uns bleiben.«

»Selbstverständlich«, nickte Feddersen und fragte Krahn: »Wären Sie damit einverstanden?«

»Mit was?« erwiderte Krahn, dessen Aufmerksamkeit irgendwie gestört war.

»Daß Sie heute bei uns bleiben und ich Ihnen morgen ein Zimmer in einem anderen Haus besorge.«

»Aber das macht Ihnen doch mehr Umstände als mir. Es wird sich doch auch heute schon etwas Geeignetes für mich finden lassen.«

Herr und Frau Feddersen blickten einander an. Plötzlich meldete sich ihre Tochter zu Wort.

»Wollen Sie denn nicht die eine Nacht bei uns bleiben?« fragte sie Krahn.

»Doch«, nickte der eifrig, »das möchte ich schon, sehr gern sogar, aber« – er zuckte die Schultern – »man hört doch immer, daß das keine Begeisterung erregt...«

»Daß was keine Begeisterung erregt?«

»Na, die Bettwäsche für eine Nacht und so, meine ich... und...«

Das Feddersen-Trio lachte.

Kurze Zeit später stand Peter Krahn in einem sehr hübschen Zimmer, sah sich um und sagte zur Tochter, die es ihm gezeigt hatte: »Aus dem so rasch wieder auszuziehen, wird mir in der Tat nicht leichtfallen.«

Ohne zu zögern, erwiderte sie: »Eventuell findet sich eine Lösung...«

»Ja?« meinte er hoffnungsvoll.

»Ich finde, das sind wir Ihnen schuldig, Herr...«

»Krahn. Peter Krahn. Aus Düsseldorf.«

»Freut mich«, lächelte sie. »Heidrun Feddersen. Aus Nickeroog.«

Das brachte natürlich beide zum Lachen. Mit dem Auspacken eilte es Peter nicht so sehr, deshalb hätte er sich noch gerne mit Heidrun ein bißchen länger unterhalten, doch das ging nicht, denn das Mädchen wurde von ihrer Mutter nach unten gerufen.

»Wenn Sie etwas brauchen«, sagte sie auf der Schwelle, »lassen Sie es mich wissen, ja?«

»Wahrscheinlich brauche ich viel«, rutschte es Peter heraus.

Die Tür klappte zu. Hurtige Schritte, welche die Treppe hinabliefen, wurden vernehmbar. Peter sah die Beine, die dieses Geräusch verursachten, deutlich vor sich. Versonnen war sein Blick, der durch die Tür hindurchging.

Verdammt hübsches Mädchen, dachte er und erschrak. Karin fiel ihm ein, Karin, die eindeutig noch hübscher war und wegen der er die Reise nach Nickeroog angetreten hatte.

Das Zimmer hatte nicht nur Dusche und WC, sondern auch Radio und Telefon. Was fehlte, war lediglich ein Fernseher. Das Telefon erinnerte Peter an die Bitte seiner Mutter, nach der Ankunft auf Nickeroog anzurufen und Bescheid zu geben, daß alles in Ordnung sei. Er erledigte dies.

»Wann kommt ihr zurück?« fragte ihn Mutter.

»Wer ›ihr‹, Mama?«

»Du und Karin.«

»Kann ich nicht sagen. Die habe ich ja noch gar nicht getroffen.«

»Sag uns aber gleich Bescheid, wenn das der Fall war.«

»Ja, mache ich.«

»Paß auf dich auf, fall mir nicht ins Meer.«

»Keine Sorge. Grüße an Papa. Wiedersehen, Mama.«

»Wiedersehen, Junge.«

Nach diesem Telefonat packte Peter die Reisetasche aus, hing seine Sachen in den Schrank und wechselte, nachdem er sich geduscht hatte, das Hemd. Dann ging er hinunter, in der Hoffnung, Heidrun zu treffen. Er hatte Glück. Im Flur begegnete sie ihm, einen Staublappen in der Hand. Sie hatte schwarzes Haar, schwarze Augen und einen schwarzen Humor.

»Wenn ich einmal tot bin«, sagte sie zu Peter, »lasse ich mir Besen, Staubsauger und Staublappen in den Sarg legen. Sie sind meine treuesten Begleiter.«

Da heißt es bei uns immer, daß die an der Küste alle blond und blauäugig sind, dachte Peter. Blödsinn!

»Ich habe telefoniert, Fräulein Feddersen«, erklärte er.

»Sagen Sie Heidrun zu mir.«

»Gerne – wenn Sie Peter zu mir sagen.«

»Ist gut, Peter. Telefongespräche werden automatisch registriert. Das Problem mit Ihrem Zimmer ist gelöst. Sie können drin wohnen bleiben.«

»Und die Dame aus Bremen?«

»Bekommt ein anderes.«

»Hat jemand abgesagt?«

»Ja«, nickte Heidrun. Das war aber eine Lüge.

Ein wenig verlegen fragte Peter, ob ihn diese Regelung irgendwie binde.

»Wieso binde?« antwortete Heidrun. »Was meinen Sie damit?«

»Es könnte sein, daß ich das Zimmer morgen gar nicht mehr brauche. Ich hätte Ihnen das schon eher sagen müssen. Vielleicht reise ich nämlich von Nickeroog schon wieder ab.«

Was heißt ›vielleicht‹? dachte er dabei. Wenn ich Karin

begegne – und warum sollte ich ihr nicht begegnen? –, ist das mit Sicherheit der Fall. Entweder sie erklärt sich bereit, mit mir zu kommen, und wir fahren gemeinsam – oder sie läßt mich abblitzen, meine Mission hier ist damit auch beendet, und ich verschwinde allein; auf jeden Fall schüttle ich den Staub bzw. den Sand Nickeroogs von meinen Füßen; so ist's vorgesehen.

»Das kann ich fast nicht glauben«, erklärte Heidrun.

»Was können Sie fast nicht glauben?« entgegnete Peter.

»Das jemand nur für einen Tag nach Nickeroog kommt.«

»Doch«, stieß Peter hervor und wiederholte: »Ich hätte Ihnen das wirklich schon eher sagen müssen.«

Heidrun konnte ihre Enttäuschung nicht verbergen.

»Und warum haben Sie es mir nicht schon eher gesagt?«

Peter sah sie voll an. Den Blick wieder senkend, erwiderte er dann: »Weil mein Wunsch, hier länger zu wohnen, so groß war – und noch ist«, setzte er hinzu.

»Dann tun Sie's doch«, sagte Heidrun spontan.

Peter hob seinen Blick wieder. Beide schauten einander an. Es war ein stummes Frage- und Antwortspiel.

Ist denn das die Möglichkeit? dachte Peter Krahn. Gibt's denn das? Wer bin ich denn plötzlich? Ein ganz anderer? Noch vor einer halben Stunde, wenn mir einer erzählt hätte, daß das möglich ist, was mit mir hier vorzugehen scheint, hätte ich ihn nur ausgelacht. Und jetzt...?

Ganz Ähnliches ging Heidrun durch den Kopf. (Oder sollte man hier nicht besser sagen: durch das Herz?)

Aus einem der unteren Räume drang eine Stimme und schreckte die beiden auf: »Heidrun!«

»Ja, Mutti?«

»Du wolltest doch morgen dein Zimmer räumen. Fang damit am besten heute schon an. Deine Sachen müssen doch alle raus.«

Karin gab darauf keine Antwort. Unter Peters Blick errötete sie rasch und heftig. Mutter Feddersen glaubte anscheinend, ihren Vorschlag dringlich genug gemacht zu haben, denn man hörte von ihr nichts mehr.

»Sie wollten also Ihr Zimmer räumen?« sagte Peter zu Heidrun.

»Nicht für Sie«, erklärte Heidrun wahrheitsgemäß.

»Nein, nicht für mich«, nickte Peter. »Für die Dame aus Bremen, nehme ich an.«

»Ja.«

»Damit deren Zimmer ich behalten kann.«

»Das Ganze ist ja nun gar nicht mehr notwendig.«

»Warum nicht?«

»Weil Sie doch abreisen.«

»Nein.«

»Nein?« Das war ein kleiner Jubelruf aus Heidruns Mund.

»Das heißt... ich weiß es noch nicht... es besteht die Möglichkeit...«

Er unterbrach sich: »Sagten Sie nicht, daß jemand seine Zimmerbestellung abgesagt hat?«

»Sagte ich das?«

»Ja, ich glaube mich daran zu erinnern, daß Sie das sagten.«

»Ich kann mich aber nicht daran erinnern.«

Das Telefon läutete. Man hörte es aus dem Zimmer, aus welchem auch die Stimme von Frau Feddersen gekommen war. Frau Feddersen hob ab und sagte in Abständen: »Guten Tag, Herr Harder... Danke, und Ihnen?... Wir sehen uns ja morgen, nicht?... Nein? Warum nicht?... Ach Gott, das tut mir aber leid, Sie sind mit dem Fahrrad gestürzt, dabei soll Radfahren jetzt so gesund sein, sagen Sie und alle Leute... Da kann man mal wieder sehen, nicht?...... Lassen Sie sich deshalb keine grauen Haare wachsen, Herr Harder, wir sind voll, Ihr Zimmer steht Ihnen dann später zur Verfügung... Ja... Ja... Ganz bestimmt, ja... Rufen Sie uns an, wenn Sie wieder auf dem Damm sind, ja?... Wiedersehen, Herr Harder, gute Besserung.«

Man hörte, wie Frau Feddersen auflegte. Nun konnten Heidrun und Peter auf dem Flur ihr Gespräch wieder ungestört fortsetzen.

»Jetzt erinnere ich mich«, sagte Heidrun.

»An was?« fragte Peter.

»Daran, daß jemand seine Zimmerbestellung rückgängig gemacht hat.«

»Heidrun!« rief Frau Feddersen.

»Ja?«

»Du kannst deine Sachen lassen, wo sie sind. Der Herr Harder aus Hannover kommt nicht.«

»Ist gut, Mutti.«

»Wo steckst du eigentlich? Ich brauche dich.«

»Gleich komme ich.«

Heidrun blickte Peter an, der den Kopf schüttelte.

»Alles klar«, meinte sie. »Sie hörten es selbst: Es hat jemand abgesagt, wie ich es Ihnen mitteilte. Nur mein Erinnerungsvermögen war ganz kurz gestört.«

Peter schüttelte den Kopf noch stärker.

»Darüber sprechen wir noch«, entgegnete er mit gespielter Strenge. »Jetzt müssen Sie zu Ihrer Mutter, das rettet Sie im Moment.«

Das Kurhaus erstrahlte im vollen Lichterglanz. Fast alle Plätze waren schon besetzt. Niemand wollte den ›Ball der Miß Nickeroog‹ versäumen, der darauf angelegt war, zum Höhepunkt der Saison zu werden. Die Menschen waren festlich gekleidet, wie schon bei der Wahl, und erhofften sich einen aus dem Rahmen fallenden Abend, der es ihnen ermöglichen würde, ihn den Bekannten zu Hause in den glühendsten Farben zu schildern, um ihren Neid zu erregen.

Peter Krahn gab die Suche nach einem freien Stuhl bald auf. Entdeckte er einen und steuerte er auf denselben zu, wurde ihm regelmäßig gesagt: »Schon besetzt, tut uns leid.«

Jemand rief ihn: »Herr Krahn!«

Franz Joseph Biechler. Er saß inmitten einer Gesellschaft an einem vollen Tisch nahe der Treppe hinunter zur Bar. Peter nickte grüßend und fragte ihn per Zeichensprache, ob er einen Platz habe. Der Münchner schüttelte auch bedauernd den Kopf, erhob sich jedoch und kam, sich durch Stühle und Tische zwängend, auf ihn zu.

Händeschüttelnd begrüßten sich die beiden.

»Sie sind zu spät dran«, sagte Biechler.

»Verrückter Betrieb«, meinte, herumblickend, Krahn.

»Alle wollen dieses Prachtweib sehen.«

»Die Schönheitskönigin?«

»Natürlich.«

»Sie auch?«

»Freilich«, lachte Biechler. »Der Anblick lohnt sich, wissen Sie. Habe die Wahl schon miterlebt. Eindeutige Sache. Ein Superhase, wie wir Bayern sagen. Könnte auch bei uns jeden Blumentopf gewinnen. Mit dieser eine Nacht...« Er brach ab und kniff ein Auge zusammen. »Allerdings«, besann er sich, »in meinem Alter, da käme, offen gesagt, das Mäderl vielleicht doch nicht mehr so ganz auf seine Rechnung. Aber in Ihrem...«

Er puffte Krahn, der schwieg, zwinkernd in die Seite und lachte lauthals.

»Warum sagen Sie nichts?« fragte er ihn.

»Denken hier alle so?« erwiderte Krahn.

»Todsicher. Jedenfalls die Männer. Sie hätten die bei der Wahl sehen müssen, wie denen das Wasser im Mund zusammenlief. Und Ihnen wäre es genauso ergangen, dafür garantiere ich. Wahrlich, da haben Sie etwas versäumt.«

»Und Sie haben mir erzählt, hier wäre es nur langweilig.«

»Na ja«, grinste Biechler, »es gibt auch Ausnahmemomente, sonst könnte man es ja wirklich nicht aushalten. Meine Frau –«

Das Wort wurde ihm abgeschnitten. Vom Eingang her ertönten Fanfarenstöße.

»Es geht los«, stieß Franz Joseph Biechler hervor, ließ Krahn einfach stehen und hastete zurück zu seinem Platz.

Peter trat hinter eine Säule, um den Einzug Karins, der sich angekündigt hatte, zu verfolgen. Niemand beachtete ihn, die Aufmerksamkeit aller richtete sich auf den Weg, den ›Miß Nickeroog‹ nehmen mußte. Fotoapparate wurden gezückt, und es war sogar ein Kamerateam des ZDF zur Stelle, um Aufnahmen für die ›Drehscheibe‹ zu machen. Dies erreicht zu haben, war die größte Leistung des Veranstalters Johannes M. Markwart.

Körbe voll Blumen und gesonderte Sträuße schmückten das Podium, auf dem Karin in einem goldenen Thronsessel residieren sollte. Der Pomp war reinster Kitsch, so ganz nach dem Herzen des Publikums.

Peter Krahn lehnte sich an die Säule. Affentheater, dachte er unwillkürlich, und das stellte seinem Geschmack ein gutes Zeugnis aus. Er konnte Karin nicht verstehen. Sieht sie denn nicht, fragte er sich, zu welchem Betrieb sie sich hier hergibt? Spürt sie nicht die Gedanken und Wünsche der Männer, von denen Biechler gesprochen hatte? Ahnt sie nicht, was ihr Vater sagen würde, wenn er hier wäre? Oder was ich mir denke und ich sage? Ist ihr das egal?

Und plötzlich dachte Peter Krahn an ein anderes Mädchen. Wäre dies alles hier mit Heidrun Feddersen möglich? Ich weiß es nicht, mußte er sich eingestehen, aber er glaubte es auch nicht.

Die Kapelle stimmte einen feurigen Einzugsmarsch an. Benito Romana war in seinem Element. Heute war er beim Abendessen vorsichtshalber auch nicht wieder der Versuchung erlegen, sich ein ganzes Eisbein einzuverleiben, sondern er hatte nur eine mittlere Portion Spaghetti mit Tomatensauce verspeist. Das paßte auch besser zu seinem Künstlernamen.

Noch sah Peter Krahn die ›Miß Nickerroog‹ nicht. Sie wurde draußen vom Kurdirektor begrüßt, man hörte vereinzelte Rufe. Einige Pagen in weißen Uniformen mit goldenen Schnüren hatten einen roten Läufer ausgerollt. Der Kameramann begann zu drehen. Ein Reporter sprach routiniert den nötigen Text in sein Mikrofon.

»Affentheater«, hörte da Peter hinter sich eine Stimme, als wäre es seine eigene gewesen.

Erschreckt fuhr er herum und sah unmittelbar hinter sich einen Mann stehen, groß, schlank, braungebrannt, im dunklen Anzug, mit einer weißen Nelke im Knopfloch. Die Hände steckten in den Taschen, die Miene war spöttisch. In den Augen lag ein harter Ausdruck. Tadellose Zähne nagten an der Unterlippe. Dies deutete darauf hin, daß sich der Mann in einem Zustand innerer Erregung befand.

»Wie meinen Sie?« fragte Krahn.

»Verzeihen Sie«, antwortete der Unbekannte, »ich sprach nur mit mir selbst. Ich wollte Sie«, fügte er spöttisch hinzu, »nicht stören in Ihrer Andacht.«

»Sagten Sie ›Affentheater‹?«

»Dieser Ansicht werden Sie zwar nicht sein; trotzdem muß ich gestehen, daß ich es sagte, ja.«

»Dieser Ansicht bin ich aber auch.«

»So?« Das klang überrascht.

»Ich war es sogar schon vor Ihnen.«

»Dann kann ich Sie dazu nur beglückwünschen.«

Der Gesichtsausdruck des Unbekannten hatte sich etwas aufgelockert. Das Harte in seiner Miene trat zurück und machte einer gewissen Freundlichkeit Platz.

Inzwischen war Karins Einzug in vollem Gange. Die Musik steigerte sich, Blitzlichter flammten auf, die Leute hatten sich von ihren Stühlen erhoben, um besser sehen zu können. Im Haar Karins, die nach allen Seiten lächelte und immer wieder huldvoll die Hand hob, blitzte das goldene Krönchen, das man ihr schon bei ihrer Wahl aufgesetzt hatte.

»Ich kann das nicht mehr sehen«, knurrte der Unbekannte.

»Mir reicht's auch«, pflichtete Peter Krahn bei.

»Ich mache Ihnen einen Vorschlag: Gehen wir in die Bar und trinken gemeinsam einen Schluck auf unsere unverkennbare Seelenverwandtschaft. Einverstanden?«

An der Theke kamen sich die beiden rasch näher. Natürlich blieb es nicht bei einem Schluck. Das Gespräch kreiste meistens um die gleiche Person.

Peter Krahn sagte: »Die ist verrückt.«

»Wer?«

»Die Karin.«

»Meinen Sie die?«

Der Unbekannte zeigte dabei mit dem Daumen empor zur Decke, über der eine Etage höher die ›Miß Nickeroog‹ auf ihrem Thronsessel residierte.

»Ja, die«, erwiderte Krahn.

»Das ist sie«, nickte der Fremde.

»Zu Hause ist die ganz anders.«

»Wo zu Hause?«

»Bei uns in Düsseldorf.«

Das schlug bei dem Mann mit der Nelke ein wie eine kleine Bombe.

»Kennen Sie die etwa?«

»Von klein auf.«

»Das sagen Sie jetzt erst?!«

»Ihr Vater hätte mich sogar gern als Schwiegersohn.«

Der Unbekannte zuckte etwas zurück.

»Das soll er sich mal aus dem Kopf schlagen. Die paßt nicht zu Ihnen.«

»Meinen Sie?«

»Ganz bestimmt nicht. Sie sagen doch selbst, daß sie verrückt ist.«

Peter Krahn war schon beim dritten Klaren angelangt, zu dem er von dem Fremden ermuntert wurde.

»Wer sie am ehesten wieder auf Vordermann bringen kann, ist ihr Vater. Der würde ihr den Hintern versohlen, wenn er hier wäre«, sagte Peter.

»Ein prachtvoller Mensch, scheint mir.«

»Das Gegenteil von seiner Frau.«

»Kennen Sie die auch?«

»Nur zu gut. Die spinnt total, und zwar von jeher, nicht nur ausnahmsweise, wie die Karin, die ich holen soll.«

»Holen?«

»Dazu bin ich hergeschickt worden.«

»Das müssen Sie mir erzählen. Das interessiert mich. Sie müssen mir überhaupt alles erzählen, was mit dieser Familie zusammenhängt.«

Dagegen sträubte sich aber Peter Krahn noch. Er könne sich gar nicht vorstellen, daß einen Fremden das wirklich interessiere, erklärte er; außerdem wolle er nicht indiskret sein, setzte er hinzu und schlug vor: »Sprechen wir von etwas anderem.«

Der Nelken-Mann ließ einen vierten Klaren auffahren.

»Prost, Herr...«

»Krahn. Peter Krahn.«

»Angenehm. – Torgau. Walter Torgau.«

»Ich bin Ihnen schon um zwei voraus.«

»Sie irren sich, wir liegen gleichauf.«

»Nee, nee, ich kann doch zählen.«

»Sie sind also hergeschickt worden, um Karin zu holen. Von wem?«

»Von ihrem Vater«, erwiderte Peter. »Aber ich sage Ihnen doch, daß das für Sie uninteressant ist. Unterhalten wir uns lieber über Fußball. Wer wird Deutscher Meister?«

Also immer noch keine Bereitschaft zur Indiskretion auf seiten Krahns. Aber lange hielt er nicht mehr stand.

Beim fünften Schnaps löste sich seine Zunge, und er erzählte alles, was der Mann mit der Nelke von ihm erfahren wollte.

Paul und Mimmi Fabrici saßen im Wohnzimmer ihres Hauses in Düsseldorf und führten ein kleines Streitgespräch. Der Grundstein dazu war gelegt worden, als Paul gesagt hatte: »Ich möchte nur wissen, warum wir von Peter nichts hören. Der müßte doch die Sache dort längst im Griff haben.«

Mimmi äußerte nichts, sie lächelte nur still vor sich hin.
»Was gibt's da zu grinsen?« fragte er sie grob.
»Darf ich mich nicht freuen?«
»Über was?«
»Über meine Tochter.«
»*Unsere* Tochter, meinst du wohl?«
»Sie wird, scheint mir, ganz schön fertig mit dem. Das hast du wohl nicht erwartet, was?«
»Erwartet habe ich, daß der sich als Mann entpuppt und nicht als Schlappschwanz.«
»Was will er denn machen gegen Karins kalte Schulter, wenn sie sie ihm zeigt?«
»Morgen rufe ich ihn an, falls sich noch nichts gerührt haben sollte.«
»Hast du seine Nummer?«
»Die erfahre ich von seinem Vater.«
»Hoffentlich.«
Mimmi sagte dies in einem gewissen Ton, der untrüglich darauf schließen ließ, daß sie das genaue Gegenteil erhoffte.
»Warum soll ich die von ihm nicht erfahren?!« brauste Paul prompt auf, verstummte jedoch dann, weil er spürte, daß er sich hier in der schwächeren Position befand. Er steckte sich eine Zigarre in den Mund und griff nach der Zeitung, deren Kreuzworträtsel er heute noch nicht gelöst hatte. Dies tat er nämlich sehr gern. Allerdings gelang es ihm nur selten, einer vollen Lösung nahezukommen. Meistens blieb er schon auf halber Strecke hängen, was seiner Leidenschaft freilich keinen Abbruch tun konnte. Das macht ja den wahren Kreuzworträtselfreund aus: seine Unverdrossenheit.
»Ein römischer Geschichtsschreiber mit fünf Buchstaben?« fragte er.
Mimmi überlegte.
»Cäsar«, sagte sie, »hat fünf Buchstaben, aber er war kein Geschichtsschreiber...«
»...sondern der Hund von unserem Nachbarn, als wir

noch in Ratingen wohnten«, fiel Paul sarkastisch ein. »Wozu liest du eigentlich dauernd? Die Schreiberlinge sind doch deine Freunde?«

Mimmi würdigte ihn keiner Antwort mehr. Eine Weile blieb es still. Dann rührte sich Paul wieder.

»Ein Speisefisch mit drei Buchstaben?«

»Aal.«

»Eben nicht. So schlau wäre ich selbst auch gewesen. Der letzte Buchstabe ist ein i.«

Mimmi überlegte nur kurz.

»Hai.«

Paul schwankte, ob er aufschreien oder sanft ironisch reagieren sollte. Er entschied sich für letzteres. Sanfte Ironie ist oft viel wirksamer als Gebrüll.

»Meine liebe Frau«, sagte er, »der Hai hat schreckliche Zähne, die schrecklichsten überhaupt, und frißt andere Fische. Deshalb ist er ein... was?«

»Raubfisch, meinst du?«

»Ja, meine liebe Frau, das meine ich nicht nur, sondern das weiß ich. Er ist ein Raubfisch und kein Speisefisch.«

»Aber so ganz unrecht habe ich nicht.«

»Wieso?«

»Ich erinnere dich an die Haifischflossensuppe und die Haifischsteaks.«

Nun blieb Paul Fabrici stumm.

»Außerdem ist doch der letzte Buchstabe ein i, sagst du«, bekräftigte Mimmi.

Zuletzt blieb ihrem Mann nur bohrender Zweifel an der Richtigkeit dieses i übrig, das er selbst zu verantworten hatte im Zuge der von ihm bereits niedergeschriebenen Lösungswörter.

Als es Zeit für die ›Drehscheibe‹ wurde, fragte Mimmi: »Hast du etwas dagegen, daß ich den Fernseher einschalte?«

Paul brütete noch über dem verdammten i, er blickte nicht auf. Mimmi erntete aber von ihm einen Brummlaut, der als Zustimmung gelten konnte.

Der erste Bericht im Fernseher handelte von Hilfsmaßnahmen, die für die Opfer eines Erdbebens in Anatolien eingeleitet wurden.

»Guck mal«, sagte Mimmi, »die hat eine neue Frisur.«
Sie meinte die Moderatorin.

Das Erdbeben hatte mehr als 3000 Tote gefordert.

»Ich komm' nicht drauf«, ärgerte sich Paul. »Erinnere mich an die Auflösung in der morgigen Nummer.«

»Vorher hat mir die besser gefallen, was meinst du? Jetzt finde ich den ganzen Schnitt einfach zu kurz. *So* jung ist die auch nicht mehr.«

Im Fernsehen sang dann ein Kinderchor aus Japan, der auf Europa-Tournee war.

»Niedlich!« rief Mimmi entzückt. »Wenn die noch klein sind, gefallen mir sogar die Schlitzaugen! Dir nicht auch, Paul?«

»Den römischen Geschichtsschreiber«, antwortete Paul, »habe ich bis auf einen Buchstaben, den letzten. Die anderen vier sind: n-e-p-o-. Er muß also heißen: Nepom oder Nepon oder Nepor oder Nepos oder Nepot –«

»Paul!« schrie Mimmi.

Der Ruf war so laut, daß Mimmis Gatte aufblickte.

»Was denn?«

»Die Karin!«

Pauls Blick folgte dem Fingerzeig Mimmis auf den Bildschirm und saugte sich an diesem fest. In der dritten Reportage der ›Drehscheibe‹ war ›Miß Nickeroog‹ an der Reihe.

Die Moderatorin sagte: »Urlaubszeit – Zeit der ›Miß-Wahlen‹. Das erleben wir jedes Jahr. An jedem besseren Ort, dessen Haupteinnahmequelle der Fremdenverkehr ist, finden solche Konkurrenzen statt. Den Gästen muß etwas geboten werden. Tagsüber steigen sie auf die Berge oder schwimmen im Meer – je nach der Region, in der sie sich aufhalten; abends aber droht ihnen die Langeweile. Und das darf nicht sein. Die Leute in den Verkehrsämtern zerbrechen sich die Köpfe über Vorbeugungsmaßnahmen, sie werden dafür auch bezahlt – und sie kommen immer wieder auf dasselbe: die Wahl einer Miß oder – auf deutsch – einer Königin. So ziemlich den höchsten Bekanntheitsgrad haben schon die diversen Weinköniginnen erreicht, etwa die fränkischen oder pfälzischen; die Hopfenkönigin der Hallertau folgt ihnen auf dem Fuße. Zahlreich sind also die alljährlichen Schönheitsköniginnen. Trotzdem gibt es aber auch noch bedauerliche Lücken, die nicht zu übersehen sind. Um nur zwei Beispiele zu nennen: es fehlt immer noch die regelmäßige Wahl einer ›Reeperbahnkönigin‹ oder einer ›Miß Oktoberfest‹. Worüber wir uns jedoch schon seit Jahren freuen dürfen, ist die ›Miß Nickeroog‹. Eine ganze Reihe schöner junger Damen ist schon in die Geschichte jener kleinen Insel vor unserer Nordseeküste eingegangen. Wie alle Jahre fand auch heuer wieder die Wahl statt, die jeder Saison die Krone aufsetzt. Ein Kamerateam des ZDF war dabei. Der folgende Bericht ist von Wilhelm Wedemeyer...«

Ein schwerer Laut des Ächzens drang aus dem Mund Paul Fabricis. Mimmi hingegen strahlte. Hektische rote Flecken waren auf ihren Wangen erschienen. Sie konnte kaum atmen vor innerer Spannung. Gebannt starrte sie auf den Bildschirm, auf dem während des ganzen Textes der Moderatorin ein statisches Bild von der gekrönten Karin zu sehen war. Als die Moderatorin verstummte, setzte der Film, den man gedreht hatte, ein, und die Bilder mit Karin als Mittelpunkt wurden lebendig.

»Ich werde wahnsinnig«, stöhnte Paul Fabrici.

Mimmi guckte fasziniert.

»Hast du dir das angehört, was die von sich gab?« war Paul zu vernehmen.

»Wer?«

»Die Ansagerin. Das war doch ein einziger Kübel voll Hohn und Spott von der.«

»Ach die! Sieh dir doch die Frisur von der an, dann weißt du Bescheid!«

»Aber recht hat sie!« fing Paul zu brüllen an. »Hundertprozentig recht! Das Ganze ist ja auch ein Zirkus, wie man sich ihn nicht übler vorstellen kann! Und das mit meiner Tochter!«

»Mit *unserer* Tochter«, benützte Mimmi die Gelegenheit, sich einmal zu revanchieren.

Paul sprang auf und stampfte durchs Zimmer.

»Ich werde wahnsinnig«, wiederholte er dabei.

Inzwischen lief schon der Text des Reporters Wilhelm Wedemeyer.

»...ein rheinisches Mädchen, entzückend anzusehen und hochintelligent, wie wir unseren Zuschauern versichern können...«

»Hochintelligent?« schrie Paul Fabrici außer sich. »Du Arschloch!« titulierte er den Mann, von dem nur die Stimme zu hören war. »Saublöd ist die! Das beweist sie doch mit dem, was sie treibt, du Vollidiot!«

»Paul!«

»Ich schreibe denen in Mainz einen Brief, den sie sich...«

Er holte keuchend Atem und war so wütend, daß er, als er fortfuhr, nicht den berühmten Spiegel anführte, sondern sagte: »...in den Arsch stecken können!«

»Paul!!«

Das ergab natürlich einen ganz falschen Sinn, was Paul da gesagt hatte, aber trotzdem wiederholte er es: »In den Arsch, jawohl!«

»Mäßige dich, Paul, ich bitte dich!«

Ein Teil von Wedemeyers Text wurde wieder verständlich.

»...habe ich mit Einheimischen gesprochen, mit alten Nickeroogern, denen nach Friesenart jedes Wort eher aus der Nase gezogen werden muß, als daß sie es einem nachwerfen, ja, und die sagten mir, daß sie noch keine solche ›Miß Nickeroog‹ erlebt haben. Schon bei ihrer Ankunft auf der Insel war jedem klar, wie die Wahl in diesem Jahr nur enden könne...«

Paul fiel wieder auf seinen Stuhl.

»Mimmi«, stöhnte er, »mach den Kasten aus!«
»Nein.«
»Schalt ihn ab! Das ist doch dasselbe Gequatsche wie von dem Weibsbild!«
»Psst«, machte Mimmi. »Ich möchte alles hören, es geht doch um Karin. Ich verstehe nicht, daß dich das nicht interessiert.«
»Mich nicht interessiert?!« schrie Paul. »Und wie mich das interessiert! Gerade deshalb halte ich den nicht mehr aus«, fügte er unlogisch hinzu, sprang auf, rannte zum Fernsehapparat und schaltete ihn ab.

Mimmi fing sofort an zu weinen.

Paul stampfte wieder auf und ab, blieb kurz stehen, schüttelte den Kopf, sagte: »Wie man sich in einem Menschen nur so täuschen kann...«

Mimmi, zutiefst getroffen, weinte nur.

»Über meine Schwelle braucht mir ein solches Arschloch nicht mehr zu kommen«, fuhr Paul Fabrici erbittert fort.

In Mimmi bäumte sich etwas auf.

»Das wird ja immer toller!« rief sie unter Schluchzen. »Du kannst doch deshalb nicht deine Tochter verstoßen! Kennst du denn überhaupt keine Grenzen mehr?«

»Ich rede doch nicht von Karin, du dumme Gans!«
»Von wem dann?«
»Von Peter Krahn, diesem Scheißkerl.«

Die Kriterien Mimmis, wenn sie an den jungen Mann dachte, waren zwar andere als die ihres Gatten, aber da sie sich mit denen Pauls im Resultat nunmehr trafen, erhob Mimmi keinen Widerspruch.

»Ich habe ihm doch gesagt, wie er vorgehen soll«, fuhr Paul fort. »Ganz eindeutig habe ich ihm das gesagt.«

Mimmis tränennasser Blick haftete wieder an der blind gewordenen Bildscheibe, während Paul schloß: »Aber der hat wohl Angst vor der eigenen Courage bekommen, als er vom Schiff ging. Nee, nee, einen solchen Schwiegersohn kann ich nicht haben. Gott sei Dank, daß sich das noch rechtzeitig herausgestellt hat. Wenn ich einmal die Augen zumache, muß ein Mann in meine Fußstapfen treten, der sich überall durchsetzen kann, privat und geschäftlich, sonst sehe ich für die Firma schwarz.«

»Kann ich den Apparat wieder einschalten?« fragte Mimmi, sich mit dem Taschentuch die Tränen trocknend.

»Nein!«

»Bitte.«

Paul Fabrici hob die Faust, um sie auf den Tisch niedersausen zu lassen, ließ sie jedoch auf halbem Wege in der Luft stehen, hielt sie einen Augenblick still, öffnete die Finger und winkte schroff und verächtlich in Richtung Fernseher.

»Von mir aus.«

Unglaublich behende löste sich Mimmi von ihrem Sessel und drückte die Taste, die ihr Karin wieder ins Zimmer zauberte. Karins Einzug in den Saal des Kurhauses war aber schon vorüber. Sie saß bereits auf ihrem Thron, umschwärmt von Männern, die zur Prominenz der Insel gehörten.

Die Stimme des Reporters sagte soeben: »...sseldorf kann stolz sein auf ein solches Aushängeschild vom Ufer des deutschesten aller Ströme. Diese Versicherung gab mir ein trefflicher alter Herr hier, gewiß kein Nationalist, wie man vielleicht meinen könnte, sondern ein alter Reitersmann, auch das sagte er mir selbst, der viel gesehen hat in seinem Leben und von sich sagen kann, nicht nur von Adel der Geburt, sondern auch der Gesinnung zu sein, weshalb er zwischen falscher und echter weiblicher Schönheit zu unterscheiden weiß. Die ›Miß Nickeroog‹ dieses Jahres, behauptet er, übertrifft alle ihre Vorgängerinnen; eine Filmkarriere scheint ihr gewiß. Nun...«

»Mimmi«, übertönte Pauls Stimme wieder die des Reporters, »wird dir denn das nicht auch zuviel? Dieser Scheißdreck?«

»Im Gegenteil, ich bin ja so glücklich, unsere Karin macht Karriere –«

»Wo denn?« fiel er ihr ins Wort.

»Beim Film, das hörst du doch.«

Paul verdrehte die Augen.

»Du glaubst wohl jeden Mist, den man dir erzählt?«

Mimmi hörte gar nicht hin.

»Oder beim Fernsehen«, sagte sie selig. »Wenn nicht bei dem einen, dann bei dem anderen; so geht das doch heutzutage.«

Wieder die Stimme des Reporters: »Nickeroog hat seinen großen Tag, seinen großen Abend. Die Königin sitzt auf ihrem Thron, schwingt ihr Zepter, und die Untertanen jubeln ihr zu, vor allem die Männer –«

»Ja, schlafen wollen die alle mit ihr!« grollte Paul Fabrici.

»Ein junges Mädchen«, schloß Wilhelm Wedemeyer, »hat das Tor zu einer neuen Welt für sich aufgestoßen.«

»So hör das doch, Paul«, meinte Mimmi.

Aber er zeigte mit dem gestreckten Finger auf den Apparat, aus dem die Reporterstimme kam, und schrie: »Frag ihn doch, dieses Arschloch, wie viele dieser Nickerooger Missen schon Karriere beim Film oder Fernsehen gemacht haben! Frag ihn! Nicht *eine*, behaupte ich! Keine einzige!«

»Woher willst du denn das wissen?«

»Das ist allgemein bekannt. Nur deine russischen Dichter, von denen du dich gegenwärtig wieder besoffen machen läßt, scheinen davon keine Ahnung zu haben, nehme ich an.«

Mimmi gedachte den fruchtlosen Streit zu beenden, indem sie würdevoll sagte: »Zu Zeiten Dostojewskis und Tolstois gab es noch keinen Film und erst recht kein Fernsehen, deshalb konnten die darüber auch noch nichts schreiben, das ist klar.«

Auf dem Bildschirm flimmerten schon die Aufnahmen von einer Modenschau in Rom.

Paul Fabrici blickte seine Frau an. Sekundenlang. Er öffnete den Mund, wollte etwas sagen, schloß ihn aber wieder und meinte nur: »Es hat ja doch keinen Zweck.«

Dann ging er aus dem Zimmer. Mimmi hörte ihn draußen im Flur die Treppe hinaufsteigen.

Die Modenschau zeigte, daß die Verrücktheiten der Italiener denen der Franzosen nicht nur hart auf den Fersen waren, sondern daß sie sie schon eingeholt hatten. Mimmi fand die Kleider ›himmlisch‹ und vergaß dabei ganz, daß nicht einmal die Hälfte von ihr in eines dieser Modelle hineingepaßt hätte.

Paul Fabrici rief von oben herunter nach dem Dienstmädchen. Als Mimmi das hörte, wurde sie besorgt, denn im allgemeinen hielt Paul sich an sie, wenn er etwas brauchte. Überging er sie, dann führte er etwas Besonderes im Schilde. Während Mimmi noch nachdachte, hörte sie das Dienstmädchen die Stufen hinauflaufen.

Die Modenschau war zu Ende. Als nächstes folgte ein Bericht über die Ausbildung Behinderter in einer speziellen Werkstatt.

Ach Gott, dachte Mimmi, die Armen. Schon wieder, man kann sie gar nicht mehr sehen. Mir tun sie ja so leid, aber die ewigen Bilder über sie können einem auch lästig werden. Das soll nicht heißen, daß ich gegen die ›Aktion Sorgenkind‹ bin. Im Gegenteil.

Sie erhob sich, schaltete den Apparat ab, verließ den Raum, um nach ihrem Gatten zu sehen, und fand ihn oben im Schlafzimmer vor dem offenen Kleiderschrank, aus dem er einzelne Stücke herausnahm und sie aufs Bett warf. Sie wurden vom Dienstmädchen aufgenommen und im Koffer verstaut, der am Fußende des Bettes lag.

»Was machst du?« fragte Mimmi, auf der Schwelle stehend, ihren Mann.

»Packen.«

»Wohin willst du?«

»Nach Nickeroog, für Ordnung sorgen.«

»Aber –«

»Denkst du, ich lasse das so weiterlaufen? Dann kennst du mich schlecht. Du und Karin, ihr beide kennt mich dann schlecht.«

Mimmi gab dem Dienstmädchen ein Zeichen, das Schlafzimmer zu verlassen. Als das geschehen war, sagte sie: »Paul, ich warne dich. Du läufst Gefahr, dich dort nur zu blamieren. Die Karin hat ihren eigenen Kopf, das weißt du doch, den sie durchzusetzen pflegt, auch dir gegenüber.«

»Diesmal nicht, dafür garantiere ich.«

»Was willst du denn machen, wenn sie sich dir nicht fügt?«

»Ihr ein paar hinter die Löffel hauen, daß ihr das Feuer aus den Augen springt.«

Mimmi legte sich die Hand auf die Brust.

»Bist du wahnsinnig? Sie ist erwachsen!«

»Das ist mir egal. Ich habe mir lange genug von ihr auf der Nase herumtanzen lassen. Das war ein Fehler, wie sich jetzt zeigt. Wir hätten ihr schon diese Schnapsidee, allein in Urlaub zu fahren, austreiben müssen, dann wäre die ganze Sauerei nicht so gekommen. Jedes zweite Wort ist schon seit Jahren von ihr ›Emanzipation‹. Jetzt hat sich's ausemanzipiert, dafür werde ich sorgen. Ganz Düsseldorf lacht über uns, jedenfalls diejenigen mit Verstand.« Paul hob den Zeigefinger. »Die kommt mit mir nach Hause, und hier wird das auch anders! Entweder fängt sie umgehend wieder an zu studieren, oder sie beginnt eine kaufmännische Lehre, die einmal dem Geschäft zugute kommen kann. Das werde ich ihr klarmachen.«

»An eine dritte Möglichkeit denkst du überhaupt nicht?« antwortete Mimmi.

»An welche?«

»Daß sie heiratet.«

»Wen denn?« regte sich Paul schon wieder auf. »Etwa einen von den Schnöseln auf dieser Scheißinsel, die nichts zu tun haben, als nur im Sand herumzuliegen, sich die Sonne auf den Bauch scheinen zu lassen und zu überlegen, welches der Weiber sie als nächste vernaschen können? Auch deine Tochter, vergiß das nicht. Sie ist ja mit den besten Vorsätzen hingefahren. Mit einem Haufen Pillen. Aber so einer käme mir gerade recht als Schwiegersohn.«

Er wandte sich wieder dem Schrank zu, griff hinein und zerrte eine Hose heraus. Zwei andere lagen schon auf dem Bett.

»Nimmst du mich mit, Paul?«
»Wohin? Nach Nickeroog?«
»Ja.«
»Nein, du würdest nur stören.«

Mimmi wußte, wann bei ihrem Mann sozusagen der Zug abgefahren und jedes weitere Wort in den Wind gesprochen war.

»Dann laß mich wenigstens deinen Koffer packen«, sagte sie deshalb. »Das sieht ja hier aus, als ob du eine mehrwöchentliche Geschäftsreise antreten wolltest. Zu was brauchst du drei Hosen? Oder willst du länger dort bleiben?«

»Keine unnötige Stunde länger.«

»Na also, dann genügt doch eine Reisetasche für alles. Was willst du mit dem Riesenkoffer?«

Paul Fabrici blickte zwischen seiner Frau und dem aufgeklappten, halbvollgepackten Koffer hin und her.

»Mach du das«, knurrte er dann und folgte dem Dienstmädchen, das draußen das Ohr an die Tür gelegt hatte, um sich nichts von der ehelichen Auseinandersetzung entgehen zu lassen, und sich um ein Haar zu spät von der Tür gelöst hätte.

Karin Fabrici hatte fast den ganzen Tag nach dem Abend und der Nacht ihres Balles als ›Miß Nickeroog‹ verschlafen. Es war sehr anstrengend gewesen, man hatte sie hundertmal zum Tanzen geholt, bis in die frühen Morgenstunden hinein. Nur einer war nicht aufgetaucht, um mit ihr übers Parkett zu schweben, und gerade auf ihn hatte sie so sehr gewartet. Vergeblich.

Und das Herz war Karin schwer geworden. Sie zweifelte nicht daran, daß sie den Mann nie mehr sehen würde; er war abgereist, das stand für sie fest. Als der Ball endlich vorüber war, hatte sie sich vom Portier ihres Hotels eine starke Schlaftablette aushändigen lassen, ohne die es ihr trotz ihrer Müdigkeit nicht möglich gewesen wäre, den dringend benötigten Schlaf zu finden.

Am Spätnachmittag erwachte sie. Man hatte sie schlafen lassen. Der Rummel um sie war am Abflauen. Der Tag eines Filmstars lag hinter ihr, der festliche Ball auch; die Interviews jagten einander nicht mehr; Kosmetikerin meldete sich keine.

Karin stand im Bad vor dem Spiegel und betrachtete gähnend ihr Gesicht, als das Telefon läutete.

»Laßt mich doch in Ruhe«, murmelte sie vor sich hin und schlurfte zum Apparat. Sie war noch im Nachthemd.

»Ja?« meldete sie sich.

»Karin!«

»Mutti!«

Mimmis Stimme war natürlich sofort erkannt worden.

»Kind, was ist mit dir? Ich habe schon hundertmal versucht, dich zu erreichen, aber es wurde nicht abgehoben, obwohl man mir sagte, daß du auf deinem Zimmer seist.«

»Ich habe wohl nichts gehört, habe ganz tief geschlafen, Mutti.«

»Ich ließ es minutenlang läuten. So tief kann man nicht schlafen.«

»Wenn man eine Tablette genommen hat, schon.«

»Eine Tablette?« erschrak Mimmi. »Seit wann brauchst du zum Schlafen Tabletten?«

»Nur ausnahmsweise eine. Die Aufregung hier, weißt du...«

»Dir steht eine noch größere bevor, deshalb rufe ich an.«

»Ich verstehe dich nicht, was ist los? Ist etwas passiert bei euch?«

»Ja.«

»Mach mich nicht bang«, stieß Karin hervor. »Was denn?«

»Vati hat durchgedreht.«

»Durchgedreht? Wie denn?«

»Er hätte um ein Haar den Fernseher kaputtgeschlagen, als wir dich in der ›Drehscheibe‹ erlebten.«

Karin fand das spaßhaft und kicherte, doch ihre Mutter sagte rasch: »Lach nicht, Kind, die Sache ist todernst. Er ist auf dem Weg zu dir, und ich wollte dich darauf vorbereiten. Ich mußte ihm gestern abend noch die Reisetasche packen. Wenn er nicht heute morgen und am Vormittag noch einmal im Geschäft aufgehalten worden wäre, hättest du ihn längst am Hals. Aber jetzt mußt du stündlich mit ihm rechnen.«

»Na und?«

»Kind«, seufzte Mimmi, »nimm das nicht auf die leichte Schulter. Du wirst einen ganz neuen Vater kennenlernen.«

»Aber Mutti, seit wann glaubst du, mir vor Vati Angst machen zu müssen?«

»Seit gestern.«

»Ach was, den wickle ich doch um den Finger, wie immer.«

»Nicht mehr, Karin. Es ist etwas geschehen in ihm, ich weiß auch nicht, was. Jedenfalls hat ihn deine ›Miß Nickeroog‹-Geschichte völlig verwandelt, in Raserei versetzt. Er hatte quasi Schaum vorm Mund, glaub mir.«

»Aber warum denn?«

»Frag mich nicht, vernünftig ist ja mit ihm nicht zu reden.«

»Und du? Was hältst du von meiner Wahl? Warst du nicht stolz auf mich?«

»Ursprünglich ja, sehr stolz, aber inzwischen ist mir das vergangen.«

»Seid ihr denn alle verrückt, Mutti?«

»Warte, bis du deinen Vater erlebt hast, dann reden wir weiter.«

»Ich lasse mich von dem nicht terrorisieren. Diese Zeiten sind vorbei. Ich bin –«

»Karin«, unterbrach Mimmi ihre Tochter direkt flehenden Tones, »ich bitte dich inständig, gerade diesen Standpunkt diesmal ihm gegenüber nicht zu vertreten. Das könnte eine Katastrophe geben.«

»Welche Katastrophe? Du tust ja so, als ob Gefahr drohe, daß er sich an mir vergreift.«

»Eben.«

»Waaas?«

Karin war erschüttert. Eine Ungeheuerlichkeit stand ihr vor Augen. Mit einem Schlag begriff sie den Ernst der Lage, wenn sie sich auch den Grund nicht erklären konnte und wohl nie würde erklären können.

»Was will er denn überhaupt?« fragte sie.

»Daß du sofort mit ihm nach Hause kommst.«

»Dann soll er mir das in ruhiger Form erklären, und ich überlege es mir. Wenn er mich aber anfaßt, ist alles vorbei, und er sieht mich nie wieder.«

»Karin!« rief Mimmi Fabrici entsetzt in die Muschel. »Und ich? Was ist mit mir? Soll dadurch auch ich mein Kind verlieren?«

»Wir können uns treffen.«

»Nein!«

»Du mußt einsehen, Mutti, daß ich unter solchen Umständen nicht mehr nach Hause kommen könnte.«

»Wenn das passiert«, fing Mimmi am Telefon zu weinen an, »sterbe ich. Und du wärst dafür verantwortlich, Karin.«

»Ich?«

»Ja, du.«

»Aber –«

»Weil du ihm nicht nachgibst. Nur einmal nicht nachgibst. Darum geht's doch.«

»Mutti«, seufzte Karin.

»Ein einziges Mal. Diesmal eben.«

»Mutti...«

»Aber ich kann dich dazu nicht zwingen«, schluchzte Mimmi. »Und jetzt muß ich auflegen, ich bin nicht mehr imstande –«
»Einen Moment, Mutti!«
»Ja?«
»Vater ist ein Scheusal!«
»Das will ich nicht bestreiten, mein Kind, aber wir lieben ihn beide, und wenn du das wahrmachst, was du angedroht hast, bringst du auch ihn ins Grab, darüber mußt du dir im klaren sein. Er könnte es nicht verwinden.«
»Auch du bist ein Scheusal, Mutter!«
»Nein, mein Kind.«
»Eine Erpresserin!«
»Die dich abgöttisch liebt, genau wie dein Vater.«
»Eines sage ich dir, Mutter...«
»Was?«
»Wenn ich nach Hause komme, sperre ich mich drei Tage in mein Zimmer ein und spreche kein Wort mit euch beiden.«
»Karin!« jubelte Mimmi. »Von mir aus vier Tage, aber ich sehe die Möglichkeit nicht, daß du diese Idee verwirklichen kannst.«
»Wer will mich daran hindern?«
»Dein Vater.«
»Schon wieder!«
»Du kennst ihn doch. Gewalttätig, wie er ist, wird er deine Tür einrennen, um dich an seine Brust zu ziehen.«
»Ach Mutti«, seufzte Karin wieder. »Ihr zwei...«
»Noch eine letzte Bitte, mein Kind...«
»Welche?«
»Sag deinem Vater nicht, daß ich dich angerufen und präpariert habe. Er ist ein Scheusal, weißt du. Hast du doch selbst gesagt?«
»Du bist auch eines.«
»Sonst würde ich doch nicht zu deinem Vater passen.«
»Wiedersehen, Mutti.«

»Wiedersehen, mein Liebling, ich küsse dich.«
»Ich dich auch.«

Karin legte auf und neigte dazu, noch einmal ins Bett zu gehen und dieses Telefongespräch zu überdenken. Vater war also im Anmarsch, als eine Art wildgewordener Stier. Vorsicht war demnach geboten, wenn Mutter nicht übertrieben hatte. Diesen Anschein hatte es jedenfalls nicht gehabt.

Ins Bett ging Karin nicht mehr. Ich bin ja noch gar nicht angezogen, fiel ihr ein. Außerdem war sie durch das läutende Telefon unterbrochen worden, als sie im Bad Toilette gemacht hatte. Dieses Werk mußte also auch noch vollendet werden.

Was mache ich dann? fragte sich Karin. Gehe ich noch ans Meer, zum Baden? Besser nicht, mein leerer Strandkorb würde nur schmerzliche Erinnerungen in mir aufwühlen. Erinnerungen an ihn ...

Auf jeden Fall, sagte sie sich, muß ich beim Portier hinterlassen, wo ich zu erreichen bin, wenn Vater eintrifft.

Sie legte nur hauchdünn Puder auf, zog die Lippen nach, schlüpfte in ein hübsches Leinenkleid und sah aus wie die Karin Fabrici vor dem ganzen Miß-Rummel.

Also, was mache ich jetzt? fragte sie sich noch einmal. Und dann überstürzten sich die Ereignisse ...

Das Telefon läutete wieder.

»Ja?«

»Gnädiges Fräulein« – der Portier war das – »ein Herr ist bei mir, der fragt, ob er Sie sehen kann.«

Schon Vater? Das ging aber schnell, dachte Karin und sagte: »Natürlich. Schicken Sie ihn rauf.«

»Auf Ihr Zimmer?«

»Ja. Wohin sonst?«

»Sie kommen nicht herunter?«

Karin wurde ärgerlich.

»Was wollen Sie damit sagen? Hat man hier im Hause vielleicht etwas dagegen, daß mein Vater zu mir auf mein Zimmer kommt?«

»Ihr Vater?«
»Ja. Hat er Ihnen das nicht gesagt?«
»Nein. Ich hätte ihm das auch nicht geglaubt.«
»Wieso nicht?«
»Weil er Sie dann wohl etwas zu früh als Tochter hätte bekommen müssen, gnädiges Fräulein«, antwortete der Portier, und man konnte fast durch das Telefon sehen, wie er sich dabei zu grinsen erlaubte.
»Herr Kabel«, erklärte Karin nun etwas umständlich, »ich erwarte meinen Vater, daher das Mißverständnis, das sich zwischen uns anscheinend ergeben hat. Der Herr, der sich bei Ihnen befindet, ist also ein anderer?«
»Ja.«
»Und warum sagen Sie mir nicht, wer er ist?«
»Verzeihen Sie, das wollte ich ja, aber Sie ließen es nicht dazu kommen, gnädiges Fräulein.«
»Sein Name?«
»Krahn.«
»Peter Krahn?« fragte Karin überrascht.
»Einen Moment, seinen Vornamen hat er mir noch vorenthalten...«
Karin vernahm, wie der Hörer abgelegt wurde, wie zwei Männer undeutlich ein paar Worte miteinander wechselten, und dann kam auch schon wieder die Stimme des Portiers.
»Gnädiges Fräulein...«
»Ja.«
»Ihre Vermutung trifft zu. Es handelt sich um Herrn Peter Krahn.«
»Rauf mit ihm!« rief Karin spontan, korrigierte sich jedoch rasch: »Ich wollte sagen, schicken Sie ihn bitte herauf zu mir, Herr Kabel. Auch gegen ihn bestehen keinerlei Bedenken. Wir sind eine Art Nachbarskinder. Er wird mir nichts antun.«
»Sehr wohl, gnädiges Fräulein.«
Als Peter Krahn den Lift verließ, stand Karin schon vor

ihrem Zimmer auf dem Flur und winkte ihm. Sie freute sich sichtlich und nahm ihn mit der Frage in Empfang: »Was machst du denn hier, Peter?«

Seine Verlegenheit war nicht zu übersehen. Erst als sich die Tür zu Karins Zimmer hinter ihnen geschlossen hatte und er auf einem Stuhl saß, antwortete er: »Ich komme von deinem Vater.«

»Von wem? Der wollte doch selbst kommen?«

»Dein Vater?«

Bei dem Dialog der beiden war einer erstaunter als der andere.

»Ja«, nickte Karin.

»Wer sagt das?« fragte Peter.

»Meine Mutter. Sie hat mich vor einer halben Stunde angerufen und mir mitgeteilt, daß er praktisch jeden Augenblick hier auftauchen kann.«

Peter schüttelte den Kopf.

»Das verstehe ich nicht.«

»Warum nicht?«

»Ich sage dir doch, daß er mich zu dir geschickt hat.«

»Wann?«

»Vor zwei Tagen... nein, vor drei... oder doch... ich bin schon ganz durcheinander...« Er brach ab, machte eine wegwerfende Geste und sagte: »Ist ja egal. Jedenfalls war das seine Idee.«

»Und was sollst du hier bei mir?«

»Dich holen.«

»Mich holen?«

Er nickte.

»Mit welchem Recht?« fragte ihn Karin.

Er blickte zu Boden. Dort blieb sein Blick haften.

»Das mußt du deinen Vater fragen«, brachte er schließlich hervor.

Karin hatte nicht lange nachzudenken. Ein Licht ging ihr auf. Das war gar nicht schwierig aufgrund der zahlreichen einschlägigen Gespräche, die schon in der Familie Fabrici stattgefunden hatten.

»Etwa mit dem Recht meines zukünftigen Mannes?« fragte sie.

»Ja«, erwiderte er, aufschauend und erleichtert davon, daß Karin ihm dieses Geständnis abgenommen hatte.

»Unsinn!« Karin glaubte, daß der Augenblick gekommen war, ein für allemal ein klärendes Wort zu sprechen, auch wenn dies Peter schmerzen sollte. »Wir sind nicht füreinander geschaffen. Mein Vater macht sich diesbezüglich absolut falsche Vorstellungen. Ich finde dich furchtbar nett, Peter, sehr sympathisch, aber lieben kann ich dich nicht. Ich hoffe, du bist mir nicht böse, wenn ich dir das so unumwunden sage, doch es geht nicht anders. Ich möchte keine Illusionen – falls es sie gibt – in dir nähren.«

So, nun war es heraus. Auch Karin spürte ein Gefühl der Erleichterung.

Und Peter? Was war mit ihm?

Er horchte in sich hinein, wartete auf den Schmerz, der kommen mußte. Es kam aber keiner.

Komisch, dachte er, noch vor zwei oder drei Tagen...

»Bist du sehr enttäuscht, Peter?« hörte er Karin fragen.

»Begeistert bin ich gerade nicht«, erwiderte er. »Aber welcher Mann ist das, der soeben einen Riesenkorb bekommen hat. Wenn das schon nicht sein Herz traf, dann zumindest seinen Stolz.«

»So?« Das klang deutlich enttäuscht, und das war wiederum typisch weiblich. »Du fühlst dich also nur in deinem Stolz verletzt?«

»Genügt dir das nicht?«

»Irgendwie hätte ich mir das ja denken können. Sehr stark kann nämlich dein Drang, mich zu sehen, nicht gewesen sein.«

»Wieso nicht?«

»Deinen Worten entnehme ich, daß du schon tagelang auf der Insel weilst und mich jetzt erst aufgesucht hast.«

»Ja«, gab er, errötend, zu. »Da ist einiges dazwischengekommen. Aber bei deinem Ball war ich anwesend. Eigentlich wollte ich da schon Verbindung zu dir aufnehmen.«

»Und warum hast du's nicht getan?«

Er grinste.

»Weil ich verunglückt bin.«

»Verunglückt?«

»Ja«, nickte er, verstärkt grinsend. »In der Bar.«

»Ach so«, lachte Karin.

»Da hat mich einer ganz schön vollgepumpt, kann ich dir sagen. Die Nachwirkungen spüre ich noch heute.«

Er seufzte mitleidheischend und faßte sich an seinen Kopf, der ihm anscheinend nachträglich immer noch weh tat.

»Unter so was leide ich Tage«, sagte er. »Ich bin eine solche Sauferei nicht gewöhnt.«

»Zu der du natürlich ganz gegen deinen Willen verführt wurdest«, meinte Karin ironisch.

»Das kannst du mir wirklich glauben.«

»Wer war denn der Kerl?« fragte sie, ohne daß sie das wirklich interessiert hätte. Zugleich fiel ihr ein, daß sie eine miserable Gastgeberin war. Sie hatte Peter überhaupt noch nichts angeboten. »Entschuldige«, sagte sie. »Du sitzt da und wartest sicher auf einen Schluck. Ich lasse dir vom Zimmerkellner etwas bringen. Worauf hast du Lust?«

»Um Gottes willen, nur das nicht!« rief Peter, beide Hände abwehrend ausgestreckt. »Mir dreht sich der Magen um, wenn ich an so etwas nur denke!«

»Auch keine Tasse Kaffee oder Tee?«

»Gar nichts.«

»Habt ihr denn um die Wette getrunken?«

»Das nicht, im Gegenteil. Wenn ich mich recht entsinne, hat der sich sogar zurückgehalten und nur mich vollgepumpt, um mir die Würmer aus der Nase zu ziehen.«

»Dir die Würmer aus der Nase zu ziehen?«

»Über dich.«

»Über mich?« erwiderte Karin, obwohl ihr Interesse immer noch nicht erwachte.

»Sogar auch über eure ganze Familie.« Um keinen unangenehmen Eindruck bei Karin hochkommen zu lassen, setzte Peter rasch hinzu: »Ich habe ihm natürlich nur das Beste erzählt.«

»Das hoffe ich.«

»Deinen Vater fand er prima.«

»So?«

»Allerdings nur zum Teil. Einverstanden war er mit dessen Einstellung zu deiner ›Miß-Wahl‹ hier. Die hat er nämlich auch abgelehnt.«

»Das belastet mich aber sehr«, erklärte Karin ironisch.

»Nicht gefallen hat ihm der Plan von deinem Vater, dich mit mir zu verheiraten!«

»Peter«, stieß Karin hervor, »das hast du ihm auch erzählt? Diskret warst du gerade nicht.«

»Der Suff, Karin«, lautete Peters kurze, aber wirksame Entschuldigung.

»Trotzdem.«

»Du wirst dem Mann ja nie begegnen, Karin. Wie er mir sagte, war das sein letzter Abend auf Nickeroog. Außerdem erinnere ich mich, daß ich während unserer Unterhaltung von ihm verlangt habe, über das Ganze nicht zu sprechen. Ich ließ mir das sogar schwören von ihm, und daran hält er sich, diesen Eindruck hatte ich von ihm. Ich erwarte von dir, sagte ich zu ihm, als wir schon Bruderschaft getrunken hatten, daß du ein Gentleman bist, Walter.«

Karin zuckte zusammen.

»Walter?«

»So hieß er.«

»Wie noch?«

»Wie noch?« Peter strich sich über die Stirn. »Darüber muß ich erst nachdenken. Irgend etwas mit einem o... oder au...«

»Torgau?«

»Ja!« rief Peter, überrascht Karin anblickend. »Ganz genau: Torgau. Woher weißt du das? Kennst du den?«

Statt diese Fragen Peters zu beantworten, stellte ihm Karin eine eigene: »Und dem hast du erzählt, daß wir zwei heiraten sollen?«

Peter sah keine andere Möglichkeit, als noch einmal auf den Alkohol zu verweisen.

Karin war blaß geworden. Wenn ich nicht schon sitzen würde, dachte sie, müßte ich mich jetzt ganz rasch auf den nächsten Stuhl niederlassen.

Die Knie waren ihr weich geworden.

»Großer Gott«, sagte sie leise.

Peter spürte, daß etwas Schlimmes geschehen war.

»Kennst du den?« wiederholte er seine Frage.

Karin wollte darüber nicht sprechen, sie blieb stumm. Peter wußte aber auch so, was das hieß, denn wenn Karin den Mann nicht gekannt hätte, wäre es selbstverständlich gewesen, daß sie Peters Frage verneint hätte.

»Das hat er mir nicht gesagt, Karin.«

Warum nicht? fragte sich Peter Krahn.

Karin schwieg immer noch.

Ich habe den Kerl falsch eingeschätzt, dachte Peter. Er hat ein hinterlistiges Spiel mit mir getrieben. Das muß ihm wohl Spaß gemacht haben. Manche Leute sind so. Schlechte Charaktere.

»Gut, daß er weg ist, Karin. Ich würde sonst mit dem noch ein Wörtchen sprechen.«

Karin räusperte sich.

»Wohin ist er denn, Peter?«

»Wie?«

»Ich meine, wo er zu Hause ist?«

Peter zuckte mit den Schultern.

»Das weiß ich nicht. Darüber haben wir nicht gesprochen.«

Also knüpfte sich auch daran keine Hoffnung. Karin fühlte sich leer. Aber was hatte sich eigentlich verändert, zum Schlechten? Karin hatte sich doch vorher schon gesagt, daß Walter Torgau entschwunden war – niemand wußte, wohin. Indes, das war immer noch nur eine Befürchtung von ihr gewesen. Gewißheit hatte sie erst jetzt, und das war der Unterschied.

Urplötzlich sehnte sich Karin Fabrici nach Hause; sie wollte von Nickeroog nichts mehr sehen und hören.

Ihre Frage traf Peter Krahn unvorbereitet: »Wann fährst du zurück?«

»Ich?«

»Ja.«

»Wieso?«

»Du solltest mich doch holen? Ich bin bereit.«

»Aber...«

Er verstummte. Anscheinend wußte er nicht gleich, was er sagen sollte. Unsicherheit hatte ihn erfaßt. Nervös rieb er sich das Kinn. Da fiel ihm das Richtige ein.

»Aber dein Vater kommt doch? Du wartest auf ihn?«

In der Tat, den hatte Karin ganz vergessen. In ihrem Inneren mußte es also ziemlich chaotisch aussehen.

»Du hast recht«, sagte sie, »der kommt.«

Er war sogar schon da. Die Dinge fügten sich so, daß in der gleichen Minute Paul Fabrici unten das Hotel betrat und dem Portier mitteilte, wozu er hergekommen sei: um Fräulein Fabrici zu sprechen.

»Sind Sie ihr Vater?« fragte ihn der Portier.

Paul, der es nicht für nötig gehalten hatte, sich vorzustellen, antwortete erstaunt: »Ja. Woraus schließen Sie das?«

»Sie werden von Ihrer Tochter erwartet, Herr Fabrici.«

»Aha«, knurrte er. »Das hätte ich mir denken können.«

»Im Moment befindet sich allerdings noch ein junger Mann auf ihrem Zimmer.«

»Ein junger Mann?«

»Ein Herr Krahn.«

»Soso«, knurrte Paul noch bissiger. »Nun, das hätte ich mir vielleicht auch denken können.«

»Ich melde Sie an«, sagte der Portier und griff zum Telefon.

»Sie melden mich *nicht* an!« erklärte Paul Fabrici so scharf, daß der Portier seine Hand, die er schon nach dem Hörer ausgestreckt hatte, automatisch wieder zurückzog, wobei er allerdings milden Protest einlegte, indem er sagte: »Aber das ist meine Aufgabe, Herr Fabrici.«

»Ihre Aufgabe ist es, mir die Zimmernummer meiner Tochter zu sagen.«

Der Hotelbedienstete fügte sich.

»Neunundvierzig.«

Paul Fabrici mußte sich dann sogar dazu überwinden, bei Karin anzuklopfen und nicht einfach ins Zimmer zu stürmen. Als er mit dem Fingerknöchel an die Tür pochte, sagte drinnen Karin gerade: »Dein Besuch war für mich sehr aufschlußreich, Pe –«

»Herein!« unterbrach sie sich.

Über die Schwelle trat ihr Vater mit einem grimmigen: »Störe ich?«

»Vati!« rief Karin.

»Wenn ich euch störe«, bellte Paul Fabrici, der anscheinend damit gerechnet hatte, die beiden im Bett vorzufinden, »müßt ihr es mir sagen.«

»Vati, du?« bemühte Karin sich weiter, ihre Nummer abzuziehen.

»Überrascht dich das?«

»Natürlich, ich hatte ja keine Ahnung.«

»So, hattest du nicht?« Er wandte sich Peter Krahn zu. »Und du? Hattest du auch keine?«

Der junge Mann hatte sich erhoben, um seinen väterlichen Freund zu begrüßen. Dessen Ton klang aber gar nicht väterlich. Dadurch verwirrt, erwiderte Peter: »Ich ... ich weiß nicht.«

»So, du weißt nicht?«

»Nein.«

»Aber du weißt sicher noch, was ich von dir erwartet habe, als ich dich hierherschickte?«

»Doch«, stieß Peter gepeinigt hervor.
»Und?« knurrte Fabrici ebenso kurz.
»Das... das war nicht so einfach.«
Karin griff ein.
»Peter«, sagte sie ruhig, »du stehst hier nicht vor Gericht. Deine Situation ist die eines Mannes, der sich nichts vorzuwerfen hat. Mein Vater kann jede Frage, die er an dich hat, auch mir stellen, und ich werde sie ihm beantworten. Deshalb würde ich an deiner Stelle jetzt gehen und alles Weitere mir überlassen. Ich danke dir für deinen Besuch.«
Draußen auf dem Korridor war Peter Krahn heilfroh und pries Karin innerlich für die Art, ihn so elegant und rasch und reibungslos vor die Tür gesetzt zu haben. Er wartete gar nicht auf den Lift, sondern lief erleichtert die Treppe hinunter.
Paul Fabrici stand Karin gegenüber.
»Wenn ich das richtig sehe«, sagte er erbittert, »hast du mich daran gehindert, mit dem ein Hühnchen zu rupfen.«
»Ja.«
»Wie kommst du dazu? Ich bin dein Vater!«
»Rupfe dieses Hühnchen mit mir. Ich bin die richtige Adresse.«
»Ich habe dem gesagt«, brach es aus Paul Fabrici heraus, »daß er sich dich hier schnappen und in den Zug nach Düsseldorf verfrachten soll. Statt dessen ließ er den Betrieb mit dir hier weiterschleifen, statt dessen traf ich ihn nun in deinem Zimmer an und...«
»Und?«
»Und statt dessen dachte er sich wohl«, fuhr Fabrici fort, sich das, was er eigentlich hatte sagen wollen, verkneifend, »machen wir uns erst noch ein paar schöne Tage; der in Düsseldorf kann warten; wie sich das alles entwickelt, erfährt der früh genug.«
Beherrscht erklärte Karin: »So war das nicht.«
»Dann gibt's nur noch eine zweite Möglichkeit, die ich

sowieso von Anfang an als die wahrscheinliche angesehen habe.«

»Welche?«

»Daß er sich als Schlappschwanz entpuppt hat, der bei dir nicht durchdringen konnte.«

Bejahend nickte Karin und meinte: »Das kommt der Sache schon näher. Den ›Schlappschwanz‹ kannst du allerdings streichen.«

»Was hat er dir denn überhaupt gesagt?«

»Alles.«

»Und er stieß auf deine Ablehnung?«

»Absolut.«

»Dann möchte ich wissen, was du eigentlich gegen ihn hast?«

»Du meinst, was ich dagegen habe, ihn zu heiraten?«

»Ja.«

»Ganz einfach, ich liebe ihn nicht.«

Paul Fabrici, der sich überhaupt noch nicht hingesetzt hatte, sondern zwischen Tür und Fenster hin und her geschritten war, ließ sich in einen Sessel fallen. Er zündete sich eine seiner Zigarren an, an die er gewöhnt war. Das Streichholz auswedelnd, sagte er: »Und was hattest du dagegen, mit ihm wenigstens nach Hause zu fahren?«

»Diese Frage«, antwortete Karin mit einem kurzen Lächeln, »stellte sich nicht.«

»Warum nicht?«

»Er will sich, scheint mir, mit der Rückfahrt Zeit lassen. Den Grund kenne ich nicht.«

»Wie ich sage!« bellte Paul Fabrici. »Verlaß ist auf den keiner. Ich sehe ihn schon richtig.«

Eine kleine Pause entstand, in der sich Paul Mühe gab, das Zimmer tüchtig einzuräuchern.

Schließlich fragte Karin: »Wie geht's Mutti?«

»Das weißt du doch.«

»Was ich weiß, ist, daß es ihr gutging, als ich von Düsseldorf abfuhr.«

»Und angerufen hat sie dich in der Zwischenzeit nicht?«
»Wie kommst du darauf?«
»Oder hat sie dich doch angerufen?«
Die Blicke der beiden kreuzten sich.
»Also gut«, seufzte Karin, »sie hat.«
»Um mich dir anzukündigen?«
»Ja.«
»Dann weißt du, weshalb ich hier bin?«
»Ja.«
Die Pause, die nun eintrat, dauerte länger. In Paul Fabrici sammelte sich der Sturm an, dessen Ausbruch unvermeidlich schien. Seine Augen wurden schmal. Seine Backenzähne mahlten. Die Knöchel der Hand, in der er keine Zigarre hielt, waren weiß. Die Finger kneteten einen Gegenstand, der nicht vorhanden war.

»Hör zu, Karin«, begann er. »Du kannst nicht sagen, daß ich dir nicht deine Freiheit gelassen hätte. Im Gegenteil, das habe ich in viel zu großem Ausmaße getan. Oftmals war das falsch. Falsch war es z. B., daß ich dich allein hierherfahren ließ. Hätte ich dir das verwehrt, wäre es hier mit dir nicht zu dem ganzen Scheißdreck gekommen...«

Offenbar regte der ordinäre Ausdruck ihn selbst so sehr auf, daß die Explosion erfolgte. Der Ausdruck glich der Lunte fürs Pulverfaß.

»Aber so«, fing er an zu schreien, mit der freien Faust auf die Armlehne seines Polstersessels hauend, »so hast du dich und uns zum allgemeinen Gespött gemacht. Deine Mutter ja weniger, die denkt darüber anders – aber mich! Mich und dich selbst. Dich mit deinem unsäglichen Krönchen auf dem Haupt und deinem blöden Filmlächeln im Gesicht. Das hat, sage ich dir, ausgesehen... ausgesehen hat das wie... ich kann dir nicht sagen, wie das ausgesehen hat. Unmöglich jedenfalls.«

Er holte Atem.

»Deshalb ist damit jetzt Schluß. Das Stück hier ist zu Ende. Das Stück mit meiner Tochter. Die anderen können machen, was sie wollen, das ist mir egal, aber *du*, du kommst mit mir nach Hause, und zwar sofort.«

Abermaliges Atemholen. Und ehe Karin etwas sagen konnte, ging's weiter.

»Schweig! Widersprich mir nicht! Widersetz dich mir nicht, oder ich weiß nicht, was passiert. In mir sieht's aus, Karin, das kannst du dir nicht vorstellen.«

»Doch.«

»Nein!«

»Doch. Mutti hat's mir gesagt.«

»Ach die!« Pauls wegwerfende Geste brachte kaum mehr zu steigernde Geringschätzung zum Ausdruck, aber er sagte dennoch: »Dann weißt du also von ihr, daß du mich nicht zum Äußersten treiben darfst?«

»Ja.«

»Wie ich dich jedoch kenne, bist du trotzdem entschlossen, das zu tun?«

»Nein«, sagte Karin ruhig.

Verblüfft schwieg ihr Vater. Erstaunen zeigte sich in seinem Gesicht, wachsendes Erstaunen.

»Habe ich recht gehört?« fragte er dann.

»Ja«, nickte Karin.

»Du widersetzt dich nicht?«

»Nein.«

Es war paradox, daß er ihr immer noch nicht glauben zu wollen schien.

»Du kommst mit mir nach Hause?«

»Ja.«

»Wann?«

»Mit dem nächsten Schiff.«

Eine herzergreifende Szene spielte sich ab. Ein leidenschaftlicher Zigarrenraucher entledigte sich seiner Havanna, die kaum angeraucht war, indem er sie im Bad in die Kloschüssel warf. Der Aschenbecher wäre für sie zu klein gewesen. Dann nahm Paul Fabrici seine Tochter in die Arme. Karin legte ihren Kopf an die breite Brust, die sich ihr zur Stütze darbot. Die Augen wurden ihr naß.

Fabrici bemerkte das und hielt es für Tränen einer Tochter, die ihren Vater wiedergefunden hatte. Aber das waren sie nicht.

Paul mußte sich dagegen wehren, daß es ihn nicht auch übermannte. Er löste sich von Karin.

»Pack deine Sachen«, sagte er mit belegter Stimme. »Ich gehe schon mal runter und erledige deine Rechnung.«

»Ja«, nickte Karin, nach einem Taschentuch Ausschau haltend.

Er steckte sich eine neue Zigarre an. Dann ging er zur Tür, immer noch überrascht darüber, daß sich das Ganze wesentlich leichter als erwartet angelassen hatte.

»Heidrun«, sagte Peter Krahn zur Tochter des Pensionsbesitzers Feddersen, »es hat sich entschieden, ich könnte noch ein bißchen bleiben.«

»Ja?« strahlte Heidrun.

Die beiden standen sich im Aufenthaltsraum der Pension gegenüber, den das Mädchen mit frischen Blumen versehen hatte. Peter war auf der Suche nach ihr gewesen und hatte sie dort gefunden. Es kam den zweien zustatten, daß sie allein waren. Die übrigen Gäste weilten auf ihren Zimmern oder trieben sich im Freien herum.

»Ich muß Sie demnach fragen, Heidrun«, fuhr Peter fort, »wann ich mein Zimmer aufgeben muß.«

»Überhaupt nicht«, erwiderte sie spontan. Scheinbar war sie sich nicht über die Konsequenzen im klaren, die mit einer solchen Antwort verbunden waren.

»Soll das heißen«, fragte Peter, »daß Sie es gern hätten, wenn ich für immer hierbliebe?«

Schon steckte Heidrun also in der Patsche. Sie konnte die Verlegenheitsröte nicht verhindern, der sie zum Opfer fiel. Den Ausweg sah sie darin, einen kommerziellen Standpunkt zu vertreten.

»In einem Gewerbe wie dem unseren«, sagte sie, »sind Dauergäste immer das Erfreulichste.«

»Ach so.« Das klang enttäuscht.

»Es gibt natürlich auch unter denen Leute, die man gern rasch wieder loshätte.«

»Und zu welchen gehöre ich?« ließ Peter nicht locker.

Das Blatt begann sich aber zu wenden. Heidrun war dabei, Oberwasser zu gewinnen.

»Teils zu den einen«, antwortete sie lächelnd, »teils zu den anderen.«

»Mit letzteren«, vergewisserte sich Peter, »meinen Sie die fiesen?«

»Die problematischen«, milderte Heidrun ab.

»Und zu denen zählen Sie mich?«

»Teilweise.«

Nun war er aber sichtlich geknickt, der gute Junge. Er blickte zu Boden.

»Das tut mir leid«, sagte er.

»Wenn es Ihnen leid tut«, lächelte Heidrun, »ist das schon der erste Weg zur Besserung.«

»Worin muß ich mich denn bessern?«

»Der ideale Gast ist nachts, wenn er nach Hause kommt, ganz leise, um niemanden zu wecken.«

»Oje«, seufzte Peter. »Ich weiß, worauf Sie anspielen. Aber das«, verteidigte er sich, »passierte doch nur einmal.«

»Das eine Mal reichte.«

»Ich bin auf der Treppe hingefallen, ich war sturzbetrunken, Heidrun.«

Sie richtete an ihn die Frage, die anscheinend die entscheidende für sie war: »Trinken Sie gern?«

»O nein!« rief er. »Ich mache mir überhaupt nichts aus Alkohol. Manchmal ein Glas Bier, das ist auch schon alles. Ich wurde dazu verführt, das können Sie mir glauben. Gerade deshalb war die Wirkung ja auch derart fürchterlich, weil ich so etwas überhaupt nicht gewöhnt bin.«

Mit allem Nachdruck hatte Peter seine Beteuerungen vorgebracht, um sicherzustellen, daß sie auch nicht verpufften. Dabei hätte es ihm doch absolut egal sein können, was ein kleines Mädchen auf einer abgelegenen Insel im Meer davon hielt, wenn es zu seinen Vorlieben gehört hätte, sich gerne einen hinter die Binde zu gießen. Doch das war ihm keineswegs egal. Deshalb freute er sich jetzt auch, als Heidrun sagte: »Nun gehören Sie für mich wieder uneingeschränkt zu den idealen Gästen, Peter.«

»Sie glauben mir also?«

»Natürlich«, versicherte sie und setzte hinzu: »Sie dürfen mich nicht falsch sehen, Peter. Bei anderen übergehe ich so etwas, die sind mir egal. Aber Ihnen *mußte* ich das sagen, es war mir ein inneres Bedürfnis. Da gab's nämlich gleich welche im Haus, die den Ausdruck ›Säufer‹ fallenließen. So sind die Leute, wissen Sie. Ganz schnell bei der Hand mit solchen Sachen.«

»Und dagegen sträubten Sie sich?«

»Ja«, sagte Heidrun offen. Daß sie sich damit schon wieder selbst zu einer kleinen Patsche verhalf, schien ihr nun gleichgültig zu sein.

»Ich danke Ihnen«, strahlte Peter. »Ich hätte umgekehrt auch allerhand dagegen, wenn Sie in irgendeinem falschen Licht dastünden, Heidrun.«

»Das würden Sie mir dann auch sagen, nicht?«

»Unbedingt.«

Die beiden blickten einander an. Warum küßt er mich denn nicht? dachte Heidrun. Die Gelegenheit wäre doch so günstig. Niemand ist da. Es würde ihn ja zu nichts verpflichten.

Ich würde sie gern küssen, dachte Peter. Ich weiß aber nicht, wie die das aufnehmen würde. Die ist, glaube ich, anders als alle bisherigen; auch anders als Karin. Zerbrechlicher. Bei der darf man nichts kaputtmachen.

Eine Frage lag ihm auf der Zunge.

»Kennen Sie Düsseldorf, Heidrun?«

»Nein.«

»Düsseldorf ist schön.«

»Das glaube ich.« Aus Heimatliebe fühlte sie sich dazu verpflichtet, hinzuzufügen: »Aber Nickeroog ist auch schön.«

»Sicher«, pflichtete er bei. »In ganz anderer Hinsicht.«
»Die Unterschiede könnten gar nicht größer sein.«
Peter zögerte, dann gab er sich einen Ruck.
»Könnten Sie sich vorstellen, in einer Stadt wie Düsseldorf zu leben, Heidrun?«
»Darüber habe ich noch nicht nachgedacht, Peter.«
»Dann tun Sie das mal, Heidrun«, wagte er einen kühnen Schritt.

Gerade in diesem Moment, als Heidrun dachte, jetzt muß er mich küssen, jetzt geht das nicht mehr anders, schien das Schicksal in widriger Weise einzugreifen.

»Heidrun!« Wie so oft, gellte wieder einmal dieser Ruf aus Mutters Mund durch das Haus.
»Ja, Mutti?«
»Kannst du mir beistehen? Wir müssen einen Kasten Bier in den Keller schaffen. Vati ist nicht da.«
»Gleich, Mutti.«
»Das mache ich«, sagte Peter.
»Kommt nicht in Frage«, widersprach Heidrun.
»Ich tue es ja nicht umsonst.«
»Was wollen Sie denn dafür haben?«
»Einen Kuß«, sagte Peter und erschrak über sich selbst.
Endlich! dachte Heidrun und fragte ihn: »Von wem? Von Mutti?«

Die Antwort darauf fand sich sofort, aber sie zog sich ein bißchen in die Länge, so daß Frau Feddersen sich noch gedulden mußte, bis ihr Hilfe zuteil wurde.

Nach ihrer Heimkehr ging Karin in den ersten Tagen kaum aus dem Haus. Es war ihr darum zu tun, daß sich die ungezügelte allgemeine Neugierde wieder legte, die ihr von allen Seiten entgegenschlug. Sie galt ja nun als Star, der sogar die Mattscheibe zehn Minuten lang gehört hatte. Karin fühlte sich dadurch belästigt. Alles, was mit Nickeroog zusammenhing, hatte einen bitteren Beigeschmack für sie bekommen.

Doch auch zu Hause erwuchs ihr das Problem, dem sie

sich gern gänzlich entzogen hätte; dafür sorgte Karins Mutter. Zwar hielt sie sich wohlweislich zurück und nahm den Namen jener Insel nicht in den Mund, wenn ihr Gatte anwesend war. Sobald dieser aber der Familie den Rücken kehrte, erlebte Karin immer wieder dasselbe: ihre Mutter barst vor Fragen.

Mimmi Fabrici konnte die Reserve, auf die sie bei Karin stieß, nicht verstehen. Sie selbst hätte nichts Schöneres gewußt, als an Karins Stelle zu stehen und jedem zu erzählen, wie das ist, auf dem Gipfel einer Schönheitskönigin über allen anderen zu schweben und hinunterzuschauen ins Tal der Unscheinbaren.

Das müsse doch wahrlich ein himmlisches Gefühl sein, dachte sie.

Profanere Fragen traten dem gegenüber in den Hintergrund, obwohl sie durchaus nicht unwichtiger Natur waren. Doch einmal sagte Mimmi zu ihrer Tochter: »Kind, du wolltest mich doch auf dem laufenden halten?«

»In welcher Hinsicht?« antwortete Karin widerwillig. Geht das schon wieder los! dachte sie dabei.

»Hinsichtlich der Pille.«

Karin guckte verständnislos.

»Ich frage dich, ob du sie regelmäßig genommen hast«, wurde Mimmi deutlicher.

»Auf Nickeroog?«

»Ja. Dazu hattest du sie doch mitgenommen, aber auch darüber sprichst du unaufgefordert nicht mit mir, wie du dir ja über das Ganze dort jedes Wort aus der Nase ziehen läßt.«

Karin seufzte.

»Ja, Mutter, ich habe sie regelmäßig genommen.«

Wenn Karin ›Mutter‹ sagte, sprach das Bände über ihre Stimmung. Mimmi nahm aber darauf jetzt keine Rücksicht.

»Wir müssen also keine Befürchtungen hegen?« fuhr sie fort.

»Daß ich schwanger geworden sein könnte?«

»Ja.«

»Nein, gewiß nicht, Mutter.«

»Du betonst das so merkwürdig. Soll das heißen, daß du...?«

Taktvoll verstummte Mimmi und ließ den Rest des Satzes unausgesprochen.

»Ja, das soll es heißen, Mutter.«

»Hast du auch verstanden, was ich meinte?«

»Sicher. Du meintest, ob das heißen soll, daß ich die Pille überhaupt nicht gebraucht hätte, weil ich mit gar keinem Mann geschlafen habe?«

»Karin!«

»Ja?«

»Du bist manchmal so direkt, statt dich zu bemühen, so wie ich delikat zu sein. Das mußt du von deinem Vater haben, nicht von mir.«

»Ja, Mutter.«

»Sag nicht immer Mutter zu mir, ich mag das nicht.«

»Ja, Mutti.«

Mimmi räusperte sich.

»Also wie war das?«

»Was?«

»Wie kam's auf diesem Gebiet zu deinem eklatanten Mißerfolg? Warum hat dort keiner angebissen?«

»Das könnte man aber auch delikater ausdrücken, Mutti.«

»Antworte, bitte.«

Karin zuckte die Achseln.

»Vielleicht war ich keinem reizvoll genug.«

»Lächerlich«, rief Mimmi Fabrici. »Du bist eines der hübschesten Mädchen, die es gibt, und gerade das wurde dort ja auch wieder unter Beweis gestellt. Jeder normale Mann muß sich nach dir die Finger ablecken, und jeder tut das auch... aber«, unterbrach sie sich, »vielleicht wolltest *du* nicht... obwohl ich mich«, schloß sie, nachdem Karin stumm blieb, »daran erinnere, daß du mit einem ganz anderen Vorsatz hingefahren bist.«

»Mutti«, sagte Karin, »du kommst mir vor, als ob du verärgert wärst. Andere Mütter freuen sich über ihre unberührten Töchter.«

»Nee, nee«, erwiderte Mimmi Fabrici trocken. »Von einem gewissen Zeitpunkt ab nicht mehr. Wenn ich so etwas höre, muß ich immer gleich an das Märchen mit dem Fuchs und den Trauben denken, verstehst du?«

Da mußte Karin lachen. Plötzlich aber erlosch in ihrem Gesicht jede Heiterkeit, und Mimmi sah in den Augen ihrer Tochter Tränen aufsteigen.

«Karin!« rief sie. »Was hast du?«

Karin preßte die Lippen zusammen, um nicht loszuheulen.

»Habe ich dir, ohne es zu wissen, wehgetan, mein Kind?«

»Nein, Mutti.«

»Doch«, sagte Mimmi ganz bestimmt. »Ich sehe es.«

Mit Karins Beherrschung war es vorbei. Der Tränensturz löste sich und benetzte ihre Hände, in denen sie ihr Gesicht verbarg.

Das Herz drehte sich Mimmi im Leibe um. Sie wußte aber, daß es momentan falsch gewesen wäre, in Karin zu dringen. Das Kind mußte sich erst ausweinen. Mimmi setzte sich nur neben Karin auf die Couch und steckte ihr ihr Taschentuch zu, mit dem sie selbst zu jeder Zeit ausgestattet war, um es immer griffbereit zu haben, wenn Tragik in einem Roman zum Ausdruck kam.

Mimmi Fabrici verfügte neben literarischer auch über genügend Lebenserfahrung, um den richtigen Zeitpunkt zu erkennen, zu dem es angebracht war, mit Karin das Gespräch wieder aufzunehmen.

»So«, sagte sie deshalb, als ihr Karin das eingenäßte Taschentuch mit Dank zurückgab, »nun sag mir, was dein Vater da verbockt hat.«

Karin hob den immer noch von einem Tränenschleier umflorten Blick.

»Vater?«

»Ja. Ich kann mir nur vorstellen, daß er da wieder in etwas hineingetrampelt ist wie ein Elefant.«

Karin schüttelte den Kopf.

»Nein, Mutti.«

»Nicht?« Großer Zweifel sättigte dieses Wort.

»Wirklich nicht, Mutti.«

»Dann möchte ich wissen, wer dir etwas angetan hat.«

»Ich mir selbst«, sagte Karin tonlos. Schon wollten ihre Lippen erneut zu zittern beginnen.

Mimmi ließ auch diesen gefährlichen Moment wieder vorübergehen, bis sie sagte: »Weißt du was, mein Kind? Du erzählst mir das alles, wenn du einmal Lust hast dazu. Das muß nicht jetzt sein. Ich weiß, solche Dinge brauchen ihre Zeit, bis sie in einem etwas abgeklungen sind. Dann spricht es sich wesentlich leichter über sie. Einverstanden?«

»Ja«, nickte Karin und umarmte ihre Mutter, drückte sich an sie, küßte sie.

Das war zuviel. Ganz plötzlich trat ein Rollentausch ein. Mimmi weinte, und Karin hatte alle Hände voll zu tun, ihre Mutter zu trösten. Als dies im vollen Gange war, trat überraschend Paul Fabrici ins Zimmer. Er hatte vom Geschäft heute ausnahmsweise schon zwei Stunden früher die Nase vollgehabt. Die Situation, die er antraf, entlockte ihm den Ausruf: »Was ist denn hier los?«

Mimmis Tränen regten ihn weniger auf als die adäquaten Spuren in Karins Gesicht.

»Karin«, fragte er, »fehlt dir etwas?«

»Nein, Vati.«

»Aber du hast geweint?«

»Schon vorbei. Nur Mutti weint noch.«

»Ich sehe es«, sagte er unbeeindruckt.

Zorn wallte in Mimmi auf.

»Aber es läßt dich kalt!« rief sie.

»Ich bin das doch gewöhnt von dir, wenn deine Nase in einem Buch steckt.«

»War das soeben der Fall?«

»Nein«, mußte er zugeben.

Dann trat er den Rückzug an, verließ den Raum und trank in seinem Arbeitszimmer einen Schluck aus der Whiskyflasche, die in seinem Schreibtisch neuerdings den Kognak verdrängt hatte. Auch eine Zigarre steckte er sich an. Als er schließlich ins Wohnzimmer zurückkam, saß Mimmi allein auf der Couch.

»Wo ist Karin?« fragte er.

»Sie wollte einen Brief schreiben.«

»Einen Brief schreiben«, mokierte sich Paul Fabrici. »Wer schreibt denn heutzutage noch einen Brief – außer Geschäftsbriefe? Nur wer nicht weiß, wohin mit seiner Zeit. Wozu gibt's Telefon?«

»Ach Paul«, seufzte Mimmi nur. Dies war kein Thema, über das mit ihm zu reden wäre.

Er war noch nicht fertig.

»Das ist ja das Übel mit Karin«, fuhr er fort. »Sie hat keine Beschäftigung. Deshalb meine ich, daß nun wirklich bald etwas in dieser Richtung geschehen muß. Sie soll wieder studieren oder, was mir noch lieber wäre, kaufmännisch etwas lernen.«

Paul verstummte und zog an seiner Zigarre. Mimmi äußerte sich nicht. Sie erhob sich, um einen Blick in die Fernsehzeitschrift zu werfen, die auf dem Apparat lag. Eine Weile hörte man nichts als das Rascheln der Seiten, die von Mimmi umgewendet wurden.

»Warum weinte sie?« unterbrach Paul die Stille.

Mimmi hob ihren Blick aus der Zeitschrift.

»Warum? Sie hat es mir nicht gesagt«, antwortete sie.

»Aber wie ich dich kenne, hast du eine Theorie.«

»Wenn ich keine hätte, müßte ich keine Mutter sein.«

»Also warum?«

»Dreimal darfst du raten.«

»Ein Mann?«

»Was denn sonst!«

»Hier in Düsseldorf?«
»Nein.«
»Auf Nickeroog?«
»Ja.«

Paul Fabrici holte tief Atem. Sein Brustkasten weitete sich, ehe er lospolterte: »Diese verdammte Scheißinsel! Dieser ganze verdammte, beschissene Urlaub!«

Mimmi protestierte diesmal nicht einmal.

»Hätten wir sie nur nicht allein fahren lassen!« fuhr Paul fort.

»Wenn wir dabei gewesen wären«, erklärte Mimmi durchaus zutreffend, »wäre dasselbe passiert.«

»Nein!«

»Ach«, sagte sie mit wegwerfender Geste in seine Richtung.

Paul schien seine Wut an seiner Zigarre auszulassen, die er zu enormem selbstzerstörerischem Glimmen brachte. Nach einer Pause, die so entstand, sprach Mimmi von einem Rätsel.

»Er hat sie offensichtlich verschmäht«, meinte sie. »Und das ist mir vollkommen schleierhaft. Ein Mädchen wie unsere Karin!«

Auch Paul schüttelte den Kopf.

Mimmi fuhr fort: »Sie gibt sich zwar selbst die Schuld, aber das ist doch lächerlich. Ein Mädchen wie unsere Karin *kann* gar nicht an etwas sosehr schuld sein, daß ihr ein Mann nicht trotzdem zu Füßen liegen würde, möchte man meinen.«

Worte einer Mutter.

Mimmi schloß: »Ich verstehe das nicht. Ich verstehe das wirklich nicht.«

Plötzlich schoß Paul ein Gedanke durch den Kopf.

»Mimmi!« stieß er hervor. ›Mimmi‹ rief er sie selten. Erstaunt blickte ihn Mimmi an. Sie wußte, daß er diesen Namen haßte. Trotzdem wiederholte er ihn sogar noch einmal: »Mimmi, könntest du dir vorstellen, daß Peter der Betreffende ist?«

Gemeint war damit Peter Krahn, doch der war für Mimmi Fabrici von einer solchen Möglichkeit so weltenweit entfernt, daß sie bar jeder Ahnung fragte: »Welcher Peter?«

»Der Krahn.«

»Bist du verrückt?«

»Wieso?«

»Dieses Würstchen doch nicht!«

Früher hätte sich Paul Fabrici über diesen Ausdruck sicher wieder aufgeregt, aber heute lag seine eigene Einschätzung, die er Peter Krahn entgegenbrachte, nicht mehr weit daneben, und deshalb widersprach er seiner Frau nicht, sondern pflichtete ihr bei: »Du magst ja recht haben, aber« – er zog zweimal an der Zigarre – »dann frage ich mich, was für einer da sonst in Betracht kommen könnte.«

Mimmi seufzte.

»Sie hat es mir«, meinte sie wie zu Beginn dieser ganzen Unterhaltung, »nicht gesagt.«

Das war also der tote Punkt, an dem die beiden wieder angelangt waren.

Wochenlang änderte sich nichts. Karin vertrödelte die Zeit. Ihre Laune wechselte sprunghaft. Mal war sie bester Stimmung, freute sich über ihr gutes Tennisspiel, dann wieder machte ihr nicht einmal mehr das Reiten Spaß. Von Nickeroog sprach sie nicht mehr. Mimmis Hoffnung, Karin könnte eines Tages von selbst beginnen, ihr das Herz auszuschütten, blieb unerfüllt. Auf Drängen ihres Vaters erklärte sich Karin schließlich ohne große Lust bereit, sich zum Wintersemester wieder an der Universität einzuschreiben. Bis dahin mußten aber erst noch ein paar Wochen ins Land ziehen.

Oma kam zu Besuch. Karin war ihr Liebling. Der Zustand ihrer Enkelin blieb der alten Dame nicht verborgen. Das Kind, sagte sie zu Mimmi, müsse mal eine Zeitlang aus ihrer gewohnten Umgebung heraus.

»Und wohin?« fragte Mimmi.

»Zu mir«, sagte Oma.

Der Kampf mit der lustlosen Karin war nicht leicht, aber Großmütter sind in solchen Fällen zäh, und so kam es, daß es bald im Hause Fabrici wieder stiller wurde, weil der Wirbel fehlte, den eine Tochter nun mal verursacht, auch wenn ihre Stimmung nicht immer hohe Wellen schlägt.

Mimmi las ›Die toten Seelen‹ von Gogol. Paul ging seinen Geschäften nach. An einem Mittwoch hatte er wieder einmal bei der Industrie- und Handelskammer zu tun. Wenn das der Fall war, stand ihm immer gleich die Tür des Präsidenten offen, da er ja zu den wichtigeren Geschäftsleuten Düsseldorfs zählte. Der Präsident war insofern ein Boß, wie er im Buche stand, als er ihm überflüssig erscheinende Arbeit gern auf die Schultern anderer lud, ein Kenner französischer Rotweine war und den Zeiten nachtrauerte, in denen es noch einen Sinn gehabt hatte, daß er seine Sekretärin wechselte, wenn sie die Dreißig überschritt. Außerdem nahm er gern Einladungen an. Voraussetzung war natürlich, daß diese aus Häusern kamen, von denen er wußte, daß in ihnen gut gegessen wurde. Er war verwitwet. Mit Paul Fabrici war er per du. Er hieß Willibald Bock und erzählte gern obszöne Witze. Ein solcher Name und eine solche Vorliebe ergeben natürlich eine Verbindung, die an Stammtischen nicht ungenutzt bleibt. Meistens ist aber dann da an jene Hunde zu denken, die nur noch bellen.

»Willem«, sagte Paul Fabrici zum Präsidenten, nachdem das Geschäftliche erledigt war, »was machst du sonst?«

Bock seufzte.

»Du siehst es ja, Paul – nur Arbeit. Vor dir waren heute schon zehn oder zwölf bei mir.«

»Verzähl dich nicht«, lachte Fabrici.

»Im Ernst, Paul, mich entlastet ja keiner. Was glaubst du, was allein die Einarbeitung unseres neuen Syndikus für mich bedeutet?«

»Ein neuer?«

»Weißt du das noch nicht? Es stand in der Zeit...«

Jemand klopfte an die Tür und wurde vom Präsidenten aufgefordert, einzutreten.

»Da ist er ja, Paul«, sagte der Präsident, auf den relativ jungen Mann zeigend, der über die Schwelle trat.

Der neue Syndikus.

»Darf ich die Herren miteinander bekanntmachen?« fuhr Bock fort. »Herr Fabrici – Herr Doktor...«

Der Name, den Bock in seinen Bart murmelte, blieb Paul unverständlich, was ihm jedoch gleichgültig war. So etwas passiert ja oft bei Vorstellungen, und es fällt auch nicht ins Gewicht, wenn, wie hier auch wieder, ein Titel Gelegenheit bietet, sich damit zu begnügen.

»Freut mich, Herr Doktor«, sagte Paul, die Hand dem anderen schüttelnd, der erwiderte: »Ganz meinerseits, Herr Fabrici, wirklich ganz meinerseits.«

Ungewöhnlich daran erschien dieses ›wirklich ganz meinerseits‹. Paul fand es ein bißchen übertrieben, führte es aber auf das Bestreben des Neuen zurück, sich bei jedem hier einen guten Start zu verschaffen.

»Was gibt's?« fragte der Präsident seinen Untergebenen.

»Die Besprechung morgen vormittag mit den Notaren scheint zu platzen. Herr Hahn hat angerufen.«

»Mist!«

»Was soll ich machen, wenn ein neuer Termin notwendig werden sollte?«

»Verfügen Sie nach Ihrem Gutdünken. Ich gebe Ihnen freie Hand.«

»Gut.«

Andeutung einer Verbeugung, die mehr Fabrici galt als dem Präsidenten. Die Tür klappte. Paul und Bock waren wieder unter sich.

»Macht keinen schlechten Eindruck«, meinte Paul.

»Und wenn er sich noch so gut entpuppen sollte«, relativierte der Präsident Pauls Urteil, »die Hauptsache bleibt immer an mir hängen, Paul.«

»Das ist klar, Willem«, grinste Fabrici.

»Zur Erholung würde ich gern wieder mal ein junges Rebhuhn verspeisen.«

»Oder einen Fasan?«

»Und warum tust du's nicht?«

»Weißt du«, sagte der Präsident mit einer Miene, in der Abscheu lag, »in den Gasthäusern erlebst du da nur Enttäuschungen. Die setzen dir Exemplare vor, an denen du dir dein Gebiß ruinieren kannst.«

»Und wenn du wieder mal zu uns kämst?«

»Aber Paul«, wehrte der Präsident mit ausgestreckten Händen ab, »so habe ich das nicht gemeint. Wann wäre das?«

»In dieser Woche nicht mehr, ich muß nach München. Aber in der nächsten. Den Tag sage ich dir noch am Telefon. Es kommt darauf an, wann meine Frau das Geeignete organisieren kann.«

»Gut«, nickte der Präsident und fügte lebhaft hinzu: »Wenn du nach München mußt, kann ich dir in diesem Zusammenhang gleich einen guten Tip geben: Geh über den Viktualienmarkt.«

»Viktualienmarkt?«

»Kennst du den nicht?«

»Nein.«

»Etwas Einmaliges, sage ich dir. Der größte Markt Europas in seiner Art. Dort findest du Rebhühner und Fasane, die hältst du nicht für möglich.«

Versehen mit dieser Information, flog Paul Fabrici am nächsten Tag nach München. Der eigentliche Anlaß war aber ein anderer.

Paul wollte sich in einem Gestüt an der Isar nach einem eigenen Reitpferd für Karin umsehen. Nie vorher wäre ihm so etwas in den Sinn gekommen. Jetzt aber hatte sich Paul Fabrici gebeugt, als seine Frau zu ihm gesagt hatte: »Kauf ihr doch ein eigenes Pferd. Vielleicht trägt das zu ihrem Vergessen bei.«

Acht Tage später stieg die Einladung, und beinahe wäre alles schiefgegangen. Anlaß dazu bot freilich am wenigsten die Küche im Hause Fabrici. Emilie, die sauerländische Köchin, blieb, wie immer, völlig ruhig und gelassen, nahm die nicht abreißende Kette von Befehlen, Anordnungen, Empfehlungen Mimmis entgegen, dachte keinen Augenblick daran, auch nur ein Wort davon zu befolgen, und machte ihre eigene Routine zur Grundlage des Betriebes. Im Backrohr brutzelten zwei Fasane – ein ganzer für Willibald Bock, zwei Hälften für Mimmi und Paul Fabrici. So war die Planung.

Als Beilagen waren Kartoffelkroketten und Ananaskraut in der Vorbereitung. Kastanienpüree, das Übliche zu Fasan, durfte bei Fabricis nicht auf den Tisch kommen; Paul lehnte das Zeug schärfstens ab.

Die Vögel stammten tatsächlich vom Münchner Viktualienmarkt. Paul hatte sich diesen Tip zu Herzen genommen. Daß er dabei zwei Fasane erwischt hätte, die aus dem Rahmen fielen, bezweifelte er, und das mit Recht. Den Markt als Ganzes hatte er freilich als Attraktion empfunden.

Mimmi stürmte wieder einmal in die Küche.

»Alles klar, Emilie?«

»Ja, gnädige Frau.«

»Haben Sie an die Fasane tüchtig Speck gebunden?«

»Ja.«

»Seit wann sind sie im Rohr?«

»Seit einer Viertelstunde.«

Mimmi blickte auf die Uhr an der Wand.

»Es ist jetzt viertel vor sechs. Um sieben wird gegessen, das wissen Sie, Emilie?«

»Das weiß ich, gnädige Frau.«

»Hoffentlich klappt alles?«

»Sie können sich darauf verlassen, gnädige Frau.«

Mimmi vermochte sich nur schwer wieder von der Küche zu trennen, da ihre Überzeugung fest war, nur ihre Anwesenheit sei eine Garantie gegen ausbrechende Katastrophen. Doch auch im Speisezimmer wurde sie ebenso dringend gebraucht, weil dem Unvermögen des Dienstmädchens, den Tisch richtig zu decken, einfach Rechnung getragen werden mußte.

Der Hausherr kam heim. Mimmi hatte schon sehnlichst auf ihn gewartet und trat ihm im Flur entgegen.

»Endlich! Du wolltest doch heute schon eine Stunde eher kommen?«

»Es ging nicht. Ich wurde aufgehalten. Ist alles in Ordnung? Wann hast du Bock angerufen?«

»Ich?« Mimmis Augen weiteten sich. »Ich dachte, du machst das?«

»Waaas?« Paul schloß die Augen, um sich ganz fest im Zaum zu halten. »Iiich?«

»Ja, du.«

»Davon war doch überhaupt nicht die Rede.«

»Es war auch nicht die Rede davon, daß *ich* anrufen sollte.«

Nun öffnete Paul die Augen, um seine Frau starr anzusehen.

»Mimmi!«

Sie wußte, was kam.

»Mimmi, weißt du, was das heißt?«

Ja, sie wußte es, schwieg aber.

»Bock hat überhaupt keine Ahnung von der ganzen Einladung, *Mimmi*. *Das* heißt es, *Mimmi*.«

Vor der Drohung, die von dem dauernden ›Mimmi‹ ausging, konnten nur Tränen schützen. Rasch fing Pauls Gattin zu weinen an. Sie hatte Übung darin.

Normalerweise hätte das Paul dennoch nicht von einem Wutausbruch abhalten können, aber dazu war jetzt keine Zeit. Paul stürzte zum Telefon. Im Büro war Bock nicht mehr. Paul versuchte es daraufhin zu Hause. Bock meldete sich. Paul schilderte ihm mit gepreßter Stimme die Situation und krönte seine Worte mit folgender Verlautbarung: »Man ist fünfundzwanzig Jahre verheiratet, Willem, fünfundzwanzig Jahre, eine Ewigkeit, und man glaubt zu wissen, zu was eine Frau in der Lage ist. Aber man weiß es *nicht*, Willem!«

»Ich soll mich also zusammenpacken und zu euch kommen, Paul?«

»Ja, der Duft der Fasane durchzieht schon das ganze Haus, Willem.«

Durchs Telefon hörte man den Präsidenten die Luft durch die Nase einziehen. Doch dann sagte er: »Tut mir schrecklich leid, ich kann nicht.«

»Warum nicht?«

»Ich habe selbst Besuch. Unser neuer Syndikus ist bei mir. Ich habe ihm vorgeschlagen, gemeinsam einer Flasche den Hals zu brechen, damit wir uns auch privat ein bißchen näherkommen.«

»Verdammich!« stieß Paul Fabrici hervor.

Was war da zu machen? Die Fasane brutzelten ihrer Vollendung entgegen. Die Situation stellte sich Paul als kleiner gordischer Knoten dar, dem nicht anders beizukommen war, als daß man ihn durchhaute. Es bedurfte dazu nur eines kleinen Alexanders, und Paul Fabrici entpuppte sich als solcher, indem er sagte: »Weißt du was, Willem? Du kommst trotzdem...«

»Und was mache ich mit dem Syndikus?«

»Den bringst du einfach mit.«

»Das geht doch nicht, Paul.«

»Warum nicht?«

»Du hast nur von zwei Fasanen gesprochen? Die sind dann zu wenig.«

»Ich verzichte auf meine Hälfte.«

»Dann ja. Bis wann müssen wir bei euch sein?«

»Um sieben.«

»Höchste Zeit. Wir beeilen uns.«

Nachdem es Paul Fabrici so gelungen war, eine drohende Panne abzuwenden, dachte er nicht im entferntesten daran, daß eine zweite fast buchstäblich schon vor der Tür stand.

Ein Taxi fuhr draußen vor, dem Karin entstieg. Niemand erwartete sie schon heute. Ihre Schlüssel lagen irgendwo im Gepäck vergraben. Sie läutete deshalb an der Haustür, und Vater, der gerade durch den Flur lief, öffnete ihr. Völlig überrascht starrte er sie an.

»Du?«

»Tag, Vati.«

Er vergaß, beiseitezutreten, um ihr den Weg freizugeben.

»Darf ich nicht hereinkommen, Vati?«

»Natürlich«, besann er sich und nahm ihr den schweren Koffer ab. »Warum hast du uns nicht angerufen, daß du schon kommst?«

»Wozu?« antwortete sie. »Nun bin ich ja da.«

Sie stiegen hinauf in Karins Zimmer. Als Mimmi hinzukam, von Paul gerufen, war sie genauso überrascht wie er. Die beiden Frauen begrüßten sich mit Umarmungen und Küssen.

»Was ist mit Oma?« fragte dann Mimmi.

»Die mußte zur Beerdigung einer Freundin nach Frankfurt. Ich benützte die Gelegenheit, ihrer weiteren Fürsorge zu entfliehen. Anders hätte ich das nicht übers Herz gebracht. Sie war reizend, aber anstrengend. Ich habe ihr einen netten Brief hinterlassen.«

»Du mußt dich rasch umziehen, Karin«, sagte Mimmi. »Es kommen gleich Gäste.«

»Gäste?«

»Dabei ergibt sich ein Problem«, mischte sich Paul ein. »Das Essen reicht nicht. Zwei Fasane, weißt du. Ursprünglich waren die berechnet für drei Personen: deine Mutter, mich und Herrn Bock, den du ja kennst. Nun bringt aber dieser unvorhergesehen auch noch seinen neuen Syndikus mit, einen Doktor Soundso, und durch dich sind wir jetzt zu fünft.«

Paul blickte zwischen Karin und Mimmi hin und her.

»Wie soll das gehen?« fragte er.

»Ganz einfach«, erklärte Mimmi. »Dein verfressener Freund tritt eine Fasanenhälfte ab.

»Das sagst ihm aber du!«

»Nein«, ließ sich Karin vernehmen. »Mich könnt ihr vergessen. Ich bin ohnehin abgespannt von der Reise und bleibe lieber auf meinem Zimmer. Laßt es euch schmekken.«

»Dann werde ich dir aber jedenfalls etwas vom leckeren Nachtisch bringen«, versprach Mimmi. »Süßes magst du doch immer.«

»Ja, Mutti, mach das«, nickte Karin.

Die Gäste erschienen pünktlich. Präsident Bock hatte dazu den Taxifahrer zu verkehrswidrigem Tempo antreiben müssen. Mimmi erlebte einen kleinen positiven Schock, als ihr von Präsident Bock der neue Syndikus der Industrie- und Handelskammer vorgestellt wurde. Das bewirkte der Doktortitel des relativ jungen Mannes, dessen Aussehen auch noch als ›sehr gut‹ zu bezeichnen war. Beide Attribute bündelten sich und erzielten bei Mimmi einen unvermeidlichen Effekt. Unverbesserlich, wie sie war, fragte sie sich: Wäre das keiner für meine Karin?

Das Essen brachte Emilies gediegenem Können die Würdigung des Präsidenten Bock in der Form ein, daß er ihr einen Zwanzigmarkschein in die Küche schickte. Außerdem bat er Paul Fabrici, ihr zu bestellen, daß sie jederzeit einen Stellungswechsel zu ihm ins Auge fassen könne.

»Und was würdest du dann mit deiner jetzigen Köchin machen?« fragte ihn grinsend Paul.

»Sie zum Arbeitsamt schicken zur Umschulung.«

»Zu welcher?«

»Egal«, erwiderte der Präsident, sich mit der Serviette sorgfältig den Mund abwischend. »Zu jeder, die nichts mit der Zubereitung von Nahrungsmittel zu tun hätte.«

Nach dem gebotenen allgemeinen Gelächter auf dem Rücken einer Abwesenden, die solchen Hohn keineswegs verdiente, teilte Mimmi mit, daß sie sich nun ein paar Minuten um die Ernährung ihrer Tochter kümmern müsse.

»Ist sie krank?« fragte der Syndikus höflich.

»Nein, nein, nur müde«, erwiderte Mimmi. »Sie kam erst vor einer Stunde von einer Reise zurück. Das war auch der Grund, weshalb sie nicht an unserem Essen teilgenommen hat. Sie zog es vor, auf ihrem Zimmer zu bleiben.«

»Schade.«

»Vielleicht kann ich sie dazu verleiten, doch noch eine Zeitlang herunterzukommen.«

»Das wäre sehr schön.«

»Sie sind nicht von hier, Herr Doktor?«

»Nein, ich komme aus Norddeutschland.«

»Man hört es. Und was brachte Sie nach Düsseldorf?«

»Eine Ausschreibung der Industrie- und Handelskammer. Sie kam mir zur Kenntnis, ich bewarb mich, und es hat geklappt; innerhalb weniger Wochen.«

Mimmi brachte ihren verschütteten Charme zum Erstrahlen, indem sie lächelnd sagte: »Ein Gewinn für unsere Stadt, finde ich.«

Der Syndikus errötete. Auch das stand ihm gut.

»O danke, gnädige Frau«, sagte er. »Sie bringen mich in Verlegenheit.«

Mimmi nickte ihm zu und erhob sich, um ihre Tochter nicht länger auf ihren Nachtisch warten zu lassen.

»Prima, Mutti«, sagte Karin dann, das leckere Zeug aus einem Schüsselchen löffelnd. »Was gab's eigentlich bei euch hier Neues, während ich weg war?«

»Nicht viel. Peter Krahn hat sich verlobt.«

Karins Löffel stand still.

»Peter?«

»Ja.«

»Mit wem?«

»Stell dir vor, mit einer Nickeroogerin. Ich finde das unmöglich. Die kann er doch nur ganz kurz gekannt haben.«

Karins Gesicht verschattete sich. Sie legte den Löffel beiseite. Es schien ihr den Appetit verschlagen zu haben.

»Das stimmt«, sagte sie mit abwesendem Blick. »Nur ganz kurz...«

Mimmi hätte sich ohrfeigen können, weil sie so unbedacht gewesen war, den Namen ›Nickeroog‹ fallenzulassen.

»Iß doch noch ein bißchen«, sagte sie.

»Nein, danke.«

»Vati läßt dich bitten, daß du doch noch ein bißchen herunterkommst«, log Mimmi.

»Nein, Mutti.«

»Auch die beiden anderen Herren würden dich gerne sehen. Präsident Bock ist wieder in Fahrt, sage ich dir. Der angelt uns noch die Emilie weg.«

»Keine Angst, Emilie verläßt uns nicht.«

»Der neue Syndikus, den er dabei hat, würde dir sicher gefallen. Ein blendend aussehender Mann. Doktor der Jurisprudenz.«

»Ach Mutti.«

Das klang so absolut uninteressiert, daß Mimmi die Hoffnung aufgab. Hätte man Karin gesagt, daß Apollo höchst persönlich vom alten Olymp herabgestiegen wäre, um auf sie zu warten, wäre auch damit bei ihr kein Erfolg zu erzielen gewesen.

Mimmi griff nach dem noch fast vollen Schüsselchen, an dessen Inhalt Karin plötzlich keinen Gefallen mehr gefunden hatte.

»Du ißt das also nicht mehr?«

»Nein.«

»Willst du morgen geweckt werden?«

»Nein. Laßt mich bitte schlafen.«

»Gut«, sagte Mimmi und ging zur Tür. Sie war ein bißchen eingeschnappt und gedachte, zum Zeichen dafür das Zimmer ohne Gruß zu verlassen. Über die Schulter sprach sie, als sie die Tür aufzog und über die Schwelle nach draußen trat, zurück: »Doktor Torgau hätte sich sicher sehr gefreut.«

Sie wollte die Tür hinter sich zuziehen, als sie einen erstickten Laut hörte: »Mutti!«

Sie machte noch einmal kehrt.

»Ja?«

Ihre Tochter starrte ihr entgegen. Sie war totenblaß geworden. Kaum zu glauben, daß das in so kurzer Zeit vor sich gegangen sein konnte.

»Karin, was hast du?« fragte Mimmi erschrocken.

»Wer, sagtest du, Mutti?«

»Doktor Torgau. Wieso entsetzt dich das?«

»Sein Vorname?«

»Den weiß ich nicht. Ich verstehe dich nicht. Warum –«

»Woher kommt er?« unterbrach Karin ihre Mutter, die sich überhaupt nicht mehr auskannte.

»Aus Norddeutschland.«

Karins Blässe minderte sich zögernd.

»Wie sieht er aus?«

»Blendend, das sagte ich dir doch schon.«

»Wie im einzelnen? Seine Haare? Seine Gesichtsform? Seine Augen? Seine Größe? Ist er schlank? Ist er –«

»Karin«, unterbrach nun Mimmi ihre Tochter, »mach mich nicht verrückt. Wenn du das alles wissen willst, wenn du den anscheinend zu kennen glaubst, dann komm herunter und sieh ihr dir an. Ich habe ihn nicht gemessen, wie groß er ist, und gewogen habe ich ihn auch nicht. Seine Augen... nun, von denen glaube ich sagen zu können, daß sie sehr leidenschaftlich sind.«

»Leidenschaftlich?«

»Ja, das glaube ich. Ich täusche mich sicher nicht.«

Karins Miene wurde zu einem großen Fragezeichen.

»Wie kommt er in unser Haus?«

»Laß es dir von ihm selbst sagen.«

Ein Lächeln blühte in Karins Gesicht auf, verdrängte den letzten Rest der Blässe. Das Lächeln wurde stärker.

»Mutti!« rief Karin plötzlich, sprang auf, lief auf Mimmi zu, riß sie in die Arme und schwenkte sie herum.

Es war ein groteskes Bild. Mimmi hielt das Schüsselchen mit dem Nachtisch in der Hand und war krampfhaft bemüht, den schönen Teppich vor Pudding und Himbeersoße zu bewahren.

»Hör auf, Karin«, bat sie. »Dein Perser war erst in der Reinigung. Laß mich los.«

Karin blieb stehen. Heftig ging ihr Atem. Das verlieh ihrer Brust einen wunderhübschen Bewegungsrhythmus.

»Laß uns gehen«, sagte Mimmi.

Beide strebten zur Tür. Nach zwei Schritten hielt jedoch Karin noch einmal an.

»Nein«, sagte sie.

»Wieso?« fragte Mimmi.

»Ich trau mich nicht.«

»Wieso nicht?«

»Mutti«, sagte Karin mit angstvoller Miene, »wenn das ein anderer ist und nicht der, den ich meine, sterbe ich. Das würde ich nicht mehr aushalten.«

»Komm«, sagte Mimmi, ihre Tochter an der Hand nehmend, mit sicherem Instinkt. »Er ist es.«

»Woher willst du das wissen?«

»Weil ich deinen Geschmack kenne... und den meinen.«

Sie stiegen die Treppe hinunter. Karins Hand zitterte in der von Mimmi. Als sie sich dem Speisezimmer näherten, drang ihnen von drinnen das Stimmengewirr dreier Männer entgegen, die sich lebhaft unterhielten.

»Ich höre ihn, Mutti«, flüsterte Karin, bebend vor Erregung. »Er ist es wirklich.«

»Na also«, meinte Mimmi ziemlich laut und öffnete die Tür.

Schlagartig erstarb das Stimmengewirr. Karin blieb auf der Schwelle stehen und blickte nur einen der drei Männer an. Langsam erhob sich der Betreffende von seinem Stuhl.

»Guten Abend, Walter«, sagte Karin leise.
»Guten Abend, Karin.«

Paul Fabrici war baff. Sein Erstaunen hätte nicht größer sein können, besaß er doch nicht den geringsten Schimmer davon, was hier los war. Sein Blick wechselte von Karin zum neuen Syndikus, dann wieder zurück zu Karin, und dann wieder zum neuen Syndikus.

»Ich habe das Gefühl«, sagte er schließlich, »daß mir hier eine Erklärung geschuldet wird.«

»Mir aber auch«, pflichtete der Präsident der Industrie- und Handelskammer bei.

Diesen Part konnte Mimmi übernehmen, wenigstens in groben Zügen. Sie fand jedoch, daß dabei die Kinder, wie sie im Geiste Karin und Walter schon nannte, nur stören würden, und sorgte deshalb für ihre Entfernung.

»Karin«, sagte sie, »ich irre mich bestimmt nicht, wenn ich annehme, daß sich Herr Doktor Torgau ganz gern unseren Garten ansehen würde. Möchtest du ihn ihm nicht zeigen?«

»Wenn du meinst, Mutti«, sagte Karin und strahlte Mimmi dankbar an.

»Was soll der Quatsch?« fauchte hingegen Paul Fabrici seine Gattin an, nachdem die beiden Jungen verschwunden waren.

Mimmi wußte, daß das, was jetzt bevorstand, keine leichte Geburt war. Sie stellte das Puddingschüsselchen, das sie immer noch in der Hand gehalten hatte, auf den Tisch und setzte sich. Dann sagte sie, zur Tür zeigend: »Das ist er, Paul.«

»Was ist er?«

»Derjenige, Paul.«

»Welcher derjenige?«

»Du weißt schon.«

»Nichts weiß ich, verdammich! Sprichst du von Doktor« – er blickte den Präsidenten an – »wie heißt er?«

»Torgau.«

»Ja«, nickte Mimmi, »von dem spreche ich.«

Paul war geneigt, mit der Faust auf den Tisch zu hauen, unterließ es aber dann doch.

»Von dem weiß ich nur«, polterte er, »daß er der neue Syndikus der Industrie- und Handelkammer in Düsseldorf ist.«

»*Und*«, ergänzte Mimmi mit Betonung, »dein zukünftiger Schwiegersohn, wenn's nach Karin geht.«

»Mach mich nicht verrückt!« fing Paul zu schreien an.

Auch Präsident Bock blickte nicht mehr durch und ließ dies erkennen, indem er sagte: »Wenn Sie erlauben, meine Liebe, schließe ich mich der Forderung Ihres Gatten an.«

Mimmi spannte die beiden nicht mehr länger auf die Folter und berichtete, was sich in Karins Zimmer zugetragen hatte. Nach Frauenart schilderte sie alles sehr breit, so daß z. B. auch nicht unerwähnt blieb, wie sie sich um den Teppich verdient gemacht hatte.

Paul Fabrici war sprachlos. Er unterbrach Mimmis Bericht nicht ein einziges Mal. Als erster äußerte sich der Präsident. Er brachte einen Verdacht vor. Und zwar müsse er das so sehen, sagte er anklagend, daß hinter der ganzen Bewerbung des Mannes um eine Stellung in Düsseldorf nicht nur der Wunsch nach einem Job allein gesteckt habe.

»Hoffentlich«, war Mimmi zu vernehmen.

Bock widersprach: »Nein, meine Liebe, das wirft nämlich nicht das beste Licht auf die Arbeitsmoral eines solchen Angestellten.«

»Finde ich auch«, knurrte Paul Fabrici.

»Für unsereinen«, bekräftigte Bock, »hat es so etwas im ganzen Leben nicht gegeben – oder, Paul?«

»Du hast recht, Willem«

Mimmi richtete sich auf, um ihren Mann auf die Hörner zu nehmen. Dies war nämlich jetzt eine Minute, in der sie sich von ihm um keinen Preis einschüchtern lassen wollte. Das Glück ihrer Tochter stand auf dem Spiel. Was Bock sagte, war ihr egal – aber nicht das, was Paul von sich gab. Sie funkelte ihn an.

»Nur so zu, Paul«, sagte sie. »Das ergibt die richtige Basis für den Start deines Nachfolgers in deiner Firma.«

Paul blickte sie an wie eine Geistesschwache.

»Meines was?« stieß er hervor.

»Deines Nachfolgers.«

»Hast du nicht mehr alle Tassen im Schrank?«

»Doch, ich schon, aber dir fehlen offenbar ein paar.«

Fassungslos schwieg er. War das noch seine Frau? Sein Schatten? Seine Sklavin?

»Dir fehlen sogar alle, scheint es«, fuhr Mimmi fort. »Wer erbt denn einmal deinen ganzen Kram?«

»Karin natürlich?«

»Und wer führt die Firma? Etwa auch sie?«

»Das kann sie nicht.«

»Eben. Wer also? Dein Schwiegersohn. Oder nicht?«

Paul schwieg, er blickte herum, als suche er nach einer Zigarre.

»Seit Jahren habe ich ja auch nichts anderes aus deinem Mund gehört«, fuhr Mimmi fort, ihm die Leviten zu lesen. »Weshalb bist du denn auf den Krahn verfallen... auf dieses Würstchen... weshalb denn?«

Sie wartete auf eine Antwort, aber Pauls Lippen blieben geschlossen.

»Weshalb wolltest du Karin denn in eine Kaufmannslehre stecken, obwohl du weißt, daß das, wie du selbst sagst, keine Lösung ist, sondern höchstens eine Notlösung?« Mimmi winkte mit der Hand. »Alles Quatsch! Die einzige Lösung ist die mit einem richtigen Schwiegersohn, und damit klappt's jetzt...«

Paul fand die Sprache wieder.

»Mit einem Schreibtischhengst«, stieß er verächtlich hervor.

Mimmi ließ sich nicht beirren.

»Mit einem hochgebildeten Menschen, Paul, der sich

das, was er zur Führung eines Geschäfts braucht, ganz leicht aneignen wird. Im übrigen –«

Paul wollte das nicht gelten lassen.

»So leicht ist das nicht! Was sagst du, Willem?«

»Im übrigen«, ließ sich Mimmi nicht unterbrechen, »hast du keinen anderen Weg als den, Herrn Doktor Torgau zu akzeptieren, Paul...«

»Wieso, möchte ich wissen.«

»Es sei denn, du willst unsere Tochter aus dem Haus treiben.«

»Aber...« Nun unterbrach sich Paul selbst. »Nein, das möchte ich natürlich nicht.«

»Na also«, sagte Mimmi. Zum erstenmal lächelte sie wieder.

Paul, an eheliche Niederlagen nicht gewöhnt, hatte das Bedürfnis, irgendwie noch einmal aufzutrumpfen.

»Aber eines sage ich dir: Die geht mir vom ersten Tage an auch mit rein ins Geschäft, damit beide lernen. Sich an der Universität rumspielen, das kann sie vergessen.«

»Dafür bin ich auch«, lächelte Mimmi.

»Und das Reitpferd bleibt in München. Bin *ich* froh, daß sich der Transport verzögert hat. Der Kauf wird morgen früh von mir rückgängig gemacht.«

Auch dazu nickte Mimmi lächelnd.

»Welches Reitpferd?« fragte Willibald Bock.

»Kümmere du dich um einen neuen Syndikus«, fuhr ihm Paul, dessen Bedürfnis, aufzutrumpfen, noch nicht ganz gestillt war, über den Mund.

Mimmi nahm das Puddingschüsselchen vom Tisch und erhob sich.

»Wo willst du hin?« fragte Paul sie.

»In die Küche. Karin wird, wenn wir sie zu Gesicht bekommen, ihren Appetit wiedergewonnen haben, schätze ich.«

Die Besichtigung des Gartens, die von Mimmi vorgeschlagen worden war, fiel ins Wasser. Karin und Walter hatten andere Interessen. Der Garten diente den beiden lediglich zur Deckung. Zwischen Zierbüschen gab es da eine verborgene Bank, die von der ortskundigen Karin zielstrebig angesteuert worden war. Nachdem die beiden sich gesetzt hatten, begann ein bühnenreifer Dialog.

»Mein Herr«, sagte Karin, »ich bin überrascht, Sie in unserem Haus zu sehen.«

»Meine Dame«, antwortete Walter, »ich muß gestehen, daß es meine Absicht war, diese Überraschung herbeizuführen.«

»Wie kommen Sie nach Düsseldorf?«

»Mein Herz zog mich her.«

»Hörten Sie das Rufen meines Herzens?«

»Ich erträumte es mir.«

»Aber um zu wissen, wohin Sie sich zu wenden hatten, bedurften Sie der Führung eines sogenannten guten Geistes?«

»Den hatte ich – ohne sein Wissen – gefunden.«

»Wer war es?«

»Ein junger Mensch namens Peter Krahn.«

»Peter Krahn? Wußten Sie, daß er mich heiraten wollte?«

»Ja.«

»Und?«

»Ich hätte ihn erschossen.«

»So sehr lieben Sie mich?«

»So sehr.«

»Sie wären aber ins Gefängnis gekommen.«

»Leider.«

»Dann wäre ich Ihnen gefolgt.«

»So sehr lieben Sie mich?«

»So sehr.«

»Wo haben Sie sich in letzter Zeit aufgehalten? Bei einem Mann?«

»Nein, bei meiner Großmutter.«

»Ich hatte Sie aus meinem Blickfeld verloren und war schon ganz verzweifelt.«

»Wie lange sind Sie bereits in Düsseldorf?«

»Vier Wochen.«

»Warum haben Sie nicht gleich Verbindung mit mir aufgenommen?«

»Ich wollte mich erst ein bißchen einrichten und dann...«

»Dann?«

»Ihrem Tennisklub beitreten, um Ihnen ganz zufällig zu begegnen.«

Aufperlendes Lachen Karins beendete diesen Dialog und normalisierte den weiteren. Vorerst aber fielen sich die beiden in die Arme und setzten an zu einem wahren Furioso gegenseitiger Küsse. Es war wie der Zusammenprall zweier Sturzbäche, die zu lange angestaut worden waren.

Dann fragte Karin: »Und wie hast du Vater kennengelernt?«

»Dazu verhalf mir ein gnädiger Zufall«, erwiderte Walter. »Ich kam im richtigen Moment ins Zimmer meines Chefs.«

»Bist du mit deinem Chef zufrieden?«

»Warum?«

»Weil ich an einen Wechsel für dich denke.«

Er blickte sie mit ernster Miene an.

»Karin«, sagte er, »das schlag dir mal aus dem Kopf. Ich bin nicht hinter deinem Reichtum her. Das kannst du auch gleich deinem Vater sagen.«

»Gut«, antwortete sie, »dann verzichte ich eben auf mein Erbe.«

»Bist du verrückt?«

»Nein, du!«

»Verstehst du mich denn nicht?«

»Nee.«

»Aber...«

»Entweder nimmst du mich mit Geld oder ohne Geld. Mir ist das egal. Nehmen mußt du mich auf alle Fälle. So einfach ist das.«

Ja, so einfach war das, für Karin jedenfalls. Walter blickte sie an und sah, daß es ihr ernst war.

»Darüber reden wir noch später«, gab er sich geschlagen.

Und dann erlag auch er dem Bedürfnis des nochmaligen Auftrumpfens.

»Eines möchte ich aber gleich ein für allemal bestimmt haben....«

»Was?«

»Du beteiligst dich nie mehr an einer Konkurrenz für Schönheitsköniginnen!«

»Nein«, lachte Karin, »nie mehr.«

Ein neues Furioso gegenseitiger Küsse setzte ein. Walter war ein leidenschaftlicher Mann, Karin ein leidenschaftliches Mädchen. Rasch spürte jeder von ihnen, daß ihnen die Küsse nicht mehr genügten.

Aber nein, dachte Karin, das geht ja nicht, mein Fehler ist, daß ich nach Nickeroog mit der Pille ausgesetzt habe. Sie dachte dies, während sie sich an Walter klammerte, und Walter dachte etwas Ähnliches ohne Pille – nämlich: nein, hier nicht, ich muß mich noch gedulden, und wenn's mir noch so schwer fällt.

Plötzlich löste sich Walter von Karin und lauschte.

»Was war das?«

»Was?« fragte Karin.

»Hast du nichts gehört?«

»Nein.«

»Da! Schon wieder!«

Und nun hatte es auch Karin vernommen. An sich selbst. Sie lachte leise.

»Das Knurren meinst du, Walter?«

»Ja. Habt ihr einen Hund? Ist er in der Nähe?«

»Nein. Aber jemand anderer ist in nächster Nähe.«

»Wer?«

»Mein Magen. Er kracht vor Hunger.«

»Du liebe Zeit! Hast du denn noch nichts gegessen?«

»Praktisch keinen Bissen.«
»Warum denn nicht?«
»Die Schuld daran trägst du.«
»Ich?«
»Weil du so lange auf dich hast warten lassen.«
Er nahm sie noch einmal ganz fest in die Arme.
»Liebling«, sagte er, ehe sie sich dem Haus zuwandten, »wenn's danach geht, wirst du in deinem ganzen Leben kein bißchen Hunger mehr verspüren.«

Frauen
verstehen mehr
von Liebe

Es war noch früher Morgen, die Schatten der Nacht waren gerade den ersten Strahlen der Sonne gewichen. Noch verhältnismäßig still lag die Straße da; der Verkehr, an dem sie tagsüber zu ersticken pflegte, ruhte noch, er mußte erst wieder dazu ansetzen, jene verheerende Dichte zu gewinnen, die den modernen Großstadtmenschen mehr und mehr verzweifeln läßt, weil ihm vor diesem Moloch sogar unaufhörlich steigende Benzinpreise keine Rettung versprechen.

Auch auf den Bürgersteigen zeigte sich noch wenig Leben. Vereinzelt strebten Arbeiter zu ihrer Frühschicht. Über den Fahrradweg neben der breiten Chaussee flitzte ein Bäckerjunge, der zu spät dran war und wieder einmal sehr seine Berufswahl bereute, weil sie ihn dazu zwang, so früh aufzustehen, und ihn eben überhaupt jetzt, im Frühling, bei einer Sonne, welche die grünen Spitzen aus dem Boden lockte und die Bäume zum Blühen reizte, an einen heißen Backofen fesselte.

Neben Arbeitern und dem Bäckerjungen – solchen also, denen es verwehrt war, sich in ihren Betten noch von einer Seite auf die andere zu drehen – fiel eine sehr hübsche junge Dame aus dem Rahmen, die auch schon auf den Beinen (besonders aufregenden Beinen) war, obwohl man das von ihr durchaus nicht erwartet hätte. Mädchen dieser Sorte sind nämlich im allgemeinen Langschläferinnen. Sie können es sich auch leisten, das zu sein. Das Leben zeigt sich ihnen von der angenehmeren Seite, es zwingt sie nicht zur Ausübung ungeliebter Berufe. Sie müssen sich nicht abstrampeln – höchstens auf dem Tennisplatz. Es liegt in ihrem Belieben, in den Hafen einer Ehe einzulaufen, die es ihnen auch wieder nur zu ihrer Hauptaufgabe macht, sich zu pflegen – es sei denn, sie sind nicht intelligent genug, auf eine Verbindung mit einem Werkstudenten oder einem ähnlichen unsicheren Kantonisten zu verzichten.

Die junge Dame aber, von der hier die Rede ist, war aus einem anderen Holz geschnitzt. Sie wartete nicht auf einen jener ›s. gut ausseh. großzüg. vital. Unternehm. unt. 50‹, die heutzutage mit ihren Selbstanpreisungen (›seriös, bescheiden‹) die Bekanntschaftsinserate der Boulevardblätter füllen, sondern stellte sich auf ihre eigenen Beine. Daß dieselben außerordentlich hübsch waren, wurde schon erwähnt. Sie waren sogar so hübsch, daß man es gar nicht oft genug erwähnen kann.

Ähnliches ließ sich von der jungen Dame in ihrer Gänze sagen, denn es verhielt sich keineswegs so, daß an ihr die Beine etwa eine einsame Attraktion dargestellt hätten, mit der anderes – das Gesicht, das Haar, der Busen, die Hüften, der Po (!) usw. – nicht Schritt hätte halten können. Sonja Kronen – so hieß sie – war nicht ein Teil-, sondern ein Gesamtwerk der Natur, das als ›bestens gelungen‹ bezeichnet werden durfte. ›Die ist‹, hatte kürzlich ein bekannter Filmproduzent gesagt, der ihr eine Rolle in seinem nächsten Streifen angeboten hatte, ›unglaublich verrückt – sie arbeitet! Das hätte die doch gar nicht nötig. Oder sie hat nicht begriffen, was mein Angebot bedeutete.‹

Doch, doch, begriffen hatte die das schon. Sonja Kronen war nämlich auch ein sehr intelligentes Mädchen, der nicht erst ein verfetteter Filmproduzent die Augen hätte öffnen müssen, wie das Leben so läuft.

Im übrigen wäre eine schauspielerische Betätigung auch allergeringster Natur etwas völlig Neues in ihrem Dasein gewesen. Ihre Fähigkeiten lagen auf einem anderen Gebiet. Sie war gelernte Modezeichnerin. Jener Filmmensch hatte nur zufällig ihren Weg gekreuzt – in einem Speiserestaurant – und versucht, sich sogleich auf sie zu stürzen. Das Modezeichnen allein genügte ihr nicht. Sie wollte ›mehr aus sich machen‹. Vor einem halben Jahr hatte sie deshalb planmäßig begonnen, ein eigenes einschlägiges Geschäft zu gründen. Das Ganze war ein sehr gewagter Sprung ins kalte Wasser.

Heute nun hatte sie schon in der Morgendämmerung ihre kleine Wohnung verlassen. Nach einer Nacht, in der sie kaum geschlafen hatte, war sie voller Unruhe. Das hatte seinen Grund. Mit dem heutigen Tag begann ein neuer Lebensabschnitt für Sonja Kronen.

Ohne recht zu bemerken, was um sie herum vorging, lief sie durch die Straßen, die sich mit fortschreitender Zeit mehr und mehr belebten. Zuletzt stand sie vor einem mittelgroßen Schaufenster und atmete tief ein, so daß sich unter ihrer Bluse die dort beheimatete, süße, allseits begehrte Brust in noch hübscherer Form und noch wahrnehmbarerem Ausmaß regte. Das bemerkte ein relativ junger Bürger der Stadt, der um diese Zeit eigentlich auch noch nicht auf die Straße gehörte, dessen Angewohnheit es aber war, vor Beginn seines Tageswerkes schon einen flotten Morgenspaziergang zu machen, um sich körperlich in Form zu bringen und zu halten.

Sonja Kronen atmete also tief ein. Sie konnte dies in dem stolzen Bewußtsein tun, eine Stufe dessen erreicht zu haben, was man im allgemeinen das Ziel des Lebens nennt. Dort nämlich, über dem Fenster, stand es seit gestern abend in großen Buchstaben

MODESALON SONJA

Ein eigenes Geschäft...

Sein eigener Herr (beziehungsweise: Dame) sein...

Einen Salon besitzen, in dem die Fantasie und die Schönheit regierten, die Eleganz und der gute Geschmack, das Geld der feinen Leute und deren Launen...

Einen Salon aber auch sein eigen nennen, der oft genug zur Geburtsstätte schlafloser Nächte zu werden versprach, wenn ein Kleid wieder in neuer Rekordzeit gemacht werden sollte, weil die Interessentin entweder darauf bestand, oder vom Kauf zurücktrat. Doch was wollen solche Nächte schon besagen?

Mit einem glücklichen, fast kindlichen Lächeln blickte Sonja in ihre Schaufenster. Erreicht, sagte sie sich, endlich erreicht. Wie oft hast du davon geträumt, Sonja, wie oft hast du dir in den vergangenen Jahren, in denen du für andere gearbeitet hast, vorgesagt: Einmal, Sonja, wirst auch du ein solches Geschäft haben und zeigen können, was mit dir los ist...

Und nun war es also soweit. Unbeugsames Zielstreben, große Sparsamkeit, eine kleine Erbschaft vor einem halben Jahr, verständnisvolles Entgegenkommen einzelner Firmen und Vertreter, zuletzt auch noch ein Kredit eines entfernten Onkels – all das hatte zusammengewirkt, um einen Traum Wirklichkeit werden zu lassen...

Kritisch musterte Sonja ihre eigene Auslage. Dort ein schwarzes, glockiges Kleid mit einer Brokatstickerei... im Hintergrund ein Sommerkleid, luftig, leicht... und dort, in der linken Ecke, ein Tanzkleid aus weißem Chiffon. Alles Kleider, die sie selbst entworfen, am eigenen Körper anprobiert und mit eigener Hand genäht hatte. Sie sollten die Kundinnen anlocken und einen Eindruck von dem vermitteln, was die unbekannte junge Sonja Kronen mit ihren 24 Jahren schon zu leisten vermochte.

Was noch fehlt im Fenster, dachte sie, sind die Preise. Die mußte ich mir erst in der vergangenen Nacht noch überlegen. Wie mache ich's am besten? Wie steige ich ein? Teuer? Billig? In der Mitte?

So in der Mitte, hatte sie sich vernünftigerweise entschieden.

Sie wollte sich der Ladentür zuwenden, als sie halb hinter, halb neben sich eine Stimme hörte.

»Entzückende Sachen, wie?« sagte diese Stimme, und sie klang tief und kraftvoll, allerdings auch spöttisch. »Nur scheint die Besitzerin – diese Sonja – nichts von gesetzlichen Vorschriften zu halten.«

»So?« meinte Sonja kurz und drehte sich halb um. Sie

sah einen großen, gut angezogenen Mann, der sie mit seinen hellen Augen freundlich anblickte. Er war schlank, hatte ein schmales Gesicht und tadellose weiße Zähne, die man sehen konnte, da er lächelte. Der Morgenwind, der wehte, hatte ihm die Haare ein bißchen zerzaust, was ihm ein jungenhaftes Aussehen verlieh. Im übrigen war er ja auch keineswegs schon alt... so um die dreißig herum, schätzungsweise.

»Das müßte man ihr sagen«, erklärte er.

»Wem?« fragte Sonja.

»Dieser Sonja.«

»Und was?«

»Das sie sich strafbar gemacht hat.«

»Inwiefern?«

»Bei uns in Deutschland müssen Waren im Schaufenster mit Preisetiketten versehen sein. Wer dagegen verstößt, dem droht zumindest ein saftiges Bußgeld.«

Ein Schreck durchfuhr Sonja Kronen. Kam der Mann vom Gewerbeamt? Oder war er gar ein Polizeibeamter in Zivil?

»Wissen Sie«, sagte Sonja rasch, »die Unterlassungssünde hier kann darauf zurückzuführen sein, daß das Geschäft brandneu ist und die deshalb noch nicht ganz auf dem laufenden sind. Die werden das bestimmt ganz rasch nachholen.«

»Der Laden ist neu?«

Der Audruck gefiel Sonja nicht. Es liege etwas Abwertendes darin, fand sie, zwang sich aber weiterhin zu einer freundlichen Miene, mit der sie die Frage bejahte.

Daraufhin meinte der Mann: »Ich kenne das Viertel hier zu wenig. Aber Sie scheinen Bescheid zu wissen?«

»Das Geschäft«, antwortete Sonja mit einer gewissen Betonung, »wird heute eröffnet...«

»Auch darauf fehlt ein Hinweis«, fiel der Mann ein.

»...und man hat gestern noch letzte Hand an die Einrichtung gelegt.«

»Ich nehme an, meine Vermutung trifft zu, daß Sie hier

in der Nähe wohnen, weil Sie das alles so genau beobachtet haben?«

»Ja, ich wohne hier in der Nähe«, gab Sonja der Wahrheit die Ehre.

»Und Sie würden sich also, vermute ich ebenfalls, gerne eines dieser Kleider« – er nickte hin zum Schaufenster – »kaufen?«

»Nein, ganz und gar nicht«, widersprach Sonja spontan und fügte in Gedanken hinzu: Im Gegenteil, mein Lieber, *ver*kaufen möchte ich möglichst rasch jedes.

Die Verwunderung des Mannes schien groß zu sein.

»Ein weibliches Wesen«, sagte er kopfschüttelnd, »das solche Kleider sieht und nicht den Wunsch verspürt, sie zu besitzen, ist mir absolut neu. Sind Sie nicht normal? Verzeihen Sie«, erschrak er über sich selbst, »diese Frage; sie ist mir herausgerutscht. Aber ich interessiere mich für Ausnahmemenschen.«

Sonja lachte, dann erwiderte sie: »Sie sagten ›*solche* Kleider‹. Das klingt, als ob sie Ihnen auch gefallen würden.«

»Sehr sogar.«

»Verstehen Sie etwas von Mode?«

»Nein.«

»Und trotzdem sagen Sie –«

»Ich sage immer nur«, unterbrach er sie, »daß mir ein Kleid gefällt oder nicht. Warum das so oder anders ist, weiß ich im einzelnen nicht zu erklären.«

»Aber jedenfalls scheinen Sie Geschmack zu haben«, lobte ihn Sonja, mit dem Finger auf das ganze Schaufenster und alles, was es enthielt, zeigend. »Im Urteil darüber stimmen wir beide überein.«

Der Mann trat zwei Schritte zurück, ließ seinen Blick über die Fassade des kleinen, neuen Ladens gleiten und meinte dann achselzuckend: »Trotzdem kann mir die nur leid tun.«

»Wer?«

»Diese Sonja.«

»Warum?«

»Solche Dinger« – damit meinte er das Geschäft – »schießen doch heute wie Pilze aus dem Boden. Genauso schnell wie sie aufgemacht werden, werden sie aber auch wieder zugemacht. Das erleben wir doch am laufenden Band. Diesbezüglich wird sich diese Neugründung hier nicht unterscheiden von tausend anderen. Deshalb bin ich der Meinung, daß die jungen Leute, die meistens dahinterstecken, alle nicht ganz dicht sind, um es grob zu sagen.«

Mit den Sympathien, die sich in Sonja für den gutaussehenden, vermeintlich auch intelligenten Unbekannten schon geregt hatten, war es nun natürlich wieder vorbei. Noch empfahl es sich aber für das Mädchen, nicht bissig zu werden oder das Gespräch brüsk abzubrechen, wußte sie doch immer noch nicht, wen sie vor sich hatte.

»Ich gebe Ihnen einen guten Rat«, fuhr der Mann nach kurzer Pause fort, »warten Sie zwei, drei Monate, dann findet hier der berühmte ›Räumungsverkauf wegen Geschäftsaufgabe‹ statt und Sie können jedes Stück, das Sie haben wollen, um weniger als die Hälfte kriegen.«

»Mit Sicherheit nicht!« stieß Sonja Kronen nun doch rasch hervor.

»Wetten?«

Sonja mußte sich sehr bezähmen, um nicht etwas ganz anderes zu sagen als: »Nein, ich wette nicht.«

»Schade«, grinste er, »ich hätte gern wieder einmal eine Flasche Wein, die mich nichts kostet, getrunken.«

Sonja schwieg.

»Natürlich mit Ihnen zusammen«, setzte er hinzu. Es war der bekannte Vorstoß, mit dem ein Mädchen wie Sonja Kronen seit Jahr und Tag vertraut war. »Sogar auch auf meine Kosten.«

Sie machte sich die Antwort einfach.

»Ich trinke keinen Wein.«

»Es könnte auch Sekt sein.«

»Nein.«

»Oder eine Tasse Kaffee.«

»Auch nicht.«

Damit war der Fall klar.

»Ich verstehe«, sagte der Mann. »Sie trinken zwar durchaus Wein oder Sekt und Kaffee – aber nicht mit mir!«

Sonja sagte dazu nichts, aber man kennt ja das Sprichwort, daß keine Antwort auch eine Antwort ist.

Während des ganzen Gesprächs der beiden war um sie ein Hund herumgestrichen, ein lebhaftes, struppiges Tier, das dazu geeignet war, einem einige unlösbare Rätsel aufzugeben: als erstes und größtes die Frage nach der Rasse, auf die es keine Antwort gab – oder acht bis zehn Antworten in einem Bündel. Sogar die beiden Ohren wichen so weit voneinander ab, daß das linke auf eine Ahnenreihe ungarischer Hirtenhunde und das rechte auf eine von Dackeln schließen konnte. Ein zweites Rätsel war, wie ein solches Tier, dem es an jedem Recht zum Leben fehlte, dazu gebracht haben konnte, gut gehalten zu werden. Letzteres war nämlich sehr wohl zu erkennen. Das Tier machte einen durchaus gepflegten Eindruck, es war gut genährt, sein Fell zeigte jedem, daß es regelmäßig gewaschen und gebürstet wurde. Der Name des Edelgeschöpfes lautete, wie sich rasch herausstellen sollte, Moritz.

Ein Auto näherte sich und mußte bremsen, weil der Hund, nachdem ihm der Bürgersteig offenbar nichts Neues mehr hatte bieten können, auf den Fahrdamm hintergelaufen war, um ihn da und dort zu beschnuppern. Die Reifen quietschten. Ein solches Geräusch ruft bei allen immer die gleiche Reaktion hervor.

Sonja Kronen und der Mann neben ihr drehten sich erschrocken um. Der Hund hatte sich mit einem Sprung auf das Trottoir schon in Sicherheit gebracht.

»Moritz!« rief der Mann scharf. »Kommst du her!«

Der Hund gehorchte, legte jedoch dabei keine besondere Eile an den Tag. Furcht schien er also vor seinem Herrn nicht zu empfinden.

»Wie oft habe ich dir schon gesagt, wo du zu bleiben hast!« wurde er geschimpft. »Glaube ja nicht, daß ich für dich notfalls auch noch den Tierarzt oder den Abdecker bezahle!«

Zwischen den beiden schien ein rauher Ton zu herrschen.

Moritz nahm sich das nach Hundeart zu Herzen, er schwänzelte fröhlich. Sonja Kronen sah zu. Die Miene, mit der sie den Hund betrachtete, brachte sehr gemischte Gefühle zum Ausdruck.

»Gehört der Ihnen?« fragte sie den Mann, der ihr über das, was er über ihre Geschäftsaussichten gesagt hatte, reichlich unsympathisch geworden war.

»Leider.«

»Wieso leider? Mögen Sie ihn nicht?«

»Ich hasse ihn.«

Das kann jeder verstehen, der das Scheusal sieht, dachte Sonja. In ihr meldete sich aber ein anderer Impuls, der sie hervorstoßen ließ: »Das arme Tier!«

»Arm?«

»Man kann sich vorstellen, welches Leben es bei Ihnen hat.«

Sonja verstand nichts von Hundepflege und vom Verhalten eines Hundes gegenüber seinem Herrn, sonst hätte sie so etwas nicht gesagt. Sie glaubte auf einen Fall von Tierquälerei gestoßen zu sein, und das machte sie aggressiv. Ab sofort war es ihr auch egal, ob der Mann von einer Behörde kam oder nicht. Um an ihrem prinzipiellen Standpunkt, der hier zum Ausdruck gebracht werden mußte, keinen Zweifel zu lassen, sagte sie: »Ein Tier braucht Liebe und keinen Haß.«

»Das habe ich schon mal gehört«, antwortete der Mann.

Moritz spitzte seine zwei ganz verschiedenen Ohren. Aufmerksam verfolgte er den Dialog, der hier geführt wurde. Er spürte, daß es um ihn ging.

Sein Besitzer hätte ihm am liebsten zugezwinkert. Moritz bot ihm Gelegenheit, mit dem Mädchen vielleicht doch noch in Kontakt zu kommen, indem er versuchen würde, auf einer neuen Ebene Interesse für sich zu erwecken – wenn auch ein negatives Interesse. Ein negatives Interesse schien ihm besser als gar keines.

»Was machen Sie denn mit dem Hund, wenn Sie in Urlaub fahren?« fragte Sonja.

»Wieso?«

»Man liest doch immer wieder in der Zeitung, daß dann solche unglücklichen Geschöpfe einfach ausgesetzt werden.«

»Aber man liest auch, daß in solchen Fällen der Tierschutzverein einzuspringen pflegt.«

Dafür erntete der Mann nur noch wortlose Verachtung. Der stumme Blick, mit dem ihn Sonja musterte, sprach Bände.

Moritz entdeckte auf dem Fahrdamm ein paar Spatzen, die sich dort aus unerfindlichen Gründen niedergelassen hatten. Vielleicht lag ihnen das noch im Blut ihrer Ahnen, denen Straßen noch Speisetische, reichgedeckt mit Pferdemist, waren.

Ein scharfer Ruf: »Moritz!«

Die Absicht des Hundes war durchschaut worden.

»Du bleibst hier!«

»Wissen Sie«, wandte sich der Besitzer dann wieder an Sonja, »ich möchte mir wirklich die Kosten für einen Tierarzt oder den Abdecker ersparen.«

In ihrer Erbitterung sagte Sonja: »Vielleicht wäre für den Hund ein rascher Tod die beste Lösung.«

»Meinen Sie?«

»Soll ich Ihnen ganz offen sagen, was ich meine?«

»Ja.«

»Ich meine, daß Sie keinen Tag mehr zögern sollten, den Hund zum Tierschutzverein zu bringen.«

»Die nehmen ihn nicht, so ohne Gründe. Und die andere Möglichkeit, an die Sie mich erinnert haben – die im Zusammenhang mit dem Urlaub –, ist mir für heuer schon verbaut.«

»Sie wollen damit sagen«, entgegnete Sonja ergrimmt, »daß Sie in diesem Jahr schon in Urlaub waren?«
»Richtig.«
»Und was geschah in dieser Zeit mit Ihrem Hund? Das würde mich interessieren.«
»Da hatte ich ihn noch gar nicht.«
»Ein Glück für das Tier!«
»Der Urlaub war sogar die Zeit, in der das Vieh in meinen Besitz kam – absolut ungewollt natürlich. Muß ich das extra betonen?«
»Nein, das müssen Sie nicht betonen, das ist mir klar.«
»Ich weiß noch nicht einmal, wie das Scheusal ursprünglich hieß.«
Sonjas Augen funkelten.
»Scheusal! Vieh! Diese Ausdrücke richten Sie selbst!«
Der Gescholtene zeigte auf Moritz.
»Sehen Sie ihn sich doch an. Habe ich nicht recht?«
Moritz wedelte verstärkt mit dem Schweif. Es war ihm klar, daß es mit wachsender Intensität um ihn ging.
»Daß Sie ihn Moritz heißen«, fuhr Sonja fort, »ist also auch noch ein Willkürakt von Ihnen.«
»Weil ich nicht weiß, wiederhole ich, wie er ursprünglich hieß.«
»Und warum wissen Sie das nicht?«
»Er ist mir zugelaufen.«
»Wo?«
»In Palermo.«
In Palermo? Sonja verstummte vorübergehend. Sie hatte auch schon zwei Wochen auf Sizilien verbracht und streunende Hunde dort gesehen. Die befanden sich in einem anderen Zustand als Moritz. Offenbar hatte dessen Besitzer jemanden, der das Tier in ausreichendem Maße fütterte und es mit Wasser und Seife in Berührung brachte. Sonja steckte ein bißchen zurück. Während ihr diese Gedanken durch den Kopf gingen, berichtete der Mann, dem Moritz gehörte, wie das damals zugegangen war.

»Ich saß in einem Strandcafé, im Freien natürlich, inmitten von Einheimischen, und wollte eine Kleinigkeit essen. Plötzlich jaulte ein Hund. Ich muß Ihnen nicht sagen, welcher. Er bettelte und hatte einen Fußtritt bekommen. Dann jaulte er wieder. Der zweite Fußtritt... der dritte... der vierte. Steinwürfe wechselten ab mit Fußtritten. Aber solche Köter sind zäh, das kann ich Ihnen sagen. Trotz allem stand er schließlich auch vor mir. Insgeheim hatte ich nicht die geringste Absicht, ihm etwas anderes zukommen zu lassen als ebenfalls einen Fußtritt. Doch das erlaubte mir die Situation nicht. Ich habe Ihnen schon gesagt, wer die Leute in meiner Umgebung waren: alles Einheimische. Und ich der einzige Deutsche. Wissen Sie, dort unten, das ist so weit entfernt, daß sich das noch zutragen kann. In Bibione ist das Umgekehrte die Regel. Dort stoßen Sie auf einen einzigen Italiener zwischen zehntausend Deutschen. In Palermo nicht. Was habe ich damals, im entscheidenden Moment, gemacht? Ich wußte, was ich meiner Nation schuldig bin, versagte mir den Fußtritt und warf statt dessen dem Hund ein Stückchen von meinem Teller, den mir der Ober kurz zuvor gebracht hatte, hin. Und damit war der nichtwiedergutzumachende Fehler, den ich mir erst verzeihen kann, wenn Moritz das Zeitliche gesegnet haben wird, auch schon geschehen. Warnschreie drangen an mein Ohr – zu spät. Sehen Sie, die Leute dort wissen schon, warum sie sich für die sizilianische Mentalität entschieden haben und nicht für die unsere. Einer der Gründe sind die streunenden Hunde dort. Mein Fehler bewirkte sehr rasch, daß ich noch zweimal den Ober in Anspruch nehmen mußte und mich schließlich trotzdem vollkommen ungesättigt vom Tisch erhob, um in einem anderen Lokal mein Glück zu versuchen. Vergebliches Unterfangen. Mein Kostgänger wich mir nicht mehr von der Seite, auch nicht, als sein Hunger gestillt war und nur noch mir der Magen knurrte. Ich konnte machen, was ich wollte. Das Verhalten des Hundes war ein zukunftsorientiertes, wissen Sie, er sah nicht nur die

Gegenwart. Am Abend jenes Tages versprach ich mir die Lösung meines Problems von meinem Hotel, in das keine Hunde hineingelassen wurden. Wer aber lag am nächsten Morgen vor dem Portal und erwartete mich? ER. Wer verleidete mir wieder den ganzen Tag? ER. Ich bestellte mir überhaupt nichts mehr zum Essen, um ihm auf diese Weise die Trennung von mir leichter zu machen. Wer hungerte mit mir? ER. Wer kapitulierte eher? ICH. Zum Glück war das schon gegen Ende meines Urlaubs. Doch wer legte sich, als ich mich heimwärts wenden wollte, vor mein Auto? ER. Sie werden das nicht glauben wollen, aber ich schwöre Ihnen, es ist die reine Wahrheit: Der Hund hätte sich überfahren lassen. Können Sie sich meine Wut vorstellen? Meinen Haß?«

Sonja Kronen, die schon länger nicht mehr wußte, was sie von dem Ganzen halten sollte, sagte dennoch giftig: »Sicher, das kann ich mir sehr gut vorstellen, von Ihnen schon! Ich aber wäre zu Tränen gerührt gewesen von einem solchen Ausmaß an Treue!«

»Sie wären etwas ganz anderes gewesen. Der Köter wimmelte nämlich von Flöhen. Ich merkte das sehr schnell während der Fahrt. Das ganze Wageninnere –«

»Sie haben ihn mitgenommen?« unterbrach Sonja.

»Sonst wäre er nicht hier. Er hätte sich ja, wie ich schon sagte, eher überfahren lassen, und das wollte ich auch wieder nicht. Warum nicht? werden Sie sich fragen. Tierliebe scheidet doch bei mir aus? Richtig. Der Grund war der, daß mir sozusagen erneut meine Nation im Wege stand. Wieder waren nämlich Einheimische in der Nähe. Unterwegs aber, als die Flöhe in Scharen auf mich überwechselten, war es endgültig aus. Ich machte der Sache ein Ende, indem der Hund in den Kofferraum mußte und die Koffer ins Wageninnere. Warum ich mich des Hundes nicht an einer einsamen Stelle entledigt habe? werden Sie sich wieder fragen. Weil das nicht nötig war. Damit mußte ich mir nicht selbst die Hände schmutzig machen. Ich hatte nämlich eine Idee, folgende: Warte nur, du Mißgeburt, dachte ich, bis wir an der Grenze sind und dich die deutschen Zollbeamten entdecken. Ohne Impfschein gegen Tollwut oder was weiß ich kommst du bei denen nicht durch. Die holen dich raus aus meinem Auto, und damit ist der Fall für mich erledigt. Dann kannst du sehen, wie du zurück nach Sizilien kommst. Voraussetzung für das Ganze ist nur, daß die mich nicht einfach durchwinken, sondern kontrollieren. Das muß ich erreichen. Und wie? Lächerlich, dachte ich, gibt's etwas, das leichter zu bewerkstelligen ist? Am Brenner winkten mich dann die Italiener und Österreicher tatsächlich durch. Erwartungsgemäß, möchte ich fast sagen. Aber die Deutschen, die waren korrekt. Jeder Wagen mußte anhalten und wurde gefragt: ›Haben Sie etwas zu verzollen?‹ Mit undurchdringlicher Miene, die ich mir zurechtgelegt hatte, antwortete ich: ›Ja, Heroin.‹ – ›Sicher‹, nickte der Beamte grinsend, ›im Kofferraum, nicht? Ganz offen, nicht?‹ Aber das war noch nicht alles. Er winkte, ich sollte weiterfahren. ›Sehen Sie doch nach‹, bat ich ihn. ›Kommen Sie, stehlen Sie uns nicht unsere Zeit‹, erwiderte er. ›Ich stehle sie Ihnen keineswegs‹, versicherte ich ihm. Der Schweiß brach mir aus. Ein Hupkonzert begann hinter mir. Da wurde er ungemütlich. ›Fahren Sie weiter, verdammt noch mal, halten Sie nicht den ganzen Verkehr hier auf!‹ Was blieb mir übrig? Der behördlichen Anordnung war Folge zu leisten. Sehen Sie, mein Fräulein, so hat Moritz seine Staatsbürgerschaft gewechselt. Ich war einfach machtlos dagegen.«

Nun war es also sonnenklar, wer hier auf den Arm genommen wurde.

»Sie machen sich lustig über mich«, sagte Sonja Kronen, zeigte jedoch dabei keine beleidigte Miene, sondern lächelte.

»Wenn Sie diesen Eindruck hatten, bitte ich um Verzeihung.«

Moritz blickte mit erhobenem Kopf hinauf zu Sonja und ließ seine Augen sprechen. Seinen Schwanz natürlich auch.

»Sehen Sie«, sagte sein Besitzer, »er schließt sich meiner Bitte an.«

Der Blick des Hundes blieb nicht ohne Effekt. Sonja ließ ihn auf sich wirken.

»Ein lieber Kerl«, sagte sie nach einem Weilchen.

»Wollen Sie ihn haben?«

Mit einem Schlag war das Eis, das schon geschmolzen schien, wieder da.

»Sie würden ihn so ohne weiteres hergeben?« entgegnete Sonja entrüstet.

»Nicht ganz.«

»Was heißt das?«

»Wir könnten ihn uns teilen.«

»Ach was.«

»Im Ernst.«

»Wie stellen Sie sich das vor? Der Hund eine Woche bei Ihnen, dann eine bei mir... und so weiter?«

»Nein, so stelle ich mir das nicht vor.«

»Wie denn sonst?«

»Denken Sie einmal darüber nach.«

Schweigen trat ein. Ist der verrückt? fragte sich Sonja. Sollte das ein gewisser Vorschlag von ihm sein? Mit ihm zusammenzuziehen? Oder gar ein Antrag? Eine feste Bindung einzugehen? Wenn er das denkt, dann *ist* er verrückt!

»Ich muß jetzt gehen«, sagte sie.

»Wohin?«

Sie blickte ihn abweisend an.

»Verzeihen Sie«, meinte er daraufhin, »ich frage Sie, weil ich Sie gerne noch ein Stückchen begleiten möchte.«

»Das geht nicht.«

»Warum?«

»Ich will in das Geschäft hier.«

Der Mann zeigte überrascht auf den Laden, vor dem sie standen.

»In dieses?«

»Ja.«

Er blickte auf seine Armbanduhr.

»Zu früh«, sagte er. »Die haben alle noch geschlossen.«

»Ich komme trotzdem rein, ich muß nur klopfen.«

Sein Erstaunen wuchs. Das kam in seiner Miene zum Ausdruck.

»Da ist eine Freundin von mir drinnen, die öffnet«, fuhr Sonja fort. »Auf Wiedersehen«, setzte sie, deutlich werdend, hinzu.

»Ich komme mit«, erklärte jedoch ungeachtet dessen der Mann.

Sonja rührte sich nicht vom Fleck. Den beiden voraus hatte sich aber Moritz schon in Bewegung gesetzt und sich zur Tür begeben. Er schien genau zu wissen, wie die Dinge hier weiterliefen.

»Ich möchte ihrer Freundin sagen«, begründete der Mann seinen Entschluß, noch nicht von Sonjas Seite weichend, »daß die Preisschilder in die Auslage müssen.«

Also doch! Der Mann kam von der Behörde. Sonja Kronen hatte sich nicht getäuscht. Ihre ursprüngliche Befürchtung hatte neue Nahrung bekommen.

»Das kann ich ja auch erledigen«, meinte sie.

»Nein«, erwiderte er, »das Urheberrecht habe ich. Ich war hier der erste, der den Verstoß entdeckte und auch Sie, wenn Sie sich recht erinnern, auf ihn aufmerksam machte.«

Sonja seufzte innerlich. Nichts zu machen. Der Kerl war nicht abzuwimmeln.

Ich muß nun das Theater, dachte sie, das sich von Anfang an so entwickelt hat, ohne daß ich es korrigiert hätte, durchstehen bis zum hoffentlich glücklichen Ende. Aber wie? Wie kann ich Vera die nötigen Zeichen geben?

Die Situation war sehr, sehr schwierig. Sie drängte. Da sprang Moritz als rettender Engel ein. Ein unwiderstehlicher Duft am Türpfosten veranlaßte ihn dazu, sein Bein zu heben...

Ein kleiner, aber dennoch schriller Schrei aus Sonjas Kehle: »Moritz!«

Fast zugleich ein zweiter, allerdings wesentlich dunkler getönter: »Moritz!«

Moritz zögerte.

»Verdammter Köter«, fuhr die dunkle Stimme fort, »läßt du das! Weg da! Aber dalli! Ich mach' das nicht mehr lange mit dir, das schwöre ich bei allen Heiligen!«

Äußerst widerstrebend senkte Moritz das Bein und sah sich nach einem Baum um, an dem er seinem Drang, der nun schon einmal wachgerufen war, nachgeben konnte. Bäume standen jedoch nur auf der gegenüberliegenden Straßenseite. In Sizilien, dachte Moritz, war eben manches doch einfacher.

Jedenfalls mußte nun der Besitzer von Moritz warten, bis dieser sein Problem gelöst hatte. Sonja Kronen erblickte darin ihre Chance und handelte rasch. Sie pochte an die Tür, ihr wurde aufgetan, und sie schlüpfte hinein.

»Vera«, sagte sie hastig, »hör zu...«

Vera, ihre Freundin, war ein ganz anderer Typ als sie selbst, wenngleich auch von überdurchschnittlicher Attraktivität. Besaß Sonja blondes Haar, so schimmerte das von Vera pechschwarz. Blickte erstere mit blauen Augen in die Welt, so die zweite mit braunen. War Sonja verhältnismäßig groß und schlank, so Vera klein und zierlich. Sonja besaß ein schmales Gesicht, Vera ein rundes, Sonja eine helle Haut, Vera eine dunklere, die das ganze Jahr über gebräunt schien. Die Beschreibung der beiden läßt schon ahnen, daß Vera die lebhaftere war, was jedoch beileibe nicht hieß, daß bei Sonja ein Mangel an Temperament zu beklagen gewesen wäre. O nein, Sonjas Temperament lag nur mehr im verborgenen.

Die beiden Mädchen waren dicke Freundinnen. Vera arbeitete bei einem Filmverleih. Die Männer liefen auch ihr nach und hatten es diesbezüglich nicht ganz so schwer wie bei Sonja. Sie hatte gerade Urlaub und deshalb war es für sie selbstverständlich gewesen, Sonja bei der Einrichtung des Geschäfts, besonders in den letzten, auf Hochtouren laufenden Tagen, behilflich gewesen zu sein. Da sie außerhalb der Stadt wohnte, hatte sie sogar auf einer Liege im Geschäft geschlafen und gerade ihre Toilette beendet, als sie vom Pochen Sonjas an die Tür gerufen wurde.

Sonja berichtete ihr in hastigen Worten, daß gleich ein Mann, wahrscheinlich einer vom Gewerbeamt, hereinkommen und wegen der fehlenden Preisetiketten im Schaufenster herummotzen werde. Das könne unangenehm werden, deshalb sei es nötig, daß der Mann von ihr, Vera, mit Charme besänftigt werde. Er dürfe auf keinen Fall wissen, daß sie, Sonja, die Besitzerin des Geschäfts sei. Einen Hund habe er auch bei sich.

»Warum«, fragte Vera verwundert, »darf der nicht wissen, daß du die Besitzerin des Geschäfts bist?«

»Das erkläre ich dir später«, antwortete Sonja, immer wieder zur Tür blickend.

»Aber *ich* kann mich doch nicht als die Inhaberin ausgeben, Sonja.«

»Das mußt du auch nicht. Sag einfach, die käme erst.«

Das war ein Weg, ja. Vera nickte.

»Einen Hund, sagst du, hat der bei sich?« fragte sie.

»Ja.«

»Komisch.«

»Finde ich auch. Die Beamten werden anscheinend immer merkwürdiger.«

»In Ausübung seines Dienstes hat der einen Hund bei sich? Ist der verrückt?«

»Ich weiß auch nicht. Einen verrückten Eindruck machte er mir allerdings schon.«

»Wieso?«

»Das erzähle ich dir auch später. Vergiß auf keinen Fall, ihn zu becircen.«

»Mit meinem Charme, sagtest du?«

»Und deinem Sex-Appeal.«

Das schien Vera zuviel verlangt.

»Nee, nee«, wehrte sie ab, »keinen verknöcherten alten Beamten. Diese Säcke sind nicht mein Fall.«

»Warte nur ab.«
»Wieso? Ist der etwa ein anderer Typ?«
»Warte nur ab«, wiederholte Sonja.
»Du machst mich neugierig. Wie sieht er denn aus?«
Sonja blickte wieder einmal zur Tür, die in diesem Moment aufging.
»Da kommt er ja schon«, raunte sie Vera zu.
Als erster drängte aber Moritz über die Schwelle und lief auf Sonja zu, die er bereits kannte. Dann beäugte er Vera. Sein Schwanzwedeln hielt sich dabei aber in Grenzen. Von diesem Weib schien ihm wenig zu erwarten zu sein. Und richtig, das bestätigte sich auch gleich.
»Was ist denn das?« fragte Vera gedehnt. »Ein Hund?«
Moritz wandte sich ab.
»Guten Morgen«, sagte sein Besitzer zu Vera. Der Wandel in ihr vollzog sich blitzartig. »Guten Morgen«, erwiderte sie mit einer ganz anderen Miene als derjenigen, welcher soeben noch Moritz teilhaftig geworden war.
Napoleon soll, als er Goethes ansichtig wurde, ausgerufen haben: »Voilà! Un homme!« (Ob mit oder ohne Rufzeichen, wurde nicht zuverlässig überliefert. Die Franzosen sagen ohne, die Deutschen mit.)
Jedenfalls fehlte nicht viel und Vera hätte etwas Ähnliches von sich gegeben. Fürwahr, ein Mann! Mit Rufzeichen.
»Sind Sie die Besitzerin?« fragte er Vera.
»Nein«, antwortete Vera mit strahlendem Lächeln.
»Nicht? Kommt die erst?«
»Nein, sie ist schon da...«
Sonja zuckte zusammen.
»...aber im Moment nicht zu sprechen«, ergänzte Vera.
»Ihnen wird Ihre Freundin hier«, fuhr der Mann fort, »schon mitgeteilt haben, um was es geht.«
»Nein«, log Vera mit schelmischem Augenaufschlag.
»Im Schaufenster wurden die Preise vergessen«, erklärte er. »Sagen Sie das Ihrer Chefin. Das könnte sie nämlich in Schwierigkeiten bringen.«

»Mache ich«, versprach Vera mit lockendem Mund, »obwohl ich nicht glaube, daß ich ihr das noch extra sagen muß.«

»Sie meinen, es sei ihr in der Zwischenzeit schon selbst eingefallen?«

»Sicher.«

»Vera«, mischte sich Sonja ein, »wie ich dich kenne, wirst du das dann zusammen mit der Inhaberin sofort erledigen.«

»Sofort«, nickte Vera, blickte jedoch dabei nicht Sonja an, sondern den fremden Mann, und zwar mit einem Ausdruck, dem ganz deutlich zu entnehmen war, daß sie in ihr Versprechen gerne auch noch anderes mit einbezogen hätte.

»Na gut«, sagte er, »dann wäre es ja gewährleistet, daß da nicht einer einhaken kann. Die Kerle sind nämlich fies.«

»Wer?« stießen Sonja und Vera gleichzeitig hervor.

»Die vom Gewerbeamt.«

Die beiden Mädchen blickten erst ihn, dann sich gegenseitig an.

»Auch die Konkurrenz nimmt natürlich eine solche Gelegenheit gern wahr und erstattet mit Vergnügen Anzeige«, fuhr er fort.

Als erste faßte sich Vera. Sie fragte ihn: »Von welchem Amt sind denn Sie?«

»Ich?«

»Ja.«

»Wie kommen Sie zu der Annahme, daß ich von einem Amt bin?«

»Sind Sie das denn nicht?«

»Nie im Leben.«

Eine kleine Pause entstand, dann platzten alle drei mit ihrem Lachen heraus. Auch Moritz steuerte eine vergnügte Miene bei, nachdem er die Untersuchung der ganzen Ladenfläche, von der er zwischenzeitlich in Anspruch genommen worden war, abgebrochen hatte. Das machte hier nicht den richtigen Spaß. Es fehlten die wundervollen sizilianischen Gerüche, angefangen mit dem Knoblauch, egal in welchem Geschäft, auch in Modehäusern.

»Moritz«, sagte dessen Besitzer zu ihm, »man hatte Angst vor uns, stell dir das vor.«

Die Antwort des Hundes bestand darin, daß er zur Tür schaute. Komm, hieß das, laß uns abhauen; das reicht jetzt hier.

»Ehrlich gesagt«, meinte Vera, »fiel es mir auch schwer, Sie für einen Menschen zu halten, der uns verfolgen will.«

»Wer hat Sie denn auf diese Idee gebracht?« erwiderte der Mann.

Vera nickte zu Sonja hin.

»Sie.«

»Per Gedankenübertragung?« fragte er.

»Wieso?«

Er grinste.

»Sie sagten doch, Sie beide hätten, ehe ich erschien, über nichts dergleichen gesprochen?«

»Und sie haben das geglaubt?«

»Keinen Augenblick.«

Wieder lachten sie zu dritt, diesmal allerdings ohne jegliche Beteiligung des Hundes. Moritz trottete zur Tür. Er hatte es satt hier.

»Moritz«, ermahnte ihn sein Besitzer, »laß dir Zeit, du hast dich nach mir zu richten.«

»Moritz heißt er?« fragte Vera.

»Ja. Ein elender Köter. Ich sehe es Ihnen an, daß Sie darin mit mir übereinstimmen.«

»Wie kamen Sie auf ›Moritz‹?«

»Das ist eine längere Geschichte«, sagte er feixend. »Als ich einsehen mußte, daß wir beide zusammengeschmiedet waren –«

»Zusammengeschmiedet?« unterbrach ihn Vera.

»Das kann ich dir später auch erzählen«, fiel Sonja ein.

»Nachdem ich das also eingesehen hatte«, fuhr der

Mann fort, »fiel mir nur dieser Name ein. Er kam sozusagen aus mir selbst heraus. Vielleicht genügt Ihnen diese Erklärung schon.«

»Nein, ich verstehe nicht... oder«, unterbrach sich Vera, »heißen Sie etwa auch Moritz?«

Er schüttelte verneinend den Kopf.

»Sondern?« fragte Vera.

»Max.«

Erneutes gemeinsames Gelächter.

Max?... Und wie noch? fragte sich Vera, und Sonja auch. Es blieb jedoch bei ›Max‹ allein. Der Mann hielt eine Ergänzung, die den Mädchen fällig zu sein schien, offenbar für überflüssig; er unterließ sie.

Moritz wurde ungeduldig. Er winselte an der Tür. Sein Besitzer Max, wie er sich nur halb vorgestellt hatte, blickte fragend Sonja an. Das konnte nur heißen: Wollen wir gehen?

»Ich bleibe noch bei meiner Freundin«, sagte Sonja.

Ich wäre nicht so dumm, dachte Vera, als sie das hörte.

Max zuckte die Achseln, zum Zeichen seines Bedauerns.

»Also«, sagte er, »dann darf ich mich verabschieden. Ich wünsche Ihnen gute Geschäfte...« Sagte er dies zu Vera? Oder zu Sonja? Das war nicht zu unterscheiden. »Auf Wiedersehen«, fuhr er fort. »Ich habe mich gefreut, Ihnen zu begegnen.« Und auch dabei blieb unklar: Galt das Sonja? Oder Vera? Oder beiden?

Draußen nahm der Hund, der sich aufführte, als habe er nach zehnjähriger Gefangenschaft in einem finsteren Loch die Freiheit wiedergewonnen, jede Aufmerksamkeit seines Besitzers in Anspruch.

Drinnen sagte Vera zu Sonja: »Du bist ein Schaf.«

»Wieso?«

»Hast du nicht gemerkt, was der wollte?«

»Doch, mit einer von uns ins Bett gehen.«

»Mit dir.«

»Genauso mit dir.«

»Ich hätte nichts dagegen gehabt, aber mir scheint, daß eher du sein Typ gewesen wärst.«

»Das war einer von denen, die überhaupt nichts anderes im Kopf haben, glaub mir. Das Ansinnen, das er mir draußen gestellt hat, hätte er genauso dir gestellt.«

Veras Augen leuchteten auf.

»Welches denn? Erzähle.«

»Erst wenn wir die verflixten Etiketten im Schaufenster haben...«

Moritz und sein Besitzer Max näherten sich – in dieser Reihenfolge – einem kleinen Café, das morgens schon sehr früh öffnete. Moritz lief zielstrebig voraus, er kannte den Weg schon. Beide – Moritz und Max – waren in dem netten kleinen Lokal um diese Zeit jeden Tag Stammgäste. Max war Junggeselle und deshalb darauf angewiesen, außer Haus für die Wohlfahrt seines Leibes zu sorgen. Moritz, gezwungen, im Fahrwasser seines Herrn zu schwimmen, verstand es, sich mit den Kellnern und jedem aus der Küche gut zu stellen. Dadurch gab es für ihn in seiner neuen Heimat das größte Problem nicht, das ihn in seiner alten ständig belastet hatte.

In dem kleinen Café standen sieben kleine Tischchen, und es hieß ›Serail‹. Das war eine gewaltige Hochstapelei, nachdem jeder weiß, daß ›Serail‹ nichts anderes als ›Palast‹ heißt (oder gar: ›Palast des Sultans‹). Hervorragend waren aber der Kaffee und die Brötchen, die den Gästen geboten wurden, und darin sah Max das Entscheidende, dies um so mehr, als sich die Besitzerin auch noch für ihre Preise nicht schämen mußte. Ein alter Mann, der schon Rente bezog, aber ein Zubrot noch vertragen konnte, fungierte als Kellner. Sein Gesundheitszustand erlaubte ihm das. Ein Handikap war, daß er sich ›Greis‹ schrieb. Das Verhältnis, das er mit seinen Stammgästen hatte, schloß es aus, ihn ›Herr Ober‹ zu rufen. Da er aber nicht mehr der Schnellste war, verbot sich auch der ›Herr Greis‹, das in gewissen Momenten und Situationen einen unverträglichen Beigeschmack hätte gewinnen können. Es gab also keine andere Möglichkeit – auch für die jüngeren Stammgäste nicht –, als auf den Vornamen des alten Herrn zurückzugreifen, der Augustin lautete. Manchen ging freilich der nicht leicht über die Lippen.

»Guten Morgen, die Herren«, sagte, wie immer, der alte Kellner, als Max und Moritz erschienen. »Das übliche?«

»Guten Morgen, Herr Augustin«, nickte Max. »Das übliche.«

Die gewohnten Plätze wurden eingenommen, von Max an einem Tisch zwischen den zwei Fenstern des Raumes, von Moritz unter diesem Tisch.

Normalerweise pflegte sich inzwischen der Kellner schon zu entfernen, um aus der kleinen Küche das Erwünschte herbeizuschaffen. Heute aber war das nicht der Fall. Der Kellner blieb stehen und blickte zur Uhr an der Wand. Es war kein diskreter Blick, sondern ein demonstrativer. Herr Augustin glaubte dazu im Recht zu sein.

»Sie müssen entschuldigen, Herr Augustin«, sagte Max. »Wir wurden aufgehalten.«

»Eine gute halbe Stunde«, stellte der Kellner fest.

»Fast eine dreiviertel«, bekannte Max.

»Hoffentlich nichts Unangenehmes?«

Max lächelte.

»Nein, Herr Augustin.«

»Also etwas Angenehmes?«

»Ja, Herr Augustin.«

Der Kellner erwartete nähere Mitteilungen, sah sich aber enttäuscht, denn sein Gast lächelte nur versonnen vor sich hin. Er schien sich ausschweigen zu wollen. Leicht eingeschnappt wandte sich Augustin der Küche zu. Als er mit dem vollen Tablett wiederkehrte, sagte er: »Herr Erdmann hat Sie auch vermißt.«

»Das tut mir leid.«

»Er hätte etwas für Moritz dabeigehabt.«

»Warum hat er es nicht bei Ihnen abgeliefert?«
»Wir wußten ja nicht, ob Sie überhaupt noch kommen.«

Der Hund stand vor dem Kellner und schwänzelte ihn an. Er hatte seinen Platz unter dem Tisch verlassen, als er hörte, daß sein Name gefallen war.

»Eigentlich ist mir diese allgemeine Fürsorge für den Hund sowieso schon etwas zuviel. Er hat auch bei mir sein Auskommen«, sagte Max.

»Soll das heißen, daß Sie auch meine diesbezüglichen Zuwendungen nicht mehr gerne sehen wollen? Ich hoffe das nicht.«

Augustins Stimme hatte einen geradezu aggressiven Tonfall angenommen, obwohl er Kellner war und ihm deshalb so etwas gar nicht zustand.

»Aber nein«, beeilte sich Max zu versichern, »Sie sind eine Ausnahme, Herr Augustin. Ich weiß doch, wie ich mich da bei Ihnen in die Nesseln setzen würde.«

»*Und* bei Moritz«, sagte der Kellner mit Betonung.

Der Hund schwänzelte verstärkt.

»Jaja, ich weiß«, meinte Max lachend, »der und Sie, das ist eine Freundschaft, vor der man sich in acht nehmen muß. Können Sie sich eigentlich noch an den Moment erinnern, in dem Sie ihn zum erstenmal gesehen haben?«

»Nein«, stieß der Kellner abweisend hervor.

»Aber ich, Herr Augustin. Sie waren entsetzt. Alle waren das. Herr Erdmann verlangte einen anderen Tisch und traf auf Ihr vollstes Einverständnis.«

»Sie spielen auf jenen ersten Moment an, in dem Sie selbst von Wolken von Flöhen – *Wolken* sagten Sie – berichteten, gegen die Sie im Auto zu kämpfen gehabt hatten.«

Max betrachtete grinsend seinen Hund.

»Es ist ja immer wieder dasselbe, was ich mit ihm erlebe«, sagte er. »Daran hat sich nichts geändert. Heute erst wieder...«

»Heute morgen?«

»Ja. Zwei jungen Damen ging er durch Mark und Bein, als sie ihn sahen.«

Augustins Interesse nahm eine neue Richtung.

»Steckten die hinter der dreiviertel Stunde, die Sie sich verspäteten?«

»Ja.«

»Sie müssen sehr hübsch gewesen sein.«

»Sind Sie ein Hellseher?« amüsierte sich Max. »Woraus schließen Sie das?«

»Ich kenne Sie, Herr Doktor.«

»Herr Augustin!«

»Bitte?«

»Wie habe ich das zu verstehen? Sehen Sie etwa in mir einen Schürzenjäger oder so was Ähnliches? Ladykiller sagt man heutzutage.«

»Nein, nein, Herr Doktor, ich erlaube mir, in Ihnen einen Mann zu sehen, der seine Zeit nicht häßlichen jungen Damen opfert, die sein ästhetisches Empfinden verletzen.«

»Das haben Sie hübsch gesagt, Herr Augustin, so kann man es gelten lassen. Sie sind ein kluger, lebenserfahrener Mann, Herr Augustin ... und weil Sie das sind«, unterbrach sich Max, »möchte ich Sie um einen Rat bitten. Darf ich das?«

»Aber gerne.«

»Was macht ein junger Mann mit einem ausgeprägten ästhetischen Empfinden, der auf zwei außerordentlich hübsche junge Mädchen stößt, von denen ihm die eine noch besser gefällt als die andere, wenn diese zeigt, daß er überhaupt keinen Anklang bei ihr findet?«

»Was der macht?«

»Ja.«

»Der glaubt das nicht.«

»Doch, doch, der muß das glauben.«

»So?«

»Leider.«

Augustin Greis strich sich nachdenklich über die Stirn.
»Ein schwieriger Fall«, meinte er, »ich muß weit zurückgehen in meinem Leben, bis ich auf einen eigenen Erfahrungsschatz stoße...«
Max ließ ihm Zeit.
Schließlich fragte ihn der Kellner: »Und die andere, was ist mit der?«
»Welche andere?«
»Die zweite der beiden Hübschen. Wenn der ästhetisch empfindende junge Mann bei der Anklang finden würde...«
»Was dann?«
»Dann würde dadurch der Fall einfacher.«
»Wieso?«
»Weil die dann gegen die erste ausgespielt werden könnte. Das hat sich in einer meiner kritischen Phasen damals sehr bewährt.«
Max schüttelte den Kopf.
»Heute gründen sich darauf aber keine Hoffnungen, Herr Augustin.«
»Warum nicht, Herr Doktor?«
»Weil der junge Mann an der zweiten überhaupt kein Interesse nimmt.«
»Muß er doch gar nicht. Wenn nur sie für ihn zu erwärmen wäre...«
Max versetzte sich im Geiste noch einmal zurück in den Laden, in dem er mit Vera gesprochen hatte. Er vergegenwärtigte sich einiges wieder und glaubte daraufhin sagen zu können: »Herr Augustin, diesbezüglich könnte eine gewisse Chance bestehen.«
»Na sehen Sie.«
»Vielen Dank, Herr Augustin.«
»Bitte, Herr Doktor.«
Max wollte sich endlich über sein Frühstück hermachen, aber der Kellner fiel ihm gewissermaßen in den Arm, indem er nach dem Tablett griff, es seinem Gast vor der Nase wegzog und sagte: »Nein, damit nicht mehr. Der

Kaffee muß längst kalt geworden sein. Ich bringe Ihnen frischen.«

»Wenn er kalt ist, dann durch mein Verschulden. Lassen Sie ihn hier.«

»Nein.«

Das war ein kategorisches ›Nein‹. Augustin wandte sich mit dem Tablett ab und forderte nur noch seinen Freund auf, ihn zu begleiten.

»Komm, Moritz«, sagte er, »laß uns mal sehen, was wir für dich heute finden...«

»Das ist ja das Neueste!« rief Max den beiden nach. »Nun wird der Hund auch noch in die Küche mitgenommen! Das ist verboten!«

Wenn er gehofft hatte, damit Beachtung zu finden, sah er sich enttäuscht. Weder Augustin noch Moritz hielten es für nötig, auch nur einen Blick auf Max zurückzuwerfen.

Tage vergingen...

Sonja Kronen bekam es mit der Angst zu tun. Sie hatte ihre geschäftlichen Erwartungen ohnehin gezügelt und nicht erhofft, daß ihr die Leute von der ersten Stunde an die Tür einrennen würden. Doch daß es so zäh werden würde, hatte sie nicht gedacht. In der ersten Woche nach Geschäftseröffnung verkaufte sie nur ein einziges Kleid, dazu ein paar kleinere Sachen: drei Blusen, zwei Pullover, zwei Hosen, Strümpfe.

»Wenn das so weitergeht«, sagte Sonja am Montag der zweiten Woche zu ihrer Freundin und Helferin Vera Lang, »dann bewahrheitet sich die Prophetie von diesem Menschen noch rascher, als er dachte.«

An sich wäre Veras Urlaub schon zu Ende gewesen, aber sie hatte noch ein paar Tage vom Vorjahr gut und sich entschlossen, diese dranzugeben, um Sonja jetzt hauptsächlich seelisch beizustehen.

»Sonja«, erwiderte sie, »ich finde, du hast vorläufig überhaupt keinen Grund, den Mut sinken zu lassen.

Siehst du denn nicht, die Frauen bleiben vor deinem Schaufenster stehen?«
»Aber sie kommen nicht herein.«
»Einige sind schon hereingekommen.«
»Zu wenige.« Sonja fuhr sich mit der Zunge über die trockenen Lippen. »Vera, die größte Gefahr für mich ist, daß ich nur noch eine ganz geringe Summe im Rücken habe, um eine längere Durststrecke zu überstehen. Du wirst denken, das hättest du, liebe Sonja, vorher wissen müssen, wir haben dich alle gewarnt –«
»Sonja, ich –«
»Vera, gib dir keine Mühe, mir etwas vorzumachen. Ich weiß, daß du das in diesem Augenblick denkst. Und du hast ja auch nur allzu recht. Hätte ich nur auf dich gehört!«
»Sonja«, sagte Vera energisch, »hör auf, dich selbst verrückt zu machen. Damit beschwörst du nämlich die Gefahr, von der du sprichst, erst wirklich herauf.«
»Du hättest den hören sollen, als er mir meinen raschen Untergang weissagte.«
»Was interessiert dich der!« antwortete Vera, um ihre deprimierte Freundin aufzumuntern. »Der Idiot soll sich um seinen Hund kümmern, das füllt den aus. Vielleicht hat er zu Hause noch einen. Ein Mensch, der sich mit solchen Kötern umgibt, kann doch von Mode nichts verstehen.«
»Meine Kleider haben ihm gefallen.«
»Um Himmels willen, betone das nicht allzu sehr. In meinen Augen spräche das nur gegen die Kleider.«
Man konnte vom Ladeninneren aus durch die Glasscheibe der Eingangstür hinaus auf die Straße sehen. Es war Spätnachmittag. Der Bürgersteig war voll von Menschen, die von der Arbeit kamen. Zwischen den Leuten hindurch bahnte sich ein Hund seinen Weg, der den beiden Mädchen bekannt hätte vorkommen müssen, wenn sie ihn schon entdeckt hätten. Doch dazu war er noch zu weit entfernt.

»Vera«, sagte Sonja, »es ist doch eigentlich unverantwortlich von mir, zu dulden, daß du dich mir zuliebe hier selbst festnagelst. Mein Geschäftsgang«, setzte sie bitter hinzu, »erfordert das nicht.«

»Rede keinen Unsinn. Mir macht das Spaß. Allerdings vermisse ich schon etwas...«

»Was denn?«

»Daß ich von meiner Chefin auch mal zum Abendessen in ein nettes Lokal eingeladen werde. Das steht heutzutage Mitarbeiterinnen zu. Wenn die Chefin fürchtet, zu knapp bei Kasse zu sein, könnte ich ihr ja –«

»Soweit kommt das noch«, fiel Sonja lachend ein. »Du rackerst dich hier ab und machst dich dafür auch noch finanziell kaputt. Nee, nee, meine Liebe, das muß in meinem Etat schon noch drin sein. Sag mir sofort, wann du Zeit hättest.«

»Zum Abendessen?«

»Ja.«

»Warte mal, laß mich nachdenken... in dieser Woche eigentlich immer... morgen... übermorgen...«

»Morgen und übermorgen ging's bei mir auch«, fiel Sonja ein.

»Sagen wir übermorgen«, entschied Vera, »dann kann ich morgen meiner Mutter noch einen Brief schreiben, auf den sie schon längst wieder Anspruch hat.«

»Gut, Vera, am Mittwoch also.«

»Ich freue mich, Sonja. Wohin gehen wir denn?«

»Das muß ich mir noch überlegen. In Frage käme –«

Sonja brach ab. Ihr Blick, der wieder einmal die Tür gestreift hatte, weitete sich.

»Guck mal«, sagte sie, »das ist doch...«

»Dieser Köter!« fiel Vera ein, die Sonjas Blick gefolgt war.

Die schnuppernde Schnauze von Moritz strich erregt über den Türpfosten. Moritz entsann sich eines wundervollen Dufts, den er jedoch heute vermissen mußte. Das alte Aroma war abgeklungen, ein neues war in der Zwischenzeit nicht hinzugekommen. Trotzdem hob Moritz aus alter Gewohnheit das Bein...

»Nein!« rief Vera und sauste zur Tür. Ehe sie diese erreicht hatte, war aber Moritz wie vom Erdboden verschwunden. Er hatte zehn Meter weiter im Gewühl der Menschenbeine eine unendlich reizvolle Schäferhündin entdeckt, die von einem Polizeibeamten des Weges geführt wurde. Die Hündin ging für Moritz allem anderen vor, deshalb war sogar sein Bein wie von selbst herabgesunken.

Der Polizist und sein Tier kamen ebenso vom Dienst wie die meisten, die zu dieser Stunde den Bürgersteig belebten. Die beiden hatten einen Einbrecher, der am hellichten Tag seinem Broterwerb nachgegangen war, zu stellen versucht, waren jedoch gescheitert, als sich die Spur des Ganoven auf dem Asphalt verloren hatte. Dementsprechend war die Laune des gesetzeshüterischen Duos. Moritz fand mit seinem Auftritt keinen Anklang, er wurde ganz kurz abserviert.

»Hau ab, du Bastard!« bekam er aus dem Mund des Polizisten zu hören.

Die Hündin selbst entblößte knurrend ihr Gebiß, das dem einer sizilianischen Straßenmischung eindeutig überlegen war, jedenfalls optisch. Ob auch im gegenseitigen Einsatz, das hätte sich erst herausstellen müssen, doch dazu kam es nicht, obwohl Moritz nicht übel Lust verspürte, diese Frage zu klären. Er schätzte es nicht, beleidigt zu werden. Er hatte es nicht gerne, daß der Ehre eines Südländers nahegetreten wurde.

»Moritz!«

Die Stimme seines Herrn.

»Komm her, verfluchtes Vieh!«

Langsam, sehr langsam wandte sich Moritz von der Schäferhündin ab. Es kostete ihn die Aufbietung seiner ganzen Willenskraft. Da hast du ja noch einmal Glück gehabt, sagte sein Blick.

Drinnen im Laden hatte Sonja nach dem Verschwinden

des Hundes von der Tür hervorgestoßen: »War er das nun, oder war er es nicht, Vera?«

»Bestimmt war er es.«

»Dann ist auch sein Besitzer nicht weit.«

»Wahrscheinlich nicht«, meinte Vera, und ihre Augen begannen zu leuchten.

»Was will er hier, Vera?«

»Das wird sich herausstellen, Sonja.«

»Oder er will gar nichts von uns. Er kommt draußen nur zufällig vorbei.«

»Das hoffe ich nicht.«

»Vera, was heißt das? Soeben hast du doch noch ganz anders von dem gesprochen?«

»Habe ich das?«

»Natürlich.« Sonja ließ die Tür nicht aus den Augen. »Wenn er wirklich reinkommt, darf er mich hier nicht entdecken. Ich muß mich verstecken. Du weißt doch, was wir dem vorgemacht haben.«

»Ich weiß.«

»Ich muß mich verstecken«, stieß Sonja noch einmal hervor, als ein Schatten am Eingang sichtbar wurde, und verschwand rasch durch einen Vorhang im Hintergrund. Keine Tür, sondern nur dieser Vorhang trennte ein winziges Zimmerchen, in dem Sonja ihren geschäftlichen Schreibkram erledigte, vom eigentlichen Laden. Dadurch konnte man auf jeder Seite des Vorhangs alles verstehen, was auf der jeweiligen anderen Seite gesprochen wurde.

»Sie wünschen?« sagte Vera zu Max, nachdem sie seinen Gruß strahlend erwidert hatte und er ihr nun gegenüberstand.

»Wie geht's Ihnen denn?« antwortete er.

»Danke, gut. Und Ihnen?«

Er zuckte mit den Achseln.

»Mal so, mal so«, meinte er. »Wissen Sie«, fuhr er fort, »mein Problem ist, daß ich alleinstehend bin. Niemand kümmert sich um mich.«

Gebremstes Mitleid zeigend, das gespielt war, erwiderte Vera: »Ganz alleinstehend sind Sie nicht.«
»Wieso nicht?«
Vera zeigte auf den Hund, der sich zwischen ihr und Max auf sein Hinterteil niedergelassen hatte, dessen Aufmerksamkeit aber auf den Vorhang im Hintergrund gerichtet zu sein schien.
»Ach der«, sagte Max, mit Widerwillen im Gesicht, »der macht mir nur Ärger. Gerade vorhin wollte er wieder raufen. Ich konnte es soeben noch verhindern.«
»Gerade vorhin wollte er auch an unserer Tür wieder seine Visitenkarte hinterlassen.«
Vera mochte Moritz nicht, das zeigte diese Denunziation, die sie sich nicht verkneifen konnte. Umgekehrt riß sich auch Moritz für Vera kein Bein aus. Es war bei beiden Abneigung auf den ersten Blick, schon seit der Minute, in der sie sich – eine Woche zuvor – kennengelernt hatten.
Vera scheute sich sogar nicht, hinzuzufügen: »Hoffentlich kommt er hier drinnen nicht auf die Idee, das, was er draußen an der Tür versäumt hat, nachzuholen.«
»Ich würde ihn erschlagen«, versicherte Max. »Aber Sie schneiden da ein Problem an: Warum läßt Ihre Chefin nicht an der Mauer ein paar Haken anbringen, an denen von den Kunden Hunde angehängt werden können? Das ist doch längst gang und gäbe.«
»Sie haben recht.«
»Sagen Sie ihr das doch.«
»Sie entwickeln sich zu unserem Schutzgeist«, lachte Vera. »Sie erkennen unsere Versäumnisse.«
»Die Hundehaken sind nicht Vorschrift«, lachte auch Max. »Für die fehlenden Preisetiketten aber hätten Sie bestraft werden können.«
»Ich nicht. Meine Chefin.«
»Die, ja.« Er lachte nicht mehr, blickte herum. »Der wird bald jede Mark leidtun, die sie hier reingesteckt hat.«
»Warum?«
»Weil sie zumachen muß.«

Moritz stand abrupt auf und lauschte mit gespitzten Ohren. Hinter dem Vorhang, dem seine Aufmerksamkeit galt, war ein kurzes, schwer zu definierendes Geräusch vernehmbar geworden. Irgendein menschlicher Laut. Ein Laut der Entrüstung oder so was.

Vera und Max hatten nichts wahrgenommen. Dazu hätten sie das scharfe Gehör eines Hunden haben müssen.

»Platz, Moritz!« befahl Max.

Nicht gerne setzte sich der Hund wieder. Dieser Ausdruck war ihm einer der unsympathischsten, seit er sich Fremdsprachenkenntnisse hatte aneignen müssen. Seine Aufmerksamkeit richtete er aber nun noch verstärkt auf den Vorhang.

»Ich kann Ihnen nur raten«, sagte Max zu Vera, »sich rechtzeitig nach einer anderen Stellung umzusehen.«

»So schwarz wie Sie sehe ich nicht.«

»Doch, doch, glauben Sie mir, das geht nicht gut. Ich habe das auch Ihrer Freundin schon gesagt.«

»Sie hat es mir berichtet, ja.«

»Wie geht's ihr denn?«

»Besser als sie denkt.«

»Besser als sie denkt, was heißt das?« Max schien besorgt. »Fühlt sie sich krank?«

»Nicht körperlich. Eher seelisch. Sie bildet sich etwas ein, das nicht zutrifft.«

»Hat sie Liebeskummer?«

»Nein, bestimmt nicht.«

Andere Möglichkeiten schienen ihn nicht zu interessieren, denn er sagte: »Ich halte Sie auf, oder?«

»Nein, nein«, versicherte sie ihm eifrig. »Ich stehe Ihnen gerne zur Verfügung. Wir haben ja noch gar nicht über Ihre Wünsche gesprochen. Was darf es sein?«

»Nichts.« Er lächelte ein bißchen verlegen. »Ich kam eigentlich nur zufällig vorüber. Verbindet sich damit ein Kaufzwang?«

Ein Zwang nicht, dachte Vera, aber einem Druck solltest du dich schon ausgesetzt fühlen.

»Keineswegs«, erwiderte sie. »Für Sie nicht. Sie hätten ja auch gar keine Verwendung für Dinge, die wir führen, nachdem Sie alleinstehend sind.«
Er nickte.
»Oder existiert vielleicht doch eine junge Dame, die von Ihnen mal wieder ein Geschenk erwartet?«
Er schüttelte verneinend den Kopf.
»Keine Freundin?«
»Nein.«
»Auch keine Schwester?«
Das überraschte ihn.
»Eine Schwester?«
»Ja.«
»Eine Schwester habe ich, aber geschenkt habe ich der noch nie etwas.«
»Wie üblich. Ist sie nett?«
»Reizend.«
»Und warum geben Sie ihr das nicht zu erkennen?«
Er starrte sie zweifelnd an.
»Ich bitte Sie! Als Bruder...«
»Auch einem Bruder würde dabei kein Zacken aus der Krone fallen.«
Das arbeitete kurz in Max, dann sagte er vergnügt: »Eigentlich haben Sie recht. Warum nicht? Die haut das glatt um, wenn sie das Päckchen öffnet. Sie lebt in der Schweiz, ist dort verheiratet. Was würden Sie mir denn für sie empfehlen?«
»In ein Paket geht alles mögliche hinein...«
»Ein Päckchen sagte ich«, bremste er sie grinsend.
»Auch ein Päckchen kann allerhand fassen«, entgegnete sie ebenso vergnügt. »Denken Sie mal an Edelsteine...«
»Großer Gott!« rief er in gespieltem Entsetzen.
»Aber die führen wir leider nicht«, beruhigte sie ihn. »Was wir führen und für Sie geeignet sein könnte, sind z. B. Handschuhe.«
»Handschuhe?«

»Unsere Auswahl ist nicht groß, aber exquisit.«

»Lassen Sie mal sehen...«

Vera kam seinem Wunsche nach und legte ihm das ganze Sortiment des Hauses vor. Es bestand nur aus zehn Paaren, doch von jedem einzelnen wurden Veras Worte, was die Qualität betraf, nicht Lügen gestraft. Vera war ein Naturtalent als Verkäuferin. Die kleine Anzahl der Paare grenzte aber Veras Spielraum ganz empfindlich ein.

»Welche Größe?« fragte sie ihn.

Er stutzte.

»Woher soll ich das wissen?«

»Ungefähr?«

Er zuckte die Achseln, dann fiel sein Blick auf Veras Hände, mit denen sie sich auf den Ladentisch stützte. Erleichtert sagte er: »Wie die Ihren... ja, ganz wie die Ihren, glaube ich...«

»Sind Sie sicher?«

»Ja«, nickte er und setzte, Vera in die Augen blickend, hinzu: »Ich erinnere mich jetzt erst, wie hübsch die Hände meiner Schwester sind.«

Vera hatte etwas übrig für solche Komplimente, die nicht plump, sondern raffiniert waren, intelligent. Ach, dachte sie, wenn der nur hinter mir her wäre und nicht hinter Sonja

. Oder sollte mich mein Gefühl, das ich ursprünglich hatte, doch trügen? Schön wär's.

Das knappe Sortiment wies nur zwei Paar Handschuhe mit der geeigneten Größe auf: eines aus rotem Saffianleder, das andere aus grünem.

Veras Blick ging über die ganze Reihe der auf dem Ladentisch liegenden Handschuhe hinweg.

»Ich kenne ja die Vorlieben Ihrer Schwester nicht«, sagte sie, »aber ich persönlich lasse mich, was die Farben für Lederwaren angeht, immer wieder von Rot oder Grün gewinnen.«

»Dieses hier«, meinte Max, auf ein braunes Paar zeigend, von dem er hätte sehen müssen, daß es zwei Nummern zu groß war, wenn er für so etwas Augen im Kopf gehabt hätte, »wär' auch nicht übel.«

In Veras Miene tauchte ein leiser Zug der Verachtung auf.

»Wie Sie meinen. Ich darf Sie aber darauf aufmerksam machen, daß von braunen und schwarzen Handschuhen die Schubladen jeder Dame überquellen. Das sind eben die Allerweltsfarben.«

»Stimmt auch wieder.« Max griff nach den roten Handschuhen. »Also gut, dann die...« Sein Blick fiel auf die grünen. »Oder die...?«

Vera sollte entscheiden.

»Was meinen Sie?« fragte er sie.

»Schwer zu sagen«, antwortete Vera. »Trägt Ihre Schwester generell gern Rot? Oder Grün? Das wäre ausschlaggebend. Können Sie sich daran erinnern?«

»Nein.«

»Typisch Bruder. Vielleicht trägt sie beide Farben gern und –«

»O nein«, kam er ihr zuvor. »Ich weiß, worauf Sie hinaus wollen. Ich will mich aber hier nicht finanziell ruinieren. Ihre Chefin kann sich zu Ihnen beglückwünschen. Sie sind eine Superverkäuferin.«

»Finden Sie?«

»Unbedingt. Schade, daß Ihr Talent in diesem Laden verkümmern muß.«

»Fangen Sie nicht schon wieder damit an. Tun Sie lieber etwas, um der von Ihnen vermuteten Pleite vorzubeugen.«

»Ich? Wie denn?«

»Indem Sie sich von mir dazu überzeugen lassen, doch die beiden Paare zu kaufen.«

Lachend gab er sich geschlagen.

»Meinetwegen«, sagte er, »packen Sie sie ein... unter *einer* Bedingung...«

»Unter welcher? Preisnachlaß kann ich Ihnen leider keinen gewähren. Das behält sich die Chefin vor.«

»Ich will keinen Preisnachlaß.«
»Sondern?«
»Sie zum Essen einladen.«
Veras Augen leuchteten auf.
»Mich?«
Er nickte, wobei er sagte: »Das hat jetzt nichts mit Ihrer Galavorstellung als Verkäuferin zu tun.«
»Mit was dann?«
»Mit Ihrer Person.«
»Gefällt Ihnen die?« Eine echte Vera-Frage war das.
»Sehr.«
»Anders hätte ich Ihre Einladung auch gar nicht angenommen«, lachte Vera, die in ihrem Fahrwasser war. Ihr Lachen wirkte ansteckend.
»Sie haben sie also schon akzeptiert?« freute sich auch Max.
»Ich brauche nur noch Ihren Termin.«
»Wie wär's gleich morgen abend?«
»Nein«, erwiderte Vera rasch, »morgen geht's nicht, aber übermorgen, da könnte ich...«
Ist die verrückt? dachte Sonja in ihrem Kämmerchen. Übermorgen wollten doch wir beide zum Essen gehen.
»Also am Mittwoch«, sagte Max.
»Ja«, war Vera zu vernehmen. »Paßt Ihnen das?«
»Durchaus. Wann und wo darf ich Sie abholen?«
»Nach Geschäftsschluß hier. Um 18.00 Uhr. Oder ist Ihnen das zu früh?«
»Nein«, entgegnete Max und setzte, eine kleine Überdosis seines Charmes versprühend, hinzu: »Es kann mir gar nicht früh genug sein.«
»Reizend«, sagte Vera. »Aber noch früher geht's nicht. Ich kann meine Freundin nicht im Stich lassen.«
»Ihre Freundin?«
Vera biß sich auf die Lippen. Da hatte sie sich vergaloppiert.
»Meine Chefin«, korrigierte sie sich.

»Ihr Verhältnis mit der scheint ja außerordentlich gut zu sein.«

»Ist es auch.«

»Apropos Freundin... ich meine jetzt Ihre richtige Freundin, nicht die Chefin... kommt die auch öfters hierher?«

»Doch... ja«, antwortete Vera zögernd. »Wieso?«

»Grüßen Sie sie von mir.«

»Mache ich, wenn ich es nicht vergesse...«

Der bedeutungsvolle Unterton entging Max. Vera überreichte ihm die Handschuhe, die sie während des Gesprächs in schönes Seidenpapier eingewickelt hatte. Gerade dies hatte ihr mehr Schwierigkeiten bereitet als der ganze Verkauf. Das mußte eben auch gelernt sein, und deshalb hätte ein geschulteres Auge als das von Max erkennen können, daß es mit der Qualifikation Veras als Vekäuferin doch nicht soweit her war.

Max beglich seine Rechnung, erinnerte Vera an den Mittwoch, sagte, daß er sich sehr auf den Abend freue, ließ sich von ihr dasselbe versichern, schüttelte ihr zum Abschied die Hand und wandte sich seinem Hund zu.

»Komm, Moritz, wir –«

Er sprach ins Leere. Moritz war verschwunden.

»Moritz, wo bist du?«

Ergebnislos schweiften Max' Blicke durch den Laden. Auch Vera entdeckte den Hund nicht. Sie wußte aber, wo er sich nur befinden konnte. Dies zu verraten, war ihr freilich verwehrt.

Max sah ratlos Vera an.

»War die Tür offen?« fragte er sie.

»Nein.«

»Er kann sich doch nicht in Luft aufgelöst haben?«

Übrig blieb nur eine Möglichkeit in Verbindung mit dem Vorhang im Hintergrund. Als Max dies erkannte, rief er zornig: »Moritz, komm raus, du Mißgeburt! Was hast du dort zu suchen?«

Der Vorhang bewegte sich. Moritz erschien mit zufriedener Miene, er zwängte sich durch den Spalt zwischen den zwei Vorhangteilen. Lebhaft schwänzelnd kam er auf Max zu. Er hatte eine ihm angenehme Bekanntschaft erneuert. Daß der Raum hinter dem Vorhang nicht leer war, hatte er längst gewußt und deshalb einen günstigen Moment, in dem er sich von seinem Herrn aus den Augen gelassen sah, genutzt, um der Sache auf den Grund zu gehen. Leicht enttäuscht war er nur von der eindeutigen Zurückhaltung der Dame gewesen, welcher er seine Aufwartung gemacht hatte. Sie hatte sich strikte bemüht, jedes Geräusch, das entstehen konnte, zu vermeiden. Nicht einmal das Fell hatte sie ihm beklopft. Doch daß ihr Herz trotzdem für ihn schlug, hatte sie aber nicht verbergen können. So etwas spürt ein Hund durch alle Mauern der Zurückhaltung hindurch. Letzlich war das auch der Grund, warum bei Moritz die Zufriedenheit die Enttäuschung überwog.

Auf Max wirkte diese Zufriedenheit des Hundes provokativ, was deutlichen Ausdruck in dem Ausruf fand: »Wenn dich nur endlich der Teufel holen würde!«

Noch draußen auf der Straße setzte sich die Schimpfkanonade, die von Moritz ignoriert wurde, fort.

Vera hatte die beiden zur Tür geleitet und stand, als sie sich wieder dem Ladeninneren zuwandte, Sonja gegenüber. Zu ihrer Überraschung hatte sie sich gleich eines Angriffs ihrer Freundin zu erwehren, die hervorstieß: »Das ging aber schnell, meine Liebe!«

»Nicht wahr«, antwortete Vera. »Daß ich dem gleich die beiden Paare verkaufen konnte, macht mich selber ganz stolz.«

»Das meine ich nicht.«

»Was dann?«

»Wie leicht du dich von dem einladen ließest.«

Diesbezüglich wollte sich Vera jedoch nichts einreden lassen. Kurz erwiderte sie in einem Ton, der Sonja eigentlich hätte warnen müssen: »Warum nicht?«

»Ich mache das einem Mann schwerer.«

»Ich nicht – wenn's der Richtige ist.«
»Und das ist der?«
»Er könnte es, möchte ich zumindest sagen, sein, meine Liebe. Das liegt nur noch an ihm.«
»Und nicht mehr an dir?«
»Nein.«
»Was weißt du denn von ihm? Nichts – nicht einmal seinen Namen.«
»Doch. Erinnerst du dich nicht? Er hat sich dir und mir vorgestellt.«
»Ich erinnere mich, ja, an Max und Moritz erinnere ich mich... an diesen Zusammenhang. ›Max‹ sagte er. Und das genügt dir jetzt? Findest du nicht auch, daß dazu noch ein Familienname gehört, meine Liebe?

Wenn Frauen in rascher Reihenfolge zu oft und zu betont ›meine Liebe‹ zueinander sagen, ist das ein Zeichen für Gefahr.

»Meine Liebe«, erwiderte Vera, »ich hätte gar nichts dagegen, wenn er sich möglichst bald nur noch mit meinem Vornamen begnügen würde.«
»Vera, ich bitte dich!«
»Sonja, was willst du?«
»Darf ich dich dann wenigstens daran erinnern, daß du den Mittwoch schon vergeben hattest. *Wir* beide wollten doch am Mittwoch essen gehen. Das schien dir ganz und gar entfallen zu sein.«
»Kéineswegs.«
Sonja schluckte.
»Wie bitte?«
»Das war mir durchaus nicht entfallen.«
»Wie konntest du selbst ihm dann diesen Termin vorschlagen?«
»Weshalb?« Vera blickte Sonja ziemlich kühl an. »Darf ich dir das unverblümt sagen?«
»Bitte.«
»*Du* läufst mir nicht weg, dachte ich – aber *er* vielleicht schon, wenn ich nicht rasch zugreife. Verstehst du?«

»Sehr freundlich, danke. Dann hätte sich aber der morgige Dienstag noch mehr angeboten?«
»Nein.«
»Warum nicht?«
»Weil ich da zum Friseur muß.«
Sonja betrachtete verwundert Veras Haare.
»Das warst du doch erst vor kurzem? Reicht das nicht?«
Endlich lächelte Vera auch wieder.
»Nicht«, erwiderte sie dabei, »wenn man mit einem solchen Mann ausgeht.«
Kopfschüttelnd sagte Sonja nichts mehr und beendete das Gespräch, das zwischen den beiden Freundinnen einen Schatten hinterließ.

Am Mittwoch regnete es den ganzen Tag. Max erschien mit dem Auto bei Vera. Unmittelbar vor dem Geschäft zu parken, war untersagt. Trotzdem stellte Max den Wagen im Halteverbot ab und riskierte eine gebührenpflichtige Verwarnung.
Vera sperrte die Ladentür hinter sich ab. Sie habe Schlüsselgewalt, sagte sie. Die Chefin verlasse sich auf sie.
Der Regen zwang sie zur Eile, um ins schützende Wageninnere zu gelangen.
»Sauwetter, verdammtes!« schimpfte Max, ehe er den Motor startete.
»Wir leben in München«, meinte Vera resigniert.
»Stimmt, das vergesse ich oft.«
»Wenigstens leide ich nicht unter dem Föhn.«
Max fuhr los.
»Sie sind aber keine Einheimische«, sagte er dabei.
»Nein, ich komme aus Bremen.« Vera lachte kurz. »Sehen Sie aber in mir keine Hanseatin. Diesem Eindruck müsse ich immer entgegentreten, verlangen meine Eltern von mir.«
»Wieso?«
»Weil sie Schlesier sind, die das nie vergessen wollen.«

»Dann erinnern sie mich an meine Eltern.«
»Sind die auch Schlesier?«
»Nein, Sudetendeutsche.«
Eine rote Ampel zwang zum Anhalten. Während sie standen, sagte Max: »Mein bester Freund hier kommt aus Berlin.«
»Meine Freundin auch.«
»Welche? Die, die ich kenne?«
»Ja.«
Er grinste.
»Wissen Sie, was ich mir schon manchmal gedacht habe?«
»Was?«
»Ich möchte hier mal gerne einen richtigen Münchner kennenlernen. Das scheint aber nicht so leicht zu sein.«
»Einen kenne ich«, berichtete Vera. »Unseren Hausmeister.«
Das löste bei beiden Gelächter aus. Die Ampel sprang auf Grün.
»Wohnen Sie denn hier in diesem Viertel?« fragte Max.
»Nein, ich wohne überhaupt nicht in der Stadt, sondern außerhalb.«
»Wo?«
»In Ottobrunn.«
»Ottobrunn kenne ich. Ein Kollege hat dort ein Haus. Er lädt mich manchmal ein.«
»Ein Einheimischer?«
»Nein, auch nicht. Er kommt aus Göttingen.«
»Das bestätigt ein Umfrageergebnis, von dem ich kürzlich gelesen habe.«
»Welches?«
»Daß jeder fünfte Deutsche am liebsten hier leben würde.«
»Die armen Bayern!« rief Max aus. »Es kann sein, daß die letzten von ihnen noch auswandern müssen!«
Wieder zwang eine rote Ampel seinen Fuß auf die

Bremse. Vera guckte angestrengt durch die vom Regen überströmte Scheibe. Sie hielt Ausschau nach einem Straßenschild, um sich zu orientieren, wo sie waren, konnte aber keines entdecken.

»Wohin fahren wir eigentlich?« fragte sie.

»Zum Kreitmair.«

»In Keferloh?«

»Ja, also ganz in Ihrer Nähe.«

Von Keferloh nach Ottobrunn ist es wirklich nur ein Katzensprung. Nicht schlecht, dachte Vera, der weiß, was er will; er disponiert rasch um.

»Ist das Zufall?« fragte sie. »Wollten Sie von Anfang an in dieses Lokal?«

»Nein«, gab er ohne weiteres zu. »Erst seit Sie mir gesagt haben, daß Sie in Ottobrunn wohnen. Vorher hatte ich an den Augustinerkeller in der Innenstadt gedacht.«

»Sie wollen mich also heute noch bis zu meiner Haustür bringen?«

»Was denn sonst?«

Was denn sonst? dachte Vera. Nicht nur bis zu meiner Haustür willst du mich bringen, und ich hätte auch gar nichts dagegen, Süßer, weiß Gott nicht, aber...

»Dachten Sie, ich verfrachte Sie in die S-Bahn?« fuhr er fort.

»Nein.«

»Der einzige Nachteil bei dem Ganzen ist nur, daß ich ständig an den Führerschein denken muß und deshalb kaum was trinken darf.«

»Sie Armer.«

Hast du eine Ahnung, dachte Vera. Da gibt's noch einen ganz anderen Nachteil, einen für uns beide. Ich hätte wissen müssen, daß der Mittwoch ein verkehrter Termin ist... und auch die folgenden Tage der Woche noch. Aber ich wollte möglichst rasch zupacken, und jetzt sitzen wir beide in der Tinte. Es wird nicht leicht sein, dir das beizubringen.

Als das Ziel vor ihnen auftauchte, ließ der Regen nach.

Ganz Keferloh, das im Südosten Münchens liegt, wenige Kilometer vor den Toren der Stadt, besteht eigentlich nur aus dem ›Kreitmair‹, einem Großgasthof, der sich mit seinen hingestreuten Baulichkeiten mitten zwischen Wiesen und Feldern ausbreitet. Die Preise sind aber keineswegs ›ländlich‹; sie erreichen beachtliche Höhen; dafür ist jedoch das, was dem Gast aufgetischt wird, meistens auch in Ordnung.

Vera aß eine Seezunge, ihr Verehrer Kalbsnierchen. Dabei setzte Vera dazu an, endlich etwas zu klären. Sie fragte: »Mögen Sie keinen Fisch, Herr ...«

»Max«, half er ihr.

»Max und ...?«

»Was und?«

»Haben Sie keinen Familiennamen?« ging sie zur Offensive über.

»Doch: Max.«

Vera stutzte, errötete. Nun befand sie sich in der Defensive.

»Ach so«, meinte sie.

»Ich hatte mich Ihnen doch vorgestellt.«

»Mit ›Max‹, ja.«

»Und das führte zu einem Mißverständnis?«

»Ja, wir hielten das für Ihren Vornamen. Daß das etwas anderes sein könnte als der Vorname, daran dachten wir einfach nicht. Das kann einem manchmal passieren. Wir waren dumm, entschuldigen Sie.«

»Wer ›wir‹?«

»Meine Freundin und ich.«

»Sie beide haben über mich gesprochen?«

Vera nickte.

Daraufhin hätte ihm eigentlich etwas Intelligenteres einfallen können als die uralte Floskel, die ihm über die Lippen rutschte: »Hoffentlich nur Gutes.«

»Natürlich«, erwiderte Vera. Auch sie glänzte damit nicht unbedingt.

Er lächelte sie an.

»Weil wir gerade dabei sind«, sagte er, »Sie heißen Vera, nicht?«

»Das wissen Sie doch.«

»Und wie noch?«

Ungläubig schaute sie ihn an.

»Wissen Sie das nicht?«

»Tut mir leid, Sie haben es mir noch nicht gesagt.«

Rasch erforschte sie ihr Gedächtnis und mußte feststellen, daß er die Wahrheit sagte.

»Ist denn das die Möglichkeit?« staunte sie über sich selbst.

»Was mögen Sie die ganze Zeit von mir gehalten haben?«

»Nur das Beste«, beruhigte er sie. »Manchmal läuft etwas eben so.«

Vera schüttelte den Kopf.

»Ich verstehe es trotzdem nicht. Ich glaubte, Ihnen eine Nachlässigkeit unter die Nase reiben zu können; in Wirklichkeit hätte ich mich bei der eigenen Nase fassen müssen.«

»Lassen Sie uns«, schlug er vor, »die gegenseitigen Lücken, über die wir gestolpert sind, ein für allemal schließen. Ich mache den Anfang und teile Ihnen mit, daß mein Vorname Albert ist, und Sie folgen meinem Beispiel und verraten mir...«

»...daß mein Familienname Lang ist«, fiel Vera ein. »Womit freilich meine ursprüngliche Frage, die alles ausgelöst hat, immer noch nicht beantwortet ist.«

»Welche?«

»Ob Sie keinen Fisch mögen?«

»Nein.«

Der Moment forderte dazu heraus, daß sie beide schallend lachten.

Das Lokal war trotz des schlechten Wetters gut besetzt. Es hatte einen guten Ruf in München, und die Leute, die sich diese Preise leisten konnten, kamen mit dem Auto heraus.

Vera hatte schon zum Fisch getrunken und blieb nach dem Essen dabei. Albert zog Bier vor, sattelte aber nach dem zweiten Glas, der Promille-Grenze wegen, auf Kaffee um.

»Sie scheinen in der Richtung eisern zu sein, Herr Max«, meinte Vera.

»Albert«, sagte er, »würde mir besser gefallen als ›Herr Max‹, Fräulein Lang.«

»Und mir Vera.«

»Gut, Vera.«

»Gut, Albert.«

»Ich *muß* in der Richtung eisern sein. Wenn mir die Fahrerlaubnis flötenginge, würde mich das in meinem beruflichen Ansehen ziemlich schädigen.«

Und was machst du beruflich? fragte sich Vera im stillen, doch darauf wurde ihr keine Antwort zuteil. Albert schwieg sich aus. Irgendeine Absicht verband er damit nicht. Es schien ihm einfach nicht wichtig zu sein, darüber zu reden. Wichtig schien ihm zu sein, den Kontakt mit Vera zu intensivieren.

»Ich würde Sie gerne öfter sehen«, sagte er zu ihr.

»Dem steht nichts im Wege.«

»Danke«, freute er sich. »Sind Sie gern am Wasser?«

»Sie meinen, ob ich gern schwimme?«

»Oder segle?«

»Offen gestanden nein«, bekannte Vera. »Ich wäre als Kind einmal beinahe ertrunken. Seitdem habe ich eine Scheu vor dem Wasser.«

»Schade.«

»Aber mich Ihnen anzuvertrauen, dagegen hätte ich keine Bedenken.«

»Ich würde auf Sie aufpassen wie auf meine eigene Mutter«, versprach er.

»Dann könnten wir es ja einmal versuchen.«

»Ich habe ein Boot am Starnberger See, zusammen mit meinem Freund, jenem Berliner, den ich schon erwähnte. Eigentlich gehört das Boot ihm, er hat es geerbt, aber ich unterhalte es. Er ist junger Künstler und knapp bei Kasse, wissen Sie. Konnte sich noch nicht durchsetzen.«

»Was macht er denn?«

»Er malt.«

»Oje«, seufzte Vera. »Davon gibt's viele.«

Albert bestellte das zweite Kännchen Kaffee. Die Kellnerin, die seinen Wunsch entgegennahm, blickte ihn mitleidsvoll an. Sie kannte sich aus, besaß sie doch selbst auch den Führerschein, den man ihr schon einmal für sechs Monate entzogen hatte.

Kellnerinnen sind eine bayerische Spezialität, der man anderswo kaum begegnet. Gegenüber Kellnern sind sie besonders in Altbayern weit in der Überzahl.

»Heute nacht werden Sie kein Auge zumachen können, Albert«, sagte Vera, auf das frische Kännchen Kaffee zeigend, das ihm gebracht wurde.

»Ich höre dann auf damit.«

Vera schüttelte den Kopf.

»Das glaube ich nicht.«

»Wieso nicht?«

»Oder ich müßte mich sehr in Ihnen täuschen.«

»Inwiefern?«

»Weil ich Sie jetzt schon an meiner Haustür sagen höre, ob Sie nicht noch auf eine Tasse Kaffee mit reinkommen können.«

Das verblüffte ihn.

»Vera«, bekannte er, »ich gebe zu, daß war meine Absicht. Sie haben sich also nicht in mir getäuscht, ich bin keine Ausnahmeerscheinung. Sie verstehen es aber glänzend, einen sozusagen schon zu entwaffnen, ehe man zur Attacke angetreten ist. Das haben Sie hiermit geschafft. Ich verspreche Ihnen, daß ich jeden Versuch unterlassen werde, meinen Fuß über ihre Schwelle zu setzen.«

»Das zu erzielen, war jedoch nicht meine Absicht.«

»Wie bitte?«

»Ich bewirte Sie gerne noch ein bißchen, aber...«

»Aber?«

Vera hatte Schwierigkeiten, damit herauszurücken. Unter Verlegenheitsanzeichen sagte sie: »Aber nicht einschließlich des Frühstücks, Albert.«

Als er daraufhin nichts sagte, weil er etwas verwirrt war, wie das jeder andere auch gewesen wäre, fragte sie ihn: »Verstehen Sie mich nicht?«

Er räusperte sich.

»Ich versuche zu verstehen, daß ich mir nicht gewisse Illusionen machen darf, obwohl Sie durchaus bereit sind, solche Illusionen in meinem Inneren zu nähren, indem Sie mir an der Haustür noch nicht den Abschied geben wollen. Ist das richtig?«

»Ja«, nickte sie, seufzte und setzte hinzu: »Sie verstehen aber überhaupt nicht, warum das so sein muß.«

»Doch«, stieß er hervor.

»Warum?«

»Weil ich Ihnen nicht in ausreichendem Maße gefalle.«

Vera blickte ihn ein Weilchen stumm an, schüttelte dann den Kopf und sagte: »Sie sind unmöglich, Albert.«

»Wieso?«

»Sie zwingen mich zu Erklärungen, die auch heutzutage immer noch keineswegs Sache eines Mädchens sind.«

»Zum Beispiel?«

»Daß erstens das Maß, von dem Sie sprechen, mehr als ausreichend ist –«

»Aber Vera«, unterbrach er sie, nach ihrer Hand greifend, »dann ist ja alles okay. Das beruht doch auf Gegenseitigkeit. Was willst du denn mehr?«

»Damit sind wir bei ›zweitens‹, Albert: Daß ich dir das nämlich trotzdem heute nicht zeigen kann, obwohl ich es gerne möchte. Eine Frau –«

Er glaubte schon zu wissen, was sie sagen wollte.

»Das ginge dir zu schnell, meinst du?«

»Nein. Laß mich ausreden. Eine Frau kann das einem Mann nicht zu jedem Zeitpunkt zeigen. Pro Monat gibt es ein paar Tage –«

»Vera!«

Endlich, endlich hatte er begriffen. Diese Männer, dachte Vera, bis man denen etwas klarmachen kann...

»Tut mir leid, Albert«, sagte sie achselzuckend.

»Das muß dir doch nicht leidtun, Vera.«

Die alte Vera kam zum Durchbruch.

»Doch, doch«, widersprach sie, »tut es schon. Und wenn ich das sage, denke ich mehr an mich selbst als an dich.«

Beide merkten jetzt erst, daß sie spontan angefangen hatten, sich zu duzen. Natürlich dachte keiner daran, das rückgängig zu machen.

»Du bist ein tolles Mädchen, Vera«, sagte Albert lachend.

»Toll zu toll gesellt sich gern«, antwortete sie vergnügt.

Vera Lang war also nicht nur ein sehr, sehr hübsches, temperamentvolles Mädchen, sondern auch ein außerordentlich intelligentes, witziges. Für das Spiel, das hier mit ihr getrieben wurde, war sie jedenfalls viel zu schade.

Als Albert die Kellnerin rief, um zu bezahlen, sagte er zu ihr: »Wir waren nicht das letzte Mal hier.« Vera anblickend, fuhr er fort: »Oder möchtest du mir da widersprechen?«

»Keinesfalls.«

Einer von der schnellen Truppe, dachte die lebens- und vor allem berufserfahrene Kellnerin. Als die zwei hereinkamen, siezten sie sich noch, jetzt duzte er sie bereits und in einer halben Stunde liegen sie miteinander im Bett.

So kann sich auch die erfahrenste Kellnerin täuschen...

Im Freien stellten Vera und Albert überrascht fest, daß es vollständig zu regnen aufgehört hatte. Albert schaute hinauf zum Himmel, der sternenklar war. Ein leichter Wind wehte.

»Prima«, sagte er. »Das verspricht Segelwetter für Anfänger.«

Im Auto fragte er Vera, zwischen ihr und der Fahrbahn hin und her blickend: »Du hast doch keine Angst?«

»Mit dir nicht, das sagte ich doch schon.«
»Auch auf meinen Freund ist Verlaß. Wir werden zu zweit auf dich aufpassen.«
»Dann kann mir ja nichts passieren.«
Plötzlich rollte der Wagen langsamer dahin. Albert vergaß, Gas zu geben. Er schien über etwas nachzudenken.
»Du«, sagte er in der Tat, »ich überlege gerade, daß mir das vielleicht gar nicht so angenehm sein könnte...«
»Was?« fragte ihn Vera.
»Wenn Karl – so heißt er – dich allzu sehr ins Visier nimmt.«
Vera lachte erfreut.
»Eifersüchtig?«
»Der ist nicht zu unterschätzen – gerade derzeit nicht.«
»Warum derzeit nicht?«
»Weil ihn momentan keine am Bändchen hat. Er ist, wie man so schön sagt, frei. Und das kann jederzeit dazu führen, daß bei ihm, wenn sich ihm eine Gelegenheit aufzudrängen scheint, entsprechende Aktivitäten einsetzen.«
Vera lachte immer noch.
»Keine Sorge. Das wäre alles buchstäblich vergebliche Liebesmüh', falls ich diejenige sein sollte, die er anpeilt.«
Albert schüttelte den Kopf.
»Trotzdem, Vera«, sagte er. »Ich würde lieber auf Nummer Sicher gehen. Aber wie?«
Nach drei, vier Sekunden schlug er sich mit der flachen Hand gegen die Stirn.
»Du hast doch eine Freundin...«
Vera wußte nicht gleich, worauf er hinauswollte.
»Und?« fragte sie.
»Besorgen wir ihm doch die zur Sicherheit.«
Mit einem einzigen Wort zerstörte Vera die Hoffnungen Alberts: »Unmöglich!«
Er sträubte sich, das zu glauben.
»Mein Vorschlag wäre doch die ideale Lösung. Keine Versuchung für den, ein Auge auf dich zu werfen. Wir

zwei ein Paar, die zwei ein Paar – das ist doch immer das Beste. Ich sagte dir schon, daß ich über das Boot nicht allein verfügen kann. Mit von der Partie wäre er also immer. Zu dritt ist das aber eben nicht die richtige Sache, auch wenn man nur schwimmen geht oder sich ins Strandcafé setzt. Verstehst du, was ich meine?«

»Sicher, aber...«

Das Eisen schien heiß genug zu sein. Er schmiedete drauf los.

»Kein aber! Wir bringen die zwei zusammen, das ist das einzig Senkrechte! – Es sei denn«, unterbrach er sich, »die ist nicht frei...«

»Doch, das ist sie. Trotzdem mußt du dir das aus dem Kopf schlagen, Albert.«

»Warum?«

»Die kannst du nicht so verkuppeln. Die ist dafür nicht der Typ.«

»Verkupppeln!« Er ließ für einen Moment das Steuer los und hob beide Hände empor zum Wagendach. »Wer spricht denn vom Verkuppeln? Das ist doch ganz und gar nicht meine Absicht, im Gegenteil...« Wenn du nur ahnen würdest, wie das glatte Gegenteil meine Absicht ist, dachte er, ehe er fortfuhr: »Wir bringen sie zusammen, sagte ich. Mehr nicht. Was sie dann selber draus machen, ist ihre Sache. Karl ist ein prima Kumpel, deine Freundin vielleicht auch. An eine solche Verbindung dachte ich. Was glaubst du, wie viele Verbindungen dieser Art du unter Seglern antriffst?«

»Sonja ist auch kein Kumpel-Typ.«

»Sonja?«

Vera biß sich auf die Lippen, aber nun war es schon passiert.

»Ja«, nickte sie.

»Ich denke, so heißt deine Chefin?«

»Auch meine Freundin.«

Warum nicht? dachte er. So unglaublich ist dieser Zufall nun auch wieder nicht.

»Sprich trotzdem mit ihr, Vera«, sagte er. »Versuch sie herumzukriegen.«

Als Vera nichts erwiderte, meinte er ein zweites Mal: »Es wäre die ideale Lösung.«

»Meinetwegen, ich rede mit ihr«, gab sie seufzend nach. »Aber versprechen kann ich mir nichts davon.«

Nun fuhr Albert wieder schneller. Das nächtliche Ottobrunn mit seinen Lichtern kam in Sicht. Der Ort, der vor 20 Jahren noch ein verschlafenes Dorf gewesen war, nannte sich zwar immer noch ›Dorf‹, hatte sich jedoch in unheimlichem Tempo entwickelt und zählte mittlerweile 20.000 Einwohner. Der weitaus größte Teil davon waren Zugewanderte aus allen Regionen der Bundesrepublik. Insofern bildete der Ort ein Spiegelbild vieler anderer ehemaliger bayerischer Dörfer.

Vera lotste Albert zu ihrer Wohnung, die in einem sanierten Altbau unweit der Durchgangsstraße nach Rosenheim lag.

»Ziemlicher Straßenlärm hier, wie?« meinte Albert, nachdem er aus dem Wagen gestiegen war und sich, kurz herumblickend, ein Urteil über die Örtlichkeit gebildet hatte.

»Nur im Sommer«, antwortete Vera. »Im Winter nicht.«

»Im Sommer allerdings«, grinste er, »wenn die ganzen Preußen auf dem Durchmarsch sind...«

»Die Preiß'n, sagen die Bayern«, korrigierte ihn Vera verhalten lustig.

»...glaubt man's oft nicht mehr aushalten zu können«, schloß er.

»Weißt du mir etwas Besseres, Albert?«

Nein, das nicht, dazu war die ganze Wohnungssituation in und um München zu katastrophal.

Vera steckte den Schlüssel ins Haustürschloß.

»Wie willst du dich entscheiden?« fragte sie. »Kommst du noch mit rein oder nicht?«

Er rang mit sich, faßte dann aber den richtigen Entschluß, den er freilich in frivole Worte kleidete, indem er sagte: »Nein, es hätte ja doch keinen Zweck.«

»Zweck hätte es keinen«, bestätigte Vera trocken. Schade, dachte sie dabei.

Schade, dachte er genauso.

Dabei blickten sie einander an.

»Danke für den netten Abend«, meinte nach einem Weilchen Vera leise.

»War er nett, Vera?«

»Findest du nicht, Albert? Auch ohne... Zweck?«

»Doch, sehr nett. Auch ohne... Zweck.«

»Dann sind wir uns einig«, sagte Vera, stellte sich plötzlich auf die Zehen, küßte ihn zwar nur kurz, aber dennoch beträchtlich heiß auf den Mund, stieß die Haustür auf und schlüpfte hinein.

»Vera!« rief er ihr durch den offenen Spalt leise nach.

»Ja?«

»Wann sehen wir uns wieder?«

»Wann du willst.«

»Und wo?«

»Du weißt, wo ich zu finden bin.«

Die Tür klappte zu. Albert stand da und horchte. Jenseits der Tür eilte ein leichter Schritt die Treppe hinauf. Wenigstens weiß ich, dachte er, daß sie nicht im Erdgeschoß wohnt. Viel ist das allerdings nicht. Sie kommt aus Bremen. Ihre Eltern sind Schlesier. Leben die noch? Ja, sie sagte so etwas. Hat sie Geschwister? Das sagte sie nicht. Wie alt ist sie? Weiß ich auch nicht. Was macht sie?... Was sie macht? Blöde Frage. Sie ist Verkäuferin. Eine sehr gute. Eine sehr, sehr gute sogar. Und trotzdem, eine Verkäuferin würde man in ihr nicht vermuten.

Damit will ich nichts gegen Verkäuferinnen sagen. Dieser Beruf erfordert, wenn man in ihm stark sein möchte, viel Geschick, Können, Intelligenz und –

Ein Fenster im zweiten Stockwerk wurde hell. Der Lichtschein fiel herunter auf die Straße, zeichnete ein Rechteck auf den Asphalt. Albert trat ein paar Schritte von der Haustür weg und blickte hinauf. Ein Schatten bewegte sich hinter dem Fenster, die Vorhänge wurden zugezogen.

In der zweiten Etage wohne ich auch, dachte Albert. Müllschlucker hat die aber keinen hier. Wie mag's mit Garage stehen? Oder fährt sie gar keinen Wagen? Wahrscheinlich nicht, sonst wäre davon heute irgendein Wörtchen aus ihrem Mund laut geworden. Aber was sind das für blöde Fragen? Was interessiert mich das alles? Keinen Deut.

Er wandte sich ab, ging zu seinem Wagen und fuhr nach Hause.

Schon um sieben Uhr am nächsten Morgen wurde zwischen zwei Herren ein lebhaftes Telefonat geführt. Der eine hielt den Zeitpunkt für ganz normal, der andere empfand ihn als unmenschlich.

Die Gesprächsteilnehmer waren Dr. Albert Max und Karl Thaler, seines Zeichens Kunstmaler, den das schrille Läuten seines Apparats aus tiefem Schlaf gerissen hatte.

»Bist du wahnsinnig, Mensch?« begann er, den Hörer am Ohr, nachdem er den Übeltäter erkannt hatte.

»Habe ich dich etwa geweckt?« fragte Max unschuldig.

»Was willst du mitten in der Nacht?«

»Ich muß dich sprechen, es ist wichtig.«

»Was kann so wichtig sein, mir das anzutun?« stöhnte Thaler.

»Ich habe ein Mädchen für dich.«

Der Kunstmaler schwieg. Das hatte ihm die Sprache geraubt.

»Hallo, bist du noch da?« fragte Max.

»Ja«, ächzte Thaler.

»Warum antwortest du nicht? Was sagst du zu meiner Überraschung?«

»Du hast ein Mädchen für mich?«

»Sehr richtig, ein Superexemplar.«

»Ich danke dir. Zu den zwei Weibern, die ich schon am

Hals hängen habe, hast du mir noch ein drittes zugedacht. Vielen Dank.«

»Ein Mann wie du verkraftet ohne weiteres drei.«

»Nee, nee, mein Lieber«, lehnte Thaler ab. »Du weißt genau, wie mir Erna und Charlotte schon zusetzen. Sagtest du nicht selbst vor wenigen Tagen, daß du nicht in meiner Haut stecken möchtest?«

»Und das hast du geglaubt? In Wirklichkeit war ich doch grün vor Neid.«

»Davon habe ich nichts gesehen.«

»Das konntest du auch nicht«, lachte Max, »weil wir da auch miteinander telefoniert haben.«

»Quatsch nicht lange. Mein Bedarf an Weibern ist mehr als gedeckt. Deshalb würde ich dich bitten, mich mit deiner Idee nicht mehr länger zu belästigen. Ich bin wirklich noch schrecklich müde.«

Zum Beweis dafür gähnte Thaler laut in die Muschel.

»Karl!«

»Was denn noch?«

»Bist du mein Freund?«

»Ja... aber nur bis zu einer gewissen Grenze. Nicht, indem ich mir noch eine dritte aufladen lasse.«

»Dann servier die anderen zwei ab.«

»Wenn das so einfach wäre«, seufzte Thaler, »hätte ich's längst getan.« Seine Stimme hob sich. »Aber ich frage mich: Was soll der Unsinn überhaupt? Was führst du im Schilde? Das möchte ich jetzt wissen. Du bist doch da irgendwo, irgendwie am Drehen?«

»Keineswegs.«

»Ich kenn' dich doch.«

»Dein Verdacht kränkt mich. Die Sache ist absolut korrekt. Nichts Schiefes dabei. Ich habe ein sehr, sehr hübsches Mädchen kennengelernt, das mich interessiert –«

»Warum willst du sie dann mir aufzwingen?« unterbrach Thaler.

»Karl, hör endlich zu. Ich habe, wie gesagt, ein tolles Mädchen kennengelernt, das gern mit mir – also mit uns beiden – auch ans Wasser ginge. Sie möchte aber unbedingt ihre beste und einzige Freundin dabeihaben. Die beiden haben einander noch nie allein gelassen. Vielleicht gefällt der dann unser Sport gar nicht und sie bleibt von selbst rasch wieder weg. Dann wäre das Problem sowieso gelöst. Das muß sich aber erst herausstellen. Bis dahin müßtest du dich opfern, Karl.«

»›Opfern‹ sagst du wohl ganz richtig!«

Max räusperte sich.

»Täusch dich nicht. Erinnere dich, ich habe von einem Supermädchen gesprochen.«

»Um mir die Zähne lang zu machen.«

»Nein, Karl.«

»Nein?«

»Wenn ich sagte, ein ›Supermädchen‹, so meinte ich auch ein ›Supermädchen‹.«

»So?«

»Absolute Spitze, sage ich dir.«

»Hast du sie denn auch schon gesehen oder erzählte dir das nur deine neue Flamme?«

»Ich habe sie auch schon gesehen.«

»Und warst so sehr von den Socken?«

»Total.«

Es zeigte sich, daß Karl Thaler ein flexibler Mensch war. Er hielt nicht bis in alle Ewigkeit an einem ursprünglich vertretenen Standpunkt fest.

»Also gut«, entschied er, »du kannst auf mich zählen. Ich werde mir die zu Gemüte führen, damit du mit der deinen auch auf deine Rechnung kommst. Bin ich ein Freund?«

Eine kleine Pause entstand. Dann sagte Max: »Ganz so habe ich das eigentlich nicht gemeint, Karl.«

»Was hast du nicht ganz so gemeint, Albert?«

»Daß du dir die gleich, wie du es ausdrückst, zu Gemüte führst.«

»Was denn sonst, Mann? Ich verstehe dich nicht. Wozu hast du mir den Mund wäßrig gemacht?«

»So weit wollte ich aber nicht gehen.«

»Wie weit denn nur?«

Max räusperte sich wieder einmal, wie viele Menschen das tun, wenn ein Dialog schwierig wird. Man kann das häufig beobachten.

»Karl«, sagte er dann vorwurfsvoll, »mußt du denn immer sofort mit einer ins Bett gehen?«

»Höre ich recht?« rief der Kunstmaler. »Das fragst *du* mich? Ausgerechnet *du*?«

»Es kommt immer auf das Mädchen an, Karl. Ich gebe zu, die meisten warten darauf direkt ungeduldig, ja. Aber nicht jede.«

»Aha. Und hier liegt sozusagen ein Ausnahmefall vor?«

»Ja.«

»Das kann ich ja nachprüfen.«

»Nein, Karl!« antwortete Max schärfer, als er wollte.

Das Erstaunen des Malers wuchs. Er blickte nicht mehr durch. Ohne zu ahnen, daß er damit einen Nagel auf den Kopf traf, antwortete er: »Das kommt mir ja langsam so vor, als ob du an dieser interessiert wärst.«

»Erraten.«

»Was? Ich denke, du bist auf die andere scharf?«

»Nur zum Schein.«

»Albert!« rief Karl. »Du überfordert meine intellektuellen Fähigkeiten. Würdest du deshalb bitte auf mein geistiges Niveau herabsteigen und versuchen, mir in allgemeinverständlicher Form die nötige Aufklärung zu liefern?«

»Hör zu, Karl...«

Albert Max legte seinem Freund die Strategie dar, die er sich ausgedacht hatte. Das rief manche launige Zwischenbemerkung des Malers hervor, jedoch keinen einzigen Einwand der Entrüstung. An Moral oder ähnliches dachte Thaler so wenig wie Max. Moral kann man von Männern in solchen Dingen anscheinend nicht erwarten.

Zuletzt fragte der Kunstmaler amüsiert: »Wie heißen die zwei denn?«

»Sonja und Vera.«
»Und welche von denen ist die, die du leimst?«
»Vera.«
»Aha. Und Sonja ist die, die ich für dich warmhalten soll?«
»Genau.«
»Steile Zähne sind beide?«
»Beide.«
»Dann mache ich mit. Ich behalte mir aber eines vor...«
»Was?«
»Daß ich mich, sobald es geht, an dieser Vera schadlos halte. Alle beide dürfen mir nicht verwehrt bleiben, das sage ich dir. Irgend etwas muß ich ja vom Ganzen auch haben.«
»Einverstanden«, sagte Max.

Nach diesem Telefonat legte sich Karl Thaler noch einmal aufs Ohr und setzte seinen unterbrochenen Schlaf eines Gerechten wieder fort. Dasselbe hätte gern auch Albert Max getan, konnte es aber nicht, denn sein Beruf verweigerte ihm den dazu nötigen Müßiggang. Er mußte hart arbeiten.

Nachdem er aufgelegt hatte, blickte er auf die Uhr.

»Moritz!« rief er seinen Hund. »Komm, wir gehen frühstücken. Unser Morgenspaziergang muß heute ausfallen. Dazu ist es schon zu spät.«

Im Stammcafé nahm bis zu einem gewissen Zeitpunkt alles seinen gewohnten Verlauf. »Das übliche?« fragte der allte Kellner. »Das übliche«, nickte Max, sich setzend. Nach fünf Minuten stand das übliche auf dem Tisch. Dann aber hüstelte der Ober in ganz unüblicher Weise.

Sein Gast blickte auf, sagte: »Was gibt's, Herr Augustin?«

»Erlauben Sie eine Frage, Herr Doktor?«
»Natürlich.«
»Entsinnen Sie sich unseres kürzlichen anomalen Gesprächs?«
»Anomal?«

»Anomalen zwischen einem Kellner und einem Gast.«
»Meinen Sie das Gespräch über jene beiden jungen Damen, denen ich begegnet war?«
»Und von denen Sie so sehr beeindruckt waren, ja.«
»Ja, ich erinnere mich, sehr gut sogar. Sie gaben mir einen Tip.«
»Den ich hiermit widerrufen möchte, Herr Doktor.«
Max, der bisher unentwegt gelächelt hatte, veränderte seinen Ausdruck.
»Warum?« fragte er.
»Es war ein schlechter Tip, Herr Doktor.«
»Es handelt sich doch um eine positive Erfahrung aus Ihrem eigenen Leben?«
»Positiv verlief damals nur der erste Teil. Der zweite nicht. Ich hatte auf den vergessen, als ich mit Ihnen sprach. Inzwischen ist er mir wieder eingefallen.«
»Und was war das Negative daran?«
»Daß er fast mit einem Selbstmord endete.«
Der Schock für Albert Max war durchaus zu bemerken. Max verschlug es sekundenlang die Sprache; ein bißchen flatterten auch die Augenlider. Er rauchte selten, vor dem Frühstück nie, aber nun erlag er dem Bedürfnis, sich rasch eine Zigarette anzuzünden. Dann freilich war das Schlimmste überwunden. Er sagte: »Da kann man wieder einmal sehen, wie sich die Zeiten geändert haben. So verrückt sind die Frauen heute nicht mehr.«
»Meinen Sie?« antwortete der Kellner.
»Ich bitte Sie, Herr Augustin, in Amerika und Israel rücken viele von denen schon zur Armee ein. Kann sein, daß es auch bei uns bald soweit ist. Daran können Sie ersehen, aus welchem Holz die heute geschnitzt sind.«
Moritz wartete schon lange auf das Zeichen des Kellners, mit in die Küche zu kommen. Nachdem ihm das einmal erlaubt worden war, hatte er sich innerhalb weniger Tage ganz und gar daran gewöhnt. Er kannte das nicht mehr anders. Es war ihm zum Gewohnheitsrecht geworden.

»Komm«, sagte zu ihm der Ober, sich seiner Pflicht erinnernd, und schlug den Weg zur Küche ein.

Albert Max ließ sich das Frühstück schmecken.

Sonja Kronen und Vera Lang blätterten gemeinsam die neue Ausgabe einer Zeitschrift mit viel Mode, Reise und Erholung durch. Sie hatten Zeit dazu. Von Kunden wurden sie nicht gestört, obwohl der Geschäftsgang langsam, ganz langsam angefangen zu haben schien, sich etwas zu beleben.

Vera zeigte auf eine Seite in der Zeitschrift und fragte Sonja: »Glaubst du, daß die Röcke wirklich wieder kürzer werden?«

»Kommt darauf an, wer sich durchsetzt, die Franzosen oder die Italiener. Vorläufig steht die Partie noch unentschieden, und die Frauen wissen nicht, welchem Diktat sie sich zu beugen haben.«

»Zuletzt doch wieder dem der Franzosen, schätze ich.«

»In Rom und Florenz werden die aber auch von Jahr zu Jahr stärker. Paris muß sich vorsehen.«

Vera blätterte weiter und stieß auf einen Bericht über ›Abenteuer-Reisen‹. Da krochen Leute in Höhlen herum.

»Nicht mein Geschmack«, sagte Sonja und verlor ihr Interesse an der Zeitschrift. Sie wandte sich ab und blickte durch die Scheibe der Tür hinaus auf die Straße.

»Aber das hier«, hörte sie nach einem Weilchen Vera hinter sich sagen, »das finde ich toll.«

»Was?« fragte Sonja über die Schulter.

»Segeln.«

»Segeln«, meinte Sonja mit erwachendem Interesse, »könnte auch mich reizen.«

Sie kam von der Tür zurück.

»Schau dir diese Bilder an, Sonja.«

Ausgezeichnete Fotos und spritzige Bildunterschriften, die von Fachleuten stammten, wirkten zusammen, um in den beiden Mädchen Entzücken zu erregen und ihnen Begeisterungsausrufe zu entlocken.

»Und ich Schaf«, sagte dann aber Vera plötzlich, »hätte beinahe abgelehnt.«

»Was hättest du beinahe abgelehnt?« fragte Sonja.

»Da mitzumachen.«

»Beim Segeln?«

»Ja.«

Sonja blickte Vera erstaunt an.

»Davon weiß ich ja gar nichts.«

»Das ist ja auch noch ganz neu. Interessierst du dich denn dafür?«

»Sehr.«

»Ich wurde dazu eingeladen und hätte dir das auf alle Fälle noch gesagt. Ich hätte mit dir sogar darüber sprechen müssen, weil ich gefragt wurde, ob du nicht auch mitmachen möchtest.«

»Ich?«

»Hättest du Lust?«

»Doch, doch. Sind das alte Bekannte von dir?«

»Alte Bekannte... nicht«, antwortete Vera zögernd.

»Wer denn?«

»Zwei Männer. Den einen habe ich zwar selbst noch nicht gesehen, aber den anderen kennst auch du.«

»Wen denn?«

»Max.«

Sonja starrte Vera an.

»Der?«

»Ja«, nickte Vera und setzte eifrig hinzu: »Max ist sein Familienname und nicht Vorname. Das hast du ihm doch angekreidet? Ich auch, aber damit haben wir ihm beide unrecht getan. Sein Vorname lautet Albert.«

Sonja schien vollständig verändert.

»Das weißt du schon alles, seit du mit ihm aus warst«, sagte sie unfreundlich. »Ich stelle fest, daß das Tempo, das du von Anfang an mit dem eingeschlagen hast, nicht langsamer geworden ist.«

»Sonja!« explodierte Vera. »Was geht dich das an?«

»Nichts, meine Liebe.«

»Dann streite nicht schon wieder mit mir über den!«

»Vera, ich will doch nur, daß du sozusagen sparsamer mit dir umgehst. So wie früher. Was ist plötzlich mit dir los? Ein Mädchen wie du hat es doch nicht nötig, sich einem an den Hals zu schmeißen.«

»Laß das meine Sorge sein. Im übrigen will ich dir verraten, daß ich auch früher nicht so ganz sparsam mit mir umgegangen bin, wie du dich ausdrückst. Und ich hatte mein Vergnügen dabei. Nimm das zur Kenntnis, meine Liebe.«

»Ich nehme es zur Kenntnis.«

»Mein Ausgang mit dem –«

»Euer Ausgang interessiert mich nicht«, unterbrach Sonja. »Du hast mir davon bisher nichts erzählt und ich habe dich auch nicht danach gefragt. Warum halten wir es nicht weiterhin so? Das wäre mir lieber.«

»Bitte, wie du willst. Ich hätte ja auch nicht davon angefangen, weil das nun wirklich meine Privatangelegenheit ist. Ich wurde aber gebeten, die Einladung zum Segeln an dich weiterzureichen. Daß sich das als Schlag ins Wasser erweisen wird, war mir von vornherein klar, und ich habe das Albert auch angekündigt.«

»Hoffentlich hast du ihm wenigstens verschwiegen, wer ich bin?«

»Ja, das habe ich. Dein Geheimnis, daß du die Besitzerin des Ladens hier bist, blieb gewahrt.«

Etwas versöhnlicher gestimmt, sagte Sonja: »Danke, Vera. Siehst du, allein deshalb kann das nicht in Frage kommen für mich. Ich möchte nicht, daß der entdeckt, von mir an der Nase herumgeführt worden zu sein. Wie sähe das denn aus?«

»Wie das aussähe?« Vera stieß verächtlich die Luft durch die Nase. »Wie ein kleiner Spaß, ein völlig unwichtiger. Gelacht würde ein bißchen darüber, mehr nicht. Die Sache hat doch nicht das geringste Gewicht. Dieser mißt doch nur du irgendwelche Bedeutung bei.«

»Darüber gehen unsere Auffassungen auseinander, Vera.«

»Ziemlich weit, Sonja, das sehe ich.«

Sonja Kronen schwieg eine Weile, überlegte. Ein kleines Lächeln brach in ihrem Gesicht durch.

»Vera«, sagte sie, die Hand ausstreckend, »ich sehe ein, daß ich zu weit gegangen bin. Selbstverständlich kannst du machen, was du willst, und ich verspreche dir, daß du in Zukunft in dieser Richtung von mir kein Wort mehr hören wirst, über das du dich ärgern könntest. Kurz und gut: Meiden wir dieses Thema. Einverstanden?«

»Einverstanden«, nickte Vera, Sonjas Hand ergreifend.

Zwei Indianer hätten jetzt eine Friedenspfeife geraucht.

So einfach war das aber zwischen Sonja und Vera nicht...

Solange sich Vera im Laden Sonjas nützlich machte, bestand die Gefahr, daß die Tür aufging und als erster Moritz hereindrängte, dem als zweiter Max folgte. Wenn dann auch Sonja anwesend war, ließ es sich kaum mehr vermeiden, daß Farbe bekannt werden mußte. Und warum sollte Sonja – als Geschäftsinhaberin – nicht anwesend sein?

Dennoch war sie es zweimal nicht. Beim erstenmal hatte sie, als Max erschien, eine Sache beim Gewerbeamt zu erledigen.

»Tag, Vera«, sagte Max, »du siehst süß aus, noch besser, als ich dich in Erinnerung hatte.«

»Das sagst du jedesmal«, lachte Vera.

»Dein Aussehen steigert sich ja auch noch immer.«

»Danke. Wie geht's dir?«

»Seit ich dich kenne, blendend. Und dir?«

»Genau dasselbe kann ich auch sagen.«

»Auch mein Freund ist schon neugierig auf dich. Er kann's nicht mehr erwarten, dich kennenzulernen.«

»Das hängt von dir ab.«

»Er soll sich mehr auf deine Freundin konzentrieren. Hast du schon mit ihr gesprochen?«

»Ja.«

»Und?«

»Wir müssen uns eine andere suchen.«

Er blickte sie ungläubig an.

»Sie will nicht?«

»Nein.«

»Dann hast du ihr das nicht richtig schmackhaft gemacht.«

»Ich gab mir alle Mühe.«

Seine Enttäuschung war groß. Er führte auch seinen Freund ins Feld, den er vorschob, indem er meinte: »Was wird Karl sagen? Ich habe ihm das Ganze schon als geritzt dargestellt, und er plante bereits eine Einstandsfeier.«

»Ich hatte dich aber gewarnt, Albert, das mußt du zugeben.«

»Was heißt gewarnt?«

»Ich sagte dir, daß die ein anderer Typ sei.«

Er warf das Steuer herum.

»Laß *mich* mit ihr reden.«

Sie schüttelte den Kopf. Wenn du wüßtest, dachte sie dabei, wie wenig Zweck gerade das hat.

»Das kannst du dir sparen, Albert«, sagte sie.

»Warum?«

»Die will unter keinen Umständen.«

»Vielleicht doch.«

Seine Hartnäckigkeit weckte leises Mißtrauen in ihr.

»Warum bist du denn gar so versessen auf die?«

»Versessen?«

»Anders kann ich das nicht nennen.«

Gewarnt wich er zurück.

»Du irrst dich, Vera. Warum sollte ich auf die versessen sein? Ich dachte nur wieder an meinen Freund. *Der* ist das!«

»Der hat sie doch noch gar nicht gesehen.«

»Aber ich habe sie ihm geschildert.«

»In allen prächtigen Farben?«

»Ja«, spielte er diese Partie gewagt weiter. »Verdient sie das denn nicht?«

»Doch.«

»Ist die nicht phantastisch?«

»Sicher.«

»Muß das nicht jeder zugeben? Auch du?«

»Ja.«

Veras Ton war immer widerwilliger geworden.

»Siehst du«, sagte er, »so habe ich sie meinem Freund dargestellt: als Spitzenprodukt; sie sei das schönste Mädchen, das er sich vorstellen könne.«

Veras Ausdrucksweise verlor das Damenhafte!

»Hoffentlich hast du dir keinen abgebrochen dabei?«

»Nein«, erwiderte er mit undurchdringlicher Miene, grinste dann plötzlich und fuhr fort: »Es gibt nur eine einzige, sagte ich auch noch zu ihm, die sie übertrifft: eine gewisse Vera Lang...«

Die Sonne ging wieder auf in Veras Gesicht.

»...aber die kommt für dich nicht in Frage, Freundchen, sagte ich«, schloß er.

»Albert!«

»Ja?«

»Möchtest du heute abend zu mir kommen?« fragte Vera, die sich ganz rasch einen Dank ausgedacht hatte.

»Nach Ottobrunn?«

»Ja.«

»Leider kann ich das nicht, Vera.«

»Auch nicht«, lockte sie ihn, »wenn ich dir sage, daß die Einladung diesmal das Frühstück mit einschließt?«

»Auch dann nicht, Vera«, bedauerte er. »Ich muß nach Frankfurt.«

»Heute noch?«

»Mit der Abendmaschine. Ich kann das nicht mehr verschieben.«

»Schade«, seufzte Vera.

»Ich melde mich, sobald ich zurück bin.«

»Wann ist das der Fall?«

»In zwei, drei Tagen. Genaueres kann ich noch nicht sagen.«

Was macht er in Frankfurt? fragte sich Vera. Das Normale wäre es doch, wenn er sich nun darüber ein bißchen äußern würde. *Ich* würde das jedenfalls tun. Nächste Woche muß ich nach Wien. *Ich* werde ihm sagen, wozu. Oder nein, ich werde es ihm nicht sagen. Er sagt es mir ja auch nicht.

»Was geschieht eigentlich mit deinem Hund, wenn du verreist?« fragte sie ihn.

»Das ist immer ein Problem«, antwortete er. »Ich habe zwar ein paar Leute an der Hand, die ihn mir abnehmen, aber bis auf eine alte Dame stecken die alle auch in Berufen, von denen sie oft gezwungen werden, herumzukutschieren. Und mit der alten Dame macht er, was er will.«

»Könnte ich da mal einspringen?«

»Vera«, sagte er grinsend, »ich weiß genau, wie du zu dem Köter stehst – mit vollen Recht, betone ich. Deshalb wärst du die Allerletzte, der ich ihn zumuten würde.«

»Du könntest mich trotzdem in Anspruch nehmen. Für dich mache ich ja alles.«

»Lieb von dir, aber, wie gesagt, ich hoffe, nie darauf zurückkommen zu müssen.«

»Rufst du mich aus Frankfurt mal an?«

»Gerne. Dann mußt du mir aber deine Telefonnummern geben, sowohl die vom Geschäft hier als auch deine private.«

Vera schrieb ihm beide auf einen Zettel, den er einsteckte.

»Jetzt muß ich aber gehen«, sagte er dann, und automatisch lief Moritz, der diese Worte längst verstehen gelernt hatte, zur Tür.

Moritz hatte sich vorher nur gelangweilt. »Platz!« hatte ihm sein Herr befohlen, als die beiden hereingekommen waren in den Laden, und Moritz hatte sich die ganze Zeit nicht vom Fleck gerührt, hatte dies nicht einmal versucht.

Der Vorhang im Hintergrund hatte ihn heute nicht interessiert. Das konnte nur darauf zurückzuführen sein, daß der Raum hinter dem Vorhang leer war.

Albert stellte an der Tür einen flüchtigen Versuch an, Vera zu küssen. Das Unternehmen mißglückte, da nicht nur auf seiten Alberts der richtige Druck fehlte, sondern auch Vera sanften Widerstand leistete. Die verbale Begründung, die sie lieferte, lautete: »Nicht im Geschäft.«

So begnügten sie sich damit, sich die Hände zu schütteln.

»Und du glaubst«, fragte Albert als letztes, »daß mit der wirklich nichts zu machen ist?«

»Mit meiner Freundin?«

»Ja.«

»Nein, bestimmt nicht.«

»Normal ist die nicht, wie?«

»Ihr werdet doch noch eine andere auftreiben können?«

Er zuckte unsicher mit den Achseln.

»Wiedersehen«, sagte er. »Mach's gut.«

»Paß auf dich auf«, lächelte Vera, trat mit ihm auf den Bürgersteig hinaus und blickte ihm nach. Nach wenigen Schritten drehte er sich noch einmal um und winkte. Sie winkte zurück. »Ruf mich an!« rief sie ihm nach. Er nickte und hatte dann seine ganze Aufmerksamkeit auf Moritz zu richten, der ihm schon wieder weit voraus war.

Der Aufenthalt in Frankfurt dehnte sich aus, er nahm fast eine ganze Woche in Anspruch. Die Verhandlungen, die Albert Max zu führen hatte, erwiesen sich als schwieriger, als zu erwarten gewesen war. Albert rief deshalb Vera zweimal an, das erstemal abends, als sie schon zu Hause in ihrer Wohnung war. Sie freute sich sehr, daß er sein Versprechen hielt.

»Wo bist du gerade?« fragte sie ihn.

»In meinem Hotelzimmer. Warum?«

»Ich höre Musik.«

»Hier haben alle Zimmer Radio.«

»Bist du allein?«

»Nein«, lachte er, »bei mir befindet sich eine ganz heiße Frankfurterin.«

»Ich hoffe, du lügst.«

Er hatte nicht gelogen.

»Wie steht's denn umgekehrt?« fragte er. »Wer befindet sich bei dir?«

»Niemand.«

»Ich hoffe, du lügst nicht.«

Sie hatte gelogen.

Beide waren sie nicht allein. Veras Fall war aber doch ein anderer als der Alberts.

»Ich habe eine Bitte an dich, Vera«, fuhr Albert fort.

»Ja?«

»Ruf doch meinen Freund an. Ich habe es schon ein paarmal versucht, er meldet sich nicht, und morgen werde ich dazu überhaupt keine Zeit haben. Heute hat's auch keinen Zweck mehr. Wie ich ihn kenne, hockt er wieder in irgendeiner Kneipe herum und kommt erst spät nach Hause. Könntest du mir also helfen?«

»Aber natürlich. Sag mir seine Nummer, ich schreibe sie mir auf...«

Er gab sie ihr, sie notierte sie sich, dann fuhr er fort: »Sag ihm, daß ich ihn wieder mal bitten muß, sich um Moritz zu kümmern. Ich werde hier aufgehalten –«

»Du wirst aufgehalten?« unterbrach sie ihn.

»Ja, das wollte ich dir auch sagen. Es wird noch zwei, drei Tage länger dauern, bis ich zurückkomme...«

»Oh!« rief sie.

»Es läßt sich nicht ändern, Vera, es tut mir leid. Sag also Karl, daß er den Hund zu Bruckner nach Milbertshofen bringen muß. Mo-«

»Wohin?« unterbrach Vera erneut.

»Zu Bruckner in Milbertshofen... Bruckner wie Anton Bruckner, der große Musiker... Moritz befindet sich zur Zeit bei Hahn –«

»Wo?«

»Bei Hahn... Hahn wie der Gockel auf dem Mist. Karl weiß das schon, Vera, er kennt die Adressen alle. Das Ehepaar Hahn bekommt übermorgen Besuch von einem befreundeten Ehepaar mit zwei kleinen Kindern. Denen darf kein Hund in die Nähe kommen, aus hygienischen Gründen nicht, sagen die Eltern. Deshalb muß Moritz weg. Das Vieh treibt mich noch zum Wahnsinn. Ich dachte ja, da ich bis übermorgen längst wieder in München sein würde, dann hätte sich das ganze Problem nicht ergeben. Erledigst du den Anruf, Vera?«

»Ganz bestimmt, Albert.«

»In Zukunft werde ich mich damit sowieso nicht mehr belasten.«

»Was willst du denn machen?«

»Ich weiß nun, was mir, wenn ich zurück bin, mit dem Hund vorschwebt.«

»Was denn?«

»Eine Radikallösung.«

»Albert!« rief Vera. »Du kannst ihn doch nicht etwa töten lassen?«

»Warum kann ich das nicht? Du siehst ja, daß ich mich aus München nicht mehr herauswagen kann. Soll ich denn eher meinen Beruf wechseln?«

»Es gibt doch auch noch andere Möglichkeiten?«

»Vera«, wunderte sich Albert, »was ist plötzlich in dich gefahren? Seit wann schlägt dein Herz für diese Mißgeburt?«

»Das tut mein Herz gar nicht, im Gegenteil, ich verabscheue den Köter.«

»Dann sind wir uns ja einig und du begleitest mich, wenn ich ihn zum Abdecker bringe.«

»Niemals!«

Das war ein Aufschrei aus Veras Mund.

»Warum nicht, Vera? Wo bleibt deine Konsequenz?«

»Ach«, erwiderte sie, »bleib mir vom Hals mit deiner Konsequenz. Du sprichst mit einer Frau und nicht mit einem Mann. Das muß dir alles sagen.«

»Ihr seid alle gleich«, lachte er, wobei er zur Seite blickte. Er lag zugedeckt im Bett. Eng neben ihm räkelte sich unter der gleichen Decke eine Frau. Sie war nackt, wie er selbst auch. Ihre Hände wußten, wie sie's bei ihm anstellen mußten, daß er endlich aufhörte zu telefonieren. An sich störte es sie nicht, daß er mit einem Mädchen in München sprach. Sie sah in dieser keine Konkurrentin. Es war nur so, daß es ihr einfach zu lange dauerte. Sie liebte Albert Max nicht, sondern schlief nur gerne mit ihm, wenn er – egal aus welchen Gründen – nach Frankfurt kam und sie anrief. Sie war verheiratet, sogar gut verheiratet, leider aber war ihr Mann nicht mehr in der Lage, ihre Ansprüche im Schlafzimmer, die immer noch wuchsen, voll und ganz zu erfüllen. Was hätte sie also machen sollen? Die Überwindungskraft, sich selbst ein bißchen mehr auf Sparflamme zu setzen, besaß sie nicht und wollte sie auch gar nicht besitzen.

Ihre Hand fuhr zwischen Alberts Knie und glitt langsam an der Innenseite eines Oberschenkels hoch. Als die Finger ihr Ziel erreichten, stöhnte Albert auf.

Vera hatte gerade gesagt: »Interessieren würde es mich aber schon sehr, warum der Hund nicht bei deinem Freund Unterschlupf finden kann. Das wäre doch das Nächstlieg-«

Pause.

»Albert... warst du das?«

»Was?«

»Von dem dieser Laut im Hörer kam.«

»Welcher Laut?«

»Hast du das nicht gehört?«

»Nein.«

»Komisch... Dann muß ich mich getäuscht haben, oder es war wieder irgendeine Störung...«

»Du warst gerade dabei, mich zu fragen, warum Karl den Hund nicht nimmt...«

»Ja.«

»Das kann der nicht. Ihn besucht nämlich oft eine Katze

aus einem der unteren Stockwerke, die ihm sein Atelier von Mäusen freihält. Und Moritz stürzt sich auf jede Katze, die er sieht. Dagegen bin ich einfach machtlos. Auch ein Grund, mich seiner zu entledigen.«

»Darüber sprechen wir noch, wenn du zurück –«

Kurze Pause.

»Da, das gleiche wieder, Albert. Das mußt du doch hören?«

»Nein«, sagte Albert, hustete und fuhr fort: »Aber jetzt muß ich Schluß machen, Vera. Mich will nämlich jetzt um diese Zeit heute noch ein wichtiger Mann anrufen, der das nicht dreimal versucht, wenn er nicht durchkommt. Das verstehst du doch?«

»Aber natürlich, Liebling. Warum hast du das nicht eher gesagt? Leg rasch auf. Ich küsse dich...«

»Ich küsse dich auch...«

»*Mich* küßt du jetzt, nicht die!« sagte eine geile Stimme neben Albert, als der Hörer auf der Gabel lag. »Und das soll erst der Anfang sein...«

Diese Entwicklung glich jener in Ottobrunn aufs Haar, nur hinkte letztere der in Frankfurt ein bißchen nach. Und Vera nahm an der in ihrer Wohnung auch mit etwas geringerer Begeisterung teil, als Albert an der in seinem Hotelbett.

Bei Vera befand sich ein alter Freund, der ganz überraschend bei ihr aufgetaucht war. Die beiden hatten einmal geglaubt, einander heiraten zu wollen, dann aber eingesehen, daß sie damit zu weit gegangen wären. Sie hatten sich deshalb entschlossen, den entscheidenden letzten Schritt nicht zu tun, behielten jedoch die angenehme Angewohnheit bei, von Zeit zu Zeit miteinander zu schlafen. Er hatte inzwischen eine andere zum Standesamt geführt, liebte diese sogar, schätzte aber auch die Abwechselung. Bei Vera hatte er damit bisher leichtes Spiel gehabt. Vera kämpfte zwar manchmal gegen sich selbst an, hatte aber dabei nur selten Erfolg. Ihr Verlangen nach Sex war einfach stärker als ihr Bestreben, ihm zu widerstehen.

»Conny«, sagte sie, auf das Telefon weisend, zu dem Mann, der ihr das Wohnzimmer vollqualmte, »weißt du, wer das war?«

»Dein Neuer, schätze ich.«

»Der Endgültige.«

»Gratuliere.«

»Deshalb bist du heute umsonst gekommen.«

»Vera«, stieß er baß erstaunt hervor, »du willst doch nicht sagen, daß du plötzlich nicht mehr an unserer entzückenden Gewohnheit festhalten willst?«

»Doch, das will ich sagen.«

»Vera!«

Vera schüttelte fest entschlossen den Kopf.

»Aber warum denn, Vera?«

»Weil ich ihn liebe, Conny.«

»Na und? Denkst du, daß ich meine Frau nicht liebe? Habe ich dir je etwas anderes gesagt?«

»Nein.«

»Na also«, nickte er, »deshalb kann doch das zwischen uns weitergehen.«

Conny drückte die halbe Zigarette, die er in den Fingern hielt, im Aschenbecher aus, erhob sich aus seinem Sessel, kam um den Tisch herum und setzte sich neben Vera auf die Couch. Er hatte eine sehr starke männliche Ausstrahlung. Auf Vera hätte aber nach ihrer Periode auch der Briefträger eine starke männliche Ausstrahlung gehabt. Das war nicht zu leugnen.

Conny legte seinen Arm um Veras Schulter.

»Ich will doch dem nicht den Platz in deinem Herzen streitig machen«, sagte er.

Es geht nicht um mein Herz, dachte Vera erbebend.

Conny, zwar noch ein relativ junger Mann, aber schon ein alter Fuchs, spürte das. Er küßte sie aufs Ohr. Vera erbebte noch stärker.

»Nicht, Conny«, bat sie ihn.

»Doch, Vera«, flüsterte er ihr ins Ohr, in das heiß sein Atem drang.

»Conny...«
»Vera...«
Connys Druck auf Veras ganzen Oberkörper wuchs.
»Nicht«, bat sie ihn ein letztes Mal.
»Doch...«
Vera sank hintenüber...

Das zweite Mal rief Albert um die Mittagszeit Vera im Geschäft an, erreichte sie jedoch nicht auf Anhieb.

Eine Damenstimme meldete sich: »Boutique Sonja... Bitte?«

»Tag, Vera«, sagte Albert. »Bist du erkältet oder was? Deine Stimme klingt anders.«

»Hier ist nicht Vera. Kann ich ihr etwas bestellen? Wer sind Sie denn?«

»Max.«

Einen Moment herrschte Stille, dann sagte die Dame, die nicht Vera war, merklich kühler: »Fräulein Lang ist noch bei Tisch. Sie müßte aber bald zurück sein. Versuchen Sie's doch in ein paar Minuten noch einmal.«

»Mache ich, danke... Hallo...«

Nichts.

»Hallo... Wer sind *Sie* denn?«

Die Leitung war tot.

Verärgert legte Albert Max auf. Er hatte den Eindruck, abgefertigt worden zu sein. ›Abgefertigt‹, ja, das war der richtige Ausdruck. Er mußte sich nicht fragen, von wem. Von der Besitzerin natürlich. In dem Laden dort, dachte er geringschätzig, wimmelt es ja nicht gerade von Personal. Wenn die einzige Verkäuferin zum Essen geht, muß die Chefin einspringen; eine zweite Verkäuferin steht ja in diesem Laden nicht zur Verfügung.

Laden? Das mußt du dir abgewöhnen, ermahnte er sich innerlich spöttisch. Das ist neuerdings kein Laden mehr – eine Boutique ist das, wie ich höre. Wundert mich, daß sie das nicht schon beim Start war. Bißchen verspätet, der Einfall...

Nach einer Zigarettenlänge rief er wieder an. Nun war Vera an der Strippe.

»Man hat mir gesagt, daß du's schon versucht hast«, erklärte sie.

Das wundere ihn aber, antwortete er.

»Was wundert dich?« fragte sie ihn.

»Daß man so freundlich war, dir das mitzuteilen.«

»Was hast du?« antwortete sie erstaunt. »Du sagst das so gereizt?«

»Gereizt ist übertrieben, aber überrascht hat mich die Art von der schon. Sag mal, ist die zu dir auch so?«

»Vom wem sprichst du?« fragte Vera vorsichtig.

»Von deiner Chefin.«

Erkannt hat er die also nicht, dachte sie und richtete danach ihr Gespräch ein.

»Ich kann mich über sie nicht beklagen, Albert.«

»Seit wann betrachtet sie sich denn als Besitzerin einer Boutique?«

Vera lachte.

»Seit gestern. Unser Schild ist schon umgeändert.«

»Was ich von dem ganzen Betrieb – wie immer ihr ihn nennt – halte, weißt du.«

»Wann kommst du zurück, Süßer?«

Vera dachte an den Ausrutscher mit Conny und hatte ein schlechtes Gewissen.

»Übermorgen, Süße.«

»Prima. Ich freue mich. Weißt du schon, mit welcher Maschine?«

»Nein, warum?«

»Ich würde dich gerne in Riem abholen.«

»Das wirst du noch oft genug tun können.«

»Bist du denn soviel unterwegs?«

»Ich will nicht übertreiben. Manchmal komme ich monatelang, wie man so schön sagt, nicht vor die Tür. Weißt du, was das heißt?«

»Was denn?«

»Daß du dich darauf gefaßt machen mußt, mich bis zum Überdruß am Hals zu haben.«

»Ein herrlicher Überdruß!« jubelte Vera.

»Warte nur!« drohte er fröhlich.

Er dachte nicht an seine Frankfurter Gespielin und konnte deshalb auch kein schlechtes Gewissen haben.

»Hast du Karl angerufen?« fragte er.

»Selbstverständlich«, berichtete sie eifrig. »Gleich am nächsten Morgen –«

»Oje, davor hätte ich dich warnen müssen!« warf er dazwischen.

»Ja«, fuhr sie fort, »er scheint einen anderen Turnus als unsereins zu haben. Ich mußte mich sehr bemühen, bis es mir gelang, im Gespräch mit ihm sozusagen Fuß zu fassen. Zuerst hat er mich, dich und besonders deinen Hund tausendmal verflucht.«

»Du darfst ihm nicht böse sein, Vera. Er ist ein guter Freund. Solche Dinge sagt er nur, wenn er im Schlaf gestört wird.«

»Sei unbesorgt, Albert, diesen Eindruck hatte ich auch. Zuletzt fand ich ihn sogar ausgesprochen entzückend.«

»Entzückend?«

»Er will mich malen.«

Ja, dachte Albert, das sagt er jeder. In Öl. Und nackt.

»Hoffentlich hat er nicht vergessen, sich um Moritz zu kümmern, Vera.«

»O nein, das hat er noch am gleichen Tag getan.«

»Das nimmst du an?«

»Nein, das weiß ich.«

»Woher weißt du das?«

»Weil er mich angerufen und mir Vollzugsmeldung erstattet hat.«

»Hat er das?«

»Ja.«

»Nur das?«

»Was ›nur das‹? Ich weiß nicht, was du meinst.«

»Vera, ich kenne den doch. Warum sagst du mir nicht,

daß er dich bei der Gelegenheit auch eingeladen hat, ihn in seinem Atelier zu besuchen?«

»Hältst du das für wichtig, Albert? Wichtig ist, daß ich nicht hingehe – oder erst später, in deiner Begleitung. Dann kann ich mir ja die Höhle des Löwen, wie er selbst sagte, ansehen.«

Das war für beide Grund zum Lachen.

»Hat das mit deinem wichtigen Mann geklappt?« fragte dann Vera.

»Mit welchem wichtigen Mann?«

Albert hatte keine Ahnung, mit welchem wichtigen Mann etwas geklappt haben sollte.

»Der dich abends noch anrufen wollte«, sagte Vera.

»Wo?«

»In deinem Hotelzimmer.«

»Ach der!« Albert klatschte sich mit der flachen Hand so laut gegen die Stirn, daß es Vera von Frankfurt bis München hören konnte. »Nein, stell dir vor, der rührte sich erst am nächsten Abend. Und ich habe die halbe Nacht auf seinen Anruf gewartet. Aber so sind diese Leute. Ein zweites Mal passiert mir das mit dem nicht mehr, das sage ich dir.«

»Daß dich das geärgert hat, kann ich mir lebhaft vorstellen, aber...«

Vera brach ab. Es war ihr nicht entgangen, daß die Ladentür aufging. Eine vollschlanke Dame mittleren Alters kam zusammen mit einem langbeinigen Teenager herein.

»Du, Liebling«, sprach Vera hastig in die Muschel, »ich muß aufhören, Kundschaft kommt. Wann sehen wir uns wieder? Übermorgen sagtest du, nicht? Melde dich bitte gleich. Mach's gut.«

»Mach's gut«, antwortete auch Albert, aber Vera hatte schon aufgelegt.

Die Vollschlanke und der langbeinige Teenager waren Mutter und Tochter. Letztere hieß Sabine. Sie trug Jeans und ein T-Shirt, unter diesem ganz deutlich nichts.

Aus Sabines absolut unbeteiligtem Gesichtsausdruck

ging hervor, daß ihr nichts ferner gelegen hatte, als dieses Geschäft hier zu betreten. Das war nur der Wunsch der Mutter gewesen, um dessen Erfüllung ein längerer Kampf zwischen ihr und ihrer Tochter hatte ausgefochten werden müssen. Die beiden wurden nicht nur von Vera in Empfang genommen, sondern auch von Sonja, die ja ebenfalls anwesend war.

»Ich hätte gern ein hübsches Kleid für meine Tochter«, gab Sabines Mutter bekannt, als sie nach ihrem Begehr gefragt worden war.

Um die nötige Eingrenzung vorzunehmen, erkundigte sich Sonja: »An was hätten Sie denn gedacht, gnädige Frau... an ein Kleid für den Sommer, den Winter, den Abend... welches Material...?«

Mutters liebevoller Blick wanderte zur Tochter.

»Woran hast du denn gedacht, mein Kind?«

Sabines Antwort war barsch.

»Du mit deinem ewigen ›Kind‹! Du weißt, ich will das nicht hören!«

»Entschuldige, Sabine.«

»Außerdem stammt diese überflüssige Idee, ein Kleid zu kaufen – ›Kleidchen‹ sagst du sogar meistens – nur von dir. Wir alle tragen heute Hosen.«

»Davon hast du doch schon ein halbes Dutzend – und kein einziges passendes Kleid mehr.«

»Wozu denn ein Kleid? Seit Wochen gehst du mir damit auf die Nerven!«

»Sabine, bitte, nicht diesen Ton! Was wurde gestern abend zwischen uns vereinbart? Daß du mich heute in die Stadt begleiten wirst zum Einkaufen. Hast du mir das in die Hand versprochen oder nicht?«

»Weil du dir sonst noch die Augen aus dem Kopf geweint hättest.«

»Und was war mit Vater? Der hat nicht geweint, und trotzdem mußtest du ihm das gleiche versprechen. Wie du in einem Rock aussiehst, würde er gerne mal sehen, sagte er.«

Sonja und Vera verfolgten diesen zeitgemäßen Dialog zwischen Mutter und Tochter, der ein Teil dessen war, was unter der Bezeichnung ›Generationenkonflikt‹ läuft, mit Sorge. Besonders Sonja fürchtete, daß hier ein erhofftes Geschäft noch lange nicht unter Dach und Fach war. Doch dann klappte es zur allgemeinen Überraschung relativ rasch. Sabine blickte auf die Uhr. Sie wußte, daß sie einen unaufschiebbaren Termin mit einer Freundin in einem Schallplattenladen hatte. Sie verzichtete deshalb auf weitere Renitenz, und so wurde innerhalb einer Viertelstunde das Kleid, das ihrer Mutter am besten gefiel, gekauft. Sabine verzichtete auch auf jede eigene Prüfung. Im Schrank, sagte sie sich, würde der Fetzen auf alle Fälle gut hängen.

Während Sonja das Kleid zusammenlegte, richtete sie an ihre Kundinnen die übliche Frage: »Haben die Damen noch einen Wunsch?«

Sabine schüttelte verneinend den Kopf.

Ihre Mutter sagte jedoch: »Ja.«

Dann begann sie ein Geheimnis zu lüften, über das sie bis zu diesem Augenblick ihrer Tochter gegenüber kein einziges Wort verloren hatte. Sie fuhr fort: »Sie haben doch sicher auch Behas?«

»Natürlich«, nickte Sonja.

»Mutter«, ließ sich Sabine vernehmen, »dazu werde ich ja nicht mehr gebraucht. Ich bin in einer halben Stunde mit Gerda verabredet, deshalb möchte ich hier keine Zeit mehr verlieren und –«

»Die paar Minuten wirst du schon noch opfern müssen«, unterbrach ihre Mutter sie.

»Wozu denn? Draußen trennen wir uns doch ohnehin gleich.«

»Aber hier drinnen brauchen wir noch deine Größe.«

Vollkommen ahnungslos antwortete Sabine: »Meine Größe? Wozu?«

Was hat meine Größe, dachte sie, mit einem Beha für Mutter zu tun?

Sabine schätzte die Lage absolut falsch ein.

»Wir wollen uns nicht auf unser Augenmaß allein verlassen«, sagte ihre Mutter. »Deshalb ist eine Anprobe nötig.«

Kurze Stille trat ein.

»Mutter!« stieß Sabine dann hervor.

»Ja?«

»Soll das etwa heißen, daß dieses... dieses Ding für mich gedacht ist?«

Die alte Dame, die wußte, wie schwer die Geburt war, die hier vonstatten gehen sollte, setzte zu einer längeren Darlegung an.

»Sabine«, sagte sie, »sieh mal, du bist jetzt in einem Alter –«

»Mutter!«

»In einem Alter –«

»Mutter, spar dir deine Worte! Dieser Wahnsinn kommt für mich nicht in Frage!«

»Welcher Wahnsinn? Weißt du denn, von was du sprichst?«

»Doch, doch, sehr gut weiß ich das. Du willst mich zum Gespött aller machen.«

»Zu was?«

»Zum Gespött aller.«

»Aber Kind, was ist das für ein Unsinn? Für jedes anständige Mädchen aus gutem Hause kommt doch einmal die Zeit, in der sie einen Beha trägt.«

»Nicht mehr heute. Wo hast du deine Augen? Vor hundert Jahren, ja, in deiner Zeit –«

»Sabine, ich verbitte mir das, ich bin noch keine hundert Jahre alt!«

»Aber deine Ansichten sind es.«

»Meine Ansichten sind diesbezüglich auch die Ansichten deines Vaters.«

»Hat er das gesagt?«

»Ja.«

»Dann glaube ich ihm das nicht.«

»Du glaubst deinem Vater nicht?«

»Nein, weil ich nämlich weiß, wie gern gerade seine Jahrgänge da bei uns hingucken.«

»Sabine!« Die Mutter stampfte mit dem Fuß auf den Boden. »Bist du verrückt?«

Über und über rot geworden, wandte sie sich an Sonja und Vera.

»Haben Sie das gehört, meine Damen?« Sie sandte einen anklagenden Blick empor zum Himmel. »So spricht die heutige Jugend über die Generation, der sie alles verdankt. Wo soll das noch hinführen, frage ich Sie.«

Sabine blieb hart.

»Mutter«, ergriff wieder sie das Wort, »du kannst reden, was du willst, ich ziehe so etwas nicht an. Die Jungs würden sich totlachen.«

»Welche schon?« erwiderte die Mutter wegwerfend.

»Alle!«

Die alte Dame begriff langsam, daß sie auf verlorenem Posten stand. Sie lieferte nur noch ein Rückzugsgefecht.

»Alle?« sagte sie. »Dann beglückwünsche ich dich zu deinem Umgang.«

»Der ist schon in Ordnung.«

»Ich möchte doch wenigstens annehmen, daß die Betreffenden gut genug erzogen sind, um über solche Dinge mit euch nicht auch noch zu sprechen.«

»Über welche Dinge?«

»Zum Beispiel über das Thema, welches hier zur Debatte steht.«

»Aber klar, Mammi«, erklärte Sabine erheitert. »Gerade darüber sprechen sie besonders gern mit uns.«

Mammi blickte nur noch stumm Sonja und Vera an, die beide sehr mit sich zu kämpfen hatten, um nicht laut lachend herauszuplatzen.

»Kann ich jetzt gehen?« fragte Sabine.

»Mit wem, sagtest du, bist du verabredet?« erwiderte ihre Mutter ohne rechtes Interesse.

»Mit Gerda.«

»Kenne ich die?«
»Nein.«
»Wann kommst du nach Hause?«
»Das weiß ich noch nicht.«
»Sag ihr schöne Grüße.«
»Wem?«
»Deiner Freundin.«
»Die kennst du doch gar nicht.«
»Ach so«, besann sich, leicht verstört, Sabines Mutter. »Nein, dann nicht.«
»Wiedersehen, Mammi«, sagte das Mädchen, nickte auch Sonja und Vera zu und strebte zur Tür.
»Wiedersehen, mein Kind.«

Gut, daß Sabine das nicht mehr hörte, sonst hätte sie noch einmal Veranlassung gesehen, mit ihrer Mutter ein Hühnchen zu rupfen.

Drei Tage darauf entdeckte Sonja an ihrer Ladentür wieder einen alten Bekannten.

»Vera«, stieß sie hervor, »du bekommst Besuch.«

Dann suchte sie rasch ihr altes Versteck hinter dem zweiteiligen Vorhang am Ende des Ladens auf.

Vera lief zur Tür, um Moritz hereinzulassen und um dessen Besitzer in Empfang zu nehmen. Letzteres war ihr natürlich das weitaus Wichtigere. Wie üblich, war Moritz seinem Herrn und Gebieter ein gutes Stück voraus.

Albert Max winkte schon von weitem. Vera stand in der geöffneten Tür und winkte strahlend zurück. Er sieht gut aus, dachte sie, als sie ihn herannahen sah. Ein verdammt hübsches Mädchen, fand er bei jedem Schritt, den er die Distanz zu ihr verkürzte. Dann das übliche Frage- und Antwortspiel:

»Wie geht's?«
»Danke gut. Und dir?«
»Auch danke. Hast du mich vermißt?«
»Sehr. Du mich auch?«
»Unheimlich.«

Und so weiter...

Drinnen im Laden suchte Max seinen Hund. Herumsehend fragte er: »Wo ist Moritz?«

Fast im gleichen Augenblick gab er sich selbst die Antwort, indem er seinen Blick auf den Vorhang im Hintergrund richtete.

»Moritz!«

Nichts.

»Moritz, was willst du da drinnen schon wieder? Komm raus, oder ich hole dich, dann kannst du was erleben!«

Der Hund erschien zögernd. Aus seinem Benehmen war zu schließen, daß er den Aufenthalt hinter dem Vorhang gerne noch länger ausgedehnt hätte.

»Platz!« befahl ihm aber sein Gebieter und fragte Vera: »Was habt ihr denn da hinten Interessantes, weil es ihn dauernd da hinzieht?«

Vera zuckte mit den Achseln.

»Lieferscheine, Rechnungen, alte Kartons...«

Albert schüttelte den Kopf.

»Daß er dafür was übrig hat, ist mir neu.«

»Hattest du einen guten Flug?« lenkte ihn Vera ab.

»Ja. Es ist ja nur ein Sprung von Frankfurt hierher.«

»Wann bist du zurückgekommen?«

»Gestern abend.«

»Du hättest mich noch anrufen können.«

»Das wollte ich auch, aber erst mußte ich mich um den Hund kümmern, damit ihn Karl wieder vom Hals hatte, und dann war's zu spät. Du wärst nur aus dem Schlaf gerissen worden.«

»Das hätte mir nichts ausgemacht.«

»Was machst du heute abend?«

»Nichts Besonderes. Mich auf die Couch setzen und in die Glotze gucken. Warum?«

»Weil ich mich dann gerne auch auf die Couch setzen würde.«

»Auf meine?«

»Ja.«

»Das läßt sich machen«, lachte Vera.

»Aber nicht, um in die Glotze zu gucken.«

»Das wird sich zeigen.«

»Wann kann ich dich abholen? Wie gewohnt? Oder dauert's für dich hier auch mal länger?«

»Nein, im Gegenteil, komm lieber eine Stunde eher, dann können wir gemeinsam noch einkaufen gehen, wenn du auf etwas Besonderes Lust hast. Wir essen doch bei mir, oder?«

»Gern, aber kannst du so ohne weiteres früher weg? Was sagt deine Chefin dazu?«

»Die wird schon damit einverstanden sein.«

»Bist du sicher?«

»Ja.«

»Ich könnte mir aber von der eher vorstellen, daß sie dir Schwierigkeiten macht.«

»Ach nein«, sagte Vera vergnügt, »die weiß das schon, wenn ich sie hernach sehe. Wir schaun uns nur gegenseitig an, das genügt.«

»Bitte«, gab er seinem Zweifel Ausdruck, »nimm mich nicht auf den Arm. Erzähl mir nicht, daß die über telepathische Fähigkeiten verfügt.«

Lachend erwiderte Vera: »Hol mich nur ab und du wirst feststellen, daß alles in Ordnung ist.«

»Hast du mit deiner Freundin noch mal gesprochen?«

»Wegen des Segelns?«

»Ja.«

Vera schüttelte den Kopf.

»Das hat keinen Zweck, Albert, ich weiß es hundertprozentig.«

»Dann werden wir uns doch eine andere suchen müssen.«

»Das sagte ich dir ja schon.«

Albert kam noch einmal auf den gemeinsamen Abend, der geplant war, zu sprechen.

»Was trinkst du am liebsten?« fragte er und setzte hinzu: »Ich würde das deshalb gerne wissen, weil für die

Getränke ich aufkommen möchte und sie vorher schon besorgen könnte.«

»Es ist alles da«, sagte sie.

»Auch Champagner?«

»Ja.«

Darüber dachte er noch nach, als er sich von ihr schon wieder verabschiedet hatte und auf dem Weg zu seinem Freund war. Für eine Verkäuferin, sagte er sich, ist die gutgestellt. Champagner hat nicht jede vorrätig. Außerdem kann sich der Schmuck, den sie trägt, auch sehen lassen. Das fiel mir von Anfang an auf. Verdient sie denn so gut? Oder sind das Erbstücke? Läßt sie sich von Männern beschenken?

Karl Thaler war überrascht, schon wieder Max und Moritz vor seiner Tür zu entdecken, als es geläutet hatte und er öffnete.

»Kommt herein«, sagte er. »Was gibt's denn?«

»Hast du eine Viertelstunde Zeit, Karl?«

»Was ich massenhaft habe, ist Zeit, mein Lieber«, erwiderte der Maler.

Als sie alle saßen – Karl auf einem alten Stuhl, Albert auf einem alten Sofa, Moritz auf einer alten Matte zwischen Ofen und Schrank –, sagte Albert: »Ich war bei Vera.«

»Hat sie dir gesagt, daß ich sie malen will?« entgegnete Karl.

»Das sagte sie mir schon am Telefon, als ich noch in Frankfurt war. Heute sprachen wir über etwas anderes.«

»Über was denn?«

»Daß das nicht läuft mit ihrer Freundin.«

»Auf die du scharf bist?«

»Der Fall ist klar: Die will von mir nichts wissen. Nun mußt du ran.«

»Ich denke, das soll meine Aufgabe bei Vera sein«, meinte Karl grinsend.

»Schon, aber erst müssen wir die andere soweit kriegen, daß sie den Kontakt mit uns aufnimmt. Und das liegt jetzt bei dir.«

»Und wie soll ich das machen?«

»Suche ihre Bekanntschaft, laß alle deine Minen springen, damit sie anbeißt.«

»Ich könnte mir natürlich vorstellen«, grinste Karl Thaler, »daß sie das sehr rasch tun würde. Aber was hättest du davon? In deinem Sinne wäre das doch gerade nicht?«

»Laß das meine Sorge sein. Ich werde sie dir dann schon zur rechten Zeit wieder ausspannen.«

»Du meinst, wenn sie uns beide in unmittelbarer Nähe hat, kann der Vergleich zwischen dir und mir nur zu deinen Gunsten ausfallen?«

»Ich wollte das nicht so deutlich sagen, aber nachdem du es selbst getan hast, möchte ich dir nicht widersprechen.«

Das Gelächter, das die zwei anstimmten, bewies die dicke Freundschaft, die sie verband.

»Du sagst, suche ihre Bekanntschaft«, meinte Karl dann. »Wie denn?«

»Über Vera.«

»Die muß ich doch auch erst noch kennenlernen.«

»Höchste Zeit dazu. An ihrem Arbeitsplatz besteht die beste Gelegenheit dazu. Geh hin, vielleicht haben wir Glück und du begegnest dort auch der anderen. Ich habe da nämlich einen Verdacht...«

»Welchen?«

»Moritz benimmt sich so auffällig. In dem Laden siehst du im Hintergrund einen dicken, zweiteiligen Vorhang, der einen Raum abtrennt, in dem sich manchmal jemand aufhält, den Moritz kennt. Das sieht man ihm an. Und wen kann er denn dort schon kennen? Vera und Sonja, die beiden Mädchen, denen er dort begegnet ist.«

»Aber dann müßte die sich vor dir sogar verstecken. Warum denn das?«

Albert zuckte die Achseln.

»Das weiß ich auch nicht.«

»Und wenn du dich irrst? Wenn es nicht Sonja ist, von der sich Moritz angezogen fühlt?«

»Dann bietet sich über Vera vielleicht eine andere Gelegenheit, an sie ranzukommen. Das schaffst du schon. Ich glaube aber, daß mein Verdacht zutrifft. Ich kenne doch meinen Hund. Der verteilt seine Sympathien und Antipathien allzu deutlich. Vera ignoriert er, auf Sonja stand er vom ersten Augenblick an. In beiden Fällen beruhten die jeweiligen Gefühle auf Gegenseitigkeit.«

»Was macht denn Sonja beruflich?«

»Keine Ahnung. Warum interessiert dich das?«

»Weil mir auffällt, daß die sich, wenn deine Theorie stimmt, so häufig bei Vera in deren Laden aufhält. Hat sie denn dazu die Zeit?«

»Anscheinend ja.«

»Dann ist sie entweder arbeitslos, oder sie hat es nicht nötig, überhaupt etwas zu tun.«

»Das kannst du alles klären.«

Karl Thaler nickte sein Einverständnis, wobei er sagte: »Na schön, ich werde das in den nächsten Tagen in Angriff nehmen.«

»Und weshalb nicht schon heute? Weshalb nicht gleich?« fragte Albert Max.

»Jetzt gleich?«

»Ja.«

»Warum hast du es gar so eilig?«

»Weil das Verhalten von Moritz, von dem ich eben sprach, erst eine halbe Stunde zurückliegt. Die könnte also noch dort sein.«

»Also gut«, sagte Thaler kurzentschlossen, »dann will ich mal sehen...«

Sonja fand den jungen Mann, der wenig später bei ihr zur Tür hereinkam, bemerkenswert. Er war groß und schlank, sah gut aus, wirkte intelligent und fröhlich und ausgeruht. Gekleidet hätte er allerdings besser sein können. Die Turnschuhe, in denen er herumlief, gaben Sonja sogar einen kleinen Stich. Die müßte man ihm auf alle

Fälle abgewöhnen, fand sie und war sich gar nicht des Interesses bewußt, das sie somit spontan an einem jungen Mann nahm, den sie vorher noch nie gesehen hatte.

»Guten Tag«, sagte er. »Sind Sie Fräulein Vera Lang?«

Sonja schüttelte enttäuscht den Kopf. Sie ärgerte sich. Über was? Nun, über ihre Enttäuschung.

»Fräulein Lang muß jeden Augenblick wiederkommen«, sagte sie. »Sie lief nur schnell rüber zur Bank, um Wechselgeld zu holen.«

Stumm blickte der junge Mann Sonja an. Die Frage, die ihm ins Gesicht geschrieben stand, lautete: Und wer sind Sie, wenn Sie nicht Vera Lang sind?

Eine Antwort darauf blieb ihm versagt. Sonja deutete statt dessen auf einen Hocker, wobei sie meinte: »Nehmen Sie doch Platz, wenn Sie auf sie warten wollen.«

»Danke«, sagte er und setzte sich. Da er die Beine übereinanderschlug, traten seine Turnschuhe besonders augenfällig in Erscheinung. Sonja mußte wegsehen.

Wer ist sie? fragte sich Karl Thaler. Entweder die Chefin oder die Freundin. Nach Lage der Dinge aber wahrscheinlich die Chefin, denn anders hätte Vera den Laden kaum im Stich lassen können. Doch wie die aussieht, könnte sie auch die Freundin sein. Ein tolles Weib. Albert hätte nicht übertrieben, wenn er die gemeint hat.

Sonja blickte zur Tür.

»Ich glaube, da kommt sie schon«, sagte sie.

Auch die verdient Note eins, dachte Thaler, als er das Mädchen sah, das den Laden betrat. Mit unverhohlener Anerkennung im Blick erhob er sich. Vera beachtete ihn aber nicht. Ihre ganze Aufmerksamkeit galt der Geldtasche, die sie in der Hand trug und nun gerne loswurde, indem sie sie Sonja überreichte.

»Danke«, sagte Sonja und fuhr, mit einem Kopfnicken zu dem jungen Mann hin, fort: »Der Herr hier wartet auf dich.«

Nun erst richtete Vera ihren Blick auf den ihr Unbekannten.

»Ja?« sagte sie dabei fragend.

»Guten Tag, Fräulein Lang«, begann er munter. »Ich bin Karl Thaler...«

Vera schaltete sofort.

»Ach ja«, meinte sie erfreut, »der Mann, der mich malen will, ohne mich gesehen zu haben.«

»Letzteres stimmt nun nicht mehr«, lachte er. »Und wieder kann ich nur, wie so oft, den Hut vor mir selbst ziehen. Was hatte ich am Telefon doch für einen Instinkt!«

Sie schüttelten sich die Hände und waren sich vom ersten Augenblick an sympathisch. Dann drohte Thaler in gespieltem Tadel mit dem Zeigefinger.

»Wir zwei könnten längst dabei sein, der Kunst zu dienen, aber Sie schlugen ja meine Einladung in den Wind, Sie sind nicht erschienen.«

»Ich bitte um Verzeihung«, antwortete Vera. »Es mangelte mir an Zeit.«

»Nun denn, meine Dame, Sie sehen, daß schließlich wieder einmal der Berg zu Mohammed kam, nachdem Mohammed nicht zum Berg gekommen ist.«

Ein charmanter Mann, dachte Vera. Aber auch ein Luftikus. Das spürt man.

Sonja hatte sich in ihr Refugium zurückgezogen, wo sie, wie gewöhnlich, Ohrenzeugin jedes Wortes, das die zwei da draußen im Laden wechselten, wurde, ob sie das nun wollte oder nicht. Den jungen Mann, der Thaler hieß, konnte sie immer noch nicht einordnen. Nun sollte ihr das aber gleich möglich sein.

»Ihr Freund war heute auch schon bei mir«, hörte sie Vera sagen.

»So?« antwortete Thaler.

»Zusammen mit Moritz.«

»Die beiden sind ja unzertrennlich.«

»Gezwungenermaßen.«

»So sieht's aus, ja.«

»Sie müssen sich öfter um den Hund kümmern, habe ich erfahren.«

Thaler seufzte: »Was bleibt mir anderes übrig.«

Das Telefon läutete. Vera ging dran. Der Apparat stand nicht im Refugium, sondern im Laden. Das wäre auch gar nicht anders möglich gewesen, denn wenn Vera – oder Sonja – allein gewesen wäre, hätte sie im Refugium eventuelle Kundschaft nicht im Laden unbeobachtet lassen und ans Telefon eilen können.

Eine Lieferfirma rief an. Die Besitzerin wurde verlangt.

»Einen Moment bitte«, sprach Vera in die Muschel, legte den Hörer auf das Tischchen und rief laut: »Sonja, für dich!«

Karl Thaler ließ sich nichts von alledem entgehen. Freilich erwies sich das Telefonat selbst nicht als ergiebig für ihn. Sonja sagte nur ja oder nein, und zum Schluß meinte sie, daß sie sich darüber noch kein Urteil erlauben könne.

Solange Sonja telefonierte, schwiegen Vera und Karl, um nicht zu stören. Das hätte es Karl erleichtert, sich nichts entgehen zu lassen, wenn es nur etwas gegeben hätte, daß es wert gewesen wäre, vermerkt zu werden.

Nachdem Sonja aufgelegt und sich wieder zurückgezogen hatte, sagte Karl zu Vera: »Der Anfang wäre gemacht. Wie geht's nun weiter?«

»Welchen Anfang meinen Sie?« erwiderte Vera.

»Der Anfang unserer Bekanntschaft. Oder erscheint Ihnen diese nicht fortsetzungswürdig?«

»Doch, doch«, beteuerte Vera lächelnd.

»Mir auch«, pflichtete er bei. »Deshalb frage ich Sie, ob Sie Lust hätten, mit mir ein wüstes Lokal aufzusuchen.«

»Ein wüstes Lokal?«

»Meine Stammkneipe. Die sollen sich dort auch einmal davon überzeugen, was wahre Schönheit unter den Frauen ist.«

Vera lachte.

»Etwas weniger Wüstes hätten Sie nicht auf Lager?«

»Mal sehen. Ihr grundsätzliches Einverständnis wäre also schon vorhanden?«

»Warum nicht?«

»Ganz richtig, warum nicht? Und wann?«

»Wann denn?«

»Am besten gleich heute abend.«

»Nein«, bedauerte Vera, »das geht nicht; heute abend« – sie stockte – »habe ich zu tun.«

Sie legte sich keine Rechenschaft darüber ab, warum sie ihm verschwieg, daß sie mit seinem Freund ›zu tun‹ hatte. Das war aber auch gar nicht notwendig. Sollte Albert selbst entscheiden, ob Karl das etwas anging oder nicht.

Das Telefon läutete wieder, und Vera erlebte als Überraschung, daß sie quasi zwischen zwei Mühlsteine geriet – Mühlsteine freilich, die ihr nichts zuleide taten. Albert Max war am Apparat.

»Vera«, begann er, »hast du schon mit deiner Chefin gesprochen? Klappt das mit uns beiden heute?«

»Ja.«

»Das wollte ich wissen. Deshalb rief ich an. Mich ließ das nicht in Ruhe. Gibt's sonst noch etwas?«

»Ja.«

»Was?«

»Rate mal, wer gerade bei mir ist?«

»Keine Ahnung.«

»Dein Freund.«

»Welcher? Ich habe nicht nur einen.«

»Dein bester.«

»Karl Thaler?«

»Ja.«

»Das gibt's doch gar nicht«, zweifelte er mit völlig überraschter Stimme. »An den hätte ich zuletzt gedacht. Der schläft doch am Tag und wird nur nachts munter. Was will er denn? Sei vorsichtig mit dem.«

»Du kannst beruhigt sein.«

»Gib ihn mir doch bitte mal.«

Vera drückte dem unausgelasteten Kunstmaler den Hörer in die Hand.

Albert Max sprach am anderen Ende des Drahtes nun mit unterdrückter Stimme, damit von dem, was er sagte, niemand – außer sein Freund – etwas mitbekommen konnte.

»Wie läuft's, Karl?«

»Teils, teils.«

»Steht Vera neben dir?«

»Fast.«

»Dann spreche ich noch leiser.« Er dämpfte seine Stimme sosehr, daß er beinahe gar nicht mehr zu verstehen war, als er fortfuhr: »Und drück dich vorsichtig aus, damit ihr... du weißt schon... nichts in die Nase steigt.«

»Mach' ich.«

»Seid ihr zwei allein?«

»Nein.«

»Aha, dann war die andere also, wie ich es erwartet habe, noch da, als du hinkamst?«

»Das weiß ich nicht.«

»Was weißt du nicht?«

»Ob da eine Identität besteht.«

»Was soll der Quatsch? Ob da eine Identität besteht? Welche Identität? Zwischen wem?«

»Zwischen...« Thaler brach ab. »Das kann ich dir so nicht sagen.«

»Ich verstehe, du kannst nicht offen sprechen. Weißt du was? Du kommst anschließend hier bei mir in der Kanzlei vorbei und berichtest mir. Ja?«

»Ja.«

»Bis nachher. Gib mir Vera noch mal...«

Im Eifer des Gefechts vergaß er dann, seiner Stimme wieder normale Lautstärke zu verleihen, als er zu Vera sagte: »Heute sieht's nicht nach Regen aus, deshalb –«

»Albert«, unterbrach sie ihn, »ich verstehe dich kaum, du bist plötzlich so weit weg...«

»Ich verstehe dich gut«, erwiderte er laut.

»Ich dich jetzt auch wieder. Was wolltest du sagen?«

»Daß es heute nicht nach Regen aussieht. Ich muß deshalb nicht wieder das Risiko auf mich nehmen, den Wagen im Halteverbot vor eurer Ladentür zu parken. Ich kann mir also ein erlaubtes Fleckchen suchen und hole dich dann zu Fuß ab.«

»Gut, Albert.«

»Tschüß.«

»Tschüß.«

Mit einem mißbilligenden Fingerzeig auf das Telefon sagte dann Karl Thaler zu Vera: »Wir wurden unterbrochen...«

»Ja«, nickte sie, »als wir uns fragten, wann wir zusammen ausgehen könnten.«

»Wie wär's morgen?«

»Ich weiß nicht...«, sagte sie unentschlossen, da sie an Müdigkeitserscheinungen dachte, mit denen sie vielleicht würde kämpfen müssen, wenn das heutige Zusammensein mit Albert so ausfallen würde, wie sie es sich vorstellte.

»Und übermorgen?« fragte Karl.

»Ja, übermorgen ging's auf alle Fälle«, stimmte Vera zu.

Sie mußten sich also nur noch über das Wie und das Wo und den genauen Zeitpunkt, zu dem er sie abholen sollte, einigen.

Schon das Wie fiel bei einem Karl Thaler aus dem Rahmen. Ohne irgendein Anzeichen der Verlegenheit sagte er: »Das wird Ihnen etwas Neues sein, meine Dame: Ich verfrachte Sie in die Straßenbahn, ich habe nämlich kein Auto.«

»Ich habe eines«, erklärte Vera.

»Dann fahren wir mit dem«, meinte er gelassen. »Und wann?«

»Nicht so spät. Nach Geschäftsschluß. Gegen halb sieben, würde ich sagen. Ja?«

»Gut«, nickte er. »Und zwar hier, nehme ich an.«

Damit war seiner Ansicht nach auch die letzte Frage geklärt, die des Wo.

Zu seiner Überraschung erwiderte jedoch Vera: »Nein, nicht hier, sondern am Lenbachplatz beim UNION-Filmverleih. Wissen Sie den?«

»Ja.«

»Melden Sie sich beim Pförtner. Er wird mir Bescheid sagen.«

Erstaunt entgegnete Karl: »Sind Sie dort so bekannt?«

»Ja«, nickte Vera.

Mit dieser Neuigkeit platzte der Maler wenig später bei seinem Freund Albert Max herein, als er, wie verabredet, in dessen Kanzlei erschien. In einem Nebenraum klopften zwei Stenotypistinnen, die für Max arbeiteten, auf ihren Schreibmaschinen herum. Die Knattergeräusche der Maschinen waren auch durch die geschlossene Tür deutlich zu hören.

Albert Max war in eine Akte vertieft, als Karl Thaler plötzlich vor ihm stand und ihn aufschreckte mit der Frage: »Was hat die mit dem UNION-Filmverleih zu tun?«

»Wer?« antwortete Max.

»Vera Lang.«

Max schob die offene Akte auf seinem Schreibtisch zur Seite, stützte die Ellenbogen auf, verschränkte die Hände vor seinem Gesicht, legte das Kinn auf die Daumenspitzen und sagte:

»Ich verstehe nicht.«

»Ich auch nicht«, erklärte Thaler und wiederholte: »Was hat Vera Lang mit dem UNION-Filmverleih zu tun?«

»Sagtest du Vera Lang?«

»Ja.«

»Und UNION-Filmverleih?«

»Ja.«

Max legte die Unterarme auf die Schreibtischplatte. Dadurch fiel sein Kinn etwas herunter, weil es sich der stützenden Daumen beraubt sah.

»Vera Lang hat mit dem UNION-Filmverleih nichts zu tun«, erklärte er.

»Dann hör zu«, sagte Karl Thaler, nachdem er kurz aufgelacht hatte. »Ich treffe mich mit der übermorgen nach Geschäftsschluß. Und weißt du wo? Bei diesem komischen Filmverleih!«

Etwas verwundert war Albert Max darüber schon auch, doch er sagte nach kurzer Überlegung: »Die gibt halt dort etwas ab, ein Modeangebot oder so was...«
»Meinst du?«
»Ja, warum nicht, das wäre doch naheliegend?«
»Dann frage ich dich, wie du mir erklären kannst, daß die dort prominent ist.«
»Prominent?«
»Jeder kennt sie«, trug Thaler dick auf und bemühte sich, im folgenden seiner Stimme das Falsett eines Damenorgans zu verleihen: »›Melden Sie sich beim Pförtner. Er wird mir Bescheid sagen.‹«
Nun blickte Max seinen Freund stumm an. Allerlei ging ihm durch den Kopf, darunter manches, über das er sich früher schon Gedanken gemacht hatte.
»Albert«, sagte der Kunstmaler nach einer Weile, »du hast gedacht, mit der dein Spielchen treiben zu können. Vorläufig aber, glaube ich, bist du derjenige, der irgendwie verladen wird. Hast du nicht auch diesen Eindruck?«
Alberts Stimme klang etwas belegt, als er antwortete: »Ich begreife nur nicht, was die davon hätte, sich als Verkäuferin auszugeben, wenn sie möglicherweise gar keine ist.«
Doch das war noch nicht alles.
Ihm sei überhaupt der ganze Laden dort rätselhaft, fügte Albert hinzu.
»Mir auch«, pflichtete Thaler bei. »Ich konnte am Telefon nicht deutlicher werden, als ich von der Identität sprach. Damit meinte ich, daß ich nicht wissen konnte, ob die, die ich antraf, auch die war, die du hinter dem Vorhang vermutet hast. Letztere konnte ja schon gegangen sein, ehe ich erschien, und erstere konnte neu gekommen sein. Verstehst du?«
»Wie sah die aus, die du angetroffen hast?«
Karl Thaler setzte zu einer Beschreibung Sonjas an, wurde jedoch schon nach wenigen lobpreisenden Sätzen

von Albert Max unterbrochen, der ausrief: »Das genügt! Sie ist es!«

»Wer ist sie?«

»Veras Freundin.«

»Bist du sicher?«

»Natürlich. Warum soll ich nicht sicher sein? Ein Mädchen, das so aussieht, gibt's nur einmal. Weshalb fragst du?«

»Weil ich bei der eher auf ›Chefin‹ getippt hätte.«

»Chefin?« stieß Albert Max nur hervor.

Der Maler nickte.

»Wie kommst du darauf?« fragte Max.

Der Maler zuckte die Achseln.

»Ich weiß nicht... irgendwie... ihr Auftreten... das roch nach Besitzrechten... wenn du verstehst, was ich meine.«

Und wieder blickte Max seinen Freund stumm an, wieder ging ihm manches durch den Kopf.

Eine der Stenotypistinnen kam herein und legte mit einem »Bitte, Herr Doktor...« zur Unterschrift einen Brief, den sie nach Tonbanddiktat geschrieben hatte, auf den Tisch. Wartend blieb sie stehen. Ihr war gesagt worden, daß der Brief sehr eilig sei.

»Was ist denn?« fragte Max sie unfreundlich.

»Der Brief muß heute noch raus«, erwiderte sie.

»Wer sagt das?«

»Sie.«

»Blödsinn!«

Das brachte das Fäßchen zum Überlaufen. Die Stenotypistin hatte sich in den letzten Tagen von ihrem nervösen Chef schon mehrmals ungerecht behandelt gefühlt und wollte das nicht mehr länger hinnehmen. Sie war eine moderne Arbeitnehmerin, mit der Gewerkschaft und einem gut verdienenden Ehemann im Rücken, der ihr erst gestern wieder, als sie vor ihm über ihren Chef Klage geführt hatte, gesagt hatte: »Laß dich doch von dem kreuzweise...«

Nun war es also soweit.

»Sie haben das sogar zweimal gesagt«, gab sie Max contra.

»Was habe ich zweimal gesagt?«

»Daß der Brief heute noch raus muß.«

Max verlor die Beherrschung.

»Das ist mir jetzt scheißegal, ob ich das gesagt habe!« explodierte er. »Verschwinden Sie!«

»Wie bitte?«

»Verschwinden Sie!«

Dr. Albert Max meinte damit, daß die junge Frau sich wieder in ihren Arbeitsraum und an ihre Schreibmaschine verfügen möge, um den nächsten Brief zu tippen. Er erwartete also dies und nichts anderes, mußte jedoch eine herbe Enttäuschung erleben. Die Gescholtene strebte wortlos zur Ausgangstür.

»Wohin wollen Sie?« rief Max ihr nach.

»Ich verschwinde«, antwortete sie mit halber Drehung über ihre Schulter zurück.

»Aber...«

Dr. Max verstummte. Mehr verlauten zu lassen, wäre auch zwecklos gewesen, denn schon war die Tür hinter dem verheirateten Gewerkschaftsmitglied zugefallen, und Max suchte Rat bei seinem Freund, indem er ihn fragte: »Was sagst du dazu?«

Karl Thaler war ein unterbeschäftigter Künstler. Deshalb konnte in seiner Brust gar kein anderes Herz schlagen als ein linksorientiertes.

»Wie war die denn?« antwortete er.

»Als Arbeitskraft?«

»Ja.«

»Ausgezeichnet. Die beste, die ich je hatte.«

»Dann irre ich mich nicht.«

»Wieso? Was meinst du damit?«

»Daß du dich soeben ins eigene Fleisch geschnitten hast.«

Albert Max verstummte. Er machte innerlich für das Geschehene nicht sich verantwortlich, sondern die elende Linksbewegung, verwünschte die Gewerkschaft, haderte mit der sozialistischen Vergiftung der Völker, der er all dies in die Schuhe schob, und sagte schließlich zu Thaler: »Es kommt auch wieder mal eine andere Zeit, warte nur.«

»Hast du einen geeigneten Anwalt? Einen Spezialisten?«

»Wozu brauche ich einen Spezialisten? Wie meinst du das?«

»Für deine Verhandlung vor dem Arbeitsgericht.«

»Du denkst, die zieht auch noch vors Arbeitsgericht?«

»Bombensicher«, meinte Thaler mit vergnügter Miene.

Max haute mit der Faust auf den Schreibtisch.

»Da siehst du es, soweit sind wir gekommen!«

Ein Themawechsel war angebracht, weil sonst Gefahr bestand, daß sich die beiden, die in völlig unterschiedlichen politischen Lagern standen, noch in die Haare geraten wären. Albert Max war ein sogenannter ›Schwarzer‹, Karl Thaler ein ›Roter‹. Die dominierende Übereinstimmung zwischen den beiden bestand jedoch darin, daß sie Demokraten waren, und auf diesem Boden blühte ihre Freundschaft, über die sich die meisten Bekannten nur wundern konnten in einer Zeit, in der Toleranz ein mehr und mehr verkümmerndes Pflänzchen war.

»Du triffst dich also mit Vera«, sagte Max zu Thaler, der erwiderte: »Ja, übermorgen. Ich strebte das ja heute schon an, aber das ging ihr zu schnell; sie hatte keine Zeit.«

»Sagte sie dir, was sie heute macht?« fragte Max.

»Nein. Sie habe zu tun, meinte sie.«

Max grinste vor sich hin.

Nach einem Weilchen sagte er: »Wichtiger wäre ja gewesen, daß du dir die andere angelacht hättest.«

»Dazu bot sich keine Gelegenheit.«

»Du mußt aber das immer im Auge behalten.«

»Bleibt denn deine Absicht bestehen?«

»Natürlich.«

»Auch wenn sich herausstellt, daß die nicht Veras Freundin ist, sondern ihre Chefin?«

»Was könnte das daran ändern, daß sie mir gefällt? Außerdem ist doch beides möglich: daß sie die Chefin *und* Freundin ist.«

»Und warum sagt man dir das nicht?«

Diese Frage hatte Gewicht, das ließ sich nicht leugnen. Max zuckte mit den Schultern und seufzte.

»Das weiß ich nicht, Karl.«

Sonja und Vera führten, nachdem sich Karl Thaler von Vera verabschiedet hatte, zusammen wieder ein Gespräch, in dem ein bißchen Zündstoff schwelte. Es fing damit nicht Sonja an, die sich an ihr Versprechen, sich nicht mehr in Veras Privatangelegenheiten einzumischen, halten wollte. Es fing Vera an, die sagte: »Dir steht deine Verwunderung ins Gesicht geschrieben.«

»Meine Verwunderung? Worüber?«

»Über mich.«

»Ich weiß nicht, was du willst.«

»Komm, tu nicht so. Ich kenne dich, du bist schockiert über mein Verhalten.«

»Dein Verhalten ist deine Sache, Vera, darüber haben wir uns geeinigt und –«

»Du kannst nicht verstehen«, unterbrach Vera ihre Freundin, »daß ich die Einladung von dem angenommen habe.«

Sonja schwieg.

»Heute mit dem... übermorgen mit dem... beide sind befreundet... das ist dir unbegreiflich«, fuhr Vera fort.

Sonja brach ihr Schweigen immer noch nicht.

»Für dich käme so etwas nicht in Frage – oder?« ließ Vera nicht locker.

»Nein!« stieß Sonja hervor.

»Warum nicht?«

»Weil man das nicht tut.«

Etwas Besseres war Sonja in der Eile nicht eingefallen. Prompt ergoß sich Veras Spott über sie.

»Ach, weil man das nicht tut. Weißt du, was man noch alles nicht tut? Ich kann dir zwei Beispiele nennen: Meine Oma besuchte mich kürzlich und stellte entsetzt fest, daß ich eine eigene Wohnung habe. Ein behütetes junges Mädchen, sagte sie, mietet sich keine Wohnung, in der sie unbeaufsichtigt ist. Und als ich ihr von dir erzählte, sagte sie: ›Ein behütetes junges Mädchen führt kein eigenes Geschäft. Das überläßt sie den Männern.‹«

»Vera«, leistete Sonja einen Widerstand, der irgendwie matt wirkte, »du willst mich doch nicht mit deiner Großmutter auf eine Ebene stellen?«

»Manchmal verleitest du mich dazu.«

»Es ist ein Unterschied zwischen einem Geschäft, das ich führe, und Männern, die du reihenweise verkonsumierst.«

»Von letzterem zu sprechen, ist noch verfrüht – jedenfalls, wenn du die beiden meinst, deren Einladungen ich angenommen habe.«

»Ja, die meine ich! Und du wirst mir zugeben, daß jeder von denen dasselbe will von dir!«

»Ich hoffe es.«

»Vera!!«

»Dann ist es ja immer noch meine Entscheidung, wer von den beiden es kriegt.«

»Wahrscheinlich jeder«, sagte Sonja.

Vera, keineswegs beleidigt, schüttelte den Kopf.

»Das glaube ich nicht, Sonja.«

»Soll das heißen, daß du dich mit einem begnügen willst?«

Vera wiegte den Kopf. Das bedeutete: Sicher ist das noch nicht. Sonjas Empörung amüsierte Vera.

Sonja meinte es ernst, als sie fortfuhr: »Man sollte dir dein Spiel vereiteln, meine Liebe.«

»Dazu müßte erst mal jemand in der Lage sein«, spottete Vera.

Wütend antwortete Sonja: »Und das traust du niemandem zu?«

»Nein, meine Liebe.«

»Ich aber!«

»Wem denn?« fragte Vera. Mit unkontrollierter Geringschätzung in der Stimme setzte sie hinzu: »Dir vielleicht?«

Das war der entscheidende Schritt, den sie damit, ohne es eigentlich zu wollen, zu weit gegangen war. Sonja wurde plötzlich ganz ruhig, nickte, ging in ihr Refugium, gewann dort innerliche Klarheit, kam nach drei Minuten wieder zum Vorschein und sagte freundlich zu Vera: »Die ließen mich doch durch dich fragen, ob ich beim Segeln mitmache?«

Die Überraschung für Vera war erklärlicherweise groß. »Ja, warum?«

»Weil du ihnen sagen kannst, daß das der Fall ist.«

»Aber Sonja, wieso denn das so plötzlich?«

»Oder noch besser, gib mir von einem der beiden die Telefonnummer, dann sage ich ihm das selbst.«

»Und dein Versteckspiel? Wer ist Sonja Kronen? Wem gehört die Boutique? Und so weiter... Was ist damit?«

»Das fliegt dann auf, klar.«

»Spielt das auf einmal keine Rolle mehr für dich?«

»Schon«, nickte Sonja, setzte jedoch rasch in leichtem Ton hinzu: »Aber du selbst sagtest ja, daß ich dem viel zuviel Gewicht beimesse. Herr Max würde sich nur amüsieren.«

»Vielleicht doch nicht. Ich würde mir das an deiner Stelle noch einmal überlegen.«

»Sag mal«, wunderte sich Sonja, »warum willst du mir auf einmal das Ganze ausreden? Ursprünglich hast du doch einen ganz anderen Standpunkt vertreten?«

»Ich bin nur überrascht. Ausreden will ich dir gar nichts.«

»Dann gib mir die Nummer von einem der beiden.«

Veras Wahl fiel auf Karl Thaler. Sie schrieb dessen Telefonnummer auf einen Zettel und überreichte ihn Sonja, die ihrer Entschlossenheit Ausdruck verlieh, indem sie, ohne zu zögern, den Maler sofort anrief. Aber es wurde nicht abgehoben. Auch noch zwei weitere Versuche, die Sonja in größeren Zeitabständen folgen ließ, schlugen fehl.

»Am sichersten erreichst du ihn morgen früh, wenn alle Welt schon arbeitet und er noch schläft«, sagte Vera.

Nach dem Mittagessen hatte Sonja Geschäftsbesuch zu verzeichnen, der einen unerwarteten Verlauf nahm und von dem die beiden Mädchen, deren Beziehungen sich zu lockern drohten, wieder richtig zusammengeschweißt wurden.

Herr Becker kam, Ernst Becker. Er galt als wichtiger Vertreter einer Firma, von der Sonja Kronen, solange sie finanziell noch auf wackligen Beinen stand, abhängig war. Sonja stand bei der Firma in der Kreide. Becker hatte sich sehr für Sonja eingesetzt. Das Resultat waren längere Zahlungsziele gewesen.

Sonja fand deshalb Becker erklärlicherweise sehr sympathisch. Er machte hohe Umsätze, verdiente dadurch viel Geld, aß und trank gerne gut und teuer, ergo wog er, obwohl er kaum mittelgroß war, mehr als zwei Zentner, schwitzte ständig, und er hätte Grund gehabt, mehr auf sein Herz zu achten. Das gleiche galt auch für seine Frau, die eine Unmenge Süßes in sich hineinstopfte und nicht verstehen konnte, daß sie unaufhaltsam zunahm und an Atemnot litt, obwohl sie doch ›keine Kartoffeln, kein Brot und auch nur ganz wenig Fleisch zu sich nahm‹. Die Liebe zwischen ihr und ihrem Mann blühte nur noch auf ihrer Seite. Ernst Becker schätzte an seinen Geschäftsreisen am meisten die Möglichkeiten, die sie ihm boten, seine Ehe vergessen zu können. Dazu war es aber in seinem Alter unerläßlich notwendig, daß er Partnerinnen fand, die erstens schöner waren als seine Gattin – nichts leichter als das – und zweitens jünger, viel, viel jünger. Sonja Kronen erfüllte beide Voraussetzungen.

Nachzutragen wäre noch, daß Ernst Becker ein Mann

war, der, wenn er sich ein Ziel gesetzt hatte, dieses nicht mehr aus den Augen ließ und keine Skrupel hatte, bei Gelegenheit zur Sache zu kommen.

Sonja gab ihrer Freude Ausdruck, als sie ihn hereinkommen sah. Lächelnd ging sie ihm entgegen und sagte, daß sie den ganzen Tag schon das Gefühl gehabt habe, etwas Angenehmes zu erleben.

Sie schüttelten sich die Hände. Becker kannte Vera nicht und schenkte ihr auch keine Beachtung. Diejenige, welche er im Visier hatte, war Sonja und keine andere. Er wollte keine Zeit verlieren und teilte Sonja mit, daß er sie gerne zum Essen eingeladen hätte.

»Tut mir leid«, bedauerte Sonja, »heute abend besuchen mich zwei Damen vom Skigymnastikkurs.«

Becker teilte ihr daraufhin mit, daß sie sich in einem Irrtum befinde. Er denke an eine Einladung zum Mittagessen.

»Zum Mittagessen? Jetzt?« erwiderte Sonja überrascht.
»Ja.«

Sonja bedauerte erneut. Damit komme er zu spät, verriet sie ihm. Zu Mittag habe sie schon gegessen.

»Aber ich noch nicht«, sagte er lächelnd. »Sie können mir wenigstens Gesellschaft leisten.«

Sonja fühlte sich ein bißchen überfahren. Doch was sollte sie machen? Den netten Herrn Becker, dem sie allerhand verdankte, wollte sie nicht vor den Kopf stoßen.

Becker war sich seiner Sache sicher. Er ging schon voraus zur Tür, drehte sich dort um und wartete auf die nachkommende Sonja, die sich noch rasch vor den Spiegel stellte, an ihren Haaren herumzupfte, ein bißchen Rouge auflegte, ihre Lippen nachzog und dann in ihren Sommermantel schlüpfte. Dabei sagte sie leise zu Vera: »Das paßt mir jetzt gar nicht. Ich hätte dich gerne schon gehen lassen, damit du Besorgungen machen kannst. Deinen letzten Tag bei mir habe ich mir anders vorgestellt. Wir hätten hier auch gemeinsam Kaffee trinken können. Deine Hilfe war mir soviel wert, Vera, ich weiß gar nicht, wie das werden wird, wenn morgen die Neue kommt. Wahrscheinlich –«

»Geh schon, Sonja. Der wartet«, fiel ihr Vera ins Wort. »Ich bin auf alle Fälle noch da, wenn du zurückkommst. Ich werde ja hier abgeholt.«

»Vielleicht haben wir dann noch Zeit für ein Täßchen Kaffee«, raunte ihr Sonja noch rasch zu und lief zur Tür, die ihr von dem schwitzenden Herrn Becker galant aufgehalten wurde.

Draußen stand im Halteverbot der dicke Mercedes des Vertreters. Becker schien also gewußt zu haben, daß er sich nicht lange in dem Laden würde aufhalten müssen.

Vera blickte den beiden nach, als sie in den Wagen stiegen. Sonja, dachte sie, das ist einer der Nachteile deiner Selbständigkeit, diesem schwitzenden Fettwanst nicht sagen zu können, iß doch du, was oder wo du willst – aber ohne mich!

Vera glaubte nicht an eine baldige Wiederkehr Sonjas. Der wird die schon festhalten, sagte sie sich, diese Typen sind doch alle gleich. Würde mich nicht wundern, wenn er drei Stunden lang fressen würde, immer wieder die ›charmante Gesellschaft‹ betonend, in der das geschah.

Vera verschätzte sich in zweifacher Hinsicht: erstens in der Zeit, die sie da so bis zur Rückkehr Sonjas ansetzte, und zweitens überhaupt in der Person Beckers. Es lag nicht in dessen Charakter, solange zu fackeln...

»Sonja!« rief Vera überrascht und erschrocken zugleich.

Das war schon nach fünfzig Minuten der Fall. Sonja taumelte mehr als sie ging durch die Tür. Blaß, zitternd machte sie einen beklagenswerten Eindruck. Herr Becker war nicht zu sehen. Sonja war allein zurückgekommen, in einem Taxi.

»Sonja!« wiederholte Vera, auf sie zueilend. »Was ist passiert?«

»Dieses Schwein!« stieß Sonja mit bebenden Lippen hervor und fiel auf einen Stuhl nieder. »Weißt du, was der von mir wollte?«

Diese Frage beantwortete schon Sonjas Zustand.

»Ich kann's mir denken«, sagte Vera deshalb. »Im Auto?«

»Nein, da noch nicht, aber schon bei der Suppe ließ er die Katze aus dem Sack. Du hättest den hören sollen, wie unverblümt und schockierend er das tat.«

»Nicht nötig«, meinte Vera. »Dazu reicht meine Fantasie von alleine aus.«

Plötzlich stiegen Sonja auch noch Tränen in die Augen, und sie begann zu weinen. Das schnitt Vera ins Herz – das Herz einer guten Freundin.

»Aber Sonja«, bemühte sie sich, dieser Trost zu spenden, »beruhige dich doch, so schlimm ist das ja gar nicht. Der Kerl hat das gleiche versucht wie tausend andere auch. Und du, du hast ihm was gepfiffen. Richtig passiert ist also gar nichts. Oder hat er dich angerührt?«

»Nein«, schüttelte Sonja so heftig den Kopf, daß ihre Locken flogen. Allein diese Vorstellung widerte sie im nachhinein noch an.

»Na also.«

Sonjas Kopf hielt still.

»Aber so einfach ist die Sache nicht, Vera.«

»Warum nicht?«

»Ich bin der Firma von dem etliche tausend Mark schuldig. Und die will er nun eintreiben.«

»Er?«

»Ja.«

»Gehört ihm denn die Firma oder vertritt er sie nur?«

»Er vertritt sie nur, aber er hat bei ihr einen enormen Einfluß. Das weiß ich aus den Tagen, in denen er sich dafür stark machte, daß mir erst mal ohne Bezahlung geliefert wurde.«

»Und jetzt will er, daß dir die Schlinge um den Hals gelegt wird?«

»Nachdem ich abgelehnt habe, mit ihm zu schlafen – ja.«

Unter solchen Umständen drohte Veras Verständnis für Sonja zu schwinden. Wenn das so ist, dachte sie, warum hast du dich denn dann geweigert, mit dem zu schlafen? Wie lautete doch der berühmte Rat jener britischen Herzogin, deren wählerisches Töchterchen vor der Hochzeitsnacht mit einem aus ebenbürtigem Hause stammenden miesen Bräutigam stand? Die Augen zumachen und an England denken.

Das kann ich aber jetzt Sonja nicht sagen, dachte Vera, dafür ist sie nicht der Typ. Die würde mich nicht begreifen.

Und Veras ganzer Zorn wandte sich wieder Herrn Bekker zu.

»Kerle wie den«, sagte sie, »müßte man kastrieren.«

»Was mache ich nur?« jammerte Sonja.

»Du kannst das Geld nicht aufbringen?«

»So schnell nicht.«

Vera überlegte. Sie überprüfte in Gedanken ihre eigenen Finanzen, kam aber zu keinem verheißungsvollen Ergebnis. Sie verdiente zwar gut, in ihrer Art lag es jedoch auch, keine Rücklagen zu machen, sondern das, was sie verdiente, unbesorgt auszugeben. Zum Sparen fühlte sie sich noch nicht alt genug. So kam es, daß sie u. a. über guten – wenn auch nicht reichlichen – Schmuck verfügte und in ihrem kleinen Keller immer einige Flaschen Champagner lagerten.

»Sonja«, sagte sie, »für dich kommt es, wenn die erste Mahnung eingetroffen sein wird, darauf an, eine Verzögerungstaktik einzuschlagen. Ist dir das klar?«

»Ja«, sagte Sonja.

»Und was brauchst du dazu?«

Das wußte Sonja mindestens so gut wie Vera.

»Einen Anwalt«, sagte sie mit deprimierter Miene.

»Genau, Sonja.«

»Und wer bezahlt mir den?«

Damit biß sich die Katze wieder in den Schwanz.

»Von denen rührt doch keiner einen Finger für dich«,

fuhr Sonja fort, »wenn du nicht von Anfang an blechst. Oder willst du das bestreiten?«

Nein, daran, das zu bestreiten, dachte Vera, die das Leben kannte, durchaus nicht, und dennoch sagte sie, um ihrer Freundin Mut zu machen: »Unser Verleih beschäftigt ständig drei Anwälte. Vielleicht gelingt es mir, mit einem zu reden.«

»Ach Vera«, winkte Sonja ab, »wie oft hast du mir schon gesagt, daß die größten Materialisten, die bei euch herumrennen, eure Anwälte sind?«

»Von einem derselben verspreche ich mir etwas, Sonja.«

»So?«

»Der ist hinter mir her, weißt du.«

»Vera«, meinte Sonja verlegen, »ich kann doch von dir nicht genau das, was ich dem Becker verweigert habe, verlangen – äußerstenfalls, meine ich. Gerade das hat mich doch in meine Lage gebracht.«

Endlich mußte Vera wieder lachen, und das war ein gutes Zeichen für die Situation, die dadurch zu versprechen schien, daß sie sich wieder verbesserte.

»Denk doch nicht schon wieder gleich an das Schlimmste, Sonja«, sagte Vera. »Zu was ich mich da wieder einmal aufschwingen muß, das ist sozusagen ein Balanceakt, bei dem es den Absturz zu vermeiden gilt. Darin habe ich Übung.«

Als sich Albert Max zum Rendezvous mit Vera Lang einfand, kam ihm diese schon auf der Straße entgegen, so daß er dachte, er habe sich verspätet, und sich deshalb entschuldigte. Doch Vera konnte ihn beruhigen. Er sei absolut pünktlich, versicherte sie ihm. Eine Stunde vor Geschäftsschluß möge er kommen, sei abgemacht gewesen, und genau daran habe er sich gehalten.

Ein Blick auf die Uhr bestätigte dies.

Der Grund, warum Vera schon auf der Straße Albert entgegenkam, war der, daß sie ein Zusammentreffen Alberts mit Sonja im Laden zu verhindern trachtete. Auf ein solches wollte sie ihn in Anbetracht der neuen Lage, die inzwischen herrschte, erst geistig vorbereiten.

Zunächst wurde eingekauft, und zwar bei Dallmayr. Das geschah gegen den Widerstand Alberts, über den sich Vera aber hinwegsetzte. Als Albert darauf bestehen wollte, sich wenigstens an der Bezahlung der Delikatessen zu beteiligen, lachte sie ihn nur aus. Sie sagte: »Ich habe *dich* eingeladen, nicht du *mich*.«

»Dann muß ich mit dir ein offenes Wort sprechen«, erwiderte er.

»Bitte, tu das.«

»Du glaubst also, daß Dallmayr der richtige Laden für dich ist?«

»Warum nicht?«

»Wieviel verdienst du im Monat?«

»Dreieinhalbtausend.«

Vera hatte dies kaum gesagt, als ihr klar wurde, daß sie einen Fehler begangen hatte. Sie biß sich auf die Lippen. Zu spät.

»Dreieinhalbtausend? Als Verkäuferin?« erwiderte er.

»Verkäuferinnen können am Umsatz beteiligt sein«, erklärte sie.

Das war natürlich der Blödsinn in Potenz.

»Aha«, sagte Albert. »Und wie hoch liegt der bei euch? Wie hoch insgesamt? Erreicht er schon dreieinhalbtausend? Scheinbar ja, denn du kassierst ja soviel. Aber was bleibt dann noch für die Firma?«

Vera saß in der Falle. Sie seufzte.

»Über das Ganze«, sagte sie, »muß ich mit dir heute abend noch reden. Ich hatte dies ohnehin vor.«

Sie hätte dem auch gar nicht ausweichen können, nachdem er sie in Zukunft nicht mehr in Sonjas Boutique erreichen konnte, sondern an ihrer echten Arbeitsstelle. Lieber wäre es ihr allerdings gewesen, wenn sie das Albert ohne Druck hätte mitteilen können, und nicht, nachdem er sie, wie jetzt, in die Enge getrieben hatte.

Auf der Fahrt nach Ottobrunn erkundigte sich Vera nach Moritz.

»Erinnere mich nicht an den«, sagte Albert.

»Warum? Hat er schon wieder was ausgefressen?«

»Sicher bellt er sich in der Wohnung, zur Freude der Nachbarn, gerade wieder die Lunge aus dem Hals, weil ich nicht da bin.«

»Er ist halt sehr anhänglich.«

»Ich habe keine andere Wahl, als ihn –«

»Sag nicht schon wieder, daß du ihn einschläfern lassen willst«, unterbrach Vera. »Gib ihn weg, an einen guten Platz, das geht auch.«

Albert lachte bitter.

»Ich setze dir eine Prämie aus, Vera, wenn du mir jemanden findest, der diese Mißgeburt haben will.«

Auch beim Abendessen in Veras Wohnung, das natürlich hervorragend war, wurde kurz noch einmal das Thema ›Moritz‹ gestreift. Es blieben Speisereste übrig.

»Was machst du mit denen?« fragte Albert.

Dumme Frage, dachte Vera.

»Ich gebe sie in den Müll«, sagte sie.

»Hast du was dagegen, wenn ich sie mir einpacke?«

»Für den Hund?«

»Ja«, erwiderte er ein bißchen verlegen. »Weißt du, es wär' wieder einmal etwas anderes für ihn.«

Vera nickte. Sie lächelte. Ich habe mir da wohl gewisse Sorgen gemacht, dachte sie, die überflüssig sind.

Als sie den Tisch abräumte, war es Zeit zur Tagesschau. Albert fragte, ob er den Fernseher einschalten dürfe. Aus diesem war dann zu erfahren, daß die Zahl der Konkurse in der Bundesrepublik wachse. Nach der Tagesschau wurde der Apparat wieder abgeschaltet.

Albert Max trank von jeher zum Essen am liebsten Bier, und das hatte er auch heute getan. Den Gefallen, zu Champagner überzugehen, erwies er Vera, die von Anfang an dieses Getränk hatte servieren wollen, erst nach dem Essen.

»Schmeckt er dir?« fragte sie ihn nach dem ersten Glas.

»Und wie!« antwortete er. »Er ist ja auch so ungefähr das Teuerste, was auf diesem Sektor angeboten wird. Siehst du, und das erinnert mich wieder an unser Gespräch, als wir aus dem Dallmayr herausgingen. Du wolltest es heute abend noch fortsetzen. Wann? Jetzt? Oder erst später?«

Vera zögerte nur einen kurzen Moment.

»Jetzt«, sagte sie dann entschlossen, zündete sich eine Zigarette an und fing, als diese brannte, an: »Ich bin gar keine Verkäuferin...«

Dann verstummte sie auch schon wieder und blickte ihn erwartungsvoll an. Sie hatte gedacht, daß ihn diese Mitteilung sozusagen vom Stuhl reißen würde. Doch nichts geschah, nicht einmal der kleinste Laut der Überraschung entfloh Alberts Mund.

»Du sagst ja gar nichts?« fragte sie ihn perplex.

»Nein«, erwiderte er gleichmütig.

»Überrascht dich denn das nicht?«

»Daß du keine Verkäuferin bist?«

»Ja.«

»Du wirst lachen, etwas Ähnliches hatte ich mir schon gedacht.«

»Warum? War ich denn als solche so schlecht?« Vera war sichtlich enttäuscht. »Ich dachte, ich hätte das ganz gut gemacht.«

»Das hast du auch – bis auf ein paar Kleinigkeiten: dein Lebensstil zum Beispiel. Der gab zu Zweifeln Anlaß.«

»Soso«, sagte Vera und setzte hinzu: »Das werde ich mir merken müssen, wenn ich dort wieder einspringe...«

»Bei Sonja, meinst du?« fragte er.

»Ja.«

»Deiner Chefin?«

»Ja.«

»Und welche Sonja ist deine Freundin?«

»Die gleiche«, sagte Vera, wobei sie zugleich dachte: Und das *muß* ihn aber jetzt umhauen.

Doch wieder erfüllte sich ihre Erwartung nicht. Albert stellte nur eine absurde Frage.
»Führt sie Sozialbeiträge für dich ab?«
»Ob sie was tut?«
»Ob sie Sozialbeiträge für dich abführt?«
»Ich verstehe nicht.«
»Wenn sie das nämlich *nicht* tut, ist sie keine wahre Freundin.«
»Albert, was redest du da für Quatsch?«
»Außerdem macht sie sich damit auch noch strafbar.«
»Höf auf!«
»Das ist nicht so unwichtig, wie du vielleicht denkst.«
»Ich weiß, was du meinst, aber die muß vorläufig froh sein um jede Mark, die sie sich ersparen kann, und das ist einzig und allein für mich entscheidend. Verstehst du? Außerdem werden meine Sozialbeiträge von einer anderen Seite aus bezahlt.«
»Soso.«
Vera holte die Champagnerflasche aus dem Sektkübel.
»Darf ich dir nachschenken?«
Er nickte, fragte sie aber dabei: »Von welcher Stelle werden deine Sozialbeiträge bezahlt?«
»Von meiner Firma, bei der ich regulär arbeite.«
»Nicht als Freundin?«
»Nein – ich sage ja: regulär.«
»Und was ist das für eine Firma?«
»Der UNION-Filmverleih.«
»Was machst du bei dem?«
»Ich bin die Pressechefin«, erklärte Vera und setzte hinzu: »Das gehört alles zu der Generalbeichte, die ich dir heute sowieso ablegen wollte, denn bei Sonja werde ich vorläufig nicht mehr anzutreffen sein. Mein Urlaub, in dem ich ihr geholfen habe, ist zu Ende. Ab sofort findet man mich wieder beim UNION-Verleih. Du weißt, wo der ist?«

»Am Lenbachplatz, ja.« Albert schüttelte zweifelnd den Kopf. »Du hast der deinen ganzen Urlaub geopfert?«

»Fast den ganzen.«

»Wahnsinn!«

»Wieso Wahnsinn? Ich hoffe, du hast schon mal was von Freundschaft gehört?«

»Gewiß, aber was geschieht denn jetzt, nach deinem Ausfall in der Boutique?«

»Sonja hat eine echte Verkäuferin engagiert, die morgen anfängt.«

»Siehst du, das wäre von Anfang an das Richtige gewesen, dann müßte nicht jetzt erst wieder eine Neue eingearbeitet werden. Und außerdem hättest du etwas von deinem Urlaub gehabt.«

»Der reut mich aber nicht.«

Er schüttelte wieder den Kopf, während er sagte: »Wenn das deine Einstellung ist, dann kannst du ja das nächstemal auch bei mir einspringen.«

»Gerne«, sagte Vera rasch. »Als was?«

»Als Stenotypistin. Oder gar als Sekretärin. Jedenfalls nicht als Verkäuferin.«

»Hört sich passabel an.«

»Die Sozialbeiträge würden auch entrichtet.«

»Ist ja fantastisch«, lachte Vera. »Von wem?«

»Von deinem Interimschef.«

»Und was macht der?«

»Wie – was macht der?«

»Welchen Beruf übt der aus?... Damit ich mich auf ihn einstellen kann.«

Albert staunte.

»Das weißt du noch nicht?«

»Nein, es wurde mir noch nicht gesagt.«

Er dachte rasch nach und kam zu dem Ergebnis, daß sie recht hatte.

»Entschuldige«, sagte er daraufhin. »Ich bin Rechtsanwalt... aber«, unterbrach er sich, »habe ich dir das, ehe ich nach Frankfurt fuhr, nicht doch gesagt?«

Sie schüttelte den Kopf: »Nein.«

»Nicht? Das wundert mich sehr. Ich war der Meinung –«

»Rechtsanwalt bist du?« schnitt sie ihm das Wort ab.

»Ja.«

»Ein guter natürlich?«

»Der beste«, grinste er.

»Dann kann sie dich brauchen.«

»Wer ›sie‹?«

»Sonja Kronen.«

»Deine Freundin?«

»Ja.«

Albert Max wußte nicht gleich, was er darauf sagen sollte. Einerseits sah er ganz unerwartet die Gelegenheit, an das tollste Mädchen, dem er je begegnet zu sein glaubte, heranzukommen; andererseits war ihm klar, daß ihm für den beruflichen Einsatz, um den er dabei nicht herumkam, kein großes Honorar winkte – wenn überhaupt eines.

»Vera«, sagte er, »darf ich vorab etwas klären, ehe du fortfährst?«

»Bitte.«

»Ich bin kein Wohlfahrtsinstitut. Ich könnte es mir auch gar nicht leisten, eines zu sein. Meine Praxis ist noch jung, die Einrichtung kostet viel Geld, und ich –«

Vera winkte ab.

»Vergiß es.« Sie seufzte. »Dann müssen wir eben einen anderen finden. Wenn nur der Kerl, den ich dazu bringen könnte, nicht ein solcher... solcher... Schürzenjäger wäre.«

»Schürzenjäger?«

»Ein widerlicher.«

»Willst du damit sagen, daß...« Er brach ab und begann noch einmal: »Willst du damit auf eine bestimmte Art anspielen, wie der sich honorieren läßt?«

»Von attraktiven jungen Frauen, ja«, sagte Vera, »die mittellos sind.«

Albert Max unterließ es, zu erklären, daß er sich so etwas von einem Rechtsanwalt nicht vorstellen könne, sondern sagte vielmehr: »Wieder ein solches Schwein! Ich hoffe aber, daß sich deine Freundin auf so etwas nicht einläßt.«

Veras Seufzer wurden tiefer.

»Das mußt du mehr von *mir* hoffen als von der.«

»Wieso von dir?«

»Weil *ich* diejenige bin, die den kennt. Hinter *mir* ist der schon lange her. *Ich* müßte mich also für Sonja opfern – wenn ich das wollte«, setzte sie einschränkend hinzu.

Albert erhob sich, ging zum Fenster, blickte in die Dunkelheit hinaus, die sich inzwischen auf das Land herniedergesenkt hatte, faßte einen Entschluß und sagte, mit dem Rücken zu Vera: »Weder an dich noch an deine Freundin wird der seine schmutzigen Finger legen können! *Ich* mache das! Ich –«

Vera lachte laut auf.

Er drehte sich herum zu ihr.

»Warum lachst du?«

»Weil du sagtest, *du* legst deine schmutzigen Finger an uns.«

Nun lachte auch er.

»Du weißt, wie ich das meinte«, sagte er.

»Daß du Sonjas Mandat übernehmen willst?«

»Ja.«

»Obwohl du kein Wohlfahrtsinstitut bist?«

»Obwohl ich das nicht bin.«

Auch Vera stand auf und kam zum Fenster, wo sich die beiden nun gegenüberstanden. Sie legte ihm die Arme um den Hals, zog seinen Kopf zu ihr herunter und begann ihn nach Vera-Art zu küssen. Das war eine heiße Sache und harmonierte wunderbar mit der Albert-Art, in der er antwortete. Zwischendurch sagte Vera: »Du... du sollst... trotzdem... auf deine... Rechnung kommen...«

»Wie denn?«

»Durch... mein... Opfer.«

Er löste sich kurz von ihr.
»Aber dann wäre ich ja der gleiche wie der andere.«
»Nein.«
»Wieso nicht?«
Vera nahm das Spiel, das Albert unterbrochen hatte, wieder auf, verschärfte es noch, indem sie ihm den Reißverschluß der Hose öffnete. Unter Küssen, auf die sie dabei nicht vergaß, sagte sie: »Weißt du, etwas, das... man beim einen... verabscheut, aber beim anderen... ersehnt, kann nicht... das gleiche sein.«
Er hatte ihr schon die halbe Bluse aufgeknöpft, mit der anderen Hand streifte er ihr den Rock hoch.
Was war Reaktion, was Gegenreaktion? Vera mit dem Reißverschluß von ihm – Albert mit Veras Bluse und ihrem Rock?
Oder umgekehrt; fing er an, folgte sie ihm?
Keiner der beiden hätte die Frage beantworten können – oder wollen.
Als Vera fühlte, daß ihre Finger die erste Etappe erreicht hatten, läutete sie die zweite und dritte und alle folgenden ein, indem sie sagte: »Oh... der Trieb läßt aber auch hier nichts zu wünschen übrig.«
An Laszivität stand ihr Albert nicht nach.
»Dasselbe«, erklärte er, die Signale, die ihn über seine Finger erreichten, in Worte kleidend, »wollte ich soeben auch von dir sagen.«
Der Weg ins Schlafzimmer wäre ihnen zu weit gewesen, sie schafften noch die Strecke bis zur Couch, die dann wieder einmal den Nachweis zu erbringen hatte, daß sie auch für das, was nun erfolgte, geschaffen war.
Danach erst zogen sich beide vollständig aus; vorher hätte das jedem zu lange gedauert. Dann suchten sie Veras Schlafzimmer auf, dessen Mittelpunkt eines jener Betten war, von denen die Welt glaubt, daß sie ›französisch‹ sind. Sollte dem wirklich so sein, dann dürfen die Franzosen für sich in Anspruch nehmen, daß sie die Völker nicht nur mit Napoleon, der Geißel Europas, beschert haben,

sondern auch mit einem Erzeugnis, dem nur die positivsten Eigenschaften zuzusprechen sind.

Nackt, bei weitem noch nicht satt, aber nicht mehr ganz so heißhungrig wie zuvor lagen Vera und Albert nebeneinander und hörten gegenseitig den Geräuschen zu, die des Lebens sind. Albert atmete tief und langsam, Vera flacher und rascher als er. Sein Herz schlug kräftig, es pochte gegen die Rippen, an die Vera ihr Ohr preßte. Von ihrem eigenen Herzen hatte Vera den Eindruck, daß es hüpfte und sprang – vor Glück. Doch das tat es mehr oder minder immer, wenn sie mit einem Mann, in den sie verliebt war, im Bett lag.

Albert räusperte sich.

»Vera.«

»Ja?«

»Es war fantastisch.«

»Das finde ich auch.«

»Würdest du mir aber nun auch in Einzelheiten den Umstand schildern, dem ich das zu verdanken habe?«

»Den Umstand?« Ihre Stimme klang befremdet. »Was meinst du?«

Er schob sich auf einen Ellenbogen, stützte das Kinn auf die Hand und blickte auf sie hinunter.

»Ich sollte doch auf meine Rechnung kommen, sagtest du – und das bin ich. Aber wofür? In welcher Angelegenheit braucht mich deine Freundin?«

Vera setzte sich auf, dadurch blickte sie auf ihn hinunter, und er war wieder buchstäblich der Unterlegene.

»Sie wird erpreßt, Liebling.«

»Erpreßt?«

»Erpreßt, ja.«

»Mädchen«, stieß er hervor, »weißt du, was du da sagst?«

»Sehr gut weiß ich das.«

»Und warum geht sie dann nicht zum nächsten Polizeirevier und erstattet Anzeige?«

»Nein, Albert«, meinte Vera daraufhin, »so einfach ist das nicht...«

»Warum nicht?«

Vera berichtete vom Besuch des Vertreters Ernst Becker in der Boutique Sonja. Sie ließ keinen guten Faden an ihm, regte sich sehr auf und steigerte sich in eine allumfassende Empörung hinein, in der sie zum Schluß ausrief: »Die sind doch alle gleich!«

»Wer?« fragte Albert.

»Die Männer!«

»Komm, übertreibe nicht«, sagte er, »es gibt auch andere.«

»Wen?«

»Mich zum Beispiel.«

Dabei griff er nach ihr, zog sie an sich und drang rasch und glatt in sie ein, was natürlich nur möglich war, weil sie ihm keinerlei Widerstand entgegensetzte, sondern in jeder Form die nötige Beihilfe leistete. Nun liebten sie sich etwas weniger stürmisch, aber dafür um so kunstvoller. Als es vorbei war, sagte Vera: »Es stimmt.«

»Was stimmt?« fragte er.

»Daß es auch andere gibt – dich zum Beispiel.«

Er grinste.

»Sollte das etwa anzüglich gemeint sein?«

»O nein, überhaupt nicht«, beteuerte sie unschuldig.

»Doch, doch, ich ahne, welcher Ausdruck dir auf der Zunge liegt, um mein Gewissen mit ihm zu belasten.«

»Welcher denn?«

»Der Ausdruck ›paradox‹.«

»Paradox? Was heißt das?«

»Das weißt du genau.«

»Nein«, log sie. »Ich schwöre, ich weiß es nicht.«

Der alberne Dialog machte beiden Spaß.

»Paradox heißt widersinnig«, sagte er.

»Dann ängstigst du dich also, da ich zwischen deinen Worten und deinen Taten einen Widersinn sehen könnte?«

»So ist es.«
»Darf ich darüber nachdenken?«
»Wie lange?«
»Bis morgen früh.«

Nackt, Haut an Haut, schliefen sie ein. Das Licht blieb brennen. Das Eis im Sektkübel auf dem Wohnzimmertisch zerschmolz, der Champagner in der angebrochenen Flasche wurde schal. Die Zimmertüren standen offen. Der Kühlschrank in der Küche knackte vernehmlich durch die ganze Wohnung. Trotz all dieser Anomalien schlummerten die beiden tief bis zum Sonnenaufgang. Vera regte sich als erste. Als dadurch auch Albert wach wurde, knüpfte er nahtlos an die letzten Worte, die zwischen ihnen vor dem Einschlafen gewechselt worden waren, an, indem er fragte: »Hast du nachgedacht?«

»Ja.«
»Bist du zu einem Resultat gekommen?«
»Ja.«
»Wie lautet es?«

Vera drängte sich an ihn, und das Resultat lautete so: »Sei bitte wieder paradox, Liebling.«

Eine eherne Lebensregel sagt: ›Erst die Arbeit, dann das Vergnügen.‹ Gar so ehern ist die aber nicht, sehr oft wird sie auch umgedreht: ›Erst das Vergnügen, dann die Arbeit.‹ Auch Albert und Vera fanden an diesem Morgen an der Umkehrung der Regel Gefallen, ehe sie – spät genug – gegen neun in die Stadt fuhren, um sich an den Stätten ihrer jeweiligen Pflicht einzufinden.

Unterwegs schob Albert etwas in Veras Manteltasche.
Vera fragte: »Was ist das?«
»Zweimal meine Karte«, erwiderte er. »Eine für dich, eine für deine Freundin. Sie soll mich anrufen, wenn sie Zeit hat, zu mir in die Kanzlei zu kommen. Dann gebe ich ihr einen Termin. Sag ihr aber, daß es falsch wäre, die Sache auf die lange Bank zu schieben. Diesem Kerl... wie heißt er? Becker?...«
»Ja«, nickte Vera.

»...muß in den Arm gefallen werden, ehe er den Stein ins Rollen bringt. Also sag ihr: je eher, um so besser.«
»Mach' ich.«
Ehe sich die zwei in München trennten, fragte Vera: »Wann sehen wir uns wieder?«
Er zuckte die Achseln.
»Das kann ich jetzt noch nicht sagen. Ich rufe dich an.«
»Aber nicht übermorgen abend.«
»Warum nicht?«
»Da führt mich dein Freund aus.«
»Karl Thaler?« tat er erstaunt.
»Ja. Oder hast du dagegen etwas?«
»Nein, nein. Wohin geht ihr denn?«
»Das weiß ich nicht«, lachte Vera. »Er schlug mir ein wüstes Lokal vor, aber ich habe versucht, ihm das auszureden.«
»Ein wüstes Lokal?«
»Ja, seine Stammkneipe«, sagte sie. »Eure, schätze ich. Oder trifft das auf dich nicht zu?«
»Doch«, grinste er und setzte hinzu: »Aber daß du dich gegen die gesträubt hast, war instinktiv ganz richtig von dir.«

Sonja Kronen kam noch am gleichen Tag zu Albert Max in die Kanzlei. Sie sah darin keinen Canossagang, aber erklärlicherweise auch kein Unternehmen, das ihr Vergnügen bereitet hätte. Es wäre ihr lieber gewesen, davon Abstand nehmen zu können, doch dem Zwang der Verhältnisse, dem sie sich ausgesetzt sah, vermochte sie sich nicht zu entziehen. Die Situation, in der sie sich befand, ließ ihr keinen Ausweg offen.
»Herr Doktor«, sagte sie nach der Begrüßung, »ich bin Ihnen wohl eine Erklärung schuldig...«
»Nein.«
»Aber mein Versteckspiel Ihnen gegenüber...«
Er hob die Hand.
»Ich weiß«, sagte er, »wie so etwas manchmal ent-

steht... durch Zufall, der erst sogar Spaß macht, und dann kommt man nicht mehr aus der Sache raus... War es nicht so zwischen uns beiden?«

»Ja«, sagte Sonja erleichtert.

Nett von ihm, fand sie, wie er das aus der Welt schafft. Revanchist ist er keiner. Wenn er einer wäre, hätte er ja jetzt Gelegenheit gehabt, sich ein bißchen aufzuspielen. Er verzichtet darauf. Nett von ihm.

»Fräulein Kronen«, begann er sachlich, »was führt Sie zu mir?«

»Ich... ich dachte«, stotterte sie ein wenig, da sie sich von dieser Frage überrascht fühlte, »das hat Ihnen meine Freundin schon gesagt?«

»Sie werden erpreßt?«

»Ja.«

»Denken Sie?«

Noch überraschter starrte sie ihn an, dann erwiderte sie ziemlich gestelzt: »Ja... Oder zweifeln Sie an der Wahrheit meiner Worte?«

»Durchaus nicht«, versicherte er ihr mit einem beruhigenden Lächeln. »Aber was Sie die Wahrheit Ihrer Worte nennen, das ist Ihre subjektive Einschätzung eines Tatbestands, dem es möglicherweise an ausreichenden Merkmalen fehlt, um ihn strafrechtlich relevant zu machen. Verstehen Sie, was ich meine?«

»Nein«, seufzte Sonja.

»Also«, lachte er, »Sie werden rasch dahinterkommen, wenn Sie meine Fragen beantworten. Die eine oder andere derselben mag Ihnen unangenehm erscheinen, aber ich muß sie Ihnen stellen, das läßt sich nicht umgehen.«

»Bitte, fragen Sie.«

»Hat der Kerl Ihnen wirklich das Messer auf die Brust gesetzt?«

»Ja.«

»Eindeutig?«

»Ja.«

»Er hat also das eine vom anderen abhängig gemacht.«

»Wie... wie meinen Sie das: das eine vom anderen abhängig gemacht?«

Ein erstes Zögern hatte aufkommende Unsicherheit Sonjas erkennen lassen.

Albert Max fragte: »Hat er klipp und klar gesagt: ›Wenn Sie mir nicht sexuell gefällig sind, treibe ich Sie in den finanziellen Ruin.‹?«

»Nein«, entgegnete Sonja, »so hat er das natürlich nicht gesagt.«

»Nun«, konnte Albert einen Anflug von Ironie nicht unterdrücken, »wie hat er es denn natürlich gesagt?«

Prompt errötete Sonja ein bißchen.

»Er gab mir zu vestehen –«

»Er gab Ihnen zu verstehen«, fiel Albert ihr ins Wort. »Wie denn? Durch die Blume? Oder auf die harte Tour?«

»Ich weiß nicht, was Sie unter ›Blume‹ verstehen... oder unter ›harter Tour‹? Wie weit geht das eine, wann fängt das andere an?«

»Was hat er wörtlich zu Ihnen gesagt?«

Sonja hatte ihr anfängliches Urteil über Albert schon revidiert. Inzwischen fand sie ihn nicht mehr nett. Zwar sah er noch genauso gut aus wie in der ersten Minute, aber seine Art behagte ihr nicht mehr. Sie empfand ihn als barsch, geschäftsmäßig, indiskret. Er heizt *mir* ein statt diesem Kerl, wegen dem ich hergekommen bin, dachte sie. Die Verwechslung, der Sonja erlag, war die zwischen einem Beichtvater und einem Rechtsanwalt. Unwillkürlich war ihr der seelische Trost, den sie erwartete, wichtiger als nüchterner juristischer Beistand. In einem Ton, der anfing, widerspenstig zu werden, antwortete sie: »Wörtlich hat er gesagt, daß seine Firma von mir Geld sehen will. Das war seine Einleitung.«

»Aha.« Albert nickte mehrmals. »Genauso habe ich mir das auch gedacht. Die Reihenfolge ist entscheidend...«

»Die Reihenfolge?«

Nach einer kurzen Pause, in der Albert seine Mandantin kopfnickend anblickte, sagte er: »Wollen Sie Hellseherei erleben? Soll ich Ihnen sagen, was dann bei ihm kam?«

Sie nickte, und er fuhr fort: »Dann erklärte er Ihnen, daß er sich für Sie einsetzen werde. Die Firma sehe das aber von ihren Vertretern gar nicht mehr gerne; er schade sich also damit selbst. Trotzdem wolle er es tun, freilich bedürfe es dazu einer entsprechenden Ermunterung Ihrerseits. Das wäre nicht mehr als recht und billig. Ganz umsonst gebe es nichts auf der Welt. Sollten Sie allerdings anderer Meinung sein, würde er sich aus allem raushalten und sich nicht selbst bei der Firma schädigen. Die Kugel, die jeden Augenblick ins Rollen zu kommen drohe, könne dann keiner mehr aufhalten. War es so, Fräulein Kronen?«

Sonjas Verblüffung war, während er gesprochen hatte, größer und größer geworden.

»Ja«, erwiderte sie. »Woher wissen Sie das alles?«

Er winkte mit der Hand und witzelte: »Ich sagte Ihnen ja, ich bin Hellseher.«

»Aber etwas haben Sie vergessen.«

»Was?«

»Daß er mir auch einen gemeinsamen Urlaub auf Ibiza vorgeschlagen hat. Auf seine Kosten.«

»Wie großzügig!« meinte Albert. »Und einen solchen Mann bezeichnen Sie als Erpresser.«

»Ist er denn das nicht?« antwortete Sonja, wieder unsicher geworden.

»Der dreckigste, den es gibt, Fräulein Kronen. Aber auch der ausgekochteste. Sehen Sie, das habe ich gemeint mit den Tatbestandsmerkmalen, die nicht ausreichen könnten. Vor Gericht kommen wir damit nicht durch. Dort muß eine Erpressung anders aussehen – härter, plumper, wenn Sie so wollen, verstehen Sie? –, wenn eine Verurteilung erreicht werden soll. Außerdem haben Sie keinen Zeugen, keine Beweise. Sie waren mit dem allein. Schriftliches existiert nichts. Dem würde es also nicht schwerfallen, alles abzustreiten und Sie sogar noch mit einer Gegenanzeige zu überziehen. Wegen falscher Anschuldigung. Das wäre das Resultat, das man befürchten müßte.«

»Aber wenn seine Firma nun wirklich in nächster Zeit auf Zahlung drängt, wäre das denn auch noch kein Beweis?«

»Kein starker, aber immerhin einer – vorausgesetzt, Sie sind in der Lage, nachzuweisen, daß der Druck, der auf Sie ausgeübt wird, auf Initiative dieses Kerls zurückzuführen ist. Könnten Sie sich vorstellen, dazu imstande zu sein?«

»Nein«, antwortete Sonja deprimiert. »Ich sitze ja nicht in der Firma, um mir die nötigen Informationen beschaffen zu können.«

»Sehen Sie.« Er schüttelte den Kopf. »Von einer Anzeige verspreche ich mir deshalb nichts. Das muß anders laufen.«

»Wie denn?«

»Wir vermasseln ihm die Tour bei seiner Firma. Wir drohen ihm an, ihn bei der auszuhebeln, wenn das eintreten sollte, was er angekündigt hat – wenn also in nächster Zeit Zahlungsaufforderungen an Sie ergehen. Ich schreibe ihm einen entsprechenden Brief, von dem ein Durchschlag bei mir hier liegenbleibt und im Bedarfsfalle an die Firma abgeschickt wird. Ob der Bedarfsfall akut wird oder nicht, habe er in der Hand, werde ich ihm mitteilen. Einverstanden, Fräulein Kronen? Das wäre mein Vorschlag, wie wir vorgehen sollten. Dazu bräuchte ich die Adresse des Ganoven von Ihnen. Das Betrübliche bei dem Ganzen ist freilich, daß dem Kerl das Gefängnis erspart bleibt.«

»Ach«, meinte Sonja erleichtert, »wenn mir nur mein Geschäft nicht in Gefahr gerät. Alles andere ist mir egal.«

Dann nannte sie ihm Beckers Privatadresse in Regensburg, die ihr bekannt war, weil sie der Vertreter schon früher mehrmals zu sich nach Hause eingeladen hatte – natürlich immer ›in allen Ehren‹, in Wirklichkeit aber stets dann, wenn seine rheumakranke Frau auf Kur war oder zu Besuch bei ihrer alten Mutter in Dresden weilte. Das geschah jedes Jahr zweimal.

»Herr Doktor«, sagte Sonja, nachdem diesem Punkt nun nicht mehr länger auszuweichen war, »was bin ich Ihnen schuldig?«

»Nichts«, antwortete er auf dieses klassische Beispiel einer pro forma-Frage.

»Aber –«

»Darüber habe ich mit Ihrer Freundin eine Vereinbarung getroffen, die Sie jeder Verpflichtung enthebt.«

»Davon hat sie mir nichts gesagt«, log Sonja.

Selbstverständlich hat sie dir das gesagt, dachte Albert. Du schwindelst. Das steht dir ins Gesicht geschrieben. Wenn die dir das nicht gesagt hätte, müßte ich daran zweifeln, daß ich die Frauen kenne.

Alberts Annahme stimmte. Vera hatte am Telefon Sonja gegenüber kein Geheimnis aus dem Geschehen in ihrer Wohnung in der vergangenen Nacht gemacht. Sie hatte darin die wirksamste Maßnahme gesehen, um Albert bei Sonja zu blockieren, falls dazu Veranlassung bestehen sollte; falls nicht, um so besser.

»Ihre Freundin«, sagte Albert zu Sonja, »hat es mir unmöglich gemacht, mich an Ihrer Situation uninteressiert zu erklären.«

»Vera«, erklärte Sonja mit undurchdringlicher Miene, »tut soviel für mich. Manchmal«, setzte sie hinzu, »zuviel.«

Sie blickte ihn an, er sie.

»Wie macht sich die Neue in Ihrem Laden?« fragte er dann.

»In meiner Boutique«, korrigierte sie ihn unnachsichtig. »Nun, so rasch kann man das noch nicht sagen. Es war ja heute erst der erste Tag für sie.«

»Hoffentlich werden Sie mit ihr zufrieden sein.«

»Das hoffe ich auch. Ich ließ sie heute ungern allein und bin deshalb schon ganz unruhig. Es wird hier höchste Zeit

für mich.« Sie erhob sich, um ihren Worten Nachdruck zu verleihen. »Noch eins, Herr Doktor...«
»Ja?«
»Ich habe gestern mehrmals versucht, telefonisch Herrn Thaler zu erreichen...«
»Herrn Thaler?« fragte Albert überrascht.
»Ja, vergebens, und heute kam ich noch nicht dazu«, erwiderte sie. »Ich wollte ihm etwas mitteilen, das ich nun auch bei Ihnen loswerden kann...«
»Natürlich, was denn?«
»Das gleiche«, lächelte sie, »das auch Sie interessieren wird. Sie und Ihr Freund hatten doch die Absicht, mich für den Segelsport zu gewinnen...«
»Aber ja!« meinte er.
»Gilt das noch?«
»Aber ja!«
»Dann mache ich mit.«
Albert klatschte in die Hände wie ein kleiner Junge.
»Prima!« freute er sich. »Weiß auch Vera das schon?«
»Ja.«
»Seit wann?«
»Seit gestern.«
Er schwieg.
Nach zwei, drei Sekunden meinte Sonja: »Deshalb hätte ich eigentlich damit gerechnet, daß sie Ihnen das schon gesagt hätte.«
Damit hätte ich, wenn ich's gewußt hätte, allerdings auch gerechnet, dachte er. Warum hat sie mir das vorenthalten? Es gibt nur eine Erklärung: Sie hat eine Gefahr gesehen, daß ich mit ihr nicht ins Bett gegangen wäre. Und warum nicht? Weil ich mir, ihrer Befürchtung nach, Aussichten auf Sonja eingebildet hätte? Wäre das der Fall gewesen? Ganz sicher, ja, aber geschlafen hätte ich trotzdem mit Vera, denn wie lautet das berühmte Sprichwort, das zu diesem Zeitpunkt für mich absolute Gültigkeit besaß? Besser der Spatz in der Hand als die Taube auf dem Dach.
Sonja reichte ihm die Hand.

»Wiedersehen, Herr Doktor. Ich höre dann von Ihnen...«

»Wiedersehen, Fräulein Kronen. Sie hören auf zwei Geleisen, erstens in Sachen ›Becker‹, zweitens in Sachen ›Seefahrt‹, von mir, und zwar sehr bald, denke ich.«

»Wiedersehen«, sagte Sonja noch einmal.

An Arbeit war dann an diesem Tag für Albert kaum mehr zu denken. Sonjas Besuch hatte ihm die zum Aktenstudium nötige Konzentrationsfähigkeit geraubt. Gerade der Brief an Ernst Becker erblickte noch das Licht der Welt; recht viel mehr passierte nicht mehr in der Kanzlei.

Veras Ausgang mit Karl Thaler versetzte, als er begann, den ganzen UNION-Filmverleih in eine gewisse Unruhe. Die Belegschaft eines Filmverleihs besteht – wie könnte es anders sein? – zu einem wesentlichen Prozentsatz aus attraktiven jungen Damen (sprich: tollen Mädchen). Von den meisten dieser Geschöpfe kann man sagen, daß sie ursprünglich geglaubt hatten, den Weg auf die Leinwand angetreten zu haben, dann aber beim Verleih hängengeblieben waren. Die Hoffnung, es könne sich da nur um eine Zwischenstation handeln, lebt immer noch in jeder zweiten.

Es war kurz vor Büroschluß, als Karl Thaler dem Pförtner seinen lässigen Gruß entbot. Der Pförtner war ein älterer Mann, dessen linker Arm und linker Unterschenkel einem Granateinschlag beim Kampf um Berlin, als es um den Endsieg (den sowjetischen) ging, zum Opfer gefallen waren. Das Vaterland stattete ihm seinen Dank dadurch ab, daß es ihn an seinem Arbeitsplatz vor allzu einfacher Kündigung schützte. Er blickte demonstrativ auf die große Uhr an der Wand, ehe er Thaler fragte, was er noch wünsche. In zehn Minuten werde dichtgemacht hier.

Thalers Antwort lautete: »Wo sitzt Fräulein Lang, bitte?«

Unpräzise, wie immer; mehr kann man ja von der heutigen Jugend nicht verlangen, dachte der Pförtner.

»Welche?« brummte er. »Wir haben hier zwei, die Lang heißen.«

»Vera Lang.«

»Weiß die von Ihnen?«

»Ja.«

Der Pförtner griff mit der rechten Hand, die ihm verblieben war, zum Telefonhörer.

»Dann werde ich ihr mal Bescheid sagen, daß Sie da sind. Erledigen können Sie aber heute nicht mehr viel bei der, dazu ist es schon zu spät. Wie ist Ihr Name?«

»Auf welchem Zimmer sitzt sie?« antwortete Thaler.

Der Telefonhörer senkte sich langsam wieder auf die Gabel.

»Ich muß Sie anmelden...«

Der Telefonhörer wurde erneut halb abgenommen.

»Wozu?« fragte Thaler den Pförtner.

»Das ist Vorschrift des Hauses.«

»Ich würde die aber gerne überraschen.«

Es klickte. Der Hörer lag wieder auf der Gabel.

»Kommen Sie privat?«

»Ja.«

»Warum sagen Sie das nicht gleich? Zimmer 23 im zweiten Stockwerk...«

»Danke.«

Mißbilligend blickte der Pförtner diesem Menschen nach, der für ihn wieder einmal die Frage aufwarf, wozu er und seine ganze Generation eigentlich gekämpft hatten. Für eine solche Jugend jedenfalls nicht.

Dann griff er rasch noch einmal zum Hörer und rief Vera Lang an. »Da kommt gleich einer zu Ihnen rauf, der mir seinen Namen nicht sagen wollte«, teilte er ihr mit. »Ich möchte Sie nur darauf vorbereiten. Er ließ sich nicht aufhalten. Ich hoffe, daß ich keinen Fehler gemacht habe.«

»Nein, nein, Herr Schmiedl, ich erwarte den Herrn«, beruhigte Vera ihn, setzte aber dann, um sich zu vergewissern, doch noch hinzu: »Wie sah er denn aus?«

»Wie er aussah?« Bartholomäus Schmiedl überlegte. Dann fiel ihm das markanteste Merkmal ein. »Er hat Turnschuhe an.«

»Dann ist er es, Herr Schmiedl. Danke.«

Turnschuhe? Vera zog ihre Schlüsse. Ins ›Vier Jahreszeiten‹ wird er mich also nicht führen. Dem Wetterbericht, der keinen Regen ansagte, vertraute er auch. Und allzu hoch ist auch nicht die Wertschätzung, die er mir entgegenbringt, wenn er sich nichts dabei denkt, mit mir in Turnschuhen auszugehen.

Es war ja nicht so, daß Vera Lang grundsätzlich etwas gegen Turnschuhe gehabt hätte (so wie Bartholomäus Schmiedl), aber es gab Gelegenheiten, bei denen sie anderes Schuhwerk lieber sah.

Ich werde ihm das zu verstehen geben, dachte sie. Wo bleibt er denn?

Karl Thaler ließ auf sich warten. Das hatte seinen Grund. Er hatte feststellen müssen, daß der ganze Bau von aufregenden Mädchen bevölkert zu sein schien. Sie waren ihm auf Schritt und Tritt begegnet, in jedem Stockwerk sah er sie, auf der Treppe stolperte er mehrmals, weil sein Blick, den er auf die Stufen hätte richten sollen, absorbiert wurde von Mädchenbeinen. In der dritten Etage schien er dann einen mitgenommenen, einen hilflosen Eindruck zu erwecken, denn eines der Mädchen aus dem Überangebot dieses Hauses sprach ihn an: »Suchen Sie etwas?«

Wenn ich dich so ansehe, dachte Karl, lohnt es sich, deine Frage nicht so kurzangebunden, sondern auf Umwegen zu beantworten, damit ein richtiges kleines Gespräch entsteht. Kommunikation ist das, was der moderne Mensch wieder viel mehr anstreben sollte – wie die Leute früher. Nicht nur immer fernsehen. Das wird einem doch ständig gesagt aus dem Familienministerium.

Er blieb dabei, auf die hilflose Attitüde zu bauen.

»Danke, daß Sie sich meiner annehmen«, sagte er zu dem freundlichen Mädchen. »Wo bin ich hier?«

»In der dritten Etage.«
»Und bei welcher Firma?«
Das Mädchen lachte.
»Beim UNION-Filmverleih.«
»Sie lachen mich aus«, seufzte Karl Thaler. »Warum?«
»Weil hier überall nur der UNION-Filmverleih ist.«
»Im ganzen Haus?«
»Ja.«
»Aber oft sind doch mehrere Firmen in einem Haus untergebracht. Sehen Sie, deshalb meine Frage.«
»Ich habe Sie auch nicht ausgelacht. Wenn Sie diesen Eindruck hatten, so war er falsch. Es war nur komisch, wissen Sie. Welche Firma suchen Sie denn?«
»Den UNION-Filmverleih.«
Das Mädchen konnte sich nicht helfen, es mußte nun doch noch einmal lachen. Diesmal beteiligte sich aber auch Thaler daran, und das machte ihn besonders anziehend. Die weißen Zähne seines ebenmäßigen Gebisses blitzten, seine hübschen, sprechenden Augen drangen ihr ins Innere und ließen sie an Dinge denken, an die sie nach so kurzer Bekanntschaft mit diesem Mann noch keineswegs hätte denken sollen.
Ein zweites Mädchen kam dahergeschritten und beäugte den Mann, den sie bei Annemarie stehen sah. Er gefiel ihr. Sie gönnte ihn Annemarie nicht allein. Sie stoppte bei den beiden.
»Kann ich dir helfen, Annemarie?«
»Nicht nötig, Liane, danke.«
»Möchte der Herr zu jemandem?«
»Sicher.«
»Zu wem denn?«
»Das weiß ich noch nicht, aber er war soeben dabei, es mir zu sagen.«
Liane wandte sich direkt an Karl Thaler.
»Sagen Sie's mir. Meine Kollegin ist noch nicht lange genug bei uns, um jeden zu kennen...«

»Aber Liane«, widersprach Annemarie, »rede doch keinen solchen Unsinn.«

»Unsinn?« lächelte Liane falsch. »Sagtest du nicht selbst gestern genau das beim Mittagessen?«

»Nein! Was ich sagte, war, daß bei uns ständig neue Gesichter auftauchen und es deshalb passieren kann –«

»Na also«, unterbrach Liane sie, »was willst du denn? Exakt das ist doch meine Rede!«

Der Streit lockte ein drittes Mädchen herbei, das auf die Toilette wollte. Sie erkannte, daß zwischen Liane und Annemarie Zwietracht herrschte, und fand es unmöglich, daß die zwei ihre Meinungsverschiedenheiten vor einem gutaussehenden jungen Mann austrugen, statt ihn zu fragen, was man für ihn tun könne. Sie hieß Barbara und galt bei der Firma mehr als Liane und Annemarie, weil der Mann, für den sie tippte, zur Direktion gehörte.

Karl Thaler war besonders vom Busen Barbaras angetan, der den der zwei anderen Mädchen aus dem Felde schlug. Dafür hatte Liane das hübschere Gesicht, und Annemarie die hübscheren Beine. Was jetzt noch fehlte, dachte Karl, ist eine, die mit ihrem Hintern die anderen übertrifft.

»Wollen Sie zu einem unserer Herren?« fragte ihn Barbara.

»Nicht im entferntesten«, antwortete er und lächelte im Halbkreis herum, so daß davon nicht nur Barbara, sondern auch Liane und Annemarie etwas abbekamen.

Sowohl Liane als auch Annemarie hätten gerne auch noch einmal etwas gesagt, aber ein Blick Barbaras verurteilte sie zum Schweigen.

Irgendeine sonore Stimme drang aus einem Zimmer: »Wo bleibt mein Kaffee?«

Liane schrak zusammen und entfernte sich eilig.

»Sie wollen also zu einer unserer Damen?« sagte Barbara zu Thaler.

»Ja.«

»Zu welcher?«

»Zu Fräulein Lang.«
»Zur Pressechefin? Oder zur Disponentin?«
Pressechefin? Disponentin?
Thaler zuckte die Achseln.
»Das weiß ich nicht. Ich kann Ihnen nur den Vornamen sagen.«
»Und der wäre? Das genügt ja.«
»Vera.«
Sowohl Barbara als auch Annemarie atmeten erleichtert auf.
»Also zur Pressechefin«, sagte Barbara. »Zimmer 23 am Ende dieses Flurs. Ich bringe Sie hin, kommen Sie. Vielleicht ist die nämlich schon weg, wir machen gleich Schluß hier...«
Barbaras freundliches Anerbieten mußte aber nicht mehr in die Tat umgesetzt werden. Vera war nämlich sichtbar geworden. Sie war aus ihrem Zimmer getreten, blickte den langen Korridor entlang, entdeckte Thaler und winkte ihm.
»Wo bleiben Sie denn?« empfing sie ihn. »Der Pförtner hat Sie mir schon vor einer Ewigkeit angesagt...«
Ihr Zimmer beeindruckte ihn. Die Möbel, von denen sie umgeben war, sagten etwas aus über die gehobene Position, die sie innehatte.
»Es gab Unklarheiten«, erwiderte er. »Ich mußte mich durchfragen.«
»Ich dachte, der Pförtner hätte Ihnen Bescheid gesagt.«
»Hat er, aber ich habe ihn wohl falsch verstanden.« Er grinste. »Und etwas Besseres hätte mir wohl kaum passieren können.«
»Wieso?«
»Weil das Personal, das sich um mich gekümmert hat, ausgesprochen reizend war.«
»Soso«, lachte Vera, »dann wäre es ja möglich gewesen, daß ich hier noch eine halbe Stunde länger hätte warten müssen. Das nächste Mal werde ich Herrn Schmiedl Bescheid sagen, daß er Sie unten bei sich an die Kette

legt und mich runterruft, damit ich Sie bei ihm abholen kann.«

»Wer ist Herr Schmiedl? Der Pförtner?«

»Ja.«

»Ein gewissenhafter Mann. Die Hausvorschrift geht ihm über alles.«

»Sehr gewissenhaft.« Vera steuerte gleich zu Beginn einen Punkt an, auf den zu kommen sie sich entschlossen hatte. Sie fuhr fort: »Als er sie durchließ, fürchtete er, einen Fehler begangen zu haben. Deshalb rief er mich rasch an, um Sie mir zu signalisieren. Und wissen Sie, mit welchen Worten?«

»Nein.«

»›Da kommt einer rauf zu Ihnen – in *Turnschuhen*‹.«

Karl lachte und blickte amüsiert auf die Dinger hinunter, in denen seine Füße steckten.

Vera lachte nicht.

Auch Karl hörte deshalb auf damit.

»Finden Sie den etwa nicht lustig?« fragte er.

»Wen?«

»Den Pförtner.«

»Lustig? Wieso?«

Da ging dem Maler ein Licht auf.

»Ach«, sagte er, »ich verstehe. Zwischen Ihnen und Herr Schmiedl gibt es da eine gewisse Übereinstimmung.«

»Insofern«, nickte sie, »als ich annehmen muß, daß Sie mit mir durch den Englischen Garten laufen wollen. Damit habe ich nicht gerechnet. Ich dachte, wir gehen essen.«

»Wir *gehen essen*.«

»Wohin?«

»Wohin Sie wollen.«

»Etwa auch ins ›Vier Jahreszeiten‹?«

»Ja, auch ins – – nein, nicht ins ›Vier Jahreszeiten‹«, korrigierte er sich. »Aber aus einem anderen Grunde nicht.«

»Aus welchem nicht?«

»Aus finanziellem. Der Laden ist einfach zu teuer für mich. Verstehen Sie?«

»Ich verstehe«, erklärte Vera. »Die Turnschuhe wären also kein Grund für Sie, es dort nicht auch zu versuchen?«

»Nicht im geringsten.«

»Die würden Sie aber gar nicht hereinlassen.«

»Mag sein. In zehn oder zwanzig Jahren jedoch, was wäre da?«

»Ich weiß nicht, was Sie meinen.«

»Ich meine folgendes: Wenn Picasso noch leben würde, glauben Sie, daß die den nicht hereinlassen würden, ganz egal, in welchem Aufzug er daherkäme? Können Sie sich vorstellen, daß die dem die Tür weisen würden? Oder sind Sie nicht vielmehr davon überzeugt, daß die alle vor dem auf dem Bauch liegen würden, selbst wenn er ihnen nackt die Ehre gäbe? Dem jungen Picasso allerdings, dem hätten sie auch den Zutritt verweigert.«

»Stimmt.«

»›Stimmt‹, sagen Sie. Aber finden Sie das richtig so?«

»Nein –«

»Sehen Sie.«

»Ich bin noch nicht fertig. Nein, ich finde das nicht richtig so, aber ich bin mir absolut im klaren, daß das überhaupt keine Rolle spielt, wie ich das finde – oder wie Sie das finden. Die Welt hat ihre eigenen Regeln, und zu diesen gehören die unterschiedlichen Behandlungsweisen, die sie übrighat für den jungen Picasso oder für den alten. Daran können wir nichts ändern.«

»Ihr Ton sagt mir alles.«

»Er soll Ihnen sagen, daß ich mich damit abfinde. Es hat keinen Zweck, gegen solche Gesetze Sturm zu laufen.«

»Gesetze? Das sind keine Gesetze! Die Großen der Kunst sind dagegen immer Sturm gelaufen!«

»Sind Sie ein Großer der Kunst?«

Schweigen trat ein.

Du liebe Zeit, dachte Vera, was reden wir hier, sind wir

verrückt? Ein Wort gibt das andere, und man vergißt ganz, was man vorhatte. Wir wollen essen gehen!

Und Karl dachte: Was sagte sie? Ob ich ein...

Nun steht er da mit rotem Kopf, dachte Vera. Ich habe ihn verletzt. Diesen Schuß hätte ich ihm nicht vor den Bug setzen dürfen.

Fehlstart, sagte sich Karl. Bei der bin ich kein Treffer. Was die von mir hält, ist mir jetzt klar. Noch krasser hätte sie das nicht zum Ausdruck bringen können. Wie schnell das geht. Noch vor wenigen Minuten sah alles anders aus. Aber den Wandel habe ich mir selbst zuzuschreiben. Ich habe sie so lange provoziert, bis sie mir diese vernichtende Frage um die Ohren schlug. Ob ich... was bin? Ein...

Das Ganze soll mir eine Lehre sein. Mit solchen Leuten über Kunst zu sprechen, ist falsch. Was verstehen die davon? Nichts. Sie sind Banausen. Das hat nun gar nichts mit dem zu tun, was ich bin.

Sie ist ein sehr hübsches, sehr anziehendes Mädchen, das ich mir gern unter den Nagel gerissen hätte – Kunst hin, Kunst her. Doch das kann ich mir nun aus dem Kopf schlagen.

»Wollen wir gehen?«

Karl schreckte auf. Veras Stimme hatte sein Ohr erreicht.

»Gehen? Wohin?« fragte er.

»Wohin? Das müssen doch *Sie* wissen?«

»Aber –«

»Oder wollen Sie unser Vorhaben abblasen?«

Er blickte sie an, seufzte, lächelte endlich wieder.

»Vera... ich darf doch Vera sagen...?«

»Ja, Karl.«

»Sie sind... Sie haben... Sie machen mir ganz schön zu schaffen.«

Du mir, fürchte ich, auch, dachte sie und sagte: »Ganz in der Nähe wäre der ›Palais-Keller‹. Kennen Sie den?«

»Im ›Bayerischen Hof‹, ja. Warum?«

»Wir könnten meinen Wagen in der Tiefgarage hier stehen lassen und die paar Schritte zu Fuß gehen.«
»Um dort zu essen?«
»Ja.« Seine Finanzen fielen ihr ein. »Oder nicht?«
Er dachte an etwas anderes.
»Vera«, sagte er, »Sie vergessen, ich habe immer noch Turnschuhe an, ich stecke immer noch in Jeans, an meinem Hals baumelt immer noch keine Krawatte und meine alte Lederjacke ist immer noch keiner neueren gewichen.«
»Ich weiß, ich weiß«, erklärte sie, »doch der ›Palais-Keller‹ ist auch nicht das ›Vier Jahreszeiten‹.«
»Er ist aber auch nicht das Hofbräuhaus. Wichtiger wäre mir jetzt jedoch, daß *Sie* an mir nach wie vor Anstoß nehmen könnten.«
Daraufhin durfte er auch wieder mal ein Erfolgserlebnis verzeichnen, denn sie sagte, nachdem sie ihn lächelnd von oben bis unten und von unten bis oben gemustert hatte: »Ich nehme aber keinen. Wissen Sie, eigentlich gefallen Sie mir so, wie Sie sind, gar nicht schlecht. Wir wollen mal sehen, ob ich mich damit im Einklang mit den Leuten dort befinde.«
»Also auf in den ›Palais-Keller‹, dann soll's mir recht sein«, erklärte er.
Das Publikum in diesem Lokal war gemischt: junge und alte Leute, laute und stille, hochelegante und konfektionsgekleidete, reiche und unbemittelte, gutaussehende und häßliche, intelligente und dumme, unterhaltsame und langweilige. Allen war gemeinsam, daß sie sich um Karl Thaler keinen Deut scherten. Solche Lokale gibt es in München viele, die Niveau haben und trotzdem die Hochgestochenheit nicht übertreiben.
Die Prädikate, die Karl für sich in Anspruch nehmen konnte, waren: jung – erträglich laut – konfektionsgekleidet – arm – gutaussehend – intelligent – unterhaltsam.
Und Vera? Die war auch jung, erträglich laut, sie verdiente gut, war nicht unelegant, sah sehr gut aus und war intelligent und amüsant.

Am Nebentisch saß ein stinkreiches, hochelegantes, häßliches, scheinbar taubstummes, stinklangweiliges altes Paar.

Vera und Karl konnten froh sein, daß sie anders waren.

»Was essen wir denn?« fragte Vera, ehe eine Kellnerin kam.

Auch das Angebot an Speisen war sehr gemischt. Es reichte von ›sehr teuer‹ bis ›ausgesprochen preiswert‹ (›billig‹ hätte man früher gesagt; der Ausdruck ist aber nicht mehr zulässig, nachdem er mit der Zeit zu Unrecht so sehr in Mißkredit geraten ist).

Ohne die Karte zu Rate zu ziehen, sagte Karl: »Ich weiß schon, was ich esse – eine Leberknödelsuppe und Nürnberger Bratwürstel mit Sauerkraut.«

»Ich auch«, nickte Vera.

»Sie nicht!«

Damit wußte sie, was kam, und blickte ihn kampfeslustig an.

»Wieso nicht?«

»Ich möchte, daß Sie das essen, was Sie wirklich mögen.«

»Würstel mit Kraut und vorher eine Leberknödelsuppe.«

»Sie wollen mein Portemonnaie schonen.«

Das stimmt, dachte sie, aber sie sagte: »Unsinn! Ich esse das sehr gern.«

»Das würde ich Ihnen glauben, wenn Sie Bayerin wären.«

»Sie sind doch auch kein Bayer und bestellen es sich.«

»Bei mir ist das etwas ganz anderes.«

»Warum? Ich kann mir nur vorstellen, daß Sie das essen, weil Sie es mögen.«

»Mögen? Nee, nicht besonders.«

»Dann frage ich mich, warum, um Himmels willen, Sie es verzehren.«

»Warum?« Er lachte plötzlich laut heraus. »Um mein Portemonnaie zu schonen.«

Und das fand sie ganz reizend von ihm.

Die Kellnerin kam, eine junge Italienerin, des Deutschen noch nicht recht mächtig, aber ausgestattet mit einem entzückenden Exemplar von Hintern, das den männlichen Teil ihrer Gäste über ihre sprachlichen Lücken hinwegsehen ließ. Auch Karls Auge ruhte wohlgefällig auf diesem lebendigen Import aus dem Süden. Vera bemerkte es. Karl war ein Hintern-Fetischist. Das hatte sich schon im Haus des UNION-Verleihs gezeigt, als er dort auf eine Lücke gestoßen war, die von dem italienischen Muster hier hätte geschlossen werden können.

Vera vermochte Karls Blick zu deuten, ihr Selbstbewußtsein fühlte sich wachgerufen. Naja, dachte sie, zugegeben, die Kleine hat keinen schlechten Po, aber über meinen war man doch auch schon des Lobes voll.

Karl gab seine Bestellung auf. Schwierigkeiten wurden akut. Er sagte: »Bitte, zwei Leberknödelsuppen und –«

»Nicht«, schnitt ihm die Neapolitanerin das Wort ab.

»Was nicht?«

»Nicht essen.«

Karl blickte die Kellnerin, dann Vera und wieder die Kellnerin an.

»Wir sollen nicht essen?«

Nun verwechselte die Italienerin ›sollen‹ mit ›wollen‹.

»Sie wollen nicht essen?« fragte sie.

»Doch, wir wollen schon essen, aber wir sollen nicht, sagen Sie«, entgegnete Karl.

»Nein, ich sagen essen, aber Sie nicht essen, was Sie sagen essen.«

Karl seufzte und versuchte es damit, die Italienerin, die etwa in seinem Alter war, enorm zu verjüngen.

»Mein Kind«, sagte er, »hören Sie zu...«

Vera mischte sich ein.

»Karl, vielleicht meint sie, daß es keine Leberknödelsuppe gibt.«

»Glauben Sie?«

»Es könnte sein.«

So ganz wollte Karl von seinem Versuch noch nicht ablassen.

»Mein Kind«, sagte er deshalb wieder zur Italienerin und blickte sie sehr fragend an, wobei er den Kopf schüttelte. »Nix Leberknödelsuppe?«

Ginas Gesicht strahlte auf.

»Nix.«

Na also. Karl wollte aber nicht so tun, als ob der Erfolg ihm zuzuschreiben sei, daher lobte er Vera: »Sie sind ein Genie!«

Dann wandte er sich wieder Gina zu, gewissermaßen, um das Eisen zu schmieden, solange es heiß war. Die Frage, die entstanden war, lautete: »Welche Suppe haben Sie?«

»Welchesuppe?«

»Ja, welche Suppe, mein Kind?«

»Nein, nicht haben wir Welchesuppe. Haben wir heute Tomatensuppe, Nudelsuppe, Gulaschsuppe – aber nicht haben wir Welchesuppe. Vielleicht morgen.«

Man vermag sich unter diesen Umständen vorzustellen, daß es noch eine Weile dauerte, bis volle Teller vor Vera und Karl standen, die zu leeren sie beginnen konnten. Seine Eindrücke, die er bis zu diesem Zeitpunkt hatte sammeln müssen, zusammenfassend, erklärte Thaler, München sei auch nicht mehr das, was es schon einmal gewesen sei.

»Als ich herkam«, berichtete er, »gab es zwar zwischen mir und den Einheimischen auch immer wieder beträchtliche Sprachschwierigkeiten, aber Ausdrücke, die Brücken schlugen, fanden sich doch auch immer wieder. Diesbezüglich war also die Situation einfacher als heute. Ein zweiter Unterschied ist der, daß früher ein normales Münchner Lokal ohne Leberknödelsuppe undenkbar gewesen wäre. Was glauben Sie, wie tief ich erschrak, als ich da meinen ersten Versuch wagte. Ich hatte mich vorher wohlweislich erkundigt: Leberknödel, was ist das? Eine Suppeneinlage, war mir gesagt worden. Na gut, dachte ich, dann her damit, Suppeneinlagen jeder Art schätze ich. Meine Vorstellung waren dabei Knödel in Miniaturausgabe, so nach Backerbsenart, verstehen Sie, was Niedliches. Und dann fand ich diese Dinger in meiner Brühe vor, in meiner Flüssigkeit. Damals waren das auch noch zwei Stück pro Bestellung. Der dritte wesentliche Unterschied zwischen dem alten gastronomischen München und dem neuen. Der vierte: Weißwürste gab's noch nicht in Dosen.«

Vera lachte schon Tränen.

»Sie müssen ja bereits eine Ewigkeit hier leben«, sagte sie, mit dem Taschentuch an ihren Augen herumwischend.

»Ach«, erwiderte er, »wissen Sie, das ist alles noch gar nicht so lange her.«

Während sie sich unterhielten, aßen und tranken sie, und die hochelegante Dame am Nebentisch, deren gelangweiltem Blick nichts entging, dachte, wie reizvoll es doch wäre, sich in Gesellschaft dieses zwar etwas heruntergekommenen, aber sprühenden jungen Mannes zu befinden.

Und der Geldsack ihr gegenüber sagte sich, daß der Junge leicht so loslegen könne, mit einem solchen Mädchen als Gesprächspartnerin. Da käme der Charme ganz von selbst. An meiner Stelle würde der auch nur dasitzen und empfinden, daß wir zwei – meine Alte und ich – uns nichts mehr zu sagen haben; ich ihr nichts, und sie mir nichts mehr.

Vera entschuldigte sich bei Karl, um auf die Toilette zu gehen. Der Grund war kein von der Natur auferlegter. Ein Mädchen, das so lachen konnte wie Vera, wußte, daß die dabei entstehenden Tränen im Gesicht Spuren hinterließen, gegen die wieder mit kosmetischen Mitteln anzugehen notwendig war. Die Zeit der Abwesenheit Veras benützte Karl, um Gina zu sagen, daß sie das schönste Mädchen Italiens sei. Und – oh Wunder! – Gina schien ihn plötzlich sehr gut zu verstehen.

Als Vera zurückkam, mit renoviertem Gesicht und überhaupt erfrischt und duftend, da sie auch nicht auf die Verwendung einer angemessenen Menge Eau de Cologne verzichtet hatte, galt wieder nur mehr ihr Karls ungeteilte Aufmerksamkeit.

»Vera«, fragte er sie. »Was machen Sie am nächsten Wochenende?«

Vera dachte an Albert Max, von dem sie nicht wußte, was er vorhatte.

»Das kann ich noch nicht sagen«, erwiderte sie.
»Warum?«
»Ich will Sie doch malen.«
»So bald schon?«
»Warum nicht?«

Ja, warum nicht? dachte sie. Aber wenn Albert zusammen mit mir etwas vorhat, was dann? Ich muß mir ein Hintertürchen offenhalten.

»Wissen Sie«, sagte sie, »es könnte sein, daß mir da noch etwas dazwischenkommt, das in der Schwebe ist. Muß es denn am Wochenende sein?«

»An sich nicht, Vera, aber Sie arbeiten doch, Sie hätten also unter der Woche nur abends Zeit, zu mir ins Atelier zu kommen. Das hätte aber keinen Zweck, denn ich brauche Tageslicht zum Malen.«

»Tja«, meinte Vera, »das sehe ich ein, aber, wie gesagt, am nächsten Wochenende« – sie zuckte mit den Achseln – »bin ich vielleicht verhindert... oder auch nicht... das muß sich erst noch herausstellen.«

»Und wie wär's mit dem übernächsten?«

Vera überlegte kurz. Auch über diesem Wochenende lag der gleiche Schleier der Ungewißheit, weil sie auch da nicht wußte, ob Albert sie mit Beschlag belegen würde. Sie wußte überhaupt noch nicht, wie sie sich diesbezüglich auf ihn einzustellen hatte. Was sie wußte, war, daß sie sich gern von ihm mit Beschlag belegen lassen würde – wann immer ihm das vorschwebte. Andererseits spürte sie allerdings ebenfalls, daß für sie zweifelsohne auch vom

Zusammensein mit Karl Thaler ein gewisser Reiz ausging.

»Ich mache Ihnen einen Vorschlag«, meinte sie. »Ich rufe Sie an, wenn ich etwas Bestimmtes sagen kann. Ihre Nummer habe ich ja.«

»Gut«, nickte er.

»Ich will Ihnen auch verraten, wovon das bei mir abhängt.«

»Wovon?«

»Von Ihrem Freund Albert Max.«

»So? Verfügt der schon über Ihre Zeit?«

Vera errötete ein bißchen, während sie erwiderte: »Wenn er das will, ja.«

»Der Glückspilz.«

In Vera regte sich der Drang, dazu noch etwas zu sagen.

»Das heißt aber nicht«, fuhr sie fort, »daß Sie ihm sozusagen gar keine Konkurrenz machen könnten. Sie werden sehen, ich komme sehr gerne auch zu Ihnen.«

»Das werde ich sehen«, antwortete er mit undurchdringlicher Miene.

»Er weiß ja, daß Sie mich malen wollen. Ich habe es ihm gesagt.«

»Ich könnte mir vorstellen, daß er Sie in nächster Zeit ein bißchen vernachlässigt.«

»Weshalb?«

»Er hatte Ärger in seiner Kanzlei und steckt deshalb bis zum Hals in Arbeit.«

»Welchen Ärger?«

»Eine Stenotypistin hat ihm auf Knall und Fall den Kram hingeschmissen. Ich habe es zufällig selbst miterlebt.«

Sieh mal an, dachte Vera, dann konnte da ja ein Hintergedanke mit im Spiel gewesen sein, als er mir gegenüber vom Einspringen in seiner Kanzlei geredet hat. Vielleicht war ihm das ernster, als ich dachte.

»An wem lag's?« fragte sie Karl.

»Was?«

»Daß die ging.«

Karl druckste herum.

»Das... das weiß ich nicht.«

»Wieso wissen Sie das nicht? Sie waren doch dabei, sagen Sie?«

»Ich... sehe das vielleicht falsch. Ich bin kein Chef, für den andere Perspektiven maßgeblich sind.«

»Aha«, erklärte Vera hellwach, »ich verstehe. In Ihren Augen lag es also an ihm, und Sie wollen ihn bei mir nicht anschwärzen?«

»Ich will nicht, daß ein falsches Licht auf ihn fällt.«

»Erzählen Sie, wie's war.«

In Karls Bericht, den dieser nur ungern abstattete, schnitt eindeutig Albert Max – und nicht die Stenotypistin – als der Schlechtere ab, obwohl sich der Maler Mühe gab, ihn zu schonen. So sagte er z. B., daß es ja durchaus sein kann, daß Albert der Stenotypistin gegenüber den Brief gar nicht als eilig bezeichnet hatte. Doch für Vera war der Fall klar.

»Aber Karl«, schüttelte sie den Kopf, »können Sie mir einen Grund sagen, warum die sich das aus den Fingern gesaugt haben sollte?«

Einen Grund wußte Karl auch nicht.

Worum es ihm ging, war, daß er hier auf keinen Fall den Eindruck entstehen lassen wollte, er sehe sich in Konkurrenz zu seinem Freund und benütze die Gelegenheit, ihn bei Vera an Boden verlieren zu lassen. Nach der Vereinbarung zwischen ihm und Albert ging ihn Vera gar nichts an; er hatte sich um Sonja zu kümmern. Das war die Aufgabenteilung, die getroffen worden war, um der geplanten Operation zum Erfolg zu verhelfen. Erst wenn das Ziel – Sonjas Einzug in Alberts Schlafzimmer – erreicht sei, stünde es Karl frei, das gleiche Ziel im Hinblick auf Vera anzustreben, falls ihm dieses noch reizvoll erscheinen sollte.

Eigentlich, dachte Karl, wobei er auf Vera blickte, ist

dieses Mädchen viel zu schade dafür. Aber leider läßt sich das nicht mehr ändern.

»Woran denken Sie?« fragte ihn Vera. Ihr war nicht entgangen, daß er einer gewissen geistigen Abwesenheit erlegen war.

»Woran? An Sie natürlich.«

»Seien Sie ehrlich.«

»Bestimmt. Ich habe mich gefragt, wo Sie eigentlich wohnen. Das weiß ich nämlich noch nicht.«

»In Ottobrunn.«

»Und Ihre Freundin?«

»In der Nähe ihrer Boutique.«

»Albert sagte mir, daß sie mich anrufen wollte, aber dann mit ihm selbst sprach. Hatten Sie ihr meine Nummer gegeben?«

»Ja. War das ein Fehler von mir?«

»Nein, nein, warum denn? Ich wundere mich nur, daß sie mich nicht erreicht hat.«

»Die Versuche von ihr waren wohl nicht hartnäckig genug.«

»Glauben Sie denn, daß ihr plötzlicher Entschluß, nun doch bei uns mitzumachen, von Dauer ist?«

»Sie wollen wissen, ob sie ein wankelmütiges Mädchen ist oder nicht?«

»Ja.«

»Ganz und gar nicht. Was die sich in den Kopf setzt, das führt sie auch aus.«

»Aber erst hat sie uns doch die kalte Schulter gezeigt. Über Nacht tat sie das dann nicht mehr. Das spricht doch gegen das Zeugnis, das Sie ihr ausstellen. Was war denn der Grund dafür, daß sie so plötzlich umschwenkte?«

»Das weiß ich auch nicht«, schwindelte Vera. »Ich weiß nur, daß das im allgemeinen nicht ihre Art ist. Glauben Sie mir, mein Zeugnis stimmt schon. Sie werden sich davon noch überzeugen können.«

Am Eingang entstand Bewegung. Wieder einmal kamen neue Gäste herein, darunter ein bekümmert aussehender Pfeifenraucher, der, wie alle Pfeifenraucher, einfach deshalb bekümmert aussah, weil es zum Streß seines Lebens gehörte, daß ihm ständig die Pfeife ausging. Pfeifen haben das so an sich, es scheint ihnen angeboren zu sein.

»Ach«, sagte Vera, »Herr Bach.«

Damit meinte sie den Pfeifenraucher am Eingang.

Karls Blick folgte Veras diskretem Fingerzeig. Zu sehen war, daß Herr Bach auch Schwierigkeiten mit seiner Brille hatte. Der Wechsel von draußen ins wärmere Lokalinnere hatte zum Beschlag der Gläser geführt. Der dadurch erblindete Herr Bach war gezwungen, wenige Schritte nach dem Eingang stehenzubleiben, die Brille abzunehmen und sie zu putzen, um nicht gegen den nächsten Tisch zu rennen. Solange er die Brille nicht wieder auf der Nase sitzen hatte, war er nicht imstande, Vera zu entdecken.

»Ein Bekannter von Ihnen?« fragte Karl.

»Ja«, erwiderte Vera. »Der Leiter unserer Werbeabteilung.«

Hoffentlich fällt es ihm nicht ein, sich zu uns zu setzen, dachte Karl.

Diese Hoffnung trog ihn.

Wieder bebrillt, konnte Bach die hübsche Kollegin aus seiner Firma, auf die er schon lange ein Auge geworfen hatte, gar nicht mehr übersehen, und rasch kam er näher. Vera war ein Blickfang. Ein Mädchen wie sie wurde immer und von jedem entdeckt. Noch mehr traf das auf Sonja zu. Ein wesentlicher Unterschied zwischen den beiden bestand allerdings darin, daß ein Mann, der Vera entdeckte, sich davon etwas versprechen zu dürfen glaubte, während er dies bei Sonja als reine Utopie empfinden mußte. Vera war ein heißes Mädchen, Sonja ein kühles, nach außen hin jedenfalls.

»Guten Abend, Vera.«

»Guten Abend, Don José.«

Bach strahlte, hatte beide Arme ausgebreitet und erweckte den Eindruck, daß er Vera umschlingen und an sich reißen würde, wenn ihn daran nicht die Pfeife hindern würde, die er in den Fingern hielt.

»Vera, was machen Sie hier? Sind Sie schon lange da? Wissen Sie, woher ich komme?«

»Nein, Don José.«

Damit hatte Vera von den drei Fragen, die Bach in einem Atemzuge gestellt hatte, die letzte beantwortet. Das hatte sich beim UNION-Filmverleih schon längst so eingebürgert, und das ging auch gar nicht anders, denn Bachs Eigenart war es, immer mehrere Fragen in einem Zuge – manchmal bis zu einem halben Dutzend – zu stellen und lediglich die Beantwortung der letzten zu erwarten. Der Vereinfachung jedes Gesprächs mit ihm diente dies in beträchtlichem Ausmaß.

Er komme aus dem Theater, aus der ›Kleinen Komödie‹, gab er bekannt und fuhr fort: »Schlechtes Stück. Kennen Sie es? Kennen Sie den Autor? Was halten Sie eigentlich von einer Regie, die kaum in Erscheinung tritt? Darf ich mich zu Ihnen setzen, Vera?«

»Bitte.«

»Danke.«

Während er sich setzte, floß der Strom seiner Rede weiter.

»Se sind nicht allein? Störe ich auch nicht? Würden Sie mich mit dem Herrn bekanntmachen?«

»Herr Bach... Herr Thaler«, entledigte sich Vera ihrer Aufgabe.

»Thaler mit h?« fragte Bach. »Oder ohne h, wie Taler, das Geldstück? Kennen Sie die ›Feuerzangenbowle‹? Die berühmte Stelle mit dem Pfeiffer? Fragt der Professor den Schüler dieses Namens: Pfeiffer mit einem f oder mit zwei? Mit drei, Herr Professor: eins vor und zwei nach dem ei. Kennen Sie das? Wissen Sie, daß ich mit dem Sohn des Autors bekannt bin, dem jungen Spoerl?«

Die Fragen hatten alle Thaler gegolten, aber Vera übernahm die Beantwortung, die sich wieder nur auf die letzte der Fragen beschränkte. Sie sagte: »Herr Thaler weiß das sicher nicht, aber ich weiß es, Don José.«

»So? Sie wissen das? Und woher, wenn ich fragen darf? Hatte ich das schon mal erwähnt? In Ihrem Beisein?«

»Ja.«

»Glauben Sie nicht, Vera, daß wir Herrn Thaler – Thaler mit h oder Taler ohne h? Das weiß ich immer noch nicht...«

»Mit«, ließ sich Karl vernehmen.

»...daß wir ihm, Vera, eine Aufklärung schuldig sind? Woher soll er wissen, warum Sie mich ›Don José‹ nennen? Oder denken Sie, daß ihm das nicht merkwürdig erscheint? Ich bin vom Gegenteil überzeugt – nicht? Soll ich ihn aufklären?«

»Ja.«

Bachs Pfeife brannte schon längst nicht mehr, obwohl er immer wieder verzweifelt an ihr gezogen hatte. Sie mußte neu angezündet werden. Nachdem dies geschehen war, begann Bach: »Herr Thaler, sagt Ihnen der Name Bach etwas? Der des Thomaskantors? Leipzig? Oder sind Sie kein Musikfreund? Doch, Sie sind einer, nicht wahr? Dann sind Ihnen auch die beiden Vornamen von dem bekannt: Johann Sebastian? Das darf ich doch glauben? Wem sind die nicht bekannt? Aber *das* wissen Sie nicht, Herr Thaler, daß meine Eltern den unglückseligen Einfall hatten, mich auch Johann Sebastian taufen zu lassen? Oder hätten Sie sich das gedacht? Nun, mit dieser Taufe war der Grundstein zum späteren ›Don José‹ gelegt. Sie fragen sich: inwiefern? Nehmen Sie jeweils die ersten zwei Buchstaben von Johann und von Sebastian, und ziehen Sie sie zusammen – was bekommen Sie dann? Ein J und ein O und ein S und ein E – was wird, nacheinander gelesen oder gesprochen, daraus? Ein JOSE. Reinstes Spanisch. Der Akzent auf dem e, klein geschrieben, ergab sich von selbst. Fehlte nur noch das ›Don‹. Es stellte sich auch bald ein. Ich glaube, Veras Vorgängerin bei unserer Firma hatte den

Einfall, es mir anzuhängen. Oder, Vera? Stimmt das nicht? Haben Sie die eigentlich noch kennengelernt? Nein? Doch? Also was, ja oder nein? Haben Sie mir überhaupt zugehört?«

»Sehr gut, Don José.«

»Der gute Spoerl – –«

Urplötzlich verstummte Bach, blickte starr vor sich hin, klatschte sich mit der flachen Hand gegen die Stirn und fragte beide, sowohl Vera als auch Karl: »Wißt ihr, was mir soeben einfällt? Ich war ja nach der Vorstellung mit zwei Top-Leuten aus der Branche im Hilton verabredet. Ist das nicht wahnsinnig? Ich sitze hier, und die warten dort! Kann sich das jemand vorstellen? Was haltet ihr davon? Herr Thaler? Vera? Ist das nicht echt wahnsinnig? Ich muß weg! Sofort! Das verstehen Sie doch, Vera? Es ist kein Affront gegen Sie. Hoffentlich verstehen Sie das?«

»Sicher, Don José.«

»Wiedersehen. Viel Spaß noch heute.«

Und weg war er, mit schon wieder erloschener Pfeife. Das Erstaunen, das aus Karls Zügen sprach, war enorm.

»Weeer war das?« fragte er Vera gedehnt.

»Herr Bach, genannt Don José.«

»Der Leiter eurer Werbeabteilung, sagten Sie?«

Vera lachte.

»Ja«, nickte sie. »Und Sie werden es nicht glauben – ein Spitzenmann!«

»Unmöglich!«

»Doch, doch, sein Ruf reicht über Deutschlands Grenzen hinaus.«

Karl Thaler sagte nichts mehr, sondern schüttelte nur noch den Kopf. Was mag das für eine Branche sein? fragte er sich.

»Er sucht übrigens einen Grafiker«, meinte Vera.

»So?«

»Die Ansprüche, die er stellt, sind allerdings fast von keinem zu erfüllen. Das müßte auch schon ein enormer

Könner sein. Dafür ist aber auch die Bezahlung dementsprechend.«

»Gute Werbegrafiker gibt's nicht viele, das weiß ich.«

»Ich kann mir vorstellen, daß Sie das wissen. Beides – Malerei und Grafik – ist ja eng miteinander verknüpft. Oder nicht?«

»Doch.«

»Muß ein guter Maler nicht auch ein guter Grafiker sein?«

»Er muß nicht, aber er kann.«

»Und Sie?«

War das nicht ein Messer, das ihm da sozusagen auf die Brust gesetzt wurde?

»Was ich?« fragte er.

»Wie ist das bei Ihnen? Sind Sie nur ein guter Maler? Oder auch ein guter Grafiker?«

Verwirrt blickte er sie an.

»Langsam begreife ich«, sagte er, »worauf Sie hinauswollen.«

»Und?«

»Wie kommen Sie denn auf diese Idee?«

»Das weiß ich auch nicht«, antwortete Vera, über sich selbst erstaunt. »Das überkam mich ganz plötzlich. Aber finden Sie nicht ebenfalls, daß es sich beim Erscheinen Bachs hier um einen Fingerzeig des Schicksals handeln könnte? Mir fällt die berühmte Rolle des Zufalls ein.«

»Mir nicht.«

»Nein?«

»Nein!« schüttelte Karl entschlossen die ihm von Vera aufgezeigte Perspektive ab. »Ich bin Maler! An etwas anderes habe ich überhaupt noch nicht gedacht!«

Und dabei blieb's. Vera ließ das Thema fallen. So wichtig sei ihr die Angelegenheit, sagte sie sich, auch wieder nicht.

Schließlich handelte es sich nicht um ihr Bier.

Karl lief dann rasch zur alten Form auf, prägte der Unterhaltung seinen Stil auf, was hieß, daß Geist und Witz und Fröhlichkeit am Tisch gehandelt wurden, da auch Vera diesbezüglich mithalten konnte. Die Zeit verging wie im Fluge, so daß Vera, nach einem beiläufigen Blick auf die Uhr, erschrocken ausrief: »Großer Gott, wissen Sie, daß es schon Mitternacht vorbei ist?«

»In der Tat«, stellte er sich verwundert. »Sind wir nicht eben erst gekommen?«

»Wir müssen aufbrechen.«

»Schon?«

»Sonst fallen mir morgen im Büro die Augen zu.«

»Das würde mich freuen.«

»Sagen Sie das nicht. Meine Arbeit muß getan werden.«

»An Ihre Arbeit dachte ich nicht. Ich dachte an den Glanz Ihrer wunderschönen Augen, der dann, wenn Sie sie geschlossen hätten, den Kerlen dort nicht zustatten käme. Den neide ich denen nämlich. Deshalb würde mich das freuen.«

Vera sträubte sich gegen ihr Entzücken.

»Karl!«

»Ja?«

»Wie vielen Mädchen haben Sie das schon gesagt?«

»Keinem.«

»Sie Lügner!«

»Ehrlich, Vera. Und wissen Sie, warum keinem?«

»Warum?«

»Weil die, mit denen ich bisher zu tun hatte, in zwei Gruppen zerfielen. Entweder hatten sie sehr hübsche Augen – dann haben sie nicht gearbeitet. Oder sie haben gearbeitet – dann hatten sie keine sehr hübschen Augen. Verstehen Sie?«

Lachend erklärte Vera, das könne sie sich nicht vorstellen. Wenn diese Regel zutreffend wäre, sähe es doch in Deutschlands ganzer Arbeitswelt schlimm aus. Allein die meisten der Mädchen beim UNION-Filmverleih z. B. würden ihn schon Lügen strafen.

»Oder hatten Sie von denen einen anderen Eindruck, Karl?«

»Nun ja«, räumte er ein, »die, die ich sah, haben meine Theorie nicht gerade erhärtet. Einen Vergleich mit Ihnen hielt allerdings keine aus, Vera.«

»Karl!«

Er hatte die Kellnerin entdeckt, schien dadurch abgelenkt zu sein, winkte ihr, wobei er das Portemonnaie aus der Tasche zog.

»Karl, Sie dürfen mir nicht solche Komplimente machen.«

Er öffnete seine Geldbörse und blickte der sich nähernden Kellnerin entgegen.

»Karl, Sie hören mir nicht zu.«

»Doch«, meinte er knapp.

»Was habe ich gesagt?«

»Bitte?« fragte ihn Gina aus Neapel.

Karl zeigte ihr das Portemonnaie, wobei er sagte: »Zahlen.«

Dieses Wort hätte Gina aber auch ohne jede begleitende Demonstration mit einem Gegenstand verstanden. Erstaunlich glatt und flink verlief der Akt des Kassierens auf ihrer Seite. So fremd ihr noch die deutsche Sprache war, so bekannt die Deutsche Mark. Während sie Wechselgeld herausgab, spürte sie wieder Karls Blick auf ihrem Hinterteil.

Dieses Erlebnis war ihr nicht fremd. Oft wurde dadurch in ihrem Inneren Empörung wachgerufen, manchmal aber auch nicht. Es kam darauf an, wessen Blick auf diese Weise zugange war. Im Moment regte sich in ihr keinerlei Abwehr.

Sie wurde an einem anderen Tisch verlangt.

Als sich Karl erheben wollte, hielt Vera ihn noch einmal kurz zurück. Sie wiederholte ihre Frage: »Was habe ich gesagt?«

»Daß ich Ihnen keine solchen Komplimente machen darf.«

»Richtig, das dürfen Sie auch nicht.«

»Warum nicht?«

»Weil ich dafür anfällig bin, wenn ich den Eindruck habe, daß sie ernst gemeint sind –«

»Das sind sie!«

»Na eben, und das ist das Gefährliche für mich. Ich bin ein schwaches Mädchen, wissen Sie, und ich wehre mich dagegen, daß mir das zu oft nachgewiesen wird. Besonders von Ihnen nicht.«

»Besonders von mir nicht?«

»Nein.«

»Bin ich Ihnen so unsympathisch?«

»Im Gegenteil – und das ist der Grund.«

Sie blickten einander an. Genau das, was die jetzt zu mir gesagt hat, dachte Karl, hätte ich auch zu ihr sagen können; es hätte die gleiche Gültigkeit.

Unvermittelt ließ Vera den Namen dessen fallen, der hier unsichtbar anwesend war, indem sie sagte: »Sie haben ganz andere Augen als ihr Freund Albert.«

Richtig, den dürfen wir nicht vergessen, durchfuhr es ihn. Dann erhoben sich beide gleichzeitig von ihren Plätzen.

Einer alten Gewohnheit folgend, ließ Vera den Blick über den Tisch schweifen, wobei sie sagte: »Haben wir auch alles?«

Gina trat noch einmal heran. Glutvoll war ihr Blick, als sie Karl fragte: »Sie kommen wieder?«

»Bestimmt, mein Kind.«

Und Gina entließ ihn mit der Versicherung: »Ich sein nicht mehr Kind. Ich sein so wenig Kind wie Sie.«

War das eine Rüge? Oder ein Versprechen?

Eine Antwort darauf schien ganz rasch Vera gefunden zu haben, denn sie sagte anzüglich zu Karl, als sie das Lokal verließen: »Sie sind bei der nicht als Babysitter gefragt, wissen Sie. Und ob *ich* wiederkomme, das hat sie auch nicht interessiert.«

Es war halb eins. Trotzdem zeigten sich noch zahlreiche Fußgänger auf den Straßen, deren Stimmen laut von den Häuserwänden widerhallten, was darauf schließen ließ, daß um diese Zeit die meisten von ihnen einen über den Durst getrunken hatten. Richtiggehend blau torkelten aber nur wenige dahin. Fahrzeugverkehr war kaum mehr zu verzeichnen, wenn man absah von Taxis, deren Geschäft jetzt blühte.

Vom ›Palais-Keller‹ bis zur Tiefgarage am Lenbachplatz, wo Veras Wagen stand, waren es fünf Minuten. Auf halber Strecke sagte Vera: »Ich fahre Sie noch nach Hause, Karl.«

»Das werden sie nicht tun. Ihr Weg ist noch weit genug. Schaun Sie, daß Sie ins Bett kommen. Ich laufe zu Fuß. Es ist mir schon unangenehm genug, daß nicht ich Sie nach Ottobrunn bringen kann.«

»Ich fahre Sie nach Hause!«

»Nein!«

»Doch!«

Jeder beharrte auf seinem Standpunkt, dabei hätten sie sich den ganzen Streit sparen können, denn als sie die Tiefgarage erreichten, stellten sie fest, daß sie abgeschlossen und weit und breit niemand aufzustöbern war, der einen Schlüssel gehabt hätte.

»Wie ist denn das möglich?« fragte Vera sich selbst verstört.

Sie hatte wohl eine Neueinführung der Hausverwaltung nicht mitbekommen.

Ihr Blick war ratlos.

»Was mache ich jetzt?«

Karl warf die S-Bahn in die Debatte, und sie hasteten im Laufschritt zum nächsten U-Bahnhof am Karlsplatz, erfuhren dort jedoch nur, daß die letzte Bahn in dieser Nacht schon weg sei.

Und wieder fragte Vera: »Was jetzt?«

»Kommen Sie nur nicht auf die Idee, mit dem Taxi zu fahren«, schloß Karl diese Möglichkeit aus.

»Das werde ich aber tun müssen«, seufzte Vera.

»Und ein Vermögen dafür bezahlen – nee, nee«, schüttelte Karl den Kopf.

»Dann sagen Sie mir, was mir sonst übrigbleibt. Im Hotel schlafen?«

Plötzlich grinste er.

»Ja.«

»Das würde doch nicht weniger, sondern mehr als ein Taxi kosten.«

»Das kostet Sie gar nichts.«

»Daß ich nicht lache. In welchem Hotel?«

»Im Hotel ›Thaler‹.«

»Nein!« stieß Vera spontan hervor.

»Warum nicht?«

»Welche Frage! Es handelt sich doch da um Ihre Wohnung oder um Ihr Atelier.«

»Meine Wohnung und mein Atelier sind bei mir dasselbe.«

»Um so schlimmer. Wir würden also in einem Raum nächtigen?«

»Nein.«

»Nein? Erklären Sie mir das mal.«

»Ich bringe Sie hin, zeige Ihnen alles und verschwinde wieder.«

»Ach nee. Und wo wollen Sie unterkommen?«

»Bei meinem Freund. Ich läute ihn heraus.«

»Albert?«

»Ja.«

»Erlebt der das öfters?«

»Mit mir? Nein.« Karls Grinsen verstärkte sich. »Sie sind der erste Fall, der so abläuft.«

»Wie abläuft?«

»Daß ich die Stätte räume, nachdem sie Ihnen zur Zuflucht geworden ist.«

»Bisher, wollen sie sagen, war das nicht die Regel?«

»Nein.«

»Und wieso diese plötzlich Ausnahme? Wollen Sie sich ändern?«

»Ich? Nein, das hat nichts mit mir zu tun.«

»Sondern mit wem?«

»Mit Ihnen.«

Vera verstummte. Kann man das denn glauben? fragte sie sich. Einem Mann wie dem? Alles spricht dagegen... und doch...

Man müßte ihn prüfen. Und wenn sich herausstellt, daß ich ihm auf den Leim gekrochen bin, wie ziehe ich mich dann aus der Affäre? Wird er sich von Ohrfeigen bremsen lassen? Oder davon, daß ich ihm androhe, über sein Benehmen seinen Freund in Kenntnis zu setzen?

»Da fällt mir ein, Vera«, sagte Karl, »daß es auch noch eine zweite Möglichkeit gibt.«

»Welche?«

»Albert. Sie suchen bei dem Unterschlupf und nicht bei mir.«

»Sind Sie denn sicher, daß er zu Hause ist? Er kann ja, wie wir, auch noch unterwegs sein.«

»Das läßt sich feststellen. Wir rufen ihn an...«

Karls Blick schweifte schon umher auf der Suche nach einer Telefonzelle, doch Vera sagte: »Nein, das möchte ich nicht.«

»Warum nicht?«

»Wenn er nicht da ist, hätte es ohnehin keinen Zweck, und wenn er da ist, reißen wir ihn aus dem Schlaf. Lieber fahre ich mit dem Taxi nach Ottobrunn.«

»Daß das nicht in Frage kommt, habe ich Ihnen schon gesagt.«

Vera atmete tief ein.

»Also gut«, stieß sie die Luft aus, »dann zu Ihnen.«

Ihre Erwartungen hinsichtlich der Atelierswohnung oder – wie man will – des Wohnungsateliers waren alles andere als hochgesteckte. Sie fühlte sich deshalb angenehm überrascht, als sie am Ziel waren und Karl Thaler die Tür aufsperrte, mit dem Arm in den Flur langte, das Licht anknipste, zur Seite trat und ihr mit einem »Bitte sehr, die Gnädigste« anheimstellte, einzutreten. Kein chaotisches Bild, kein Schmutz, kein unerledigter Abwasch, keine schlechten Gerüche. Letzteres konnte freilich nur ein Mensch empfinden, den der unvermeidliche Geruch von Farben im Atelier eines Malers nicht abstieß, und das traf auf Vera zu, wenn sie auch nicht gerade behaupten wollte, daß sie den Duft einer Rose nicht höhergeschätzt hätte.

An den Mansardenwänden lehnten fertige und halbfertige Bilder ohne Rahmen; zwei gerahmte hingen an der einzigen Wand, die nicht schief war.

Einer reichlich kleinen Kochnische sah man an, daß sie nicht die Basis sechsgängiger Diners sein konnte.

Während Karl auf der Couch das Lager für seinen Gast zurechtmachte, wobei er selbstverständlich auf frische Bettwäsche zurückgriff, betrachtete Vera die Bilder und fand sie gut. Das besagte allerdings wenig, da sie keine Expertin auf diesem Gebiet war und sich auch gar nicht anheischig machen wollte, eine zu sein.

»So«, sagte Karl, »fertig. Im Kühlschrank, der zwar ein altes Stück ist, aber noch funktioniert, steht Milch zum Frühstück. Sie werden sich schon zurechtfinden mit allem. Verlaufen können Sie sich ja nicht in meiner Suite, wenn sie etwas suchen. Es steht Ihnen alles zur Verfügung. Morgen früh ziehen Sie einfach die Tür hinter sich zu, das genügt. Soll ich Ihnen noch den Wecker stellen? Er würde sich freuen, wieder einmal in Aktion treten zu können. Bei mir ist ihm das strikt verwehrt.«

»Wollen Sie schon gehen?«

»Ja. Oder haben Sie noch einen Wunsch?«

»Sind Sie müde?«

»Ich nicht, aber Sie.«

»Nein, ich auch nicht. Wir könnten noch eine Tasse Tee zusammen trinken.«

Der Tee war schnell aufgebrüht und auch rasch getrunken und Karl blickte wieder zur Tür.

»Jetzt wird's aber Zeit«, sagte er. »Sie fürchten sich nicht allein?«

Aha, dachte sie, jetzt kommt's, jetzt nimmt er die Kurve; das war die Einleitung.

»Ich fürchte mich überhaupt nicht, Karl. Ich bin kein ängstliches Mädchen.«

»Prima.« Er rückte seinen Hocker, auf dem er gesessen hatte, zurück und erhob sich. »Es bestünde dazu auch nicht die geringste Veranlassung. Hier ist noch nie etwas passiert. Nicht einmal Mäuse gibt's in diesem Haus. Dafür sorgt der Kater der Mieterin unter mir, der sich tagsüber mehr bei mir aufhält als bei seiner Besitzerin.«

»Der Tee war gut, Karl.«

»Das freut mich, daß er Ihnen geschmeckt hat.«

»Ich hätte noch Lust auf eine zweite Tasse.«

»Wirklich?«

»Ja«, nickte Vera und konnte nicht verhindern, daß sie dabei rot wurde, worüber sie sich sehr ärgerte.

Der Zeitgewinn, den sie durch ihr Manöver Karl ablistete, betrug aber wieder nicht mehr als ein Viertelstündchen, dann war ihre Tasse erneut leer und für Karl hatte nun ihr Schlaf wirklich und unwiderruflich Dringlichkeitsstufe eins. Fast wäre der Hocker umgestürzt, mit einem solchen Ruck schob Karl ihn zurück.

»Schlafen Sie gut – und rasch, Vera, damit sich's noch rentiert.«

»Sie verlassen mich also?«

»Ich mache mir Vorwürfe, daß ich's nicht schon längst getan habe.«

»Sie gehen zu Albert?«

»Ja, natürlich.«

»Dann hätte ich das auch machen können.«

Karl, der schon zwei Schritte in Richtung Tür getan hatte, stoppte.

»Was meinen Sie?«

»Dann hätte ich das auch machen können.«

Er kam die zwei Schritte zurück, mit höchst erstaunter Miene.

»Ich verstehe Sie nicht. Natürlich hätten Sie das auch machen können, das war doch mein Vorschlag, aber Sie haben ihn abgelehnt, erinnern Sie sich?«

»Ich wollte niemanden aus dem Schlaf reißen.«
»Und das haben Sie nicht getan, Vera, Ihr Gewissen kann also beruhigt sein.«
»Aber jetzt geschieht das trotzdem.«
»Durch mich, Vera. Mein Gewissen hält das schon aus.«
Sie schüttelte den Kopf.
»Indirekt durch mich, daran ändert sich nach wie vor nichts, Karl.«
Momentan wollte er grinsen, dann wurde seine Miene ernst, er setzte sich noch einmal und sagte: »Vera, wollen Sie mir im Ernst weismachen, daß das eine wirkliche Belastung für Sie ist? Befürchten Sie gesundheitliche Schäden für Albert, wenn ich ihn wecke?«
»Nein«, kam sie endlich der Wahrheit näher.
»Also was?« Er beugte sich vor. »Was ist wirklich los?«
»Ich habe nicht geglaubt, daß dieses Problem noch einmal entstehen würde.«
»Welches Problem?«
»Daß Sie zu Albert gehen wollen.«
»Wohin sollte ich sonst gehen? Ich wüßte derzeit keine andere Möglichkeit.«
»Seien Sie nicht so begriffsstutzig, Karl. Oder tun Sie nur so?«
»Ich tu' nicht so. Inwiefern bin ich begriffsstutzig? Was meinen Sie?«
»Ich dachte, Sie wollten hierbleiben.«
»Hier?« Momentaner Zorn wallte in ihm auf. »Aber ich hatte Ihnen doch gesagt...«
Er brach ab. Um ihn zu besänftigen, legte sie rasch ihre Hand auf die seine, drückte sie sanft und zog ihre Hand erst wieder langsam zurück, nachdem sie gesagt hatte: »Ich bitte Sie ja auch vielmals um Verzeihung, Karl. Sie haben mich zutiefst beschämt. Ich werde lange überlegen müssen, um auf etwas zu kommen, das Sie dahin bringen kann, daß Sie mir wieder nicht mehr böse sind.«

Gewonnen, konnte sie sich sagen, als sie sein Mienenspiel sah.

»Vera«, seufzte er, »ein Rätsel bleiben Sie mir allemal. Wenn Sie mir nicht geglaubt haben, warum sind Sie mir dann trotzdem hierher gefolgt?«

»Soll ich Ihnen das verraten?« lachte sie schon wieder.

»Ja, das sind Sie mir schuldig.«

»Ich baute, wenn's zum Schlimmsten kommen sollte, auf die Kraft meiner Ohrfeigen.«

»Sitzen die so locker bei Ihnen?«

»Sehr locker.«

Karl wurde zum Stehaufmännchen. Zum x-ten Male schoß er in die Höhe.

»Dann«, sagte er dabei, »empfiehlt es sich zusätzlich, möglichst rasch aus Ihrer Reichweite zu kommen. Gute Nacht.«

»Karl!«

»Ja?«

»Setzen Sie sich.«

Er blieb stehen.

»Warum?«

»Ich weiß nicht, wie ich Ihnen das beibringen soll. Ich... ich möchte trotzdem nicht, daß Sie zu Albert gehen.«

»Aber...«

»Setzen Sie sich, bitte.«

Nun sank er wieder auf den Hocker nieder.

»Sehen Sie, es ist doch so«, sagte Vera, »daß Sie ihm erklären müßten, woher es kommt, daß Sie um diese Zeit bei ihm aufkreuzen.«

»Das ließe sich nicht vermeiden, nein.«

»Sie müßten ihm also sagen, daß ich bei Ihnen bin.«

»Ja.« Er zuckte die Achseln. »Und?«

»Das wäre mir unangenehm.«

»Aber...«, sagte Karl wieder und verstummte.

»Ich möchte nicht, daß er erfährt, daß ich mit Ihnen in Ihre Wohnung ging.«

Auch darauf sagte Karl nichts.

»Verstehen Sie das nicht, Karl?«

»Dann bleibt nur übrig«, fand er die Sprache wieder, »daß ich ihm das verschweige, obwohl ich«, fügte er hinzu, »dazu keinen Grund sehe.«

»Und werden Sie ihm das verschweigen?«

»Am besten, indem ich ihm eine andere nenne«, drückte er sich nicht recht gut aus.

»Aber er weiß doch, daß Sie mit mir heute abend aus waren.«

»Das stimmt«, mußte Karl einsehen.

»Es gibt noch eine zweite Möglichkeit...«

»Was für eine?«

»Sie bleiben hier.«

Schweigen.

Und dann stieß Karl – darauf hätte man sogar warten können – wieder nur hervor: »Aber...«

Mehr nicht. Sein Gesichtsausdruck, mit dem er dabei sein Inneres nach außen kehrte, war zum Malen.

Vera ließ ihm jedoch nicht viel Zeit. Sie sagte: »Sie sind doch Wassersportler?«

»Ja.«

»Dann haben Sie auch eine Luftmatratze?«

»Sicher.«

»Holen Sie sie, blasen Sie sie auf, errichten Sie zwischen ihr und meiner Couch Ihre Staffelei als hohe Barriere, und legen Sie sich auf ihr schlafen.«

»Wollen Sie das wirklich?« fragte er.

»Machen Sie schon!«

Zehn oder zwölf Minuten später war endlich das Licht ausgegangen. Ruhe kehrte ein, doch es wäre verkehrt gewesen, diese als die berühmte ›Stille der Nacht‹ zu bezeichnen, denn sie war durchtränkt von jenem oft zitierten ›Knistern‹, das zwar unhörbar it, aber solchen Situationen das Gepräge gibt.

Beide, sowohl Karl als auch Vera, lagen hellwach in der Dunkelheit und hörten einander atmen. Karl hatte seine

Luftmatratze an der Wand mit den zwei gerahmten Bildern deponiert. Bis zu Veras Lager waren es vier Meter, ein wahrer Katersprung. Die Staffelei stand dort, wo sie immer stand. Karl hatte sie nicht angerührt, um ihr eine neue Aufgabe zuzuweisen.

Was mache ich, fragte sich Vera, wenn er kommt? Ich werde ihn ohrfeigen, was denn sonst? Daß er kommt, ist klar, und ich *muß* ihn dann ohrfeigen. Wie stünde ich sonst da? Andererseits...

Karl bewegte sich, Vera hörte es. Jetzt ist es soweit, dachte sie, er zwingt mich dazu, mich zu entscheiden.

Er kam aber nicht, sondern hatte sich nur auf die andere Seite gedreht. Vera setzte ihre Gedankenreihe fort. Andererseits, sagte sie sich, muß er doch glauben, daß ich verrückt bin. Ich hätte ihn doch geködert, muß er denken. Und daß dies so aussah, muß ich wohl oder übel zugeben. Um so mehr komme ich nicht drum herum, ihm das Gegenteil zu beweisen – wenn's sein muß, handgreiflich.

Irgendwie lag sie unbequem und suchte eine bessere Lage zu finden. Karl hörte es.

Was macht sie? fragte er sich. Muß sie noch aufs Klo? Oder...

Vera lag wieder still.

Kein ›oder‹ dachte er.

Langsam begann jeder am anderen zu zweifeln.

Vera räusperte sich. Mit unterdrückter Stimme rief sie: »Karl?«

»Ja?«

»Schlafen Sie schon?«

»Nein.«

»Ich habe vergessen, mich zu entschuldigen.«

»Für was?«

»Sie sind doch morgen früh durch mich gestört. Sie werden aufwachen. Das tut mir leid.«

»Macht nichts. Es schadet mir nicht, wenn ich auch einmal eher aufgescheucht werde.«

»Dann brauche ich mir also keine Vorwürfe zu machen?«

»Nein.«

»Gute Nacht«, sagte sie zum dritten oder vierten Mal.

Er auch: »Gute Nacht.«

Stille. Knistern. Unveränderte Situation. Und dennoch wurden die Lider schwerer. Die Natur forderte, nachdem sie schon in der einen Richtung nicht zum Zuge kam, in der anderen ihr Recht.

Ehe Karl einschlief, war einer seiner letzten Gedanken: Mann, ein zweites Mal tust du dir das nicht an! Das hält ja der Stärkste nicht aus!

Und Vera entschlummerte, nachdem sie sich noch einmal sehr, sehr gewundert hatte: Der bringt das doch tatsächlich fertig, mich nicht anzurühren. Unglaublich! Toll! Ich habe mich wirklich getäuscht in ihm. Man muß ihn bewundern. Oder bedeutet das, daß er mich verschmäht? Das wäre ja etwas ganz Neues für mich. Lieber nicht.

Der Tag war längst angebrochen, die Sonne stand schon ziemlich hoch am Himmel, als Karl die Augen aufschlug und glaubte, darin der erste zu sein. Irrtum. Er schaute hinüber zur Chouch, sie war leer.

»Vera!« rief er.

Keine Antwort. Vera war in der ganzen Wohnung nicht mehr vorzufinden. Die einzige Spur, die er von ihr noch entdeckte, war ein Blatt Papier, auf das mit einem Malerpinsel in roter Farbe DANKE geschrieben stand. Das Blatt lag auf dem Tisch.

Der Kühlschrankinhalt war auch nicht angerührt worden.

Die verschwand mit nüchternem Magen, eruierte in Gedanken Karl. Gehört habe ich sie überhaupt nicht. Da sind zwei Dinge zusammengekommen: Ich muß geschlafen haben wie ein Bär, und sie muß sich nur auf Zehenspitzen bewegt haben.

Er setzte sich an den Tisch und betrachtete das Blatt mit Veras Handschrift. Ds ging eine ganze Weile so. Dann tat er etwas, das gewisse Aufschlüsse hinsichtlich seiner Überlegungen zu geben schien. Er strich mit dem gleichen Pinsel, den auch Vera benützt haben mußte, das DANKE durch.

Vielleicht wußte er aber auch selbst nicht, warum er das tat. Vielleicht war es nur eine reine Spielerei, der keinerlei Bedeutung beizumessen war.

Der Vertreter Ernst Becker reagierte prompt, nachdem er den Brief des Rechtsanwalts Dr. Albert Max erhalten hatte. Er rief aus Regensburg diesen Mann an, der in seinen Augen nur total verrückt sein konnte.

»Sagen Sie mal, Herr Max«, begann er, »wie kommen Sie mir denn vor? Wer sind Sie denn? Sie können doch nicht solche Briefe in der Gegend herumschicken!«

»Doch.«

»Wissen Sie, daß kein Wort wahr ist von dem, was Sie da schreiben?«

»So?«

»Kein einziges Wort!«

»Dann hätte ich allerdings einen Fehler gemacht.«

»Genau. Und deshalb erwarte ich von Ihnen eine Entschuldigung.«

»Von mir?«

»Von wem sonst?«

»Von meiner Mandantin.«

»Mit der rede ich doch nicht mehr.«

»Aber die hat mir all das gesagt, was ich Ihnen geschrieben habe. Es sind *ihre* Behauptungen.«

»Weibergewäsch!«

»Das kann ja vor Gericht geklärt werden.«

Eine kleine Pause entstand am Telefon, dann räusperte sich Becker und sagte: »Wieso vor Gericht?«

»Weil meine Mandantin von ihren Behauptungen nicht abgeht, Sie jedoch alles bestreiten, das Ganze also auf einen Prozeß hinauslaufen muß.«

»Lächerlich!«

»Lächerlich?«

»Jawohl, lächerlich, absolut lächerlich! Sie werden doch nicht glauben, daß ich meine kostbare Zeit vor Gericht verplempere. Man weiß doch, was dabei herauskommt. Ich habe Besseres zu tun.«

»Meine Mandantin auch.«

»Was wollen Sie denn mit der schon wieder? Wissen Sie, was die mich kann?«

»Ja, das weiß ich, aber außerdem möchte ich noch was anderes von Ihnen wissen.«

»Was?«

»Wie's mit den Rechnungen Ihrer Firma steht, die meiner Mandantin drohen?«

»Welche Rechnungen?«

»Ach, das wissen Sie nicht?«

»Keine Ahnung.«

»Interessant.« Max räusperte sich. »Ja, Herr Becker, wenn das so ist, dann haben wir es mit einer ganz neuen Lage zu tun. Dann existiert ja gar keine Bedrohung für meine Mandantin?«

»Wie oft soll ich Ihnen noch sagen, daß Sie mir nicht dauernd mit der anfangen sollen? Die Einbildungen von der interessieren mich einen feuchten Käse.«

»Staub.«

»Was?«

»Einen feuchten Staub, wollten Sie sagen, nicht?«

»Ja, natürlich«, erwiderte der Vertreter nach kurzem Stutzen. »Aber die Bedeutung ist doch die gleiche.«

»Kommen wir zum Schluß, Herr Becker: Sie sprachen soeben von ›Einbildungen‹ meiner Mandantin. Soll das heißen, daß Sie jenes Gespräch mit der gar nicht geführt haben?«

»In *der* Form überhaupt nicht!«

»Gut, ich verstehe Sie, Sie haben also kein unsittliches Ansinnen an sie gestellt?«

»Herr Max, ich bin verheiratet!!«

»Herr Becker, das ist ein Argument, das mich überzeugt. Ich will Ihnen glauben. Und aus dem einen ergibt sich das andere. Ich will Ihnen auch glauben, daß Sie den Tatbestand der Erpressung nicht einmal gestreift haben. Sie wollten ja nichts von meiner Mandantin – also wozu eine Erpressung?«

»Sie sagen es, Herr Rechtsanwalt.«

»Dann schlage ich vor, daß beide Seiten das Ganze vergessen.«

»Einverstanden.«

»Das *Ganze*, Herr Becker!«

»Natürlich das Ganze. Worauf spielen Sie an?«

»Auf die Rechnungen.«

»Welche Rechnungen?«

Damit begnügte sich Dr. Max.

»Gut«, sagte er, »wir sind uns einig, und ich denke, wir hören in der Angelegenheit nichts mehr voneinander. Recht so, Herr Becker?«

»Guten Tag.«

»Guten Tag.«

»Es war mir kein Vergnügen.«

»Mir auch nicht.«

Das Telefonat war beendet, beide legten auf. Im gleichen Augenblick schellte aber bei Max der Apparat schon wieder, und die Dame, die an der Strippe war, sagte: »Es ist schwer, zu Ihnen durchzukommen, Herr Doktor...«

»Mit wem spreche ich?« antwortete Albert Max, obwohl er die Stimme erkannt zu haben glaubte.

»Sonja Kronen.«

»Grüß Gott«, freute sich Max münchnerisch. »Wissen Sie, mit wem ich solange gesprochen habe?«

»Grüß Gott. Nein, mit wem?«

»Mit Ihrem stürmischen Verehrer.«

»Mit Becker?«

»Er hat mich aus Regensburg angerufen.«

»Und ich wollte mich gerade bei Ihnen erkundigen, was wir denn machen sollen, wenn er überhaupt nicht reagiert. Ich denke doch Tag und Nacht an nichts anderes mehr als an das Damoklesschwert, das über mir hängt.«

»Ach, wäre ich nur auch ein Damoklesschwert.«

»Wie bitte?«

»Eines, das über Ihnen hängt, damit Sie Tag und Nacht nur noch an mich denken würden«, witzelte er.

Sonja konnte seinen Humor nicht teilen.

»Sie sind ja sehr heiter«, sagte sie mit deutlichem Vorwurf in der Stimme. »Mir fehlt allerdings die Basis dazu.«

»Sie sehen sich schon von Zahlungsbefehlen umringt?«

»In meinen Alpträumen, ja.«

»Die können Sie verscheuchen.«

Kurz blieb es still.

»Ja?« sagte Sonja dann ganz ängstlich.

»Ja.«

Es zerstob also keine wunderschöne Illusion.

»Ich kann mich darauf verlassen?«

»Hundertprozentig, Fräulein Kronen.«

Nun kam der Jubelruf: »Herr Doktor!«

»Den haben wir kleingemacht, meine Liebe«, brüstete er sich. Ein bißchen ›Auf die Pauke haun‹ konnte ja nicht schaden.

»*Sie* haben ihn kleingemacht, Herr Doktor Max! Ich küsse Sie! Mir fällt ein Stein –«

»Moment«, unterbrach er. »Was sagten Sie?«

»Daß mir ein Stein vom Herzen fällt.«

»Nein vorher? Was Sie vorher sagten?«

»Vorher? Daß *Sie* derjenige waren, der ihn kleingemacht hat, Herr Doktor Max.«

»Nein dazwischen? Was Sie zwischen diesen beiden Sätzen gesagt haben?«

»Daß...«

»Ja?«

»Daß ich Sie küsse.«

»Dann habe ich Sie also doch richtig verstanden, und das wollen wir festhalten – Sie küssen mich. Wann?«

»Gehört das zum Honorar?«

»Das *ist* das Honorar.«

»Dann kann ich mich dem nicht entziehen. Schulden muß man begleichen. Bestimmen Sie den Zeitpunkt.«

»Sind Sie mit mir einig, das nicht auf die lange Bank schieben zu wollen?«

»Meine Mutter sagte immer, je länger man das tut, desto saurer wird der Apfel, in den man zu beißen hat.«

»Das ist wahr. Man wird ja auch nicht schöner, wenn man den Zahn der Zeit an sich nagen läßt – ein Gesichtspunkt, der gerade beim Küssen ins Gewicht fällt.«

»Sie sehen das von allen Seiten, Herr Doktor.«

»Kurz- und langfristig, ja.«

»Also wann?«

»Am besten gleich heute – wenn Sie sich's so einrichten können?«

»Na gut«, sagte Sonja mit einem kleinen Seufzer, den Albert als großen Stich empfand. »Aber nicht vor Geschäftsschluß... und nicht ohne Zeugen.«

»Zeugen?«

»Ich bringe meine Freundin Vera mit...«

Das war kein Stich mehr für ihn, sondern ein harter Schlag.

»Wir kommen zu Ihnen in die Kanzlei«, ergänzte Sonja. »Geht das?«

»Ja«, antwortete er. »Aber warum soll nicht umgekehrt ich Sie in Ihrem Geschäft abholen?«

Sieh mal an, ›Geschäft‹ hat er gesagt, nahm Sonja das im stillen zur Kenntnis; nicht mehr ›Laden‹.

»Nein«, erklärte sie, »Sie wollen ja Ihr Honorar kassieren, und ich möchte nicht, daß das vor meiner Verkäuferin geschieht.«

»Fräulein Kronen –«

»Herr Doktor«, schnitt sie ihm das Wort ab, »könnten wir nicht auch Ihren Freund dazuholen?«

»Karl Thaler?«

»Ja. Sagen Sie ihm doch ebenfalls Bescheid, und wir

treffen uns zu viert bei Ihnen, um anschließend einen kleinen Bummel zu machen. Wäre das keine gute Gelegenheit, daß sich die ganze Segel-Crew, die gebildet werden soll, zum ersten Mal trifft und sich gegenseitig beschnuppert?«

Da es keinen Grund gab, der dagegen gesprochen hätte, konnte Albert dem Vorschlag seine Zustimmung nicht versagen. Es wurde also alles Nähere vereinbart, und so kam es, daß gegen sieben Uhr abends Gina im ›Palais-Keller‹ von Karl Thaler gefragt wurde, wie es denn heute mit Leberknödelsuppe sei – und zwar für vier Personen?

»Heute ja«, strahlte Gina. »Aber wollen Sie nicht essen Welchesuppe? Ich sprechen über Welchesuppe mit Koch und er mir sagen, daß er kochen Welchesuppe für Sie, wenn Sie kommen wieder und wollen haben. Und jetzt Sie sind wieder da und wollen haben vielleicht.«

»Was sagt die?« fragten Sonja und Albert wie aus einem Munde.

Vera und Karl lachten und erzählten, was sie mit der Italienerin erlebt hatten. Als Gina merkte, daß man sich auf ihre Kosten lustig machte, war sie verletzt und scheute sich nicht, zur Sache, alle vier anblickend, ein paar Worte zu sagen: »Ich sprechen schlecht deutsch; Sie sprechen schlecht italienisch; wo sein Unterschied? Ich sprechen bald besser deutsch; Sie sprechen immer schlecht italienisch; das sein Unterschied zwischen Ihnen und mir.«

»Da hat sie recht«, meinte Karl spontan und blickte ihr nach, als sie mit erhobenem Haupt zu einem anderen Tisch ging, dadurch demonstrierend, daß sie sich auch spürbar zur Wehr setzen konnte nach dem Motto: ›Wartet nur, bis ich euch bediene. Für heute bleibt ihr hintangesetzt.‹

Alberts Reaktion war eine andere als die von Karl.

»Die soll uns«, schimpfte er, »unsere Leberknödel bringen und sich hier nicht aufspielen! Oder wir schicken sie nach Hause!«

Sonja nickte beifällig.

Vera hingegen schüttelte den Kopf. Sie vertrat demnach nicht Alberts, sondern Karls Meinung. Ansonsten aber konnte kein Zweifel aufkommen, wer von den vieren hier zu wem tendierte, nämlich Vera zu Albert und umgekehrt; sowie Sonja zu Karl und umgekehrt.

Das Quartett saß auch so, daß man das sehen konnte. Die Strategie der Männer, von der die zwei Mädchen nichts wissen konnten, deren Opfer sie aber werden sollten, besaß also noch volle Gültigkeit.

Ein gewisser Webfehler war der, daß Sonja ihrer Freundin angekündigt hatte, es auf Albert anzulegen, um ihn ihr abspenstig zu machen, daß sie aber nun vom ersten Augenblick an ganz heftig mit Karl flirtete und das andere Feld eindeutig Vera überließ. Was hatte das zu bedeuten? Einen Sinneswandel Sonjas? Oder bedeutete es nichts anderes als daß auch Sonja zur gleichen Strategie griff, die sich Albert Max vom alten Oberkellner Augustin Greis hatte einflüstern lassen? (In der Liebe sei der Umweg über einen zweiten Partner oft der sicherste Weg zu dem einen – dem Einzigen.)

Wer weiß?

Karl Thaler litt nicht gerade darunter, daß ein Supermädchen wie Sonja ihm gegenüber so richtig auftaute. Automatisch ließ auch er alle Minen springen, und da er darin keiner war, der blaß gewirkt hätte, fühlte sich davon Albert Max, gelinde ausgedrückt, unangenehm berührt. Verwunderlich war das freilich nicht, aber auch nicht abzustellen bei der Konstellation der Kräfte, die hier wirksam waren. Mit anderen Worten: Albert hatte sich das, was geschah, selbst zuzuschreiben.

Merkwürdig war etwas anderes, nämlich daß auch Vera angesichts des Treibens zwischen Sonja und Karl so manchen kleinen Stich empfand. Sie konnte das von sich selbst nicht verstehen.

»Wir kennen uns ja schon«, hatte Sonja bei der Begrüßung in Alberts Kanzlei zu Karl gesagt. »Als Sie aber Vera in meinem Geschäft abholten, hätte ich nicht gedacht, daß sich unsere Wege noch einmal kreuzen würden.«

Und daran anknüpfend, meinte sie, zwischen Suppe und Hauptgang, jetzt: »Wissen Sie, was ich heute sofort an Ihnen vermißt habe?«

»Was?«

»Die Turnschuhe.«

»Die werden Sie aber gerne vermißt haben«, grinste Karl.

»Nein, im Gegenteil, mir haben sie gefallen.«

Karls Blick wich nicht ab zu der Stelle, wo Vera saß.

»So?«

»Ja.«

Das Luder lügt, dachte Vera empört. Wozu das? Ich weiß genau, daß sie lügt, ich kenne ihren Geschmack.

»Karl«, ließ sich Albert vernehmen, »ihr zwei habt uns vorhin zwar erzählt, was ihr mit dieser Italienerin da erlebt habt, aber wie lange ihr euch hier, alles in allem, amüsiert habt, weiß ich immer noch nicht.«

»Bis nach Mitternacht«, verriet Karl.

»Und dann? Seid ihr schon nach Hause gefahren oder noch woanders versumpft?«

Karl blickte Vera an.

»Haben Sie gehört?« fragte er sie. »Er möchte wissen, ob wir noch versumpft sind.«

»Nein«, sagte sie lächelnd zu Albert, »das sind wir nicht. Herr Thaler hat mich von hier zur Tiefgarage gebracht, dort trennten wir uns.« Ihr klarer, reiner Blick wanderte zurück zu Thaler. »Oder nicht, Karl?«

»Genau. Pech war dann für mich, daß ich am Karlsplatz keine Bahn mehr gekriegt habe.«

»Das war die Strafe dafür«, bemerkte Albert schadenfroh, »daß ihr nicht eher ein Ende gefunden habt. Du hättest ihn aber noch nach Hause fahren können, Vera.«

»Das nächste Mal mache ich das, Albert.«

Endlich kam der Hauptgang. Der ›Dienst nach Vorschrift‹, den Gina zelebrierte, zeitigte seine Früchte. Der

Entschluß, zu dem sich Albert dadurch veranlaßt sah, lautete folgendermaßen: »Trinkgeld kriegt die von mir keinen Pfennig – oder die zehn Lire, die ich noch in irgendeiner Tasche stecken haben muß. Wieviel sind das, zehn Lire...?«

»Ach«, beantwortete er die Frage selbst, geringschätzig abwinkend, »lächerlich... diese ganze Bagage mit ihrer Scheißwährung... entschuldigen Sie den Ausdruck, meine Damen, aber mir platzt einfach immer wieder der Kragen, wenn ich mir die alle so ansehe... der Terror... die Korruption... die Streiks...« Er winkte noch einmal wegwerfend.

Sonja nickte zustimmend. Vera zeigte keine Regung. Karl sagte: »Ich sehe die anders.«

»Was siehst du anders?« entgegnete Albert. »Den Terror? Die Korruption? Die Streiks?«

»Wenn du so fragst, erwidere ich: Wie siehst du die Malerei von denen, die Bildhauerei, die Architektur, die Musik?« Karl geriet rasch in Feuer. »Die ganze ungeheure kulturelle Leistung von denen, was ist mit der? Leonardo da Vinci... Tizian... Raffael... der unfaßliche Michelangelo... Palladio... Verdi...«

»Vergiß Nero nicht. War auch ein Künstler«, unterbrach Albert sarkastisch Karls Aufzählung. »Schlug, soviel ich weiß, die Leier, schrieb Gedichte...«

Daraufhin verstummte Karl Thaler, und auch Albert Max sagte nichts mehr. Das Duell ihrer Blicke endete remis. Hat ja keinen Zweck, sagte sich Thaler, der Musensohn. Zum selben Urteil kam aber auch Max, einer der ungezählten Banausen, ohne die kein Zeitalter bestehen könnte.

»War das ein Streit?« fragte Sonja.

Beide Männer schüttelten verneinend die Köpfe. Sie ließen wissen, daß sie sich auf diesem Gebiet immer wieder mal in der Wolle hätten. Dies schadet jedoch ihrer Freundschaft nicht, einer Freundschaft zwischen Seemännern.

Das Stichwort löste Gelächter aus.

»Wann geht's denn nun los mit der Segelei?« fragte Vera.

Albert schlug den kommenden Sonnabend vor. Vera und Karl tauschten einen raschen Blick.

Zu Vera hinnickend, sagte Sonja: »Wir zwei brauchen aber noch die entsprechende Ausrüstung. Wo kriegen wir die?«

Albert und Karl blickten einander an, und Karl meinte: »Da muß einer von uns beiden mit, wenn die das einkaufen gehen.«

»Du«, nickte Albert. »Du hast mehr Zeit als ich.«

Da dies unstrittig war, setzte Karl das Gespräch mit den Damen fort. Wahrscheinlich werde, sagte er, gar nicht soviel gebraucht werden, sicher sei einiges schon vorhanden... Pullover... Mütze... Schal... Jeans...

Das Wichtigste, warf Sonja ein, scheine ihr eine Schwimmweste zu sein.

Die Männer fanden das sehr lustig und lachten.

»Schwimmwesten«, sagte Albert, »bräuchten wir alle vier nur auf dem Ozean.«

»Im Starnberger See kann man aber doch auch ertrinken«, gab Sonja zu bedenken. Sie sagte dies mit so besorgter Miene, daß den Männern unwillkürlich das Lachen verging. Noch ahnte aber keiner von ihnen das Schlimmste.

Die erste, der ein schrecklicher Verdacht kam, war Vera.

»Sonja«, sagte sie zögernd, »es ist doch... es ist doch nicht so, daß du... daß du nicht schwimmen kannst? Das hätte ich ja noch gar nicht gewußt.«

»Nein!« rief Albert.

»Nein!« rief auch Karl.

Damit wollten beide ihren absoluten Unglauben an das, was Vera da in den Bereich des Möglichen gerückt hatte, zum Ausdruck bringen.

»Vera«, sagte Sonja, »wir kennen uns erst viereinhalb

Jahre. Ich bin sicher, auch ich weiß von dir manches noch nicht, was du mir bisher verschwiegen hast.«

Als erster faßte sich Karl, der zu Sonja sagte: »Ich gebe Ihnen Schwimmunterricht.«

»Das kann ich auch«, wollte Albert nicht ins Hintertreffen geraten.

Beide waren sich darin einig, daß alles andere vorerst zurückgestellt werden müsse. Sonja entschied sich für Karl Thaler.

»... denn Sie«, sagte sie zu Albert, »sind mit Vera beschäftigt. Sie sollen sich nicht verzetteln.«

Der weitere Verlauf des Abends war durch die Bombe, die Sonja hatte platzen lassen, beträchtlich gestört. Albert Max hoffte wenigstens noch auf eines.

»Wollten Sie mich nicht küssen?« fragte er Sonja. »War das nicht der eigentliche Grund unseres Treffens?«

»Aber doch nicht hier«, gab ihm Sonja das Nachsehen. »Das hätte schon in Ihrer Kanzlei geschehen müssen.«

»Und warum ist es dort nicht geschehen?«

»Weil Sie nicht die Initiative dazu ergriffen haben.«

Dagegen setzte sich Albert ein bißchen zur Wehr, indem er versuchte, Sarkasmus in die Stimme zu legen, mit der er sagte: »Aha, ich war also derjenige, der das Ganze scheitern ließ.«

»Sie blieben mir auch noch anderes schuldig.«

»Was denn noch?«

»Ich weiß bis jetzt noch nichts Genaueres, wie Sie mit Becker zu Rande gekommen sind.«

»Ich habe Ihnen gesagt, daß mit dem alles erledigt ist. Sie werden nichts mehr von ihm hören.«

»Wie hat er sich denn eingelassen?«

Den urjuristischen Ausdruck ›eingelassen‹ hatte Sonja irgendwo und -wann einmal aufgeschnappt.

»Das verrate ich Ihnen lieber nicht«, antwortete Albert und fuhr im selben Atemzug fort: »Sie seien ein Fall für den Psychiater. Sie litten unter Wahnvorstellungen. Er hätte nie ein Wort von all dem, was Sie sich einbilden, zu Ihnen gesagt.«

»Eine solche Unverschämtheit!« entrüstete sich Sonja.

Albert setzte sich in Positur.

»Vergessen Sie das Würstchen. Er ist bei mir an den Falschen geraten.«

Sonja kämpfte kurz mit sich, dann beugte sie sich zu ihm hinüber und gab ihm einen raschen Kuß auf die Wange, danach noch einen etwas längeren zweiten.

»Wo bin ich?« tat er verstört. »In meiner Kanzlei?«

Er bekam sogar noch einen dritten Kuß, dann war aber Schluß. Und weil das die ganze Ausbeute des Abends für ihn war und blieb, machte sich in seinem Inneren Enttäuschung breit, die auch nach außen drang, als sich zuletzt Veras Erwartung, er würde mit nach Ottobrunn fahren, nicht erfüllte. Als Vera, der gar nichts anderes in den Sinn gekommen wäre, das erkannte, schaltete sie schnell und fragte Sonja, ob sie bei ihr schlafen könne, was keiner Frage bedurfte.

Und zu ihrer eigenen Überraschung war die Enttäuschung, die sie empfand, kleiner, als sie gedacht hätte.

Die vier steckten in der nächsten Zeit viel zusammen. Oft trieben sie sich am Wasser herum, denn Sonja sollte ja schwimmen lernen. Als sehr anstellig erwies sie sich dabei aber nicht. Überrascht war Karl, der die Last mit ihr hatte, davon nicht so sehr. Schwimmen lernt man als Kind. Als Erwachsener hat man dabei die größten Schwierigkeiten. Radfahren lernt man auch als Kind – oder gar nicht mehr.

Die Übungen, deren Sonja bedürftig war, mußten an einsamen Stellen stattfinden, da sie einer größeren Öffentlichkeit verborgen bleiben sollten. Es läßt sich ja denken, daß Sonja nicht das Bedürfnis hatte, von allen möglichen Leuten ausgelacht zu werden. Einsame Uferstellen zu finden, war aber meistens gar nicht so einfach. Münchens Umgebung ist zwar reich an Seen, doch auch reich an Menschen, die sich Erholung am Wasser versprechen.

Es kam daher oft vor, daß lange nach einem geeigneten Plätzchen für Sonja gesucht werden mußte. Mit der Zeit klapperten Sonja und ihr Lehrer, begleitet von Vera und Albert, eine ganze Reihe dieser Seen mit berühmten Namen an den Wochenenden ab und stellten fest, daß die Ufer nur nicht übervölkert waren, wenn es regnete. Wenn es aber goß, blieben auch die vier zu Hause.

Kein Sommer dauert ewig. Als der Herbst in Sichtweite kam, sagte einmal Karl zu Albert am Telefon: »Die lernt das nie!«

»Dann sag ihr das doch«, antwortete Albert reichlich ungnädig.

»Ich? Warum nicht du?«

»Bin *ich* ihr Schwimmlehrer? *Du* hast dich doch darum gerissen!«

»Das ist nicht wahr! *Sie* hat mich dazu bestimmt!«

»Und seitdem läßt du keine Gelegenheit ungenützt, um sie herumzubalzen wie ein Auerhahn.«

»Aha, daher pfeift der Wind. Dann frage ich dich, wer mir diesen Auftrag gegeben hat.«

»Man kann's auch übertreiben.«

»Und was machst du mit Vera? Guck doch in den Spiegel, dann siehst du einen Auerhahn, der alle anderen in den Schatten stellt.«

»Du bist ja verrückt! Ich mit Vera! Die interessiert mich doch überhaupt nicht ernstlich!«

»Dann laß die Finger davon!«

»Sieh mal einer an«, sagte daraufhin umgekehrt Albert zu Karl. »Daher pfeift der Wind.«

Und plötzlich mußte er lachen, und er fuhr fort: »Karl, merkst du, was für Idioten wir zwei sind?«

»Schon lange ahne ich das.«

»Du hängst dich bei Sonja rein – und warum? Um Vera eifersüchtig zu machen.«

»Und du dich bei Vera – und warum? Um dasselbe bei Sonja zu erzielen.«

»Das ist Idiotie!«

»Aber es war dein Plan!«

»Ja, zugegeben, doch der funktioniert nicht – oder genau verkehrt: eifersüchtig werden nicht Sonja und Vera aufeinander, sondern wir zwei! Was sagt man dazu?«

Karl seufzte.

»Schüsse, die nach hinten losgingen, sage ich dazu.«

»Neu ist mir bei der ganzen Sache, daß es dich auch ernstlich erwischt zu haben scheint. Das war doch nicht vorgesehen.«

»Ernstlich nicht, nein.«

»Aber inzwischen ist es passiert?«

»Leider.«

»Schon lange?«

»Beim ersten Besuch mit Vera im ›Palais-Keller‹ schon.«

Nach einer kleinen Pause seufzte Albert und sagte: »Karl, wir zwei sitzen in der Tinte. Wir haben denselben Blödsinn gemacht.«

»Nicht denselben«, stieß Karl hervor. »Einen wesentlichen Unterschied gibt's noch.«

»Welchen?«

»*Du* hast mit Vera geschlafen – *ich* mit Sonja nicht.«

Da dies aggressiv geklungen hatte, erwiderte Albert: »Aber Karl, konnte ich denn wissen, daß du daran einmal Anstoß nehmen würdest?«

»Jetzt weißt du's.«

»Und wie machen wir mit den beiden nun weiter?«

»Wir steigen um, was denn sonst? Ab sofort kümmere ich mich ganz offen um Vera und du dich um Sonja, die das Schwimmen ja auch von dir lernen kann.«

»Ach, hör doch damit auf! Die schafft das nie, sagst du doch selbst. Ich glaube, wir können die ganze Seglerei mit den beiden vergessen. Auch Vera spricht kaum mehr davon.«

»Dabei sind uns die ganze Zeit her alle Wochenenden verlorengegangen, an denen ich sie hätte malen können.«

»Richtig, das wolltest du ja, ich erinnere mich.«

»Weißt du, was ich am liebsten machen würde?«

»Was?«

»Versuchen, mich schon heute oder morgen mit Vera zu verabreden.«

»Und ich mich mit Sonja«, ließ sich Albert davon inspirieren.

»Aber ich kann nicht«, sagte Karl. »Heute ist Mittwoch. Ich habe eine Karte zum Spiel des FC. Bayern um den Europapokal im Olympiastadion. Und morgen bin ich schon verabredet – ausgerechnet mit Sonja.«

»Mit der?«

»Ja, sie will einen preiswerten Stich als Geburtstagsgeschenk für einen Verwandten kaufen. Ich soll sie beraten.«

»Das ist ja lustig. Ich bin nämlich auch morgen schon verabredet, und zwar ausgerechnet mit Vera. Sie ist mit ihrem Zahnarzt nicht mehr zufrieden, und ich will sie zu Dr. Martin bringen, bei dem du ja auch Patient bist.«

Blitzartig schaltete Karl Thaler, indem er sagte: »Mann, das ist doch *die* Gelegenheit zum Tauschen! *Ich* bringe Vera zu Martin, und *du* Sonja zu Klopfer!«

»Wer ist Klopfer?«

»Ein junger Galerist am Max II Denkmal, Spezialist für Stiche.«

»Ich verstehe doch nichts von Stichen.«

»Sag ihm einen schönen Gruß von mir, und es wird überhaupt nichts schiefgehen.«

»Und wie machen wir vorher den beiden Damen unseren Rollentausch plausibel?«

»Ganz einfach: Jeder von uns ruft kurz vor dem Zeitpunkt des Rendezvous die seine, mit der er verabredet ist, an und führt einen plötzlich auftretenden Hinderungsgrund ins Treffen. Und jeder sagt, daß er den anderen als Ersatzmann schickt.«

»Du meinst, daß das geht?«

»Warum soll das nicht gehen?« antwortete Karl Thaler mit der Unbedenklichkeit des Künstlers, der sich nicht von unnötigem Skeptizismus einengen lassen will. Eine solche Veranlagung brauchen gerade die Maler ganz besonders, sonst wären viele ihrer modernen Werke nicht gewagt worden.

Die zwei Freunde beendeten ihr Telefonat.

Sonja und Vera saßen in einem der beliebten Cafés der Münchner Leopoldstraße und aßen Eis. Sie hatten sich auf Veranlassung Sonjas getroffen, die Vera angerufen und zu ihr gesagt hatte: »Ich müßte dich sprechen. Könntest du dich eine Stunde freimachen?«

»Ja, aber was ist denn so dringend?«

»Das wirst du dann hören.«

»Also gut. Wann und wo?«

Nun saßen sie also zusammen, hatten ihr Eis bestellt, löffelten es aus hochstieligen Bechern und erregten allein durch ihre Anwesenheit ein Aufsehen, das in dieser Straße ungewöhnlich war. Hier, im Zentrum Schwabings, konnte ein Mädchen nur auffallen, wenn es nicht hübsch war. Hübsche Mädchen verschwanden in der Masse; erst wieder superhübsche zogen Blicke auf sich. Die mußten aber absolute Spitze sein – so wie Sonja und Vera.

In der Leopoldstraße wimmelt es, da Deutschlands weitaus größter Universitätskomplex ganz in der Nähe liegt, ständig von Studenten, und deren schönheitstrunkenen Augen muß schon etwas Außerordentliches geboten werden, wenn sich ihre Pupillen erweitern sollen. Dies war aber bis zur Zerreißgrenze immer der Fall dort, wo Sonja und Vera sich sehen ließen.

Am Nebentisch saßen zwei angehende Mediziner, die sich, noch ehe Sonja und Vera erschienen waren, über Probleme unterhalten hatten, denen über die einzelnen Fakultätsgrenzen hinweg das Interesse der gesamten Studentenschaft gilt – Problemen der Potenz.

»Junge«, hatte der eine gesagt, »ich brauche heute Schonung. Gestern war am frühen Abend Karin bei mir, am späteren Lisbeth. Und morgen kommen die Schwestern Veronika und Henriette aus Freiburg zurück.«

»Henriette«, sagte der andere, »kann mich nicht mehr reizen.«

»Und Veronika?«

»Die auch kaum mehr.«

»Dann mußt du zum Arzt.«

Die beiden verstummten, hingen ihren Gedanken nach und wandten sich erst wieder der Außenwelt zu, als Vera in das Café hereinkam und einen Platz am Nebentisch wählte.

»Die«, sagte der eine angehende Mediziner mit gedämpfter Stimme zu seinem Kollegen, »könnte mich das heutige Gebot der Schonung für mich vergessen lassen.«

»Und was sagst du zu der?« raunte der andere, mit Blick auf die Eingangstür, in welcher gerade Sonja erschien.

»Mann!«

»Wunderst du dich, daß mich Henriette und Veronika nicht mehr reizen können?«

»Mann!« stieß der erste nun noch einmal hervor.

Als dann die beiden, nachdem Sonja und Vera ihre Bestellung aufgegeben hatten, größte Mühe darauf verwandten, wenigstens Blickverbindung mit den Mädchen herzustellen, mußten sie leider erleben, daß sie erfolglos blieben. Die Aktien zweier Schwestern aus Freiburg, die völlig in den Keller gefallen waren, stiegen dadurch wieder etwas.

Vera und Sonja waren ausschließlich mit sich selbst beschäftigt.

»Weißt du, Vera«, begann Sonja, »ich bin keine, die nicht weiß, was sie will.«

»Damit sagst du mir nichts Neues«, erwiderte Vera.

»Ich steige aus.«

Vera reagierte erschrocken.

»Was? So rasch? Bist du pleite? Das Problem Becker war doch ausgeschaltet?«

»Du sprichst vom Geschäft.«

»Ja, von was sonst?«

»Von unseren Beziehungen zu Albert und Karl.«

»Was ist damit?« fragte Vera nach kurzem Zögern.
»Was heißt, du steigst aus?«
»Ich ziehe mich zurück. Ich möchte mit denen nicht mehr zusammenkommen.«
»Warum nicht? Was ist passiert?«
»Und ich möchte, daß du es denen beibringst. Um dir das zu sagen, habe ich dich gebeten, dich mit mir zu treffen.«
»Was passiert ist, frage ich dich.«
Sonjas Blick senkte sich. Sie sah auf ihre Hände, die nicht ruhig blieben, sondern deren Finger sich nervös ineinander schlangen. Dann hob sich ihr Gesicht wieder, und sie schaute Vera gerade in die Augen.
»Ich habe mich verliebt«, sagte sie leise.
»In Karl?« Eine andere Möglichkeit gab's für Vera nicht.
»Nein, in Albert.«
»Aber...«
»Ich weiß, was du sagen willst. Ich hätte doch die ganze Zeit fast keinen Blick für Albert gehabt, sondern nur für Karl –«
»War es nicht so?« unterbrach Vera.
»Sicher, aber daß das alles nur Theater war, darauf mußte ich selbst erst kommen. Du erinnerst dich an den Blödsinn, den ich mir eingebildet hatte?«
»Welchen Blödsinn?«
»Dir Albert auszuspannen.«
»Richtig, aber als ich dann erlebte, daß es nur noch Karl für dich gab, dachte ich, du hättest es dir anders überlegt.«
»Durchaus nicht. In Karl sah ich lediglich ein Mittel zum Zweck. Er sollte mir dazu dienen, Albert...«
Sonja brach ab. Der Grund war der, daß sie sich schämte, sogar vor ihrer Freundin, ihrer Vertrauten. Das Ganze war ihr schlicht peinlich. Vera ließ aber nicht locker.
»Merkwürdige Taktik«, sagte sie. »Dachtest du denn wirklich, damit Erfolg zu haben?«

»Ja«, meinte Sonja mit brüchiger Stimme.

»Und dann trat die große Panne ein, mit der du nicht gerechnet hattest?«

»Ja.«

»Anstatt daß Albert bei dir Feuer gefangen hätte, ist dir das bei ihm passiert?«

Sonja sagte nichts mehr.

»Und nun willst du die Flinte ins Korn werfen?« fuhr Vera fort.

Sonja, die wieder auf das nervöse Spiel ihrer Finger geblickt hatte, hob langsam das Gesicht. Sie nickte stumm.

»Mach keinen Fehler«, sagte Vera.

Sonjas Augen wurden groß.

»Wie bitte?«

»Mach keinen Fehler. Du könntest ihn bereuen.«

»Vera« – Sonja schluckte – »weißt du, was du mir da sagst?«

Nun war es Vera, die nickte, wobei sie erwiderte: »Ich sage dir, daß du deine Bemühungen um Albert nicht einstellen sollst. Ich an deiner Stelle würde es jedenfalls nicht tun.«

»Vera, Albert ist doch *dein* Freund!«

»Das war er auch, als du dich entschlossen hattest, ihn mir abspenstig zu machen.«

Getroffen an diesem wunden Punkt, antwortete Sonja zerknirscht: »Du hast recht, mir das vorzuhalten. Ich verstehe mich heute selbst nicht mehr, daß mir das einfallen konnte. Verzeih mir, Vera.«

»Dir tut das leid?«

»Unheimlich.«

»Kein Anlaß.«

Und wieder weiteten sich Sonjas Augen vor Erstaunen.

»Ich verstehe dich nicht, Vera. Sollte es mir denn nicht leidtun?«

»Nicht mehr jedenfalls.«

»Warum?«

Eine Pause trat ein in diesem Dialog der Überraschungen. Vera schlug Sonja vor, gemeinsam entweder noch einmal ein Eis zu essen oder eine Tasse Kaffee zu trinken. Obwohl das Eis hier ausgezeichnet war, trug nun die Lockung des Kaffees den Sieg davon. Dann wurde der unterbrochene Dialog wieder fortgesetzt, und zwar gleich mit einer wahren Bombenüberraschung.

»Du hast mich gefragt, warum, Sonja«, sagte Vera. »Nun, weil ich ihn dir schenke.«

»Wen schenkst du mir?«

»Albert.«

Sonja schien schier nach Luft schnappen zu wollen.

»Vera! Was heißt das?«

Vera lachte plötzlich fröhlich.

»Daß mir dieselbe Panne passiert ist wie dir. Auch ich habe mich verliebt.«

»Verliebt warst du doch von Anfang an?«

»In Albert, meinst du?«

»Ja, natürlich.«

»Stimmt, aber inzwischen bin ich's in Karl.«

»Vera!«

»Und zwar unsterblich.«

»Ist das wahr?«

»Wie noch nie in meinem Leben.«

»Mach mich nicht verrückt, Vera. Dann könnte ich ja wirklich noch einmal deinen Rat, die Flinte nicht ins Korn zu werfen, beherzigen.«

»Sage ich doch. Und zwar nimmst du dir den jetzt auf geradem Wege vor, sozusagen Mann gegen Mann – besser: Frau gegen Mann – Auge in Auge, Brust an Brust, Mund auf Mund... und so weiter. Das gleiche werde ich auch durchexerzieren – mit dem meinen.«

»Und du denkst, daß denen das gefällt?«

»Das *hat* denen zu gefallen, Sonja!« Echt Vera war das. Sie setzte zwinkernd hinzu: »Frauen verstehen doch mehr von Liebe – von der richtigen. Es wird also nur an uns liegen.«

Das weitere Gespräch der beiden wurde noch recht gelöst. Geradezu aufgekratzt erklärte Vera, daß ihr Sonja nur zuvorgekommen sei. Wenn sie, Sonja, nicht heute bei ihr, Vera, angerufen und um ein solches Treffen gebeten hätte, dann hätte morgen oder übermorgen sie, Vera, bei ihr, Sonja, angerufen, um den Stein ins Rollen zu bringen.

»Dann hätte *ich* mich zurückgezogen, Sonja«, sagte sie. »Das war schon mein Entschluß.«

»Du hast wirklich geglaubt, daß es mir mit Karl ernst ist?«

»Das mußte ich doch! Du hättest dich nur selbst sehen sollen, wie du manchmal in Fahrt warst.«

»War ich also gut?« lachte Sonja. »Absolut glaubhaft, nicht?«

»Ich hätte dir oft am liebsten die Augen ausgekratzt.«
»Und ich dir.«

Vera seufzte froh. Jetzt sei das ja vorbei, sagte sie. Gott sei Dank. Karl sehe nicht nur besser aus als Albert, er passe auch besser zu ihr, charakterlich, weltanschaulich, einfach in allem. Das hätten so manche Momente in den letzten Wochen deutlich gezeigt. Nur einen einzigen Punkt gebe es bei ihm, der in die Hand genommen werden müsse von ihr: seine Existenz.

Vera ging der Mund über, weil ihr das Herz voll war. Das lag in Veras Art.

Sonjas Widerspruch zu all dem, was Vera sagte, erschöpfte sich darin, mit Nachdruck zu erklären, daß nicht Karl besser als Albert, sondern Albert eindeutig besser als Karl aussehe. Alles übrige sei aber richtig. Karl passe wirklich besser zu Vera, und Albert besser zu ihr, Sonja. Auch dies hätten nicht wenige Momente gezeigt, oft sogar dieselben.

Dann machte Sonja eine Pause, blickte Vera an, seufzte bekümmert.

»Morgen treffe ich mich mit Karl«, sagte sie. »Ich habe ihn gebeten, daß er mich bei einem Einkauf künstlerisch beraten soll.«

»Und ich mich mit Albert. Ich habe ihn gebeten, mich zu seinem Zahnarzt zu bringen. Der meine paßt mir nicht mehr.«

Die erste, die mit ihrem Lachen herausplatzte, war natürlich wieder Vera.

»Weißt du, woran ich denke?« fragte sie Sonja, die in ihre Lache einstimmte und erwiderte: »Wahrscheinlich an dasselbe wie ich: daß beiden morgen um die gleiche Zeit der Laufpaß gegeben wird, und keiner von ihnen sich das heute schon träumen läßt. Ist doch so, nicht? Oder willst du damit noch warten?«

»Nein, nein«, lautete Sonjas doppelte Beteuerung.

Als die beiden das Café verließen, konnte jeder sehen, wie tief das Einvernehmen war, das zwischen ihnen herrschte. Sie gingen per Arm, lachten einander an und hatten an der Tür sogar einen kleinen Stop, weil jede der anderen den Vortritt lassen wollte.

Blitze der Erkenntnis trafen die zwei angehenden Mediziner, die den Mädchen nachblickten. Nun werde ihm alles klar, sagte der eine und ließ das erhellende Wort fallen: »Lesbisch.«

»Die Natur kann grausam sein«, meinte der andere.

Dr. Albert Max glaubte, als er am nächsten Tag gegen 17.00 Uhr Vera Lang beim UNION-Filmverleih anrief, daß dies eine schmerzliche Angelegenheit für das Mädchen werden würde.

»Ich muß dich enttäuschen«, begann er. Um ein Haar hätte er ›dir weh tun‹ gesagt.

»Wieso, was ist, Albert?«

»Leider können wir uns heute nicht sehen.«

»Nicht?«

»Es hat sich noch ein wichtiger Mandant angesagt, den ich nicht –«

»Dagegen kann man nichts machen«, unterbrach Vera.

Nun war Albert enttäuscht, weil Vera offensichtlich

nicht besonders enttäuscht war. Es schädigte ihn in seinem Selbstwertgefühl.

»Du ärgerst dich nicht?« fragte er.

»Zahnschmerzen habe ich ja keine. Die Plombe, die mir herausgefallen ist, kann auch später ersetzt werden.«

»Nein, nein«, sagte Albert rasch. »Zum Zahnarzt wirst du schon gebracht, das habe ich nicht vergessen. Ich schicke dir einen Ersatzmann.«

»Wen?«

»Karl.«

»Karl?!« rief Vera glücklich.

»Er weiß schon Bescheid, du kannst dich auf ihn verlassen. Es wird mit ihm alles genau so ablaufen wie mit mir.«

»Genau so wie mit dir«, echote Vera. Das hoffe ich, dachte sie dabei, oder nein, ich hoffe, daß mit dem alles noch viel besser abläuft.

Nach dem Telefonat mit Albert ging Vera hinauf zu Johann Sebastian Bach, der mit seiner Werbeabteilung zwei Etagen höher untergebracht war.

Zur selben Zeit hatte das Telefon auch bei Sonja Kronen geläutet. Am Apparat war Karl Thaler. Der Schwimmunterricht hatte ihm – wenn schon nicht den eigentlichen Erfolg – längst das ›Du‹ mit Sonja eingebracht.

»Sonja«, sagte er, »ich muß dich versetzen.«

»So?«

»Ich muß zum Zahnarzt. Dringend.«

»Oje.«

»Verstehst du das?«

»Absolut. Wer verstünde nicht, daß einer zum Zahnarzt muß?«

»Aber ich habe den Grund nicht vergessen, weshalb wir uns treffen wollten.«

»Die Stiche? Die laufen mir nicht weg.«

»Ganz und gar nicht, Sonja. Albert hat sich nämlich bereit erklärt, mich zu vertreten.«

Sonja reagierte nicht anders als Vera.

»Albert?!« jubelte sie unbeherrscht.

Karl sagte: »Ich finde das prima von ihm, daß er so ohne weiteres einspringt.«

Das Nächstliegende wäre gewesen, daß Sonja gefragt hätte, ob denn Albert auch etwas von Stichen verstünde. Statt dessen sagte sie: »Ich finde das auch sehr, sehr nett von ihm.«

»Er ist überhaupt ein sehr, sehr netter Kerl, Sonja.«

»Erwartest du von mir, daß ich das bestreite?«

»Und er verehrt dich sehr, Sonja.«

»So? Woher willst du das wissen?«

»Ich kenne ihn.«

»Die äußeren Anzeichen dafür haben sich aber bisher in Grenzen gehalten.«

»Weil du ihm keine Gelegenheit gegeben hast, es dir zu zeigen.«

»Und wie ordnest du in dieses Bild Vera ein?«

»Vera? Die bedeutet ihm doch schon längst nicht mehr soviel.«

»Da muß ich dich aber noch einmal fragen: Woher willst du das wissen?«

»Ich kenne ihn«, erwiderte auch Karl noch einmal. Und das war die reine Wahrheit, daß er Albert kannte.

Abschließend empfahl Karl, daß sich Sonja, was die Stiche anbelange, das Recht vorbehalten solle, sie notfalls umtauschen zu können.

Bartholomäus Schmiedl, der Pförtner beim UNION-Filmverleih, erkannte den jungen Mann, der schon wieder einmal erst kurz vor Büroschluß bei ihm auftauchte, ohne Schwierigkeiten, obwohl er die Turnschuhe an dessen Füßen vermißte.

»Wieder dasselbe«, sagte Thaler mit heiterer Miene, nachdem er gegrüßt hatte.

»Was? Zu Fräulein Lang?« entgegnete Schmiedl brummig.

»Ja.«

»Weiß sie, daß Sie kommen?«

»Ja«, nickte Thaler und ging zur Treppe.

Da erreichte ihn ein energisches »Halt!«

»Sie müssen hier warten«, fuhr der Pförtner fort. »Fräulein Lang hat mir das aufgetragen, als Sie letztens hier waren.«

»Ach nein?« entgegnete Thaler ungläubig und kam nur zögernd zurück.

»Wenn ich Ihnen das sage«, erklärte Schmiedl mit Würde, »können Sie mir schon glauben, daß es stimmt. Ich bin beauftragt, Fräulein Lang von Ihrem Eintreffen zu verständigen. Sie kommt dann runter.«

Thaler mochte das immer noch nicht für wahr halten. »Da lause ihn doch der Affe«, sagte er.

Humorlos antwortete Schmiedl: »Und wenn Sie der Affe hundertmal laust, ändert sich daran nichts, daß –«

Sein Telefon schellte. Am Apparat war Vera Lang, die sagte: »Herr Schmiedl, ich möchte da etwas berichten. Ich sagte Ihnen vor einiger Zeit, daß Sie jenen jungen Mann in Turnschuhen in Ihre Obhut nehmen sollen, wenn er kommt. Das gilt nicht mehr. Schicken Sie ihn mir rauf, und zwar gleich heute, er wird, denke ich, bald bei Ihnen erscheinen –«

»Er ist schon da«, unterbrach Bartholomäus Schmiedl keineswegs erfreut. »Er soll also nicht hier bei mir warten?«

»Nein, schicken Sie ihn rauf, sagen Sie ihm aber, daß er sich beeilen soll. Ich warte schon auf ihn.«

Sonst schäkert er mir wieder mit den Mädchen im Haus herum, dachte sie dabei.

Karl Thaler erschien raschestens. Er hatte, da der Lift nicht gleich kommen wollte, im Geschwindschritt die Treppen erklommen und atmete daher heftig, als er über Veras Schwelle trat.

»Ihr Wunsch«, sagte er, »war mir Befehl. Euer Zerberus da unten war aber sauer.«

»Warum?«

»Weil er mich zu gern festgehalten hätte.«

Vera ging darauf nicht ein, sondern sagte: »Sie schnaufen ja wie eine Dampflok.«

»Der Lift ließ mich im Stich, und man wird alt.«

Vera lachte und packte die Gelegenheit beim Schopf, ihn zu fragen: »Wie alt werden Sie denn schon?«

»Neunundzwanzig. Und Sie?«

Neunundzwanzig, dachte sie. Ein paar Jahre älter wäre besser, nachdem ich schon fast siebenundzwanzig bin.

»Ich möchte Ihnen danken«, sagte sie.

»Wofür?«

»Daß Sie sich bereit erklärt haben, für Ihren Freund einzuspringen. Sie hatten sicher etwas Besseres vor?«

»Nein, ich hatte zwar etwas vor, aber nichts Besseres. Wie alt werden Sie?«

»Was hatten Sie denn vor?«

Karl hatte sich schon vorher entschlossen, mit absolut offenen Karten zu spielen, und erwiderte deshalb: »Ich war mit Ihrer Freundin verabredet.«

»Mit Sonja?« stieß Vera überrascht hervor.

»Ja.«

Die nächste Frage Veras konnte nur lauten: »Und das erschien Ihnen nicht als etwas Besseres?«

»Nein, keineswegs.«

Dem mußte natürlich auf den Grund gegangen werden. Vera spürte ihr Herz heftiger schlagen.

»Wirklich nicht?« fragte sie.

»Wirklich nicht.«

»Aber Sie müssen ihr doch dann abgesagt haben?«

»Ja, das mußte ich.«

»Und was sagten Sie ihr?«

»Die Wahrheit. Daß ich zum Zahnarzt muß. Das ist doch die Wahrheit – oder?«

»Und mit wem? Haben Sie ihr das auch gesagt?«

»Nein, das nicht.«

Veras Herzklopfen wurde noch stärker. Sie war verwirrt. Wie sieht das denn aus? fragte sie sich. Läuft das ganz anders, als ich dachte? Ich war darauf vorbereitet, ihn langsam zu mir herüberzuziehen, in wochen-, vielleicht monatelanger Arbeit, Schrittchen für Schrittchen. Und nun? Nun erweckt es den Anschein, als ob...

Nein, das kann nicht sein, ich muß mich irren!

»Karl«, sagte sie, »entschuldigen Sie, ich blicke da nicht ganz durch...«

»Wo blicken Sie nicht durch?«

»Sie haben doch die ganze Zeit Sonja eindeutig den Vorzug vor mir gegeben?«

»Weil Sie die ganze Zeit eindeutig Albert den Vorzug vor mir gegeben haben. Leider muß ich annehmen, daß Sie das jetzt auch noch tun. Wie alt sind Sie, Vera?«

»Hat sich denn das geändert?«

»Was?«

»Daß Sie Sonja den Vorzug vor mir geben?«

»Davon rede ich doch die ganze Zeit, daß sich das geändert hat.«

»Karl...« Vera spürte ihr Herz bis zum Hals klopfen. »Karl, ich weiß nicht, was ich sagen soll...«

»Ich weiß schon, was Sie sagen wollen, Vera«, erklärte Karl. »Sie wollen sagen, es täte Ihnen leid, Albert sei der Ihre, nicht ich. Aber vielleicht ist er es doch nicht, so etwas hat sich ja schon oft herausgestellt. Ich will ihn Ihnen beileibe nicht madig machen, nein! Verstehen Sie mich bitte nicht so, Vera. Fragen Sie ihn selbst, und geben Sie mir Gelegenheit, Ihnen zu zeigen, wie's um mich steht. Vielleicht komme ich damit durch bei Ihnen.«

Vera blickte ihn an, mit einem rätselhaften Ausdruck in den Augen.

»Wie sagten Sie?« fragte sie ihn nach einem Weilchen.

»Vielleicht komme ich damit durch bei Ihnen – meinten Sie das?«

»Ja.«

»Und was erscheint Ihnen daran unklar?«

»Unklar erscheint mir daran, ob es eine Liebeserklärung sein soll.«

»Natürlich«, sagte Karl, setzte jedoch hastig hinzu: »Aber fühlen Sie sich dadurch nicht bedrängt, Vera. Mir ist klar, daß noch eine lange Zeit vergehen muß, bis Sie... bis ich...«

»...bis Sie damit bei mir durchkommen, meinen Sie, nicht?« fiel Vera ein.

»Ja.«

Wieder blickte sie ihn sekundenlang an.

»Nein«, sagte sie dann.

Traurig nickte er.

»Das habe ich befürchtet, Vera.«

»Was hast du befürchtet?«

Er merkte gar nicht, daß sie ihn plötzlich duzte.

»Daß Sie mich so kurz und bündig abblitzen lassen.«

»Du verstehst mich falsch, Karl. Mit dem Nein meinte ich, daß keine lange Zeit mehr vergehen muß, bis du... bis du...«

Ein Blitzstrahl schien ihn zu treffen, aber kein tödlicher, sondern, im Gegenteil, ein absolut lebensspendender.

»...bis ich bei dir landen kann, Vera?«

Das war eine zweite Form, ihr seine Zuneigung zu erklären.

»Ja, du Chefpilot«, lachte sie.

Dann stürzten sie sich in die Arme, und sowohl Vera als auch Karl vergaßen alles, was sie zuvor in ihrem Leben an glühender Leidenschaft für einen anderen kennengelernt zu haben glaubten. Da aber jeden Augenblick jemand ins Zimmer kommen konnte, mußten sie sich damit begnügen, einander nur zu küssen und wieder und wieder zu küssen. Auf die Dauer war das zu wenig, deshalb sagte Karl schließlich: »Komm, laß uns verschwinden...«

»Wohin?«

»Zu mir – aber diesmal anders als damals.«

Vera zögerte.

»Karl«, sagte sie, »ich bin ein Mädchen, das gerne mitkommt. Ich will das nicht verschweigen. Trotzdem möchte ich dich – gerade dich! – vorher etwas fragen...«

»Ich möchte dich auch vorher etwas fragen...«

»Was denn?«

»Ob du mich heiraten willst?«

»Karl!« Seligkeit und Glück lachten Vera aus den Augen. »Genau das wollte ich dich auch fragen!«

»Na also, dann sind wir uns ja einig, Liebling. Weshalb, glaubst du, habe ich dich denn gefragt, wie alt du bist? Das muß doch ein Mann, der ein Mädchen ehelichen will, von ihr wissen. Übrigens bist du mir deine Antwort darauf immer noch schuldig.«

»Wie alt ich bin? Hast du mich das gefragt?«

»Dreimal.«

»Das muß ich überhört haben.«

»Ach nee«, lachte Karl.

»Sonja würde besser zu dir passen«, legte Vera ein Teilgeständnis ab. »Sie ist jünger als ich.«

»Dann laß mich dich mal schätzen«, sagte er vergnügt, trat einen Schritt von ihr zurück, betrachtete sie prüfend und fuhr abwägend fort: »Siebenundzwanzig... oder –«

»Bist du wahnsinnig? Da fehlt noch ein Stück!«

»Wieviel denn?«

»Drei Wochen.«

Er lachte herzlich, und als sie dies sah, fühlte sie sich sehr erleichtert.

»Komm jetzt endlich«, sagte er und griff nach ihrer Hand, um sie mit sich fortzuziehen.

Vera zögerte jedoch noch einmal. Sie war ein Geschöpf, das Nägel mit Köpfen machte.

»Karl«, fragte sie ihn, »würdest du dich mit deinen neunundzwanzig nicht zu alt fühlen, noch einmal zwei Etagen höherzusteigen?«

»Wozu?«

»Herr Bach alias Don José, unser Werbeleiter, würde gerne mal mit dir sprechen.«

Dem überraschten Karl Thaler blieb im Moment, wie man so schön sagt, die Spucke weg.

»Vera!« stieß er hervor.

Dann setzte er hinzu, daß er genau wüßte, was dies zu bedeuten habe. Er stünde wohl einer Art Verschwörung gegenüber. Eine solche Entscheidung könne man aber nicht Hals über Kopf fällen.

Es handle sich ja erst um ein Gespräch, antwortete Vera. Doch darüber, daß eine Familie ernährt werden müsse, habe er sich im klaren zu sein.

»Wann hast du mit dem gesprochen, Vera?« fragte Karl.

»Vor einer Stunde.«

»Aber das verstehe ich nicht«, meinte er kopfschüttelnd. »Da konntest du doch noch nicht ahnen, daß ich die Absicht habe, dich zu heiraten?«

»Nein«, erwiderte lachend Vera. »Aber ich wußte schon, daß *ich* die Absicht hatte, *dich* zu heiraten.«

»Waaas?« rief Karl, mit einem Gesicht, als ob er soeben vom Mond gefallen wäre.

Vera tätschelte ihm liebevoll die Wange.

»Zerbrich dir über all das nicht deinen Kopf«, sagte sie dabei. »Das würde zu keinem Resultat führen. Ihr Männer seid dazu nicht in der Lage, weißt du. Wir Frauen verstehen eben mehr von Liebe, so ist das. Dasselbe wird übrigens deinem Freund Albert beigebracht.«

»Richtig, Albert, was ist eigentlich mit dem? Gut, daß du mich an ihn erinnerst. Hattest du ihm denn schon zu verstehen gegeben, daß er bei dir ausgespielt hat?«

»Nicht ausdrücklich.«

»Dann steht ihm das noch bevor.«

»Kaum, nehme ich an. Es wird sich erübrigen.«

»Wieso?«

»Weil ihm Sonja die Augen öffnet.«

»Sonja?«

»Die hat dasselbe mit dem vor, wie ich mit dir.«

»Waaas?« rief Karl ein zweites Mal. »Woher weißt du das?«

»Weil wir uns darüber geeinigt haben.«

»Wer ›wir‹?«

»Sonja und ich.«

»Ich werd' verrückt!« rief Karl noch lauter. »Und wir dachten, daß *wir* diejenigen seien, welche die Initiative in der Hand hätten!«

»Wer ›wir‹?« fragte nun Vera.

»Albert und ich.«

»Ach nein«, lächelte Vera, »das dachtet ihr? Wann denn?«

»Gestern.«

»Nicht möglich! Wir auch!«

Karl glaubte daraufhin, daß ihm nichts anderes mehr übrigblieb, als zu seufzen. Er tat dies tief und kopfschüttelnd. Und dann war er auch noch für das Letzte reif.

»Will Bach tatsächlich heute schon mit mir reden?« fragte er Vera.

»Ja, das hat er mir versprochen, wenn du Interesse an dem Posten hättest.«

Damit erledigte sich die unsichere Geburt eines großen Malers, und es setzte ein die Karriere eines erfolgreichen Grafikers in der Werbebranche, die ihre Leute besser zu erhalten weiß, als es die hohen Künste vermögen. Leider.

Dr. Albert Max hatte, als er zu Sonja kam, Moritz dabei. Das hatte seinen Grund. Es ging auch um das Schicksal des Hundes, und das sollte nicht geschehen ohne die Anwesenheit des Betroffenen selbst.

Moritz begrüßte Sonja stürmisch, und auch Sonja gab ihrer Freude Ausdruck. Erst danach kam Albert an die Reihe. Das sei ein guter Entschluß von ihm gewesen, sagte sie.

»Welcher?« fragte er.

»Den Hund mitzubringen.«

»Ich hoffe, er benimmt sich ordentlich, damit Sie Ihre Meinung nicht ändern müssen.«

»Davor habe ich keine Angst«, sagte Sonja und fuhr, in

ihren Staubmantel schlüpfend, fort: »Was machen wir?«

Etwas überrascht erwiderte er: »Ich denke, wir gehen Stiche aussuchen?«

Sonja zuckte die Schultern.

»Bitte«, meinte sie, »wenn Sie darauf bestehen...«

»Ich?« Seine Überraschung hatte sich in Verwirrung gewandelt. »Ich bestehe darauf natürlich nicht. Mir hat nur Karl das gesagt.«

»Ach, wissen Sie«, erwiderte Sonja, »die Stiche laufen mir nicht weg, ich habe das auch Ihrem Freund schon gesagt. Sind Sie mir böse?«

»Aber nein, weshalb?«

»Weil ich ihm dann auch hätte sagen müssen, daß Sie sich nicht herzubemühen brauchen.«

»Gerade das macht mich glücklich.«

»Glücklich? Sie übertreiben!«

»Nein, kein bißchen.«

Sonja war keine Vera. Vera hätte hier gleich wieder einmal das Eisen geschmiedet, solange es heiß war. Sonja indessen verstummte und blickte zur Tür, wo schon Moritz stand, winselnd, wedelnd, ungeduldig Begehr nach draußen verlangend, keinen Zweifel hegend, wie's hier weitergehen mußte.

»Moritz!« rief Albert barsch. »Gib Ruh! Komm her!«

Moritz konnte sich nur dazu zwingen, die halbe Strecke zurückzulegen, dann erlahmte seine Energie und er blieb stehen. Dies rief scheinbar Reue in Albert wach, der zu Sonja sagte: »Ich hätte ihn doch zu Hause lassen sollen.«

»Was machen wir?« fragte Sonja noch einmal. »Haben Sie eine Idee?«

»Wenn ich das geahnt hätte«, erwiderte Albert, »wäre ich mit dem Wagen gekommen und wir hätten ein bißchen rausfahren können.«

»Zu Fuß durch Schwabing bummeln ist nicht nach Ihrem Geschmack?«

»Doch, alles ist das, zusammen mit Ihnen.«

»Sie übertreiben schon wieder.«
»Nein, kein bißchen.«
Sonja setzte sich eine einfache Baskenmütze aufs Haar, und man hätte es nicht für möglich gehalten, wie unglaublich das bescheidene Kleidungsstück dadurch gewann.
Moritz hatte längst schon wieder Posten an der Tür bezogen.
»Wir können gehen, Herr Doktor.«
Bereits seit Monaten nannten sich die beiden mit ihren Vornamen. ›Herr Doktor‹ sagte Sonja nur mehr in seltenen Ausnahmefällen – wenn ihr etwa nach einem Scherz zumute war, einem Scherz freilich, den Albert nicht als solchen verstehen wollte, so daß er prompt mit gleicher Münze zurückzuzahlen pflegte. So sagte er denn auch jetzt wieder: »Sehr wohl, meine Gnädigste, gehen wir.«
»Und wohin, Albert?«
Warum nicht gleich so? dachte er.
»Wohin Sie möchten, Sonja. Wollen wir mit der Leopoldstraße anfangen?«
»Gerne.«
Die Bürgersteige barsten um diese Zeit schier vor Leuten. Das Hauptproblem, das sich dadurch rasch ergab, war die Gefahr, daß Moritz verlorenging.
»Ich muß ihn an die Leine nehmen«, erkannte Albert.
»Darf ich ihn führen?« fragte Sonja.
»Du liebe Zeit!« rief Albert abwehrend.
»Warum nicht?«
»Ein Mädchen wie Sie – und dieser Köter! Was sollen die Leute denken?«
»Die sind mir egal«, erwiderte Sonja lachend. »Und Ihnen doch auch, sonst hätten Sie sich ihn nicht zugelegt.«
»Ich habe Ihnen erzählt, wie sich das ergab. Seitdem warte ich auf den Tag, an dem ihn irgendwie der Teufel –«
Sonja war abrupt stehengeblieben, blickte streng.
»Albert!«

»Ja?«
»Ich mag Sie, aber –«
»Sie mögen mich?«
»... aber sorgen Sie dafür, daß dem lieben Kerl nichts zustößt, denn das wäre nicht gut für unser Verhältnis, wenn ich den Verdacht haben müßte, daß Sie dabei Ihre Hand mit im Spiel gehabt hätten.«
»Wir haben ja noch gar keines«, antwortete er grinsend.
»Was haben wir noch nicht?«
»Ein Verhältnis.«
»Nein.«
»Aber wenn ich es schaffe, daß mich Moritz äußerstenfalls sogar noch überlebt, bei bester Gesundheit natürlich, was ist dann?«
»Dann?«
»Ja, dann?«
»Dann«, sagte Sonja lächelnd, »wären Sie wohl sehr geliebt worden.«
»Von Ihnen?« glaubte Albert zupacken zu können.
»Von den Göttern.«
Er blickte sie verdutzt an. Moritz hatte sich wieder zu den beiden gesellt. Was ist los mit denen? fragte er sich. Warum stehen sie hier herum?
»Von welchen Göttern, Sonja?«
»Den griechischen. Wenn die einen lieben, so heißt es doch, lassen sie ihn jung sterben. Und das wäre ja bei Ihnen der Fall, wenn Moritz Sie überleben würde. Meinen Sie nicht auch?«
Albert war baff. Mann, dachte er, da sagen alle immer, je schöner eine ist, desto dümmer ist sie auch. Und habe ich selbst das bisher nicht auch geglaubt?
»Sonja«, seufzte er, »wissen Sie, was mich die griechischen Götter... was die mich –«
»Albert!«
»Ich sage ja nicht, was die mich können, sondern sollen, Sonja.«
»Sollen?«

»Ja.«
»Was sollen sie Sie denn?«
»Mich hassen.«
»Ich verstehe«, nickte Sonja. »Damit Sie womöglich hundert Jahre alt werden.«
Es war also ein recht munterer Dialog, den die zwei da führten, während Moritz zu ihnen hinaufblickte und durch langsamer werdendes Schwanzwedeln zu verstehen gab, daß er anfing, sich zu ärgern. Im nächsten Augenblick hatte er dazu noch verstärkten Grund, denn er wurde angeleint. Albert bückte sich zu ihm hinunter, wobei er sagte: »Komm her, du Süßer, laß dich unter meine Fittiche nehmen, damit dir kein Härchen mehr gekrümmt wird. Und das wird ab sofort dein immerwährendes Los sein, keinen Schritt mehr von meiner Seite weichen zu können. Ich müßte mich ja sonst erschießen, wenn dir etwas zustoßen würde.«
»Geben Sie ihn mir?« sagte Sonja und nahm Albert die Leine aus der Hand.
Moritz benahm sich fortan fast mustergültig. Er hob nur noch an jeder zweiten Hausecke das Bein und unterließ es, übertrieben an der Leine zu zerren, es sei denn, er entdeckte auf der anderen Straßenseite einen Rüden, mit dem er sich gerne auf einen Kampf eingelassen hätte, oder eine Hundedame, der als Galan näherzurücken es ihn drängte.
Dann allerdings mußte Sonja immer ihre ganze Kraft aufbieten, um nicht vom Trottoir auf den Fahrdamm hinuntergezogen zu werden.
»Wenn man weiß, daß er ein Papagallo ist, muß man ihn verstehen«, witzelte Albert.
Verschieden waren die Reaktionen der Leute, die ihnen entgegenkamen. Soweit es sich um Männer handelte, richtete sich ihre Aufmerksamkeit auf Sonja, von deren Attraktivität sie sich innerlich buchstäblich umgeworfen fühlten. Manche von ihnen stießen sogar Pfiffe aus, obwohl sie nicht aus Amerika, sondern von der nahen Uni-

versität kamen. Es waren also sogenannte jüngere Semester. Älteren Herren gelang es nicht sosehr, ihre Prägung durch das alte Europa abzuschütteln, aber auch sie gestanden sich ein, daß es einem solchen Mädchen noch einmal gelingen könnte, sie für ein Weilchen in jenes spezifische Paradies zurückzuversetzen, aus dem sie sich längst vertrieben sahen.

Albert Max zog die Blicke der Frauen unter den Entgegenkommenden auf sich. Sein Typ war das, was man ›gefragt‹ nennt. Verheiratete Damen dachten, wenn sie ihn sahen, an die Ketten der Ehe; ledige an die Wonnen derselben.

Die späte Nachmittagssonne schien noch voll auf die Stadt hernieder. Es war warm. Sonja empfand sogar ihren leichten Sommermantel als lästig. Albert hätte gern ein Bier getrunken, hielt es aber nicht für gut, diese Idee auch an Sonja heranzutragen. Sonja hingegen, die auch eine Idee hatte, scheute sich nicht, Albert mit derselben bekanntzumachen.

»Wir könnten eigentlich ein Eis essen«, sagte sie. »Oder mögen Sie keines?«

»Doch, doch«, beteuerte Albert, obwohl er das letzte vor einem oder eineinhalb Jahrzehnten verzehrt hatte.

Der Zufall wollte es, daß sie vor dem gleichen Café standen, in dem Sonja und Vera am Tag zuvor gewissermaßen die Fronten geklärt hatten. Oder war das gar kein Zufall?

Ganz sicher war es aber ein Zufall, daß die gleichen zwei angehenden Mediziner auch wieder in dem Café saßen und in ein recht ähnliches Gespräch wie gestern vertieft waren.

»Damenfußball«, sagte der eine, »hat für mich keinen sportlichen Reiz, aber einen erotischen.«

»Vorausgesetzt«, meinte der andere, »die Büstenhalter unter den Trikots sitzen nicht zu stramm und gewähren einen gewissen Spielraum.«

»Dann«, schloß der erste nicht aus, »kann sich, wenn

die Spielerinnen läuferisch stark sind, der erotische Reiz sogar zu einem sexuellen auswachsen.«

»Vorausgesetzt«, begann der zweite wieder, »du erzielst die dazu unerläßliche Einwilligung einer der Spielerinnen.«

»Oder mehrerer.«

»Oder, noch besser, mehrerer; du hast recht.«

Beide verstummten und dachten anscheinend nach. Nach einer Weile sagte der erste: »Ich vergegenwärtige mir die Tätigkeit des Trainers eines solchen Teams, und ich glaube, daß diese Aufgabe dich überfordern würde, mein Junge.«

»Mich nicht, aber dich!«

»Gestatte, daß ich lache.«

»Sagtest du nicht selbst gestern hier an dieser Stelle, daß dir Karin und Lisbeth – also nur zwei – an einem Abend schon zuviel wurden? Nun denke mal an elf.«

»Als Trainer steht dir auch noch ein Co-Trainer zur Verfügung.«

»Allerdings, aber –«

Abbruch, mitten im Wort.

Sonja kam herein.

»Das haut mich um«, stieß der eine hervor.

»Mich auch.«

»Die ist ja gar nicht lesbisch.«

»Vielleicht bisexuell.«

»Was sagst du zu dem Hund, den sie dabeihat?«

»Was hat der mit ihr zu tun? frage ich mich.«

»Und der Macker an ihrer Seite? Was hältst du von dem?«

»Nicht das Geringste. Trägt Binder.«

»Wenn sie mit dem schläft, kann sie mir nur leidtun.«

»Weißt du was? Ich hau ab. Ich kann die Geschmacklosigkeit von der nicht mitansehen.«

»Du sprichst mir aus der Seele.«

Zerrieben von ihrer Enttäuschung, verließen die beiden, nachdem sie bezahlt hatten, fast fluchtartig das Lokal. Sie vergegenwärtigten sich, wie sie tags zuvor ins Leere gestoßen waren. Das Feld, das sie gerne besetzt hätten, beherrschte anscheinend ein anderer, einer, der einige Jahre älter war als sie und den sie deshalb ›Opa‹ nannten. Diese Feststellung traf sie hart.

Sonja und Albert ahnten nicht, was sie in den Seelen zweier Jünglinge, an denen Selbstzweifel nagten, angerichtet hatten.

Sonjas Fahrplan sah wieder aus wie gestern: erst Eis, dann Kaffee. Albert hielt mit ihr Gleichschritt.

Irgendwann sagte Sonja: »Ich habe Ihnen noch nicht gedankt.«

»Wofür?«

Fast wörtlich wie Vera, als sie sich mit Karl Thaler traf, erwiderte Sonja: »Sie hatten vielleicht Besseres vor, als sich mit mir zu befassen, nachdem mir Ihr Freund eine Absage erteilen mußte.«

»Soll ich Ihnen sagen, was ich vorhatte?«

»Etwas Besseres?«

»Nein, ich –«

»Das genügt mir«, fiel ihm Sonja ins Wort. »Mehr will ich nicht wissen, es beruhigt mich. Ich bin nicht neugierig«, setzte sie hinzu.

»Sie werden es ja doch erfahren.«

»Wieso?«

»Weil es Ihnen Vera, wenn Sie wieder mit ihr zusammenkommen, sagen wird.«

»Vera?«

»Mit ihr war ich verabredet, und darauf wird wohl zwischen Ihnen beiden zwangsläufig die Sprache kommen, genauso wie darauf, daß ursprünglich Karl mit Ihnen verabredet war, und nicht ich. Darüber sprechen sich doch Mädchen aus.«

Sonja blickte ihn fragend an. In ihrem bildhübschen Kopf arbeitete es.

»Ich verstehe nicht«, sagte sie zögernd. »Wenn Sie mit

Vera verabredet waren, konnten Sie sie doch nicht sitzenlassen...«

Sie brach ab, wartete auf eine Erklärung, die ihr Albert lieferte, indem er sagte: »Sie blieb nicht ›sitzen‹, um bei diesem Ausdruck zu bleiben. Ich habe ihr einen Vertreter geschickt.«

»Wen?«

»Karl Thaler.«

»Aber der war doch mit mir verabredet!« rief Sonja.

»Ja«, seufzte Albert.

Sonja schüttelte den Kopf. Sie verstünde das Ganze immer noch nicht, sagte sie. Klar sei ihr nur eines...

»Was?« fragte Albert.

»Daß die arme Vera, die von Ihnen versetzt wurde, nun allein zwischen ihren vier Wänden Trübsal bläst, während wir uns hier amüsieren.«

»Nein, Karl ist doch bei ihr.«

»Irrtum, das weiß ich besser!«

»Aber nein, Sie können sich darauf verlassen, er war dazu ganz fest entschlossen.«

»Mag sein, aber dann kam ihm etwas dazwischen, er hat es mir am Telefon gesagt.«

»Was kam ihm dazwischen?«

»Zahnschmerzen.«

Albert fragte sich, ob es ihm erlaubt sei, zu grinsen, doch er ließ es lieber sein, da er sich nicht ganz wohl in seiner Haut fühlte. Die Frage lautete, wie Sonja noch reagieren würde, wenn er ihr das letzte Ausmaß der Düpierung klarmachte, die Karl und er durchexerziert hatten. Und daß dieses Eingeständnis von ihm unvermeidlich war, daran gab's keinen Zweifel.

»Sonja«, meinte er, »ich glaube nicht, daß er zu Ihnen sagte, er habe Zahnschmerzen.«

»Aber selbstverständlich! Denken Sie, ich höre nicht recht?« Plötzlich regte sich Mißtrauen in ihr. »Oder war das eine Lüge von ihm?«

»Wenn er gesagt hätte, daß er Zahnschmerzen hat,

wäre das eine Lüge gewesen«, entgegnete Albert. »Das glaube ich aber nicht«, wiederholte er.

»Dann kann ich Ihnen nicht helfen.«

»Hat er sich nicht eine Kleinigkeit anders ausgedrückt? Sagte er nicht, er müsse zum Zahnarzt?«

»Ist das nicht dasselbe?« rief Sonja. Langsam ärgerte sie sich. »Sie sind ein Beckmesser, Albert!«

»Tut mir leid, Sonja, wenn Sie diesen Eindruck haben, aber meine Situation zwingt mich dazu. Es ist nämlich wirklich so, daß Karl zum Zahnarzt mußte, obwohl er keine Zahnschmerzen hatte. Ich hatte ihn nämlich gebeten, Vera zu begleiten, die von ihrem Zahnarzt zu unserem wechseln will. So verhält sich das.«

Sonja brauchte nicht lange, um festzustellen: »Ein Ringtausch also: Sie sagten Vera ab und mir zu, und Karl sagte mir ab und Vera zu.«

»Richtig.«

»Aber warum das? Jeder von Ihnen hätte doch das Ursprüngliche tun können?«

»Damit sind wir beim Kern der Sache, Sonja. Ich hoffe, es tut Ihnen nicht weh, wenn ich Ihnen sage, daß Karl... wie soll ich mich ausdrücken?... daß er gewissermaßen mit Macht auf eine Neuorientierung drängte.«

»Neuorientierung? Was heißt das?«

Albert machte es kurz.

»Weg von Ihnen, hin zu Vera«, sagte er.

»Ach«, stieß Sonja nur hervor. Vieles schoß ihr durch den Kopf. Dann hat ja Vera den ihren, dachte sie. Wer hätte geglaubt, daß das so schnell ginge? Wie lange mochte der schon zu dieser ›Neuorientierung‹ entschlossen gewesen sein? Was heißt ›Neuorientierung‹? Mit mir hatte er ja gar nichts. Das sah nur so aus. Manchmal. Vera wird glücklich sein. Sie wird sehr, sehr glücklich sein.

Und ich? Was ist mit mir? Was ist mit dem meinen? Begehrt er mich überhaupt? Ein bißchen schon, denke ich, das Gefühl habe ich. Auf jeden Fall will er mit mir ins Bett gehen, das wollen ja alle, und das darf er auch, wenn der Zeitpunkt da ist, obwohl mir das allein mit dem nicht genügt. Ich liebe ihn, deshalb möchte ich, daß er mich heiratet. Dazu muß er mich aber auch so lieben, wie ich ihn. Wann werde ich ihn so weit haben? In Wochen? Monaten? Jede hat nicht das Glück wie Vera, die so etwas anscheinend über Nacht bewerkstelligt. Ist sie hübscher als ich? Anziehender? Macht sie –

Sonja war innerlich erschrocken. Vera! Albert! Albert!! Der hatte doch ein Verhältnis mit ihr. Was war damit? Das muß mich doch jetzt in allererster Linie interessieren. Wie stellt er sich jetzt zu Vera? Liebt er sie noch, obwohl sie ihm Karl vorzieht? Wenn ja, stehen meine Aktien ziemlich schlecht.

»Albert«, sagte sie, »ich weiß von Vera, daß ihr Karls ›Neuorientierung‹, wie Sie sich ausdrücken, sehr gut gefallen wird...«

»So?«

»Vera wird darüber sogar außerordentlich glücklich sein...«

»So?«

»Sie liebt ihn nämlich...«

»Soso?«

Sonja platzte ein bißchen der Kragen.

»Mehr haben Sie dazu nicht zu sagen als... so?... so?... soso?«

»Nein.«

»Nein?«

»Oder doch.«

»Darauf bin ich aber neugierig.«

»Daß mir das egal ist... Oder nein... Daß mich das für meinen Freund Karl freut.«

Mit der ihr eigenen Kontrolle über sich sagte Sonja: »Sie selbst sehen keine eigenen Gefühle in die Angelegenheit mehr investiert?«

»Nein.«

»Ich muß schon sagen«, erklärte daraufhin Sonja, die

sich einen Vorwurf nicht verkneifen konnte, »das ging aber schnell. Ist das bei Ihnen die Regel?«

Albert blickte sie fest an. Er war der Meinung, daß jetzt aufs Ganze gegangen werden mußte.

»Das klingt nach einer Anklage, Sonja«, erwiderte er.

»Erwarten Sie in diesem Zusammenhang etwas anderes?«

»Dann fällt aber Ihre Anklage auf Sie selbst zurück.«

»Auf mich? Wieso?«

»Weil Sie diejenige sind, die den von Ihnen getadelten Prozeß in mir auslöste.«

Sonjas Herz tat einen Sprung.

»Ich? Sind das die Worte eines Juristen? Finden Sie keine anderen?«

»Doch, finde ich«, nickte er. »Sie sind diejenige, der Vera in meinem Herzen weichen mußte.«

Schweigen.

Die beiden blickten einander an. Jeder versank in den Augen des anderen.

Vera, durchzuckte es Sonja, du bist mir ja gar nicht voraus. Wie der mich ansieht, davon kann sich dein Karl noch eine Scheibe herunterschneiden. Der liebt mich wahnsinnig, das reicht bis zu seinem Grab. Bei mir auch.

»Albert«, sagte sie leise.

»Sonja.«

Er griff nach ihrer Hand, um sie zu drücken. Herumblickend, die anderen Gäste feindselig musternd, stieß er hervor: »Verdammter Laden!«

»Wieso das, Albert?«

»Nicht einmal küssen kann ich dich hier richtig.«

Sonja lachte.

»So gesehen, hast du recht.«

Unter dem Tisch war es lebendig geworden. Moritz zeigte, daß er auch noch da war. Er schien die Wichtigkeit dieses Augenblicks gespürt zu haben und legte seinen Kopf in Sonjas freie Hand.

Alberts Kommentar dazu lautete: »Der hatte sich ja von Anfang an für dich entschieden, Liebling.«

Wieder lachte Sonja.

»Apropos Laden«, sagte sie dann. »Du heiratest eine Geschäftsfrau, ich hoffe, du hast das nicht vergessen?«

»Nein«, seufzte Albert, »habe ich nicht, und ich mache dir folgenden Vorschlag: Du machst weiter, ich mache weiter. In einem Jahr rechnen wir nach, und wer weniger verdient hat, schließt seine Bude und steigt beim anderen ein. Einverstanden?«

»Einverstanden.«

Heinz G. Konsalik

Dramatische Leidenschaft und menschliche Größe kennzeichnen die packenden Romane des Erfolgsschriftstellers.

Die Fahrt nach Feuerland
01/5992

Der verhängnisvolle Urlaub/ Frauen verstehen mehr von Liebe
2 Romane in einem Band 01/6054

Glück muß man haben 01/6110

Der Dschunkendoktor 01/6213

Das Gift der alten Heimat
01/6294

Das Mädchen und der Zauberer 01/6426

Frauenbataillon 01/6503

Heimaturlaub 01/6539

Die Bank im Park/Das einsame Herz
2 Romane in einem Band 01/6593

Eine Sünde zuviel 01/6691

Die schöne Rivalin 01/6732

Der Geheimtip 01/6758

Russische Geschichten 01/6798

Nacht der Versuchung 01/6903

Saison für Damen 01/6946

Das gestohlene Glück 01/7676

Geliebter, betrogener Mann 01/7775

Sibirisches Roulett 01/7848

Tödliches Paradies 01/7913

Der Arzt von Stalingrad
01/7917

Schiff der Hoffnung 01/7981

Liebe in St. Petersburg/Heiß wie der Steppenwind/Liebe am Don
Drei Rußlandromane in einem Band 01/8020

Bluthochzeit in Prag/Straße ohne Ende/Wir sind nur Menschen
Drei Schicksalsromane in einem Band 01/8021

Die Verdammten der Taiga
01/8055

Liebesnächte in der Taiga
01/8105

Männerstation 01/8182

Das Bernsteinzimmer 01/8254

Der goldene Kuß 01/8377

Treibhaus der Träume 01/8469

Wilhelm Heyne Verlag
München

John le Carré

Perfekt konstruierte Spionagethriller, spannend und mit äußerster Präzision erzählt.
»Der Meister des Agentenromans« DIE ZEIT

Eine Art Held 01/6565

Der wachsame Träumer 01/6679

Dame, König, As, Spion 01/6785

Agent in eigener Sache 01/7720

Ein blendender Spion 01/7762

Krieg im Spiegel 01/7836

Schatten von gestern 01/7921

Ein Mord erster Klasse 01/8052

Der Spion, der aus der Kälte kam 01/8121

Eine kleine Stadt in Deutschland 01/8155

Das Rußland-Haus 01/8240

Die Libelle 01/8351

Endstation 01/8416

Der heimliche Gefährte 01/8614

Monaghan, David
Smiley's Circus
Die geheime Welt des John le Carré
01/8413

Wilhelm Heyne Verlag
München